BRIAN LUMLEY · DUELL DER VAMPIRE

**In dieser Reihe erschienen:**

2801 *Das Erwachen*
2802 *Vampirblut*
2803 *Kreaturen der Nacht*
2804 *Untot*
2805 *Totenwache*
2806 *Das Dämonentor*
2807 *Blutlust*
2808 *Höllenbrut*
2809 *Wechselbalg*
2810 *Duell der Vampire*
2811 *Totenhorcher*
2812 *Blutkuss*
2813 *Konzil der Vampire*
2814 *Grabgesang*

*Brian Lumley*

# *Duell der Vampire*

*Necroscope 10*

*Aus dem Englischen von Michael Plogmann*

FESTA

1. Auflage März 2003
2. Auflage Februar 2004

Originaltitel: *Necroscope 4: Deadspeak*

Umschlaggestaltung: www.babbarammdass.de
Dieses Werk wurde vermittelt durch die Literarische Agentur
Thomas Schlück GmbH, 30827 Garbsen
Druck und Bindung: Finidr, s.r.o.


ISBN 3-935822-62-6

# ERSTES KAPITEL

»Ich verstehe ja, warum ihr mich in die Geschichte nicht eingeweiht habt«, erklärte Papastamos, »aber ihr hättet es tun sollen. Glaubt ihr etwa, die Griechen kennen sich mit so etwas nicht aus? Gerade die Griechen? Dann passt mal auf: Ich bin in Phaestos auf Kreta aufgewachsen. Ich bin da geboren und habe da gelebt, bis ich dreizehn war. Dann bin ich zu meiner Schwester nach Athen gezogen. Aber ich werde nie die Geschichten vergessen, die man sich auf der Insel erzählte, genauso wenig wie das, was ich da gesehen und erlebt habe. Wusstet ihr, dass es in Griechenland immer noch Gegenden gibt, wo man den Toten Silbermünzen auf die Augenlider legt, damit die Augen sich nicht wieder öffnen? Ah – das ist der Grund! Diese Einschnitte in Layards Augen. Seine Augen öffneten sich immer wieder!«

»Manolis, wie sollten wir das wissen?«, verteidigte sich Darcy Clarke. »Wenn du hundert Leuten erzählst, dass du Jagd auf einen Vampir machst, wie viele davon würden dir wohl glauben?«

»Hier in Griechenland, auf den griechischen Inseln – wohl zehn oder zwanzig«, antwortete der griechische Polizist. »Vielleicht nicht die Jüngeren, aber die Alten, die sich noch erinnern. Und in den Bergen; in den Bergdörfern von Karpathos oder auf Kreta, oder noch besser auf Santorin – da wären es wahrscheinlich fünfundsiebzig von hundert! Die alten Geschichten sterben an solchen Orten nur sehr langsam aus. Wisst ihr nicht, wo ihr hier seid? Werft doch mal einen Blick auf eine Karte. Rumänien ist gerade mal 900 Kilometer weit weg. Und meint ihr nicht, dass die Rumänen über ihn Bescheid wissen, über den Vrykoulakas, den Vampir? Oh nein, wir sind keine ahnungslosen Dummköpfe, meine Freunde!«

»Na gut«, sagte Harry. »Dann sollten wir nicht noch mehr Zeit verschwenden. Du weißt Bescheid, du verstehst das und du glaubst uns – das ist in Ordnung. Aber ich muss dich trotzdem warnen. Zwischen der Realität und den Mythen und Legenden besteht ein großer Unterschied.«

Manolis schüttelte den Kopf: »Da bin ich mir nicht so sicher.

Und außerdem habe ich schon meine Erfahrungen mit echten Vampiren gemacht. Als ich noch ein Junge war, vor dreißig Jahren, da gab es eine Epidemie. Die Kinder siechten dahin. Auf der Insel hatte ein alter Priester an einem abgeschiedenen Ort in den Bergen gelebt. Er hatte dort seit vielen Jahren ganz allein gehaust und erklärt, er habe die Einsamkeit seiner Sünden wegen gewählt und er wage sich nicht in die Gesellschaft von Menschen. Es war noch gar nicht lange her, da hatte man seinen Leichnam in seiner Hütte gefunden und ihn dort begraben. Aber jetzt ging der Priester des Dorfes mit den Leuten dorthin – mit den Vätern der kranken Kinder – und grub ihn wieder aus. Der Leichnam war aufgedunsen, rot und lächelte. Und was haben sie dann mit ihm gemacht? Ich habe es später erfahren – ein hölzerner Pflock durch das Herz. Ich weiß das natürlich nicht ganz sicher, aber in der Nacht wurde ein großes Feuer in den Bergen entzündet, das man Kilometer weit sehen konnte.«

»Ich glaube, wir sollten Manolis in alles einweihen«, meinte Sandra.

»Das werden wir«, nickte Harry. »Aber eigentlich ist er ja wohl hierher gekommen, um uns etwas zu erzählen.«

»Ach ja!« Manolis schreckte zusammen und stand auf. »Es ist schrecklich! Der Vampir, den ihr jagt – es gibt jetzt zwei von der Sorte.«

Harry stöhnte auf: »Ken Layard!«

»Natürlich, der arme Ken. Heute Morgen, vor noch nicht einmal einer Stunde, habe ich einen Anruf erhalten – von der Leichenhalle. Man hat die nackte Leiche eines Pathologen gefunden. Mit gebrochenem Genick. Und Ken Layards Leichnam ist verschwunden. Und dann ...«, er sprach Harry direkt an »... ich erinnerte mich, was Sie gesagt haben, ich meine, dass Layard untot sei, und dass er sehr schnell verbrannt werden müsse. Und da wusste ich Bescheid. Aber das ist noch nicht alles.«

»Red weiter«, ermunterte Darcy ihn.

»Die Samothraki ist während der Nacht ausgelaufen, in der Jordan und Layard unter den Windmühlen angegriffen worden sind und in der ich Layard aus dem Hafenbecken gefischt habe. Heute Morgen sind die Fischer mit vielen verbrannten Trümmerstücken wieder heimgekommen. Sie stammen – oder stammten – von der Samothraki. Und dann ist da noch etwas: Ein Mädchen, eine junge Prostituierte, ist vor drei oder vier Nächten tot auf der Straße aufgefunden worden. Man hat sie untersucht. Dem Arzt zufolge kann sie an allem Möglichen gestorben sein: Am Nichtessen – wie sagt man – Unterernährung? – oder vielleicht ist sie auch ohnmächtig geworden und hat die ganze Nacht am Straßenrand gelegen und ist dort erfroren. Aber die wahrscheinlichste Todesursache ist Anämie. Pah! Wisst ihr, was das heißt? Blutarmut! Kein Blut im Körper? So kann man es natürlich auch formulieren.«

»Das breitet sich aus wie eine Seuche«, stöhnte Harry. »Sie muss auch verbrannt werden.«

»Das wird sie«, versprach Manolis. »Noch heute. Verlasst euch darauf, ich sorge dafür.«

Sandra überlegte: »Aber deswegen wissen wir immer noch nicht, wer dieser Vampir ist oder was er mit Ken gemacht hat. Und ich würde auch ganz gern wissen, wie die Fledermäuse hier herein gekommen sind ...«

Harry deutete auf einen Kachelofen, dessen Ofenrohr in der Wand verschwand. »Wenigstens dieses Phänomen ist einfach zu erklären. Und was Layard betrifft: Er ist jetzt von diesem Ding versklavt, und wird ihm – je nachdem, wie stark sein Wille ist – mehr oder weniger treu dienen. Und die Identität des Vampirs? Nun, da gibt es eine Spur, der ich nachgehen werde. Ich glaube, ich kenne jemanden, der die Antwort weiß.«

»Was für eine Spur?« Manolis sah ihn scharf an. »Wenn es eine Spur gibt – wenn es irgendwelche Spuren gibt, dann muss ich das wissen. Keine Geheimnisse mehr. Außerdem will ich etwas über das Wort wissen, das die Fledermäuse an die Wand geschrieben haben: Was hat das zu bedeuten?«

»Das ist *meine* Spur«, sagte Harry. »Faethor hat es so eingefädelt, dass ich ihn nicht missverstehen kann. Er will, dass ich zu ihm komme.«

Skeptisch blickte Manolis jedem der Reihe nach ins Gesicht: »Dieser Faethor, der solche Sachen einfädelt, und auf diese Weise zu … Er ist was?«

»Keine Geheimnisse mehr?« Harry lächelte schief. »Manolis, selbst wenn wir den ganzen Tag Zeit hätten, wäre es trotzdem nicht genug, um dir alles zu erzählen. Und selbst wenn wir das täten, würdest du es wahrscheinlich nicht glauben.«

»Versucht es doch einfach!«, erwiderte der Polizist. »Aber im Auto. Zieht euch erst einmal an, dann fahren wir frühstücken und dann auf die Polizeiwache in der Stadt. Ich glaube, da sind wir am sichersten. Und währenddessen erzählt ihr mir alles.«

»Ja okay, das werden wir«, akzeptierte Darcy. »Aber wir müssen mit diesem Ding auf unsere Art verfahren können. Keine offizielle Einmischung. Und Manolis – diese Sache muss unter uns bleiben.«

»Wie ihr meint. Ich helfe euch, wie ich nur kann. Ihr seid die Profis. Aber bitte, wir trödeln herum! Die Zeit drängt!«

Sie kleideten sich an, so schnell es ihnen möglich war …

Am späten Vormittag hatten sie sich auf eine Vorgehensweise geeinigt und gegen Mittag hatte Manolis Papastamos alles in die Wege geleitet. Wenn er wusste, was zu tun war, dann erledigte er das auch.

Harry Keogh war jetzt der stolze Besitzer eines sichtlich abgegriffenen und oft benutzten griechischen Passes mit einem rumänischen Visum. Angeblich befasste sich der Besitzer des Passes mit dem Im- und Export von Antiquitäten – eine Tarnung, die Harry zu einem mokanten Lächeln veranlasste. Der Pass lautete auf ›Hari Kioskis‹, ein Name, der Harry keine Probleme bereiten sollte. Sandra war für einen Flug um 21:10 nach Gatwick gebucht. Darcy würde zurückbleiben und mit Manolis zusammenarbeiten. Das E-Dezernat war weitestgehend ins Bild gesetzt worden, aber bisher hatte Darcy darauf verzichtet, weitere ESPer zur Unterstützung anzufordern. Zuerst musste er sich über das Ausmaß des Problems klar werden, später konnte er immer noch über Sandra Hilfe anfordern, falls das nötig und angeraten war.

Harrys Flug nach Bukarest mit einem Zwischenstop in Athen ging um 14:30 Uhr, was ihnen eine Stunde Zeit gab, um auf dem Balkon einer Taverne mit Ausblick auf den Hafen von Mandraki ihr Mittagessen einzunehmen. Und dort wurden sie von einem der örtlichen Polizisten aufgespürt, der auf der Suche nach Papastamos war.

Der Mann war fett und schwitzte stark. Mit seinen Pockennarben und den Säbelbeinen hätte er ein Straßenräuber sein müssen, wenn er nicht Polizist geworden wäre. Er tauchte unter ihrer Veranda auf einem winzigen Moped auf, das von seiner ausladenden Kehrseite fast völlig verdeckt wurde. »Hallo, Papastamos«, brüllte er und winkte mit seinem fleischigen Arm. »Hallo, Manolis!«

»Komm hoch«, rief Manolis hinunter. »Trink ein Bier und ruh' einen Moment aus.«

»Sie werden da gleich auch nicht mehr so ruhig sitzen, Inspektor«, versprach der Andere brüllend, dann verschwand er in der Taverne und polterte die Treppe hinauf.

Als er bei ihnen ankam, bot Manolis ihm einen Stuhl an: »Was ist los?«

Der Polizist schnaufte, bis er wieder zu Atem gekommen war, und erzählte dann in kurzatmigem Griechisch seine Geschichte. »Wir haben Zeugen wegen des verschwundenen Leichnams befragt ...« Er blickte in die Runde und zuckte in der typisch griechischen Weise Entschuldigung heischend mit den Schultern. »Ich meine, über die Umstände im Fall Ihres toten englischen Freundes. Wie Sie angeordnet haben, haben wir jeden befragt, der auch nur entfernt etwas gesehen haben könnte. Da war auch ein Mädchen, die Empfangsdame, die in der Nacht Dienst hatte, in der Sie dem Mann das Leben gerettet haben. Sie hat ausgesagt, dass er in den frühen Morgenstunden dieser Nacht von jemandem besucht worden ist. Die Beschreibung des Mannes finde ich sehr interessant. Da, lest selbst.«

Er zog ein zerknittertes, Schweiß getränktes Formular aus seiner Hemdtasche und reichte es herüber. Manolis übersetzte hastig, was der Polizist gesagt hatte, dann las er das Protokoll. Dann las er den

Text noch einmal, gründlicher als zuvor, und seine Stirn legte sich in besorgte Falten. »Hört euch das mal an«, sagte er und las laut vor: »Es war so gegen halb sieben morgens, als der Mann hereingekommen ist. Er sagte, er sei ein Schiffskapitän und er vermisse einen seiner Matrosen. Er habe gehört, dass jemand aus dem Hafenbecken gefischt worden sei und wolle wissen, ob es sich um seinen Mann handle. Ich habe ihn zu Herrn Layards Zimmer gebracht, der dort mit Hilfe einiger Beruhigungsmitteln schlief. Der Kapitän sagte: ›Ach nein, das ist nicht mein Matrose. Ich habe Sie ganz umsonst bemüht.‹ Ich wollte schon wieder gehen, aber er folgte mir nicht.

Als ich zurücksah, stand er neben Layard und hatte die Hand auf die Beule an seinem Kopf gelegt. Er sagte: ›Der arme Mann! So eine schlimme Wunde! Aber ich bin trotzdem froh, dass er nicht zu meinen Leuten gehört.‹

Ich habe ihm gesagt, er dürfe den Patienten nicht anfassen und habe ihn nach draußen geleitet. Aber es war seltsam: Obwohl er gesagt hat, Layard täte ihm Leid, hat er auf eine ganz komische Weise gelächelt …«

Während er zuhörte, hatte Harry sich langsam auf seinem Stuhl vorgebeugt. »Und die Beschreibung?«

Manolis las vor und grübelte: »Ein Schiffskapitän; sehr groß, schlank, exotisch, und trug eine Sonnenbrille, obwohl es noch nicht mal richtig hell war. Ich glaube … ich glaube, ich kenne den Kerl.«

Der fette Polizist nickte: »Ich glaube, ich auch. Als wir diese Spelunke von Dakaris observiert haben, da haben wir beobachtet, wie er den Laden verlassen hat.«

»Hah!« Manolis schlug mit der Faust auf den Tisch. »Dakaris' Laden? Das ist nur einen Fliegenschiss von der Stelle entfernt, wo wir die tote Nutte gefunden haben.« Sofort fügte er hinzu: »Entschuldige, Sandra.«

»Wer ist der Kerl?«, wollte Harry wissen.

»Wer? Ich kann sogar noch mehr liefern, ich kann euch sagen wo. Da drüben ist er!« Er deutete über den Hafen hinaus.

Die schlanke weiße Motorjacht pflügte sich gerade ihren Weg aus dem Hafen hinaus durch den Tiefgangkanal, aber sie war noch nah genug, dass Harrys scharfe Augen den Namen lesen konnten: »Die Lazarus«, hauchte er vor sich hin. »Und wie heißt der Besitzer?«

»Fast genauso. Jianni Lazarides.«

»Jianni?« Harrys Gesicht wirkte plötzlich welk und grau.

»Johnny«, Manolis zuckte die Achseln.

»John«, wiederholte Harry. In seinem Hinterkopf flüsterte eine andere Stimme – oder die Erinnerung an eine Stimme – einen anderen Namen: *Janos!*

»Arggghhh!« Harry umklammerte seinen Schädel, als der Schmerz ihn durchfuhr. Ein scharfer Schmerz, aber nur kurz, keine wirkliche Attacke, nur eine leichte Warnung. Aber das bestätigte seine schlimmsten Befürchtungen. Denn Janos konnte nur ein Name sein, den er von den Toten erfahren hatte – vielleicht von Faethor persönlich – mit denen ihm jede Konversation verboten war. Er öffnete wieder die Augen und stellte sich dem gleißenden Sonnenlicht und den besorgten Blicken seiner Freunde. »Ich kenne ihn«, sagte er, als er wieder sprechen konnte. »Und jetzt weiß ich sicher, dass ich mich wirklich mit Faethor treffen muss.«

»Aber warum, wenn wir unsere Zielperson jetzt bereits kennen?«, fragte Darcy.

»Wir kennen sie, aber das reicht nicht«, erklärte Harry, als die Schmerzattacke nachließ. »Und wenn Faethor ihn gezeugt hat, ist er wohl derjenige, der am besten weiß, wie man ihn erledigen kann.«

»Es hat sich nichts geändert«, sagte Harry, als sie in dem Fahrzeug, das Manolis ihnen besorgt hatte, auf dem Flughafen ankamen. »Es bleibt alles wie besprochen. Ich reise nach Ploiesti und sehe zu, ob ich etwas von Faethor erfahren kann. Ich werde die ganze Nacht da verbringen und sogar in den Trümmern seiner Villa schlafen, wenn es sein muss. Das ist die einzig sichere Möglichkeit, mit ihm in Kontakt zu treten, die ich kenne. Und Sandra fliegt heute Abend nach Hause zurück – keine Widerrede! Jetzt, wo dieser Lazarides alias Janos Ferenczy die Kontrolle über Ken Layard gewonnen hat, kann er jede beliebige Person aufspüren. Jeder, der mit mir zu tun hat, ist in Gefahr. Vor allem hier, wo der Vampir einen Heimvorteil hat.« Er hielt inne und sah jeden der Reihe nach lange an, bevor er fortfuhr: »Darcy, du bleibst bei Manolis. Ihr müsst alles in Erfahrung bringen, was es über Lazarides, über die Lazarus und über seine Mannschaft gibt. Geht zurück bis zum Anfang, da, wo er das erste Mal aufgetaucht ist. Manolis kann uns da von erheblichem Nutzen sein. Da Janos eine griechische Identität angenommen hat, dürfte es für die griechischen Behörden nicht allzu schwer sein, etwas über seine Herkunft und seinen Hintergrund herauszufinden.«

Manolis blickte Harrys Bild im Rückspiegel an, ohne sich umzudrehen. »Da ist noch etwas: Der Kerl hat eine doppelte Staatsbürgerschaft. Er hat einen griechischen Pass – und einen rumänischen.«

»Mein Gott«, keuchte Sandra auf. »Harry, er kann sich jederzeit da frei bewegen, wo du dich nur mit größter Vorsicht aufhalten kannst.«

Harry schürzte die Lippen und dachte einen kurzen Moment nach: »Na ja, damit hätten wir vielleicht sogar rechnen sollen. Aber das ändert nichts. Bevor er von meinem Aufenthalt wissen kann und bevor er versuchen kann, mir eine Falle zu stellen, habe ich das Land schon wieder verlassen. Außerdem habe ich gar keine Wahl.«

»Himmel, ich fühle mich so hilflos«, beklagte sich Manolis, während er einparkte und sie ausstiegen. »Eine Stimme in meinem Inneren sagt mir: ›Verhafte dieses Monster sofort!‹ Aber ich weiß, das geht nicht. Wir dürfen ihm keinen Hinweis darauf geben, dass wir ihm auf der Spur sind, bevor wir nicht alles über ihn wissen. Außerdem ist Ken in seiner Gewalt, und …«

»Vergiss Ken«, unterbrach Harry ihn schroff, als sie auf das Abflugterminal zuschritten. »Es gibt nichts mehr, was wir noch für ihn tun können.« Er blickte Manolis mit Trauer in den Augen an. »Man kann ihn nur noch vernichten, was eine Gnade für ihn wäre. Aber selbst dann erwarte nicht, dass er dir dafür dankbar ist. Dir danken? Ganz im Gegenteil. Er wird dir eher den Hals umdrehen.«

»Aber du hast völlig Recht«, erklärte Darcy Manolis. »Wir können noch nicht gegen Lazarides vorgehen. Wir haben dir ja von Yulian Bodescu erzählt: Im Vergleich zu Lazarides war das ein Waisenknabe, ein Kleinkind. Jedenfalls meint Harry das. Aber als Bodescu erst einmal wusste, dass wir ihm auf der Spur waren … bis wir ihm endlich den Garaus gemacht hatten, hatten wir alle eine Heidenangst – und das mit gutem Grund.«

»Es ist ja auch alles rein hypothetisch«, meinte Manolis. »Was soll ich denn machen? Soll ich im Verteidigungsministerium anrufen und die auffordern, ein paar Korvetten loszuschicken, um einen Vampir mit seinem Schiff zu versenken? Nein, das geht nicht. Aber wenn die *Lazarus* wieder anlegt, dann wäre es machbar, sich die Mannschaft einen nach dem anderen vorzunehmen.«

»Wenn du sie jeden für sich festsetzen und sie unzweifelhaft als Vampire identifizieren kannst, und wenn du eine gute Truppe in der Hinterhand hast, die weiß, was sie zu tun hat, und die davor keine Angst hat, ja, dann geht das«, meinte Harry. »Aber auch das könnte Lazarides vorwarnen, und damit etwas auslösen, das du nicht einmal annähern kontrollieren kannst.«

Während Manolis Harry und die anderen zur Abfertigung führte, beschwichtigte der Polizist: »Mach dir keine Sorgen. Ich werde nichts unternehmen, bis ich von dir grünes Licht bekomme. Es ist nur alles so frustrierend …«

Harry musste nur fünfzehn Minuten warten, bis sein Flug aufgerufen wurde.

Im letzten Moment sagte Sandra: »Wenn wir früher dran gedacht hätten, dann hätte ich mit dir nach Athen fliegen und von da einen Flug nach Hause nehmen können. Aber hier passiert ja alles so schnell. Ich … Es gefällt mir nicht, dass du so fliegst, so ganz allein auf dich gestellt, Harry.«

Er umarmte sie fest und küsste sie, dann wandte er sich an Darcy und Manolis: »Hört zu, ich komme zurück, das verspreche ich. Aber wenn ich aufgehalten werden sollte, dann macht weiter und beendet diese Sache, so gut ihr könnt. Viel Glück!«

»Das liegt mir in den Genen«, erklärte Darcy. »Pass auf dich auf, Harry!«

Sandra umarmte ihn noch einmal, dann trat er zurück, nickte und folgte dem Menschenstrom den staubigen Gehweg zum Rollfeld hinaus.

Unter den vielen Menschen, die Freunde verabschiedeten, war auch ein Mann in Turnschuhen, grellen Bermuda-Shorts und einem offenen weißen Hemd, der beobachtete, wie Harrys Flugzeug abhob. Er war ein Grieche, der immer mal wieder kleine Aufträge für die Russen erledigte. Er musste jetzt nur noch Harrys Zielort herausfinden und die Nachricht weitergeben.

Das war nicht weiter schwierig. Sein Bruder arbeitete am Abfertigungsschalter.

Harry erreichte pünktlich seinen Anschlussflug in Athen und kam um 17:45 Uhr in Bukarest an. Auf dem Flughafen und in der näheren Umgebung wimmelte es vor Soldaten in leichter Bewaffnung mit grau-grünen Hemden, olivfarbenen Hosen und Kampfstiefeln. Aber es sah nicht so aus, als gebe es einen außergewöhnlichen Grund für ihre Anwesenheit, und die Männer wirkten eher gelangweilt. Das war nur eine Routinemaßnahme, die keine wirkliche Bedeutung hatte. Sie erwarteten keine ungewöhnlichen Vorkommnisse, und eigentlich interessierten sie die Vorgänge auf dem Flughafen auch nicht sonderlich. Sie waren nur da, um Präsenz zu zeigen.

Als Harry durch die Zollabfertigung kam, schenkte ihm der Beamte, der die Pässe stempelte, nur einen flüchtigen Blick. Alle Augen folgten den drei oder vier Angehörigen einer ausländischen Delegation, der ein Staatsempfang bereitet wurde, und die mit viel Tamtam durch den Flughafen ins ›freie‹ Rumänien geleitet wurde. Harry kam das sehr zupass.

Manolis hatte ihn mit hundertfünfzig amerikanischen Dollar versehen und ihm versichert, die seien so gut wie blankes Gold. Harry rief sich ein Taxi und ließ seine Reisetasche auf den Rücksitz fallen: »Nach Ploiesti, bitte!«

»Häh? Ploiesti?«

»Ja, richtig.«

»Engländer?«

»Nein, Grieche. Aber ich beherrsche kein Rumänisch.«

*Und du sprichst hoffentlich kein Griechisch.*

»Ach! Das ist komisch! Wir beide sprechen Englisch, ja?« Der Mann konnte ein Bad gebrauchen und er hatte Mundgeruch, aber ansonsten schien er ganz in Ordnung.

»Ja«, sagte Harry. »Das ist komisch. Äh, kann ich mit Dollar bezahlen? Amerikanische?« Er zeigte ihm ein paar Dollarnoten.

»Äh! Ja! Dollars?« Dem Mann traten fast die Augen aus dem Kopf. »Natürlich. Auf jeden Fall. Ich nehmen! Ploiesti ist – weiß nicht – sechzig Kilometer? Ah, zehn Dollar?«

»Ist das eine Frage?«

»Zehn Dollar!« Der Fahrer grinste und zuckte die Achseln.

»Schön!« Harry reichte ihm das Geld. »Ich werde solange schlafen«, sagte er, lehnte sich zurück und schloss die Augen. Er hatte nicht vor zu schlafen, er wollte sich aber auch nicht unterhalten …

Die rumänische Landschaft war öde. Selbst jetzt im Spätfrühling, beinahe schon Sommer, gab es nicht viel Grün zu sehen. Viel Braun und Grau, viele Sand- und Zementhaufen, billige Fertigbauten und Ziegelsteinhaufen. Hier wurde so viel gebaut, wie in den ganzen Küstenregionen von Spanien, der Türkei und den griechischen Inseln zusammen. Nur hatte das hier nichts mit Tourismus zu tun, und es wurde fast ebenso viel abgerissen wie neu gebaut. Es waren die grotesken, Menschen verachtenden Auswirkungen von Ceaucescos agrar-industrieller Revolution: Man wollte Geld sparen, indem man mehr und mehr Leute unter einem Dach zusammenpferchte, wie Vieh in Mastboxen. Vorbei mit der Unabhängigkeit der Bauern, mit den pittoresken Siedlungen und dem Dorfleben. Es zählten nur noch die hässlichen, steil aufragenden Plattenbauten. Und alldieweil zog sich das Netz der staatlichen Kontrolle immer enger zusammen.

Obwohl er die Augen bis auf einen Schlitz geschlossen hatte, musterte Harry die Gegend, die an den Fenstern des Wagens vorbeirauschte. Die Landschaft entlang der Straße von Bukarest nach Ploiesti sah aus wie nach einem Krieg. Bulldozer arbeiteten in Gruppen in den giftigen blauen Abgasen ihrer dröhnenden Aufpuffrohre und walzten kleine, über Jahrhunderte gewachsene Bauernsiedlungen nieder, um daraus ebene, schlammige Flächen zu machen. Währenddessen standen andere Maschinen wartend oder nutzlos neben großen Baggern, deren Schaufeln erhoben und ausgestreckt waren, als würden sie den Fortschritt beobachten. Wo einst Dörfer gestanden hatten, sah man jetzt nur noch Erde und Schutt und Ödnis.

»Es gab mal mehr als zehntausend Dörfer in Rumänien«, murmelte der Fahrer, der vielleicht spürte, dass Harry noch wach war, aus dem Mundwinkel heraus. »Aber der alte Nicolai meint, das sind mindestens fünftausend zu viel. Was für ein Irrer! Der würde sogar die Berge platt walzen, wenn ihm jemand sagen würde, wie er das anstellen kann!«

Harry antwortete nicht und tat weiter so, als ob er schlafe, aber im Stillen fragte er sich: Und was ist mir Faethors Haus am Stadtrand von Ploiesti? Will Ceaucesco das auch einebnen? Hat er das vielleicht sogar schon getan?

Wenn dem so wäre, wie sollte Harry es dann wiederfinden? Das letzte Mal war er mit Hilfe des Möbius-Kontinuums dorthin gelangt, und er hatte sich dabei an Faethors telepathischer Stimme orientiert. (Besser gesagt seiner necroscopischen Stimme, denn Harry konnte nur mit den Toten auf diese Art reden; er war kein richtiger Telepath.) Faethor hatte mit ihm gesprochen, und Harry war dem Klang gefolgt. Jetzt sah das anders aus: Er würde Faethors Ruhestätte erst dann erkennen, und erst dann sicher wissen, dass sie es war, wenn er dort angelangt war. Und was den genauen Ort anging: Er wusste nur, dass die Vögel da nicht sangen und dass die Bäume und Sträucher da nicht blühten und keine Früchte trugen. Denn die Bienen blieben von der Stelle fern. Der ganze Ort war Faethors Grabstein, und die Inschrift wirklich eindeutig:

Diese Kreatur war der Tod!
Seine ganze Existenz war eine Leugnung alles Lebendigen.
Daher liegt er jetzt hier,
und das Leben selbst verleugnet ihn.

Als das Taxi an einem Straßenschild vorbeikam, demzufolge Ploiesti zehn Kilometer vor ihnen lag, streckte Harry sich, gähnte, und tat so, als wache er auf. Er warf einen Blick auf den Fahrer.

»Es hat da früher ein paar alte Herrenhäuser am Stadtrand von Ploiesti gegeben. Die Häuser der alten Aristokraten. Wissen Sie, was ich meine?«

»Alte Häuser?« Der Mann blinzelte verständnislos. »Aristokraten?«

»Dann kam die Krieg und die Häuser wurden zerbombt. Es blieb nicht mehr übrig als ein Haufen Schutt. Die Behörden haben die ganze Gegend nie angerührt, man hat das alles als eine Art Mahnmal liegen gelassen – jedenfalls war das bis vor ein paar Jahren so.«

»Ach, das kenne ich – oder kannte ich wenigstens. Aber das ist nicht an dieser Straße. Das ist an der alten Straße, da wo sie einen Bogen macht. Wollen Sie da hin? Dann müssen Sie das schnell sagen!«

»Ja, da will ich hin. Jemand, den ich kenne, hat da einmal gewohnt.«

»Der hat da gewohnt?«

»Er wohnt da noch, soviel ich weiß«, verbesserte Harry sich.

»Achtung!«, sagte der Fahrer und riss das Lenkrad heftig nach rechts herum. Sie holperten von der Straße auf einen Weg aus Kopfsteinpflaster, der beschattet von gewaltigen Kastanien von der Straße abzweigte.

»Das ist da drüben. Noch eine Minute und wir wären daran vorbei gewesen und dann hätte ich umdrehen und zurückfahren müssen. Alte Häuser, ja, die Herrenhäuser der alten Familien. Ich kenne die. Aber Sie sind gerade noch zur rechten Zeit gekommen. Nächstes Jahr um diese Zeit ist das alles weg. Ihr Freund auch. Sie walzen sie einfach nieder, diese alten Häuser, und wer da lebt, zieht entweder aus oder wird mit den Häusern zusammen platt gewalzt.

Ja, das dauert nicht mehr lange und die Bulldozer sind da, warten Sie nur ab.«

Sie hatten jetzt beinahe einen Kilometer auf der uralten Straße zurückgelegt und Harry wurde klar, dass er hier richtig war. Die Umrisse alter Gebäude erhoben sich rechts und links hinter den Kastanien, die meisten davon ziemlich verfallen, aber bei einigen rauchten noch die Schornsteine. »Sie können mich hier absetzen.«

Als er aus dem Taxi gestiegen war und nach seiner Reisetasche griff, fragte er: »Wie steht es hier mit Bussen? Ich meine, wenn ich heute Nacht bei meinem Freund bleibe, wie komme ich dann morgen früh wieder in die Stadt zurück?«

»Sie müssen einfach zur Hauptstraße zurückgehen, der Straße nach Bukarest«, erklärte der Fahrer. »Da gehen sie dann rechts und einfach geradeaus. Alle paar hundert Meter ist eine Bushaltestelle. Sie können die gar nicht verfehlen. Aber noch ein Tipp: Laufen Sie nicht weiter herum und bieten jedem Dollars an! Hier, Sie bekommen noch Wechselgeld zurück. Banis, mein griechischer Freund. Sie müssen Banis und Leu benutzen – sonst werden die Leute misstrauisch!« Mit einem Winken fuhr er in einer Staubwolke davon.

Der Rest ging automatisch; Harry folgte einfach seinem Gefühl. Nach kurzer Zeit stellte er fest, dass er sich um mehr als einen Kilometer geirrt hatte, aber hier spielten Zeit und Entfernung keine große Rolle, und er spürte, dass er in die richtige Richtung ging. Er sah nur wenige Zeichen von Besiedlung; den Rauch aus entfernten Schornsteinen, und einmal kam ein altes Ehepaar aus der entgegengesetzten Richtung an ihm vorbei. Sie schienen beide todmüde und schoben einen Karren vor sich her, auf dem Möbel und persönliche Habseligkeiten aufgetürmt waren. Auch wenn er sie oder ihr Schicksal nicht kannte, taten sie Harry doch Leid.

Ziemlich schnell verspürte er Hunger und erinnerte sich an einige Salami Sandwiches und eine Flasche deutsches Bier in seiner Reisetasche. Er verließ die Straße und kam durch ein Tor auf einen uralten Friedhof. Die Gräber störten ihm nicht – im Gegenteil, hier fühlte er sich geborgen.

Der alten Totenacker war so weit verzweigt, wie er heruntergekommen war. Harry ging zwischen den Reihen von schiefen, ungepflegten, Moos überwachsenen Grabsteinen hindurch, bis er an das gegenüberliegende Ende kam, weit weg von der Straße. Die alte Umfassungsmauer war einen halben Meter dick, bröckelte aber schon an einigen Stellen. Harry stieg an einer Stelle hinauf, an der herausgebrochene Steine eine Art Treppe geschaffen hatten, und suchte sich einen bequemen Sitzplatz. Das Sonnenlicht schien durch die Bäume auf ihn herab und erinnerte ihn daran, dass es nur noch eine Stunde bis Sonnenuntergang war. Er musste vorher bei Faethors letzter Ruhestätte angekommen sein. Aber das beunruhigte ihn nicht. Er war sich sicher, dass die nicht sehr weit weg sein konnte.

Während er die Sandwiches aß (die erstaunlich frisch geblieben waren) und das süßliche Bier trank, sah er auf das Meer windschiefer Grabsteine hinaus. Es hatte eine Zeit gegeben, in der die Bewohner dieses Ortes ihm keine Minute Ruhe gestattet hätten und wo er von ihnen auch nichts anderes erwartet hätte. Er wäre hier unter Freunden gewesen, alle begierig, ihm das zu erzählen, was sie all die Jahre über gedacht hatten. Und es hätte auch nichts ausgemacht, dass es sich dabei um Rumänen handelte, denn die Fähigkeit der Totensprache – so wie ihr Gegenstück, die Telepathie – ist universal. Harry hätte keine Probleme gehabt, sie zu verstehen, und sie hätten auch ihn verstanden.

Ach ja … die Vergangenheit, aber er war hier in der Gegenwart. Und in der war es ihm verboten, mit den Toten zu reden. Und doch musste er einen Weg finden, mit Faethor zu sprechen.

Als ihm dieser Name durch den Kopf ging, wurde die Sonne von einer Wolke verdeckt und der Friedhof lag plötzlich im Schatten. Harry fröstelte, und zum ersten Mal blickte er sich um, über die Friedhofsmauer hinweg. Da waren brach liegende Felder, die von Unkraut überwucherten Wegen und Trampelpfaden durchzogen wurden. An einigen Stellen wurde die ebene Fläche durch kleine Hügel unterbrochen, und hier und da ragten die Ruinen zerfallener Häuser aus dem Boden. Die mit Gesträuch überwachsenen Krater von Bombeneinschlägen waren noch deutlich erkennbar. In der Nähe der Hauptstraße, die vielleicht einen Kilometer entfernt war, hatten sich sumpfige Pfützen gebildet, wo die Bauarbeiten die natürliche Drainage der Gegend durcheinandergebracht hatten.

Harry verglich die Gegend mit seiner Erinnerung, legte das Bild aus seinem Gedächtnis über das, was hier vor ihm lag und langsam verschmolzen die beiden Bilder. Ihm wurde klar, dass der Taxifahrer Recht gehabt hatte: Ein Jahr später, vielleicht auch nur ein Monat, und er wäre zu spät gekommen. Denn einer dieser zerfallenden Trümmerhaufen war Faethors Heim, und die Bulldozer würden nicht mehr lange brauchen, bis sie so weit vorgedrungen waren und das Haus auf ewig dem Erdboden gleichgemacht hatten.

Harry fröstelte erneut. Er kletterte auf der anderen Seite die Mauer hinunter und ging von Ruine zu Ruine, auf der Suche nach der richtigen. Als der Abend dann der Dämmerung wich, fand er den Ort und erkannte ihn auf Anhieb wieder. Es war die Atmosphäre. Die Vögel hielten Abstand. Ihr gedämpftes Abendlied erklang nur in den Bäumen und Büschen hundert Meter weit weg und drang hierher fast nicht mehr herüber. Hier gab es keine Bienen oder andere Insekten, und das Gesträuch trug weder Blatt noch Frucht. Und selbst die gewöhnlichen Spinnen, die sich auf jedem irdischen Fleckchen breit machen, mieden Faethors Heimstatt. Die Warnung ließ sich nicht übersehen, aber es war eine, die Harry nicht beachten durfte.

Der Platz wirkte nicht ganz so, wie er ihn in Erinnerung hatte. Der gestörte Grundwasserspiegel hatte zu kleinen, sumpfigen Rinnsalen geführt, und selbst die geringste Vertiefung wurde sofort zu einem Tümpel. Die ganze Gegend war ein einziger Morast, und normalerweise würde es hier vor Mücken wimmeln, aber das war natürlich nicht der Fall. Wenigstens brauchte Harry sich keine Gedanken darüber machen, im Schlaf gestochen zu werden.

In der zunehmenden Dämmerung zog er einen Schlafsack aus seiner Reisetasche und bereitete sich eine Bettstatt auf einem Gras bewachsenen Hügel innerhalb von niedrigen, Efeu überwachsenen Mauern. Bevor er sich schlafen legte, folgte er noch dem Ruf der Natur hinter einem bröckeligen Trümmerhaufen ein paar Schritte entfernt, und als er dann zurückkam, sah er, dass er nicht ganz allein war. Zumindest die kleinen rumänischen Fledermäuse hatten keine Angst vor diesem Ort; sie segelten lautlos über ihm dahin und drehten dann ab, um anderswo zu jagen. Vielleicht zollten sie gerade auf ihre Art dem uralten, bösartigen Etwas Tribut, das an diesem Ort gestorben war.

Harry rauchte eine seiner seltenen Zigaretten, dann schnippte er die Kippe davon, die wie ein winziger Meteorit in einer Pfütze verzischte. Schließlich zog er den Reißverschluss seines Schlafsacks hoch, machte es sich so bequem wie möglich und war bereit, sich dem zu stellen, was seine Träume für ihn bereithalten mochten …

*Harry?* Die monströse Präsenz war augenblicklich da und berührte seinen schlafenden Verstand ohne jedes Vorspiel.

*Wie es scheint, bist du also gekommen.* Die Stimme klang so nah und real, als spreche ein lebender Mensch zu ihm, und Harry erkannte deutlich die Genugtuung, die in ihr mitschwang. Aber wie sehr er es auch versuchte, in seinem Traum konnte er sich nicht an den Grund erinnern, der ihn hierher geführt hatte.

Natürlich erkannte er Faethors Stimme auf Anhieb, aber er hatte keine Ahnung, was den Vampir bewogen haben mochte, ihn aufzusuchen.

Es war natürlich möglich, dass Faethor ihn einfach nur quälen wollte. Deswegen hielt er sich zurück, denn das Einzige, an das er sich erinnerte, war das Verbot, mit den Toten zu sprechen.

*Was? Sollen wir das alles noch einmal durchkauen?* Faethor schien ungeduldig. *Hör mir mal zu, Harry Keogh: Nicht ich habe dich aufgesucht, sondern es ist genau anders herum. Du bist zu mir nach Rumänien gekommen. Und dieser andere Quatsch – dass du nicht mit mir reden darfst, oder mit den Toten überhaupt: Das ist doch der Grund, warum du hier bist. Ich soll das, was dir angetan worden ist, wieder rückgängig machen!*

»Aber wenn … wenn ich mit dir spreche«, Harry hielt inne und wartete auf den Schmerz, der ihn niederstrecken musste, diesmal jedoch ausblieb. »Da ist dieser Schmerz, den ich dann spüre, und ...«

*Und? Hast du ihn jetzt gespürt? Nein, weil du schläfst und träumst. Im Wachzustand darfst du nicht mit mir reden. Aber du bist ja nicht wach. Und jetzt, könnten wir jetzt vielleicht weitermachen?*

Jetzt erinnerte sich Harry: Im Schlaf konnte ihm das Sprechen mit den Toten nichts antun. Ja, daran konnte er sich nun erinnern – und an einiges andere. »Ich bin gekommen, um etwas herauszufinden ... über Janos Ferenczy!«

*Ja, das ist tatsächlich einer der Gründe, warum du hier bist. Aber das ist nicht der Einzige. Und bevor wir uns jetzt mit all diesen Sachen beschäftigen, sag mir erst eines: Bist du aus freiem Willen hierher gekommen?*

»Ich bin hier, weil es notwendig ist«, sagte Harry. »Weil es wieder Vampire in meiner Welt gibt.«

*Aber bist du aus freien Stücken gekommen, hast du selbst das gewollt? Oder bist du gezwungen worden, hierher zu kommen, hat man dich gegen deinen Willen beschwatzt oder hierher gedrängt?*

Mittlerweile hatte Harry sich in seinen Traum hineingefunden und er fiel nicht mehr so leicht auf die Tricks des Vampirs herein. Außerdem war er in den Spitzfindigkeiten der Vampire schon beinahe so geübt wie die Wamphyri selbst und wusste, dass es sich dabei nur um taktisches Manövrieren handelte.

»Gezwungen? Nein, niemand hat mich gezwungen. Gedrängt? Im Gegenteil, meine Freunde hätten mich am liebsten zurückgehalten. Aber bin ich beschwatzt worden? Das wohl – von dir, alter Teufel. Ganz bestimmt von dir.«

*Von mir?* Faethor war jetzt die gekränkte Unschuld. *Wie könnte das sein? Du hast ein Problem, und ich habe die Lösung dafür. Jemand hat in deinen Kopf gegriffen, hat sich dein Gehirn geschnappt und einen Knoten hineingemacht. Ich kann diesen Knoten vielleicht entwirren – wenn ich Lust dazu habe. Aber die habe ich ganz bestimmt nicht, wenn du überall Hindernisse aufbaust und solche Anschuldigungen vorbringst. Also los jetzt, frei heraus: Habe ich dich beschwatzt, hierher zu kommen? Inwiefern?*

»So wie ich das sehe«, erklärte Harry, »hat das Wort ›beschwatzen‹ verschiedene Bedeutungen. Man kann jemanden zu etwas drängen oder jemanden mit Schmeichelei dazu bringen, etwas zu tun. Es geht darum, jemanden zu umschmeicheln oder zu täuschen, um einen persönlichen Vorteil zu erhalten. Und wenn es dann noch ein Vampir ist, der einen ›beschwatzen‹ will, dann wird das alles noch viel komplizierter und das Ergebnis ist meistens sehr unangenehm.«

*Pah!* Harry spürte Faethors Verärgerung und seine Verblüffung, dass ein kleines Menschlein es wagte, ihm bei seinen eigenen Spielchen Kontra zu geben. Aber er spürte auch das gleichmütige Achselzucken des Vampirs, das eine gewisse Endgültigkeit in sich tragen mochte.

*Na gut,* meinte Faethor, *das war es dann wohl! Du traust mir nicht. So sei es: Deine Reise war vergeblich, wache auf und sieh zu, dass du wieder wegkommst. Ich hatte gedacht, wir wären Freunde, aber ich habe mich geirrt. Und wenn das so ist … Was kümmert es mich, ob es in deiner Welt Vampire gibt? Du und deine Welt, ihr könnt zum Teufel gehen, Harry Keogh!*

Harry ließ sich dadurch nicht täuschen. Faethor wollte sehen, wie er bettelnd vor ihm im Staub kroch. Aber Faethor hätte ihn nie herbestellt, um ihn jetzt so beiläufig wieder wegzuschicken. So waren Vampire nun einmal. Es war eine Masche, um zu zeigen, wer hier das Sagen hatte. Aber so, wie einige Träume deutlich und klar sind wie das wirkliche Leben, so entwickelte sich auch dieser Traum. In diesem Traum arbeitete Harrys Verstand jetzt auf Hochtouren.

»Reden wir doch mal Klartext, Faethor. Mir ist plötzlich klar geworden, dass wir zwar dann und wann miteinander gesprochen haben, dass wir uns aber noch nie von Angesicht zu Angesicht begegnet sind. Und ich bin mir sicher, dass ich, wenn ich nur dein unverhülltes, ehrliches Gesicht hier vor mir sehen könnte – nun, ich würde mich dann viel wohler fühlen. Und müsste nicht mehr so auf der Hut sein.«

*Ach?* Sein Gegenüber tat, als sei er überrascht. *Du bist immer noch hier? Ich hätte schwören können, unser Gespräch sei beendet. Vielleicht hast du mich aber auch nicht richtig verstanden. Dann sage ich es noch einmal klar und deutlich: VERSCHWINDE!*

Diesmal zuckte Harry mit den Achseln: »Na gut. Das ist auch kein großer Verlust. Seien wir doch mal ehrlich: Ich hätte nie etwas von dem glauben können, was du mir erzählt hättest.«

*Was?* Jetzt war Faethor ernsthaft beleidigt. *Wie oft habe ich dir schon geholfen? Wie oft habe ich dich zum Erfolg geführt, wenn es viel einfacher – und vernünftiger – gewesen wäre, dich scheitern zu lassen?*

»Wir haben dieses Gespräch schon des Öfteren geführt«, gab Harry ungerührt zurück. »Müssen wir das alles noch einmal durchkauen? Wenn ich mich recht entsinne, hatten wir uns beim letzten Mal darauf geeinigt, dass unsere Kooperationen zum ›beiderseitigen Nutzen‹ waren. Keiner von uns hat mehr bekommen als der andere. Also komm von deinem hohen Ross herunter und sag mir, warum du auf diesem schrägen Ritual bestehst, dass ich aus freiem Willen gekommen sein muss? Was für eine Verpflichtung gehe ich ein, wenn ich das zugebe?«

*Ach!,* seufzte Faethor nach kurzem Zögern. *Wenn du es doch gewesen wärst, Harry, und nicht dieser blutlüsterne Thibor oder diese verschlagene hinterlistige Ratte Janos! Hätte ich mir doch nur meine Söhne sorgfältiger ausgesucht, was? Zwei wie du und ich – wir hätten zusammen die Welt beherrschen können … Aber … Dafür ist es jetzt zu spät, denn Thibor hat mein Ei bekommen und Janos ist der Sohn meiner Lenden. Und von mir ist nicht mehr genug geblieben, um das eine oder das andere zu zeugen.*

»Wenn ich nur für einen Augenblick glauben würde, dass du dazu noch in der Lage wärst, Faethor, dann wäre ich ganz bestimmt nicht hier.« Selbst im Traum zitterte Harry bei dem Gedanken.

*Aber du bist hier, und deswegen bitte ich dich, den Formalitäten Genüge zu tun, diesem uralten ›Ritual‹, über das du so bissig und misstrauisch redest.*

»Ah. Nun bittest du mich also. Aber ich frage mich immer noch: Was hast du davon?«

*Auch dieses Gespräch haben wir doch schon gehabt. Na gut, wenn ich mich denn wiederholen muss: Dieser Spross meiner Lenden – das Produkt meiner menschlichen Seite, Janos – geht wieder in der Welt der Menschen um, und das ertrage ich nicht! Als Thibor versucht hat, sich wieder zu erheben, wer ist dir da zu Hilfe gekommen und wer hat dich unterstützt, um ihn niederzuzwingen? Ich war das, denn ich habe diesen Schweinehund gehasst! Und jetzt ist Janos dran. Du fragst, was ich davon habe? Nun, wenn du ihm den Todesstoß versetzt, vielleicht könntest du mir den Gefallen tun, ihm zu sagen, dass sein Vater dir geholfen hat, der gerade in diesem Augenblick in seinem Grab lacht. Das wird mir Belohnung genug sein.*

»Was?« Harry sprach (und dachte) sehr langsam und sehr sorgfältig. »Aber das wäre doch ganz bestimmt eine Lüge, denn nichts von dir liegt in irgendeinem Grab. Du bist in dem Feuer verbrannt, das dein Haus zerstört hat, stimmt das nicht?«

*Du weißt doch, dass es so war,* stieß der Vampir hervor. *Aber ich bin trotzdem hier, wenn man so will, denn wie könnte ich sonst mit dir reden? Es ist mein Geist, meine Seele, das Echo einer Stimme, die längst vergangen ist, was du da hörst. Es ist dein Talent, deine Fähigkeit, mit den Toten zu sprechen, und das sollte schon Beweis genug dafür sein, dass ich der Vergangenheit angehöre.*

Harry schwieg eine Weile. Er wusste, dass ihm hier nichts geschenkt werden würde. Er würde nichts bekommen, wenn er nicht bereit war, zuerst etwas zu geben. Faethor drängte, er bestand sogar darauf, dass seine Regeln bei jedwedem Handel, den sie hier abschlossen, gelten mussten. Und es war klar, dass der Vampir sich schließlich durchsetzen würde, denn ohne ihn war Harrys Mission von vornherein zum Scheitern verurteilt. Er dachte darüber nach, versuchte aber gleichzeitig, seine Gedanken vor Faethor verborgen zu halten.

*Ah! Jetzt begreife ich!,* rief der Vampir schließlich aus. *Du hast Angst vor mir, Harry Keogh! Vor mir, einem Etwas, das seit langer Zeit tot ist, verbrannt und zerschmolzen in einem Holocaust! Aber warum nur? Was ist jetzt anders? Wir kennen uns doch. Das ist doch nicht das erste Mal, dass wir zusammentreffen, um uns zu verbünden.*

»Nein. Aber es ist auf jeden Fall das erste Mal, dass ich dich zum Bettgenossen habe. Ich bin schon früher hier gewesen, aber da war ich wach. Und ansonsten habe ich mit dir nur über große Entfernungen gesprochen, und auch da mit der Totensprache, und immer zu Zeiten, wo das für mich nicht gefährlich sein konnte. Und wenn ich eines über Vampire gelernt habe, Faethor, dann das: Wenn sie am verwundbarsten scheinen, dann sind sie am gefährlichsten!«

*Wir reden im Kreis und das führt zu nichts,* meinte der Vampir, fast verzweifelt. Aber auch wenn er jetzt ein gewisses Desinteresse vorspielte, war sich Harry doch ziemlich sicher, dass er in diesem Punkt nicht von seinem Ansinnen abweichen würde. Und das bedeutete, dass nur einer von ihnen dieses Patt aufheben konnte.

»Nun gut, einer von uns muss ja wohl nachgeben. Vielleicht bin ich ein Idiot, aber … ja, ich bin aus eigenem Willen gekommen!«

*Gut!,* knurrte der Vampir sofort, und Harry konnte beinahe sehen, wie er zufrieden mit den Lippen schmatzte. *Eine sehr kluge und hilfreiche Entscheidung. Warum auch nicht? Wenn ich deine Sitten und Gebräuche akzeptiere, warum solltest du dann die meinen nicht auch beachten?* Sie legten Wert darauf, zu gewinnen, diese Kreaturen, selbst wenn es nur um etwas so Belangloses wie ein Streitgespräch ging. Vielleicht hatte das auch sein Gutes, denn jetzt ließ sich Faethor möglicherweise eher dazu bewegen, in einem anderen Punkt nachzugeben.

Und dann, als habe er Harrys Gedanken gelesen: *Nun, dann können wir jetzt auch auf der gleichen Stufe miteinander reden. Du wolltest von Angesicht zu Angesicht mit mir sprechen? So sei es.*

Bisher war der Traum trübe, grau und öde gewesen, ein Ort ohne Substanz, in dem nur Gedanken ausgetauscht wurden. Aber jetzt wurde das Grau von einem schwachen Wirbel erfasst, löste sich rapide und gab eine Nebel bedeckte Ebene unter einem schmalen, sichelförmigen Mond frei. Harry saß auf einer verfallenen Mauer und seine Beine baumelten in dem Bodennebel, der bis zu seinen Knöcheln reichte. Faethor saß auf einem Trümmerhaufen, eine dunkle Gestalt in einer alles verhüllenden Robe, deren Kapuze sein Gesicht beschattete. Nur die Augen brannten aus dieser dunklen Höhle, winzige feuerrote Lichtpunkte.

*Gefällt dir das hier besser, Harry Keogh?*

»Ich kenne diesen Ort.«

*Natürlich tust du das, du bist immer noch am gleichen Ort, nur ein wenig in der Zukunft. Auch das war eine meiner Fähigkeiten: Ich konnte voraus in die Zukunft sehen. Leider war es eine unzuverlässige Gabe, sonst wäre ich in der Nacht nicht hier gewesen, als die Bomben fielen.*

Harry sah sich um. »So wie es aussieht, haben die Bulldozer ihre Arbeit getan. Offenbar ist nur dein Haus übrig geblieben.«

*Für den Moment noch, ja. Ein Trümmerhaufen auf einer Ebene, umgeben von Schlamm und Schutt, aus dem in Kürze ein Industriekomplex werden soll. Selbst wenn es da Ohren gäbe, die mich wahrnehmen könnten, wer würde schon auf mich hören? Bei all diesem Lärm und den vielen Maschinen? Wie tief sind die Mächtigen gesunken, dass ich das hier erdulden muss, Harry Keogh? Kannst du jetzt verstehen, warum Thibor leiden musste und schließlich vernichtet worden ist, und warum es Janos genauso ergehen soll? Sie hätten alles haben können, aber stattdessen haben sie sich gegen mich gestellt. Sollte ich wirklich als Gespenst einsam, ungeliebt und vergessen an diesem Ort verweilen, während einer von denen wieder in der Welt umgeht und unter Umständen sogar zu Macht aufsteigt? Vielleicht die Macht schlechthin wird? Nein, ich werde nicht ruhen, bis ich nicht weiß, dass Janos so unbedeutend ist wie ich oder vielleicht sogar noch weniger – nämlich nichts mehr.*

»Und ich soll das Instrument deiner Rache sein?«

*Ist es nicht das, was du wolltest? Überschneiden sich da nicht unsere Ziele?*

»Ja. Nur will ich das für die Sicherheit einer Welt, und du willst es aus deinen eigenen selbstsüchtigen Motiven. Thibor und Janos waren deine Söhne. Was auch immer es ist, was du an ihnen hasst, sie haben es von dir. Das ist ein seltsamer Vater, der seine eigenen Söhne tötet, weil sie zu sehr nach ihm schlagen.«

Faethor sah ihn düster an und seine Stimme wurde weich und einschmeichelnd: *Tatsächlich, Harry? Wirklich? Kannst du das beurteilen? Ja, ja, natürlich – sicher, du kennst dich damit aus – ich habe gehört, dass auch du einen Sohn hast …*

Harry schwieg; er hatte darauf keine Antwort. Vielleicht würde er seinen Sohn töten, wenn er dazu in der Lage wäre, oder zumindest würde er versuchen, ihn zu verändern. Aber hatte er nicht auch versucht, Lady Karen zu ändern?

Faethor interpretierte sein Schweigen als etwas Anderes; er befürchtete, zu weit gegangen zu sein. Daher änderte er hastig seinen Tonfall: *Na ja, da sind die Umstände ja auch anders. Und außerdem bist du ein Mensch und ich Wamphyri. Zwischen uns kann es keine Gemeinsamkeiten geben, auch wenn wir ein gemeinsames Ziel haben. Beenden wir also diese gegenseitigen Vorwürfe und Anschuldigungen. Wir haben etwas zu erledigen.*

Harry war froh, das Thema wechseln zu können. »Gut, hier sind die Fakten: Wir wollen beide Janos erledigen und diesmal für immer. Keiner von uns kann das allein schaffen. Du bist dazu auf keinen Fall in der Lage. Und auch ich kann das nicht, wenn mir meine Fähigkeit fehlt, mit den Toten reden zu können. Du sagst, du kannst mir diese Fähigkeit zurückgeben, und das, weil es ein Vampir gewesen ist, der mir diese Gabe genommen hat, nur ein Vampir sie wieder herstellen kann. Na gut, ich glaube dir. Wo ist der Haken?«

Faethor seufzte und schien auf seinem Trümmerhaufen ein wenig in sich zusammenzusacken. Er wandte seine rot glühenden Augen ab und blickte auf die Nebelbank hinaus. *Jetzt kommen wir zu dem Punkt, von dem ich weiß, dass du dich heftigst dagegen wehren wirst. Und doch geht es nicht anders.*

»Spuck's aus!«

*Das Problem liegt in deinem Kopf. Ein Wesen – jemand Anderes als du – hat die verschlungenen Windungen deines Gehirns besucht und dort gewisse Veränderungen vorgenommen. Sagen wir es mal bildlich: In deinem Haus sind die Möbel umgestellt worden. Und jetzt muss jemand Anderes hineingehen und alles wieder zurechtrücken.*

»Du willst, dass ich dich in meinen Verstand lasse?«

*Du musst mich dazu einladen, und ich muss ihn aus meinem eigenen Willen betreten.*

Harry rief sich in Erinnerung, was er über Vampire wusste: »Als Thibor sich in Dragosanis Verstand festgesetzt hatte, versuchte er, ihn nach seinem Willen zu lenken. Er hat sich in Dragosanis Angelegenheiten eingemischt. Und als er den Fötus berührt hat, aus dem dann Yulian Bodescu werden sollte, hat das bereits ausgereicht, um das Kind für immer zu verändern und aus ihm ein Monster zu machen. Und Thibor war auch später noch in Yulians Verstand, konnte mit ihm kommunizieren und ihn auch über große Entfernungen hinweg führen und anleiten. Und gerade in diesem Moment hat ein Freund von mir da drüben auf Rhodos einen

Vampir, Janos, dein Fleisch und Blut, in seinem Verstand, oder wenigstens wird er von ihm kontrolliert. Und für meinen Freund bedeutet das eine Hölle aus Pein und Qual. Und du meinst, ich solle dich in meinen Schädel lassen?«

*Ich habe doch gesagt, du würdest dich sträuben.*

»Wenn ich das ein Mal zulasse, wie kann ich da sicher sein, dass es nicht wieder passieren wird, wenn ich das nicht will?«

*Nur zur Erinnerung: Entfernung hat Dragosani aus der Gefahrenzone gebracht. Selbst wenn es möglich wäre, was du da andeutest – hast du etwa vor, für immer in Rumänien zu bleiben? Nein, denn du musst deinen eigenen Weg gehen, der dich weit aus meiner Reichweite führt. Und noch etwas, woran du denken solltest: Thibor war eine untote Kreatur im Erdreich – er war real, besaß Substanz und war intakt – aber ich bin nur ein Schatten, tot und für immer vergangen. Ein Geist – leer, substanzlos, körperlos und für niemanden von Bedeutung.*

»Außer für einen Necroscopen.«

*Ja, du bist die Ausnahme.* Faethors Schatten nickte zustimmend. *Der Mann, der mit den Toten redet und mit ihnen Freundschaft schließt. Oder es früher wenigstens getan hat.*

»Und wie stellen wir das an? Ich bin kein Telepath, und in meinem Verstand kann man nicht lesen wie in einem Buch.«

*In gewisser Weise bist du das doch,* erklärte Faethor. *Ist diese Fähigkeit, mit den Toten zu reden, nicht auch eine Form von Telepathie? Und damals, als du selbst keinen Körper mehr hattest, hast du da nicht auch mit den Lebenden gesprochen?*

»Das war seltsam damals. Es war genau als ob ich mit den Toten spräche, nur andersherum. Da ich körperlos war, hatte ich auch keine Stimme, und so konnte ich mit den Lebenden – mit denen, die einen Körper hatten – auf die gleiche Weise sprechen wie sonst mit den Toten!«

Wieder nickte Faethor. *Du hast größere Fähigkeiten, als du überhaupt ahnst, Harry Keogh. Ich versichere dir, ich kann in deinen Verstand hineingehen wie Thibor es bei Dragosani getan hat – aber ohne die Nebenwirkungen.*

Harry spürte Faethors Eifer. Viel zu viel Eifer. Aber er kam nicht darum herum. »Was muss ich tun?«

*Nichts. Entspanne dich einfach. Schlafe traumlos. Und ich werde deinen Geist besuchen.*

Harry merkte, wie Faethors Manipulationen – seine hypnotischen Fähigkeiten – ihn bearbeiteten, und er wehrte sich dagegen. »Halt! Ich will drei Dinge. Und wenn dein Herumpfuschen in meinem Verstand funktioniert, vielleicht später auch noch ein Viertes.«

*Heraus damit.*

»Erstens: Du beseitigst den Schaden, der mir zugefügt worden ist, und gibst mir die Fähigkeit, mit den Toten zu sprechen, zurück, wie wir es besprochen haben. Zweitens: Du gibst mir eine Art Schutz gegen Janos' Telepathie, denn ich habe gesehen, was er mit einem Verstand wie meinem machen kann. Drittens: Du siehst dich um, ob es da eine Möglichkeit gibt, wie ich wieder ins Möbius-Kontinuum gelangen kann. Das ist die beste Waffe gegen Janos und würde mir einen sehr großen Vorteil verschaffen.«

*Und das Vierte?*

»Wenn – falls – ich wieder mit den Toten sprechen kann, dann ist es mir möglich, dich zu finden, egal wo ich bin. Und dann werde ich dich vielleicht noch einmal um Hilfe bitten müssen, hoffentlich zum allerletzten Mal. Um den Verstand meines Freundes Trevor Jordan zu befreien, den Janos versklavt hat.«

*Nun, was das Letzte angeht: Wenn es machbar ist, dann werde ich es zu gegebener Zeit tun. Bei deiner Teleportationsfähigkeit werden wir sehen, was sich da machen lässt. Aber ich habe wenig Hoffnung. Das ist keine Kunst, die ich je beherrscht habe. Ich kenne mich damit nicht aus, und wie kann ich etwas entschlüsseln, das in einer Sprache geschrieben ist, die ich nicht beherrsche? Die mathematischen Künste sind mir unbekannt. Das Sprechen mit den Toten dagegen ist etwas, was ich ganz sicher wieder herstellen kann, denn damit kenne ich mich aus. Selbst wenn sie schon viele hundert Jahre tot waren, so haben meine Szgany doch immer meinem Ruf gehorcht und haben sich von den Toten erhoben, wenn ich es ihnen befahl. Und dann willst du noch eine Art Schutzschild vor Janos' hypnotischen Fähigkeiten. Nun, das ist nicht so einfach: Es ist nicht eine Art Gabe, die ich dir verleihen oder zukommen lassen kann. Aber ich werde dir später erklären, wie man Feuer mit Feuer bekämpft. Das hilft vielleicht – wenn du die Hitze ertragen kannst.*

»Faethor«, Harry hatte sich jetzt mehr oder weniger mit seinem Schicksal abgefunden. »Ich frage mich, ob ich dir dankbar sein werde, wenn wir das hier hinter uns gebracht haben? Werde ich dir überhaupt genug danken können? Oder werde ich dich in alle Ewigkeit verfluchen, und wird es dann überhaupt Flüche geben, die dir angemessen wären? Es kann ja sein, dass du selbst jetzt noch versuchst, mich zu vernichten, wie du alles andere vernichtest hast, das du je berührt hast. Und doch … so wie es aussieht, habe ich keine Wahl.«

*Das stimmt nicht so ganz, Harry,* erwiderte Faethor. *Alles zerstört? Ja, ich habe einiges zerstört, aber ich habe auch einiges geschaffen. Und es ist auch nicht richtig, dass du keine Wahl hast. Im Gegenteil scheint mir deine Wahl ganz einfach: Du kannst mir jetzt als einem treuen und langjährigen Verbündeten trauen, oder du gehst wieder und wartest, bis Janos dich aufgespürt hat. Und dann kannst du dich ihm wie ein Kind entgegenstellen, nackt und schutzlos all seinen Tricks und Listen ausgeliefert.*

»Hören wir auf mit dem Gerede. Wir wissen beide, dass mir nur ein Weg offen steht. Verschwenden wir also nicht noch mehr Zeit.«

Und so: *Schlaf,* raunte Faethor. Seine geistige Stimme hallte tief und dunkel wie ein bodenloser, blutgefüllter Tümpel. *Schlaf einen traumlosen Schlaf, Harry Keogh, und lass dabei all die Tore zu deinem Geist offen für mich. Schlaf, und lass mich hineinsehen. Ja, und auch wenn du mich aus freien Stücken hineinlässt, werde ich doch einige Türen finden, die mir verschlossen sind – ebenso wie dir! Dies sind die Türen, die ich aufsperren muss. Denn hinter ihnen liegen all deine Fähigkeiten, die dein Sohn deinem Zugriff entzogen hat.*

*Schlaf, Harry. Du und ich, wir sind die Betrogenen, verraten von unserem eigenen Fleisch und Blut. Wenigstens das haben wir gemeinsam. Nein, sogar mehr als das, denn zu unserer Zeit waren wir beide wer. Und du … wirst … wieder … jemand … sein …, Haaarrry Keeeooogh!*

Der Nebel auf der Ebene zerfloss, als Faethor sich aufrichtete und auf Harry zu schwebte, der zusammengesunken auf der zerfallenen Mauer lag. Der vor langer Zeit verstorbene Vampir streckte eine Hand nach Harrys Gesicht aus … Die Hand war weiß und skelettiert, und die Finger ragten aus dem zerschlissenen

Ärmel seiner Robe wie ein Bündel dünner Stöckchen. Die knochigen Gliedmaßen berührten Harrys Stirn und versanken in seinem Schädel.

Und als die rubinroten Flammen in Faethors Augenhöhlen verglommen, leuchtete ihr Licht wieder hinter Harrys geschlossenen Augenlidern auf, wie rote Kerzen hinter Verbundglas. Und danach … Harrys geheimste Dinge lagen offen vor dem Vampir: seine Gedanken und Erinnerungen und Leidenschaften, sein ganzes Selbst.

Und dann, nach einer Zeit, in der nur Sekunden, aber genauso gut auch Jahrtausende vergangen sein konnten: *Wach auf!*

Harry erwachte aus seinem Traum mit einem Niesen; und er nieste sofort noch einmal, als ihm klar wurde, dass er wirklich wach war. Er ließ den Kopf ein wenig in seinem Schlafsack hin und her rollen, da erklang ein weiches, platzendes Geräusch dicht neben ihm. Im schwachen Licht der Dämmerung sah er einen Kreis kleiner schwarzer Pilze oder Schwämme, die in der Nacht neben seiner Bettstatt hochgeschossen waren. Sie verrotteten bereits wieder, platzen bei der geringsten Bewegung auf und verteilten ihre Sporen in pfeffrigen Wolken. Harry nieste erneut und setzte sich auf. Einen Moment lang stand sein Traum klar vor seinem inneren Auge, löste sich aber schon wieder auf, wie Träume das so an sich haben. Er versuchte, sich daran zu erinnern – aber da war er schon verflogen. Er wusste, dass er sich mit dem Geist von Faethor Ferenczy unterhalten hatte, aber das war auch alles. Falls etwas zwischen ihnen vorgefallen war, konnte er sich nicht mehr daran erinnern. Auf jeden Fall fühlte er sich nicht anders als zu dem Zeitpunkt, als er sich schlafen gelegt hatte.

*Ach?*, meinte Faethor. *Bist du dir da wirklich sicher, Harry Keogh?*

»Mein Gott!«, stieß Harry hervor und zuckte heftig zusammen. »Wer …?« Er sah sich um, aber niemand war zu sehen.

*Hast du wirklich gedacht, ich würde dich enttäuschen?*, fragte Faethor.

»Ich kann wieder mit den Toten sprechen!«, flüsterte Harry.

*Ich habe dir diese Fähigkeit zurückgegeben. Da, jetzt siehst du, dass Faethor Ferenczy sein Wort hält.*

Harry hatte sich aus seinem Schlafsack geschält und im zerfließenden Morgennebel auf die Füße gerappelt. Jetzt setzte er sich wieder, mit einem Plumps. Kein stechender Schmerz in seinem Kopf, keine Säure, die in seinen Verstand geträufelt wurde. Seine Gabe schien ihm vollständig zurückgegeben.

Er musste das nur noch ausprobieren.

»Faethor?« Geblieben war die instinktive Erwartung, jeden Moment von einer Schmerzattacke niedergestreckt zu werden. »War es … war es schwierig?«

*Nun, einfach war es bestimmt nicht.* Der tote Vampir klang erschöpft. *Dieser Eingriff war das Werk eines Fachmanns! Ich habe die ganze Nacht gebraucht, um dein Haus von diesem Gift zu reinigen, Harry. Und jetzt musst du dir selbst ein Bild davon machen, wie erfolgreich ich gewesen bin.*

Harry richtete sich wieder auf. Mit angehaltenem Atem versuchte er, ein Möbiustor heraufzubeschwören … vergeblich. Die Gleichungen, die sich mit rasender Geschwindigkeit auf dem Computermonitor in seinem Kopf bildeten, umstellten und miteinander multiplizierten, waren böhmische Dörfer für ihn. Er konnte sie nicht einmal isoliert voneinander begreifen, geschweige denn als zusammengehörendes Konzept oder System. Er seufzte: »Ich bin dir dankbar – du wirst nie ermessen können, wie dankbar ich dir bin – aber du warst nicht auf der ganzen Linie erfolgreich.«

Faethors Antwort, in der ein körperloses Achselzucken mitschwang, war fast so etwas wie eine Entschuldigung: *Ich habe dich gewarnt, dass es wahrscheinlich so kommen würde. Ich habe zwar den Sektor gefunden, wo das Problem liegen muss, und es ist mir auch gelungen, einige der Türen zu öffnen. Aber dahinter …*

»Ja?«

*– da war nichts! Weder Zeit noch Raum, gar nichts. Das sind Bereiche, die mir Angst machen, Harry, und es fällt mir schwer, mir vorzustellen, dass so etwas mitten in deinem Kopf existiert – in einem normalen menschlichen Kopf! Mir war so, als genüge ein einziger Schritt über die Schwelle und ich würde hineingesaugt und wäre auf immer verloren an einem Ort jenseits der Grenzen unseres Universums. Ich brauche wohl nicht zu sagen, dass ich diesen Schritt nicht getan habe. Selbst wenn ich es versucht hätte: Jedes Mal, wenn ich eine*

*dieser Türen geöffnet habe, schlug sie mir wieder vor der Nase zu. Was mir jedes Mal ganz recht war.*

Harry nickte: »Du hast auf das Möbius-Kontinuum hinaus geblickt. Wenn ich hier fertig bin, muss ich versuchen, ihn zu finden: Möbius, meine ich. Denn so wie du ein Meister deines Fachs bist, ist er die einzig wahre Koryphäe auf seinem. Bisher war es für mich nutzlos, ihn aufzusuchen, denn ohne meine Fähigkeit, mit den Toten zu sprechen, hätte ich nicht mit ihm reden können.«

*Willst du ihn jetzt sofort aufsuchen?* Faethor war begeistert. *Genies faszinieren mich. Es gibt eine Seelenverwandtschaft zwischen allen wahren Genies, Harry. Egal wie weit ihre spezifischen Fähigkeiten voneinander entfernt sind und in welchen Sphären sie sich bewegen, der innere Zwang ist doch immer der gleiche. Sie wollen alle Unvollkommenheiten beseitigen. Da, wo dieser Möbius den reinen Zahlen bis zur Essenz auf den Grund gegangen ist, da habe ich nach dem vollkommenen Bösen gesucht. Wir stehen auf entgegengesetzten Seiten einer gewaltigen Kluft, aber trotzdem sind wir auf eine bestimmte Art Brüder. Ach, es wäre wunderbar, solch einem Menschen zu begegnen.*

»Nein.« Automatisch hatte Harry den Kopf geschüttelt und er wusste, dass Faethor das gespürt hatte. »Ich werde ihn nicht sofort aufsuchen. In Kürze, aber nicht sofort. Vorher muss ich ein wenig üben und mir sicher sein, dass ich immer noch so gut mit den Toten kommunizieren kann, wie ich es früher konnte. Erst dann werde ich zu ihm gehen.«

*Wie du willst. Und was machst du jetzt? Gehst du auf die Jagd nach Janos?*

Harry rollte seinen Schlafsack zusammen und stopfte ihn in seine Reisetasche. »Auch das werde ich zu gegebener Zeit tun. Aber zuerst werde ich zu meinen Freunden nach Rhodos zurückfahren und sehen, was dort inzwischen geschehen ist. Vorher gibt es aber noch einige Dinge, die du mir erzählen musst. Ich will immer noch alles über Janos wissen. Je besser man seinen Feind kennt, desto einfacher ist es, ihn zu vernichten. Und ich muss wissen, wie ich mich gegen seine Fähigkeiten schützen kann.«

*Natürlich,* sagte Faethor. *Ich habe doch tatsächlich vergessen, dass wir hier noch gar nicht fertig sind. Aber du siehst ja, wie sehr ich darauf brenne, dass du dich auf den Weg machst. Ich bin hier zweifellos etwas übereifrig! Und natürlich hast du Recht. Du bist auf jedwede Waffe angewiesen, wenn du ihn vernichten willst. Wie du dich am besten verteidigst? Das lässt sich leider nicht einfach in ein paar Worten zusammenfassen. So etwas liegt einem Wamphyri im Blut, aber man kann es nur schwer jemanden lehren. Selbst die beste Reaktionsgabe reicht da nicht. Das muss man instinktiv beherrschen. Wenn wir eine ganze Woche hätten …*

»Nein«, wieder schüttelte Harry den Kopf. »Das steht außer Frage. Kannst du mir nicht einfach einen Schnellkurs geben? Ich bin nicht ganz blöd und vielleicht bleibt ja etwas hängen.«

*Ich kann es versuchen.*

Harry steckte sich eine Zigarette an und nahm auf seiner vollgestopften Reisetasche Platz: »Dann los!«

Faethor zuckte mit den Achseln und setzte augenblicklich an: *Janos ist ohne Zweifel der beste Telepath – der Mensch mit den stärksten hypnotischen oder suggestiven Fähigkeiten – der mir je untergekommen ist. Also wird er als erstes versuchen, in deinen Verstand einzudringen. Nun, wie ich schon erwähnt habe, ist dein Verstand ganz offensichtlich und unverkennbar etwas Außergewöhnliches, Harry. Das muss er ja auch sein, schließlich bist du der Necroscope! Aber wo du nur Gutes getan hast, hat sich Janos, so wie ich auch zu meiner Zeit, völlig dem Bösen verschrieben. Und weil du weißt, dass er böse ist, fürchtest du ihn und das, was er dir antun könnte. Verstehst du?*

»Natürlich. Das ist mir alles nicht neu.«

*Für jeden, der mit den Wamphyri weniger vertraut ist als du, ist die Ehrfurcht – der bloße Schrecken – den Janos hervorruft, so gewaltig, dass das Opfer wie gelähmt ist. Aber du kennst dich mit uns und unseren Gepflogenheiten aus, du bist sogar ein Experte auf diesem Gebiet. Kennst du den Spruch, dass die beste Form der Verteidigung der Angriff ist?*

»Das habe ich schon mal gehört.«

*Ich schätze, in diesem Fall könnte das wahr sein.*

»Ich soll ihn angreifen? Mit meinem Verstand?«

*Du darfst nicht vor ihm zurückschrecken, wenn du seine Nähe spürst, du musst dich ihm entgegenstellen. Er wird versuchen, in deinen Verstand einzudringen? Okkupiere seinen! Er wird von dir Angst erwarten; tritt ihm selbst-*

*sicher entgegen! Er wird dich bedrohen; wisch diese Drohungen zur Seite und schlage zu! Aber vor allem, lass dich durch seine Bosheit nicht schwächen. Wenn er seine gewaltigen Kiefer aufsperrt, um dich zu verschlingen, spaziere durch sie hinein, denn von Innen ist er verwundbarer!*

»Ist das alles?«

*Ich fürchte, wenn ich noch mehr sage, wird dich das nur verwirren. Wer weiß? Vielleicht hilft dir die Kenntnis von Janos' Werdegang mehr als alle Kniffe, die ich dir beibringen könnte, um dich gegen ihn zu wappnen. Außerdem bin ich müde nach dem Werk einer langen Nacht. Frag mich nach dem, was gewesen ist, aber nicht nach dem, was kommen wird. Ich habe zwar viele Zeiten erlebt und gesehen, aber wie meine augenblickliche Situation nur allzu deutlich zeigt, habe ich mich mit der Zukunft viel zu oft geirrt.*

Harry überlegte, was ihm das jetzt gebracht hatte: Faethor hatte ihm einen ›Rat‹ gegeben, wie er einem geistigen Angriff durch Janos begegnen solle. Manch einer würde es für selbstmörderisch halten, solchen Instruktionen zu folgen, aber der Necroscope war sich da nicht so sicher. Auf jeden Fall war es nicht viel, was er da gegen Janos ins Feld führen konnte. Aber offenkundig würde er auch nicht mehr bekommen. Der Anbruch des Tages hatte den Tatendrang des Vampirs merklich gedämpft.

Harry stand auf, reckte sich und blickte sich um.

Der Nebel verflog zusehends. Ein halbes Dutzend leerer Häuser stand in ein paar hundert Metern Entfernung hinter einer Hecke. In der anderen Richtung zeichneten sich die Umrisse von Baggern und Bulldozern wie Dinosaurier vor dem grauen Horizont ab. In einer Stunde würden sie zu ihrem zerstörerischen, unaufhaltsamen Werk erwachen, so als ob die Sonne ihre wechselwarmen Flanken zur Bewegung angestachelt habe.

Harry blickte auf den Boden, auf dem er stand, den Ort, an dem Faethor gestorben war, in der Nacht, in der Ladislau Giresci ihm den Kopf in den Ruinen eines zerbombten brennenden Hauses abgeschlagen hatte. Er sah die Pilze, die mittlerweile verfaulten und auseinander liefen und die ihre Sporen wie rote Flecken über das Gras und den Boden verteilt hatten. Und vor seinem inneren Auge erschien Faethor, die skelettierte Gestalt in der Robe, die ihm in seinem Traum entgegengetreten war. »Schaffst du es jetzt noch, mir Janos' Geschichte zu erzählen?«, fragte der Necroscope in die leere Luft hinein.

*Das ist keine Anstrengung, sondern es wird mir ein Vergnügen sein,* antwortete der Andere augenblicklich. *Ich habe ihn mit Lust gezeugt und es wird mir noch größere Lust bereiten, wenn ich ihn wieder in den Staub trete!*

*Aber zuerst … erinnerst du dich noch an die Geschichte von Thibor in seinen frühen Tagen? Wie er mir mein Schloss in der Khorvatei gestohlen hat? Und wie ich schwer verletzt nach Westen geflüchtet bin? Nun, ich werde es dir wieder ins Gedächtnis rufen.*

*Es war so …*

# ZWEITES KAPITEL

Thibor der Wallache – dem ich mein Ei, meinen Namen und mein Banner gegeben hatte, und in dessen Hände ich mein Schloss, meine Ländereien und die Kräfte der Wamphyri gelegt hatte – dieser verfluchte, undankbare Hund hatte mich schwer verwundet.

Als ich brennend von den Mauern meines Schlosses stürzte, durchlebte ich unglaubliche Qualen. Zahllose mir dienstbare Fledermäuse flatterten zu mir, während ich fiel, verbrannten und starben für ihre Treue, aber dennoch gelang es ihnen nicht, die Flammen zu löschen. Ich brach durch Bäume und Büsche und stürzte brennend an der Wand der Schlucht hinunter bis ganz zum Grund. Aber durch das Blattwerk wurde mein Fall wenigstens teilweise gebremst, und ich landete in einem flachen Tümpel, der mein schmelzendes Wamphyrifleisch vor dem Schlimmsten bewahrte.

Ich war dem wahren Tod so nahe, wie es ein Vampir nur sein kann, wenn er trotzdem untot bleibt. Ich sandte einen verzweifelten Ruf an meine treuen Zigeuner aus, die im Tal lagerten. Sie kamen, hoben meinen Körper aus dem trägen, rettenden Wasser und umsorgten mich. Sie brachten mich westwärts über die Berge nach Ungarn. Sie schützten mich vor Stößen und Schlaglöchern, verbargen mich vor möglichen Feinden, beschirmten mich vor den sengenden Strahlen der Sonne, und brachten mich schließlich an einen Ort, an dem ich mich ausruhen konnte. Und es war eine lange Ruhe, eine Zeit der erzwungenen Zurückgezogenheit, eine Zeit, um mich zu erholen und einen zerbrochenen Körper neu aufzubauen. Es war eine lange, sehr lange Zeit!

Denn Thibor hatte mir fürchterlichen Schaden zugefügt! Alle Knochen waren zerschmettert, der Rücken und das Genick, der Schädel und die Gliedmaßen gebrochen, die Brust eingedrückt, das Herz und die Lungen durchbohrt, die Haut von Steinen und Ästen abgeschürft und durch das Feuer verbrannt … selbst der Vampir in mir war angesengt, zerschmettert und angeschlagen. Ein Monat der Heilung? Ein Jahr? Nein, ein ganzes Jahrhundert!

Ich verbrachte meine lange Genesungszeit in einer unzugänglichen Bergfestung, und während der ganzen langen Zeit pflegten mich die Zigeuner, und dann deren Söhne und deren Söhne. Ja, und auch ihre süßen Töchter mit den festen Brüsten. Langsam heilte sich der Vampir in mir, und dann heilte er mich. Als Wamphyri kam ich wieder auf die Beine, praktizierte wieder meine Künste, und wurde weiser, stärker und Ehrfurcht gebietender als je zuvor. Und schließlich verließ ich meine Feste und ging hinaus in die Welt, um das Abenteuer meines Lebens neu zu planen.

Aber es war eine schreckliche Welt, in der ich mich da wiederfand. Überall herrschte Krieg, Leid, Hungersnot, die Pest! Ja, wirklich schrecklich, aber für mich war es ein Lebenselixier – ich war Wamphyri!

Ich entdeckte für mich die Ruinen einer Festung an der Grenze zur Walachei und benutzte die verfallenen Steine, um ein kleines Schloss zu errichten. In seinen Mauern war ich fast unangreifbar, und dort ließ ich mich als vermögender Bojar nieder. Ich wurde der Herr über einen gemischten Haufen aus Zigeunern, Ungarn und ortsansässigen Wallachen, gab ihnen ein Dach über dem Kopf und bezahlte sie gut. Nach kurzer Zeit war ich als Gutsherr und Führer anerkannt. Und so wurde ich ein kleiner Potentat in dem Land.

Ich vermied es dabei tunlichst, in die Walachei zu reisen. Denn da gab es jemanden, dessen Stärke und Grausamkeit bereits sprichwörtlich waren: einen Voivoden namens Thibor, der sich als Söldner an die walachischen Machthaber verdingte. Ich hatte nicht das Bedürfnis, diesem speziellen Mann zu begegnen (der eigentlich zu diesem Zeitpunkt meine Ländereien und Besitztümer in der Khorvatei in meinem Namen verwalten sollte). Noch war die Zeit nicht reif, denn sollte ich ihn jetzt sehen, dann würde ich vielleicht nicht an mich halten können. Und das konnte leicht tödlich enden, denn er war mittlerweile weit mächtiger geworden als ich es war. Nein, meine Rache musste warten. Was bedeutet schon die Zeit für einen Wamphyri?

Die Zeit in ihrem hektischen Ablauf, wo ein Tag nur ein einzelnes

Ticken einer großen Uhr ist – sie bedeutet nichts. Aber wenn dann jedes in die Länge gezogenes Ticken genau so ist wie das Ticken davor, und wenn sie beginnen, wie Donnerschläge in den Ohren zu dröhnen … ja, dann bemerkt man die Schattenseiten der Zeit, aus denen Langeweile und bitterer Lebensekel entstehen können. Und *das* bedeutet dann alles! Ich war rastlos, eingesperrt, tatendurstig. Hier war ich, unternehmungslustig, stark, mit einer gewissen Position, und es gab nichts, worauf ich meine Energien lenken konnte. Es drängte mich, wieder in die Tumulte der Welt hinauszugehen.

Aber dann, im Jahr 1188, eine Abwechslung …

Schon seit einigen Jahren waren Geschichten über eine Zigeunerin zu mir vorgedrungen, die eine wahre Seherin der Zeiten sein sollte; was nichts anderes heißt, als dass sie die Zukunft vorhersehen konnte. Schließlich wurde meine Neugier dadurch angestachelt und ich beschloss, sie mir anzusehen. Sie gehörte nicht zu meinen Zigeunern, und daher musste ich warten, bis sie mit ihrem Stamm durch meine Berge kam.

Ich schickte Boten aus, die die Wanderung ihrer Sippe in die richtige Richtung lenken sollte. Ich ließ ihr ausrichten, dass sie, wann immer sie und die ihren zu mir kommen würden, meine völlige Gastfreundschaft genießen, ich ihr größten Respekt bezeigen würde, und dass ich jeden Dienst, den sie mir erweisen könnte, in Gold aufwiegen würde. Und während ich auf die Ankunft dieses angeblichen Orakels wartete, beschloss ich, meine eigenen, schwach ausgebildeten Fähigkeiten zu erproben und selbst ein paar Blicke in die Zukunft zu wagen.

Ich mischte verschiedene Kräuter und verbrannte sie, dann schlief ich ein, während ich diesen Weihrauch einatmete, und versuchte durch Traumbilder vorherzusagen, wie es zwischen mir und dieser zweifellos betrügerischen Hexe, dieser ›Marilena‹ (denn so hieß die Frau) ablaufen würde. In diesen Tagen hatte ich nun einmal allen Grund, mein Augenmerk auf Menschen mit besonderen Gaben zu haben und sie aufzuspüren, wann immer sich die Gelegenheit dafür bot. Mein Sohn Thibor streifte jetzt schon mehrere menschliche Lebensspannen durch die Lande, und in dieser Zeit hätte er alle möglichen Missgeburten in die Welt setzen können!

Deswegen suchte ich nach allem, was aus dem Rahmen fiel, und konnte mich rühmen, Scharlatane aller Art entlarvt zu haben. Aber … falls ich einem wirklichen Talent begegnen sollte (und falls in dessen Adern Wamphyriblut floss), dann war sein – oder ihr – Schicksal besiegelt. Denn auch wenn für eine Kreatur wie mich das Blut das Leben ist – oder war –, so kann man den süßesten Nektar doch nur aus dem untoten Born eines anderen Vampirs schlürfen.

Und jetzt stell dir meine Überraschung vor, als meine Traumsuche Erfolge zeigte, und ich von einem dunklen Engel träumte, wo ich eine alte Hexe erwartet hatte.

Was? Sie war noch ein Kind! Ich sah sie in meinen Träumen: ein liebliches Kind, und sie schien mir so unschuldig (wobei ich mich täuschte, denn sie besaß die Erfahrung einer Hure!). Sie kam nackt zu mir – sanfte Kurven, kaffeebraun, makellos; mit dunklen Augen und dunklem, glänzenden Haar; die Lippen kirschrot, und die ihrer Muschel, als ich sie öffnete, mit dem rosigen Hauch frisch geschlachteten Fleisches. So stand sie vor mir, ohne Scham.

Es waren zwei Jahrhunderte vergangen, seit Thibor mein Schloss in der Khorvatei zerstört und meine Vampirfrauen vergewaltigt und ermordet hatte. Während dieser Zeit hatte ich meinen Teil weichen Szgany-Fleisches genossen und mich, wenn ich Lust dazu verspürte, in die verschiedensten Zigeunerodalisken ergossen. Das hatte alles nichts mit Liebe zu tun, wahrhaftig; ein solches Wort ließ sich nur auf Andere anwenden, nie auf mich. Aber jetzt …?

Es war meine menschliche Seite, die von Zeit zu Zeit in meinen Träumen durchbrach. Ich blickte auf diese süße, sinnliche Prinzessin des fahrenden Volkes mit Augen, die durch menschliche Schwächen getrübt waren. Das Beben in meinen Lenden war die Liebe (nenn es so, wenn du willst) eines Mannes, nicht die rasende Leidenschaft der Wamphyri. Und zu meiner Schande muss ich gestehen, dass meine Träume von ihr feuchte Träume waren, und dass ich in meinen Laken kam wie ein zitternder Jüngling, der nach den Titten seines ersten Mädchens grabscht.

Aber in der Magie der Träume stellt sich immer das gleiche Problem: Ist es eine wirkliche und zuverlässige Sicht auf die Zukunft, oder ist es doch nur ein Traum? Um meine Erkenntnisse zu bestätigen (und vielleicht auch aus anderen Gründen, denn ich war ganz offenkundig verliebt), verbrannte ich daher Nacht für Nacht meine Kräuter und versenkte mich in prophetische Träume. Sie waren immer gleich und änderten sich nur dergestalt, dass wir, Marilena und ich, uns immer besser kennen lernten, unser Liebesspiel immer leidenschaftlicher wurde, und ich mich immer mehr in diese Liebe verrannte, bis mir klar wurde, dass ich statt des bloßen Traumes die reale Person haben musste, oder ich würde den Verstand verlieren. Und da kam sie zu mir, in Fleisch und Blut.

Sie gehörte zur Sippe von Grigor Zirra, der sich selbst ›König‹ Zirra nannte. Marilena war Zirras Tochter. Ich hatte also Recht gehabt: Sie war eine ›Prinzessin‹ des Fahrenden Volkes.

Als sie zu mir kamen, am Ende des Januars, herrschte der Winter, und ich konnte mich nicht erinnern, dass es in all den Jahren je so kalt gewesen wäre. Meine eigenen Szgany hatten ihre Wagen und Karren dicht an den Mauern meiner Burg zusammengeschoben und sie mit dicken Schneewällen umgeben, die sie zu Eisklötzen zusammengeschoben hatten. Im Inneren dieser Konstruktionen hatten sie ihre Zelte aufgeschlagen und ihr Vieh darin angebunden, um deren Wärme auszunutzen. Ja, sie kannten sich aus, und sie hatten bereits im Voraus gewusst, dass es ein harter Winter werden würde. Sie hatten lange und hart in den umliegenden Höhlen gearbeitet und dort Futter für die Tiere gelagert. Und trotzdem wären sie und ihre Tiere wohl kaum durch diesen Winter gekommen, wenn sie sich nicht auf den Schutz ihres Bojaren in seinem Schloss verlassen hätten.

Ich hatte ihnen all meine Türen geöffnet, und alle meine Hallen wurden durch Feuer erwärmt. Heißer Grog und die trockenen roten Weine standen für sie bereit, wenn sie darum baten, genauso wie das Getreide, mit dem sie ihr Brot buken. Es kostete mich nichts; diese Dinge gehörten sowieso den Szgany. Sie hatten sie mir in besseren Zeiten gegeben, und ich hatte keine Verwendung dafür.

Eines vormittags kam ein Mann zu mir. Er hatte in den Bergen gejagt, in meinen Bergen. Ich gestattete den Zigeunern dieses Privileg; wenn sie drei Schweine oder Rebhühner schossen, dann stand eines davon mir zu. So war der Brauch. Dieser Mann erzählte mir von den Szgany Zirra. Sie waren auf einem Bergpass in der Nähe in ein Unwetter geraten, und eine Lawine hatte ihre Wagen in den Abgrund gerissen. Es hatten nur einige wenige überlebt, die zwischen den Schneemassen festsaßen.

Ich wusste sofort, dass sein Bericht stimmte. In der Nacht zuvor hatte ich wieder meine Kräuter induzierten Träume geträumt, aber diesmal ohne die fleischlichen Genüsse, stattdessen aber mit Schneestürmen und den Schreien der Verschütteten und Sterbenden. Und weil ich nicht von meiner Marilena geträumt hatte, fragte ich mich natürlich – gehörte sie zu den Toten?

Ich bestellte den Anführer meiner Zigeuner zu mir und erklärte ihm: »Da ist ein Mädchen im Schnee verschüttet. Der Mann hier weiß, wo. Sie und ihre Leute sind Szgany. Geht, findet sie, grabt sie aus und bringt sie zu mir. Und beeilt euch, denn wenn ihr zu spät kommt und sie schon tot sein sollte … Es könnte sein, dass das Haus des Ferenczy dann der Meinung ist, seine Gastfreundschaft sei an jemanden wie dich und die deinen verschwendet. Hast du das verstanden?«

Er hatte, und er verschwand in großer Eile.

Am Nachmittag kamen der Anführer und seine Männer zurück. Er berichtete: Von den annähernd fünfzig Zirra Szgany hatte er nur noch Grigor Zirra und ein Dutzend seiner Leute lebend aufgefunden. Drei der Überlebenden waren verletzt, würden es aber überstehen, bei zwei weiteren handelte es sich um alte Frauen, die vielleicht nicht überleben würden, und der Rest … eine davon war Grigors Tochter, Marilena genannt, die die Zukunft vorhersagen konnte!

Ich befahl ihm: »Deine Frauen sollen sie pflegen, sie beköstigen und ihnen alles geben, was sie brauchen. Lass es ihnen an nichts fehlen, damit sie sich an diesem Ort willkommen und geborgen fühlen. Ich gehe davon aus, dass ihnen nichts geblieben ist? Keine

Kleider außer denen, die sie am Leib tragen, keine Wagen und keine Zelte? Also sind sie ohne mich hilflos. Sehr gut, quartiere sie im Schloss ein. Finde warme Räume für sie, die nicht zu weit von meinen Gemächern entfernt sind, und halte sie von den Anderen getrennt.« Ich bemerkte seinen verwirrten Blick: »Was ist?«

»Eure eigenen Leute könnten es eigenartig finden, Meister, wenn ihr diese Fremden so gut behandelt, und wenn wir wegen Leuten zurückgestellt werden, die euch keine Treue schulden.«

»Du bist offen zu mir, und das gefällt mir«, sagte ich. »Ich werde auch offen zu dir sein. Ich habe gehört, dass man sich von dieser Marilena Zirra erzählt, sie sei sehr schön. Wenn das stimmt, dann will ich sie vielleicht für mich, denn nicht nur ihr Zigeuner spürt die Kälte der Nacht. Deswegen sollt ihr ihre Leute mit Respekt behandeln, vor allem ihren Vater und ihre nächsten Verwandten, wenn davon noch welche überlebt haben. Ich will nicht, dass sie mich für einen kalten und grausamen Herren halten.«

»Was? Euch, Meister?«, fragte er, ohne Regung in seiner Stimme und seinem Gesicht. »Kalt? Grausam? Wer würde so etwas von Euch denken?«

Ich musterte ihn eine Weile: »Offenheit ist eine Sache, Dreistigkeit eine andere. Willst du mir zu nahe treten? Ich sage dir ganz ehrlich, ich glaube nicht, dass diese Art von Nähe dir gefallen würde. Und deswegen, wenn du bestimmte Dinge zu mir sagst, und auf eine bestimmte Art, dann solltest du besser immer dabei lächeln …« Ich starrte ihn an und knurrte ein wenig in der Kehle, bis er die Fassung verlor.

»Meister«, er begann zu zittern. »Ich wollte nicht …«

»Ganz ruhig!«, besänftigte ich. »Dir passiert nichts, ich habe gute Laune. Aber jetzt hör mir zu: Später, wenn die Zirras sich eingerichtet haben, dann kommst du zu mir zurück und bringst mich dahin, wo sie untergebracht sind. Bis dahin, geh!«

Aber als ich sie dann aufsuchte, war ich nicht zufrieden. Es war nicht so, dass meine Befehle nicht befolgt worden wären: das wurden sie, in jedem Punkt. Es war nur so, dass die Leute so viel durchgemacht hatten, dass sie immer noch verwirrt und hilflos waren. Es würde eine Zeit dauern, bis sie sich erholt hatten. Im Augenblick saßen sie apathisch und zitternd in ihren Lumpen herum und sprachen nur, wenn sie angesprochen wurden.

Und was diese erwartete ›Prinzessin‹ meiner Träume anging? Wo hielt sie sich auf? Die schmutzigen Häufchen Elend, die da um das Feuer hockten, sahen für mich alle gleich aus. Es ärgerte mich, dass meine Träume mich genarrt hatten; ich hatte das Gefühl, meine seherischen Anstrengungen hätten versagt. Und ich hasste Versagen, vor allem, wenn es mich selbst betraf.

Ich starrte daher brütend auf diese Kreaturen herunter. Schließlich fragte ich: »Wer von euch ist Grigor Zirra?«

Er richtete sich auf: ein Niemand, ein mageres kleines Männchen, verblichen durch den Schnee und seine Leiden, den Verlust seiner Leute. Er war nicht alt, wirkte aber auch nicht mehr jung. Einst war da Stärke in seiner Sehnigkeit gewesen, aber jetzt schien sie aus ihm herausgewaschen zu sein. Im Gegensatz zu mir war er nur ein Mensch, und er hatte viel verloren.

»Ich bin der Ferenczy«, erklärte ich ihm, »und das hier ist mein Schloss. Die Leute hier sind meine Leute, Szgany wie ihr. Für den Moment gefällt es mir, euch Unterschlupf zu gewähren. Aber ich habe gehört, es gibt unter euch jemanden, der in die Zeiten sehen kann, und auch solche Dinge gehören zu den Dingen, die mir gefallen. Wo ist diese Hexe – oder der Hexer?«

»Eure Gastfreundschaft ist so gewaltig wie die Legenden über Euch«, antwortete er mir. »Ich bedauere nur, dass ich in meinem Kummer meiner Dankbarkeit nicht größeren Ausdruck verleihen kann. Ein Teil von mir ist heute gestorben. Meine Frau ist mit den anderen die Felswand hinabgestürzt. Jetzt habe ich nur noch eine Tochter, ein Kind, das in den Sternen die Zukunft liest, oder in eurer Handfläche oder in ihren Träumen. Aber sie ist keine Hexe, mein Herr, sondern eine wirkliche Seherin. Meine Marilena ist es, von der ihr gehört habt!«

»Und wo ist sie jetzt?«

Er blickte mich an und in seinen Augen schimmerte die Furcht. Aber ich fühlte ein Zupfen am Ärmel meines Mantels und fuhr zusammen, weil jemand wagte, mich zu berühren. Keiner von meinen Leuten hatte es gewagt, einen Finger nach mir auszustrecken, seit ich mich von meinem Krankenlager erhoben hatte. Ich sah hinunter. Eines der Lumpenbündel war aufgestanden und stand neben mir … die Augen riesig und dunkel unter der Fellkappe … das herzförmige Gesicht umrahmt von schwarzem, lockigem Haar … die Lippen mit der Farbe von Kirschen, rot wie Blut. Und auf meinem Arm lag ihre winzige Hand, der ein Finger fehlte, so wie ich es aus meinen Träumen kannte.

»Ich bin Marilena, mein Herr«, sagte sie. »Vergebt meinem Vater, denn er liebt mich und sorgt sich um mich. In den Landen dort draußen gibt es einige, die sich vor Dingen fürchten, die sie nicht verstehen, und den Frauen, die man gemeinhin als ›Hexen‹ bezeichnet, Arges wollen.«

Mein Herz setzte einen Schlag aus! Das konnte niemand Anderes sein! Ich kannte diese Stimme! Ich sah durch all die Kleidung hindurch die Prinzessin meiner Träume, und ich wusste, dass das, was darunter lag, unbeschreiblich war. »Ich … ich kenne dich!« Meine Stimme stockte.

»So wie ich Euch, mein Herr. Ich habe Euch in meiner Zukunft gesehen. Sehr oft. Ihr seid mir in keiner Weise fremd!«

Mir fehlten die Worte. Oder wenn sie da waren, dann wollten sie sich nicht aus meiner Kehle lösen. Aber … Ich war der Ferenczy! Sollte ich etwa tanzen, laut herausplatzen, sie aufheben und herumwirbeln? Genau das wollte ich tun, aber ich durfte meine Gefühle nicht zeigen. Ich stand da, wie vom Donner gerührt, wie ein Trottel, bis sie mir zu Hilfe kam:

»Wenn Ihr wollt, dass ich Euch die Zukunft vorhersage, mein Herr, dann bringt mich fort von hier. Hier fehlt mir die Konzentration, denn hier ist so viel Kummer – ja, und hier ist ein ständiges Kommen und Gehen und alles ist so geschäftig – es sind so viele kleine Dinge, die meine seherischen Fähigkeiten stören. Ein Zimmer nur für uns beide wäre da von Nutzen.«

Wäre es das? Ganz bestimmt! »Komm mit mir!«

Ihr Vater trat dazwischen: »Mein Herr! – Sie ist unschuldig!« Das letzte Wort endete auf einer Hebung – war das vielleicht ein Flehen? Den Szgany war meine Natur nicht unbekannt.

Aber … kannte er denn seine eigene Tochter nicht? Die Antwort lag mir auf der Zunge: Du verlogener Zigeunerhund! Was, die hier soll unschuldig sein? Verdammt, sie hat meinen ganzen Körper abgeschleckt, als wäre ich gebadet worden! Sie hat mich einen Monat lang jede Nacht mit ihrer Zunge und diesen winzigen vierfingrigen Händen so traktiert, bis ich mich in ihre Kehle ergossen habe! Unschuldig? Wenn sie unschuldig ist, dann bin ich das auch! Aber wie konnte ich ihm so etwas sagen? Schließlich hatte ich meine Liebesbeziehung zu Marilena immer nur geträumt.

Wieder kam sie mir zu Hilfe: »Vater!«, rügte sie ihn, bevor ich ihm mehr als nur einen finsteren Blick zuwerfen konnte. »Ich habe gesehen, was sein wird. Ich kenne die Zukunft, und ich habe keine Gefahr in ihr gesehen. Nicht durch die Hände des Ferenczy.«

Aber er hatte meinen Blick gesehen und er wusste, wie weit er meine Gastfreundschaft strapaziert hatte. »Vergebt mir, mein Herr«, sagte er und senkte den Kopf. »Statt als Mann, der tief in Eurer Schuld steht, sprach ich nur als Vater. Meine Tochter ist erst siebzehn, und wir befinden uns unter Fremden. Die Zirras haben an diesem Tag genug verloren. Oh! Oh nein! Ich wollte damit nichts andeuten! Aber seht nur, wie es um mich steht! Ich stolpere über meine eigene Zunge. Das ist der Schmerz. Mein Verstand ist benebelt. Ich wollte nichts sagen. Es ist nur der Schmerz!«

Weinend brach er zusammen.

Ich beugte mich ein wenig herunter und legte ihm meine Hand auf den Kopf. »Sei unbesorgt. Jeder, der dir im Haus des Ferenczy einen Schaden zufügt, wird sich vor mir verantworten müssen.« Und dann führte ich sie zu meinen Gemächern.

Als wir dort waren, allein, wo niemand uns zu stören wagte, schälte ich sie aus ihren Fellen, bis sie in ihrem einfachen Kleid vor mir stand. Jetzt sah sie mehr aus wie die Prinzessin, die ich kannte, aber noch nicht genug. Meine Augen verzehrten sie, gierten nach ihrem Anblick.

Und sie wusste das.

»Wie kann das sein?«, fragte sie erstaunt. »Ich kenne Euch wirklich! Meine Träume waren nie so deutlich wie bei Euch!«

»Du hast Recht«, sagte ich. »Wir sind uns nicht fremd. Wir haben die gleichen Träume geteilt.«

»Ihr habt gewaltige Narben«, sagte sie, »hier auf Eurem Arm und da an der Seite.« Und selbst ich, der Ferenczy, erbebte, als sie mich dort berührte.

»Und du«, erwiderte ich ihr, »hast ein kleines rotes Mal, wie einen einzelnen Blutstropfen, mitten auf dem Rücken ...«

Neben dem Feuer, das in dem gewaltigen Kamin prasselte, stand ein steinerner Waschzuber. Über dem Feuer vermengte ein großer Wasserkessel seinen Dampf mit dem Rauch. Sie ging hinüber zu dem Gestell und betätigte den Hebel, der das Wasser in den Zuber laufen ließ. Sie wusste aus ihren Träumen, wie man die Apparatur betätigte. »Ich bin schmutzig nach der Reise«, erklärte sie. »Und durch den Schnee ist meine Haut spröde geworden.«

Sie zog sich aus und ich wusch sie und danach wusch sie mich, und wir lernten uns aus nächster Nähe kennen. Aber als ich sie dann öffnete und in sie eindringen wollte:

»Au!«, keuchte sie. »Unsere gemeinsamen Träume haben über meine Unerfahrenheit hinweggetäuscht. Mein Vater hat die Wahrheit gesprochen, mein Herr. Die Dinge, die wir in der Zukunft gesehen haben, werden sehr schnell zur Gegenwart, das lässt sich nicht leugnen, aber ich bin immer noch Jungfrau.«

Ich setzte ihrem Stöhnen mein Stöhnen entgegen, während ich mir sanft einen Weg hinein bahnte. »Waren wir das nicht alle einmal?«

Mein Vampir tobte in mir, aber bei meinem Liebesspiel hielt ich ihn im Zaum und liebte sie nur als Mann. Andernfalls wäre unser erstes Mal bestimmt auch das letzte Mal gewesen.

Ich muss jetzt noch einmal klarstellen, was hier geschehen war: Nicht zuletzt aus reiner Langeweile hatte ich in meinen seherischen Träumen nach Marilena gesucht, hatte mich in sie verliebt und sie verführt. Oder wir hatten einander verführt.

Aber (so fragst du dich jetzt), wie konnte sie, ein unerfahrenes Kind, mich verführen? Und ich antworte darauf: Weil Träume keine Gefahr darstellen. In seinen Träumen ist man sicher! Was in den Träumen auch passiert, beim Aufwachen hat sich nichts geändert. Sie konnte sich all ihren sexuellen Fantasien hingeben, ohne den Preis dafür zahlen zu müssen. Und (auch das wirst du dich fragen), wie konnte ich, Faethor Ferenczy, auch im Schlaf, etwas anderes als Wamphyri sein? Nun, meine Fähigkeit zu Träumen ist weit älter als mein Vampirdasein! Einst war ich nichts weiter als ein normaler Mann! Die Dinge, die mich in meiner Jugend bewegt hatten, berührten mich auch später noch manchmal in meinen Träumen; die alten Ängste, die alten Gefühle und Leidenschaften.

Ich bin sicher, du verstehst das: Wir alle kennen das Gefühl, dass eine Erfahrung, die in der wachenden Welt bis zur Unkenntlichkeit geschwunden ist, sich immer noch frisch im Traum präsentieren kann. So lebhaft wie damals, als sie noch neu war. Ich habe zum Beispiel in meinen Träumen immer wieder meine eigene Verwandlung durchlebt, als ich das Ei meines Vaters empfangen habe und zu einem Vampir wurde. Ja, und Träume wie dieser haben mich auch später immer erschreckt! Aber im kalten Licht des Tages war dieser Schrecken dann schnell vergessen und im grauen Nebel der Zeit verschwunden, wo er hingehörte. Da war ich dann kein grüner Junge mehr, sondern wieder der Ferenczy.

Aber die Überschneidung von Marilenas Träumen mit meinen war nicht nur ein reiner Zufall gewesen. Ich hatte sie gesucht und gefunden. Und nachdem ich mich einmal in ihre Träume eingeschlichen hatte, hatte ich geträumt (wie es wohl jeder Mann tun würde), wie ich fleischlich mit ihr intim wurde. Und wieder sage ich, dies waren nicht nur bloße Träume! Ich hatte die Fähigkeiten der Wamphyri, und sie war eine Seherin. Das sind Talente, die sich mit Telepathie vergleichen lassen. Wir hatten tatsächlich die Träume des Anderen geteilt, und so den Körper des Anderen kennen gelernt.

All unser Tasten und Streicheln und später unser ausschweifenderes, weit ausgefeilteres Liebesspiel, war in einer anderen Welt geschehen – in der des Geistes – wo es keinerlei Gründe gegeben hatte, sich in irgendeiner Weise zurückzuhalten. Und als wir dann schließlich wirklich zusammentrafen, war's so, als seien wir ein altvertrautes Liebespaar. Nur dass Marilena in Wirklichkeit noch unschuldig war und ihr Fleisch noch keinen Mann kennen gelernt hatte … jedenfalls bis zu diesem Augenblick nicht. Ich verstand diese Dinge zwar, aber sie tat das nicht. Sie glaubte, dass ihre Begabung es ihr gestattet habe, in die Zukunft zu blicken: In ihre Zukunft, ohne das es da eine Einmischung von außen gegeben hatte. Sie wusste nicht, dass ich sie in diesen Träumen mit den Reizen und Listen des Vampirs gelenkt hatte und … ja, auch mit all den Künsten, die ich vor so langer Zeit verinnerlicht hatte. Sie dachte, wir seien vom Schicksal dazu bestimmt, ein Liebespaar zu werden! Wer kann das schon sagen, vielleicht wäre es tatsächlich so gekommen. Aber ich war nicht so dumm, ihr die Wahrheit zu sagen und das Risiko einzugehen, ihr ihre Illusionen zu rauben.

Nun, du wirst dich wahrscheinlich auch fragen, wie sie, ein atemberaubendes junges Mädchen, rund und fest wie ein Apfel, jung und rosig in Geist und Körper, im Wachzustand irgendetwas sexuell Attraktives an einem vernarbten, uralten untoten Wesen wie mir finden konnte, einem brutalen und grausamen Wesen voller Schrecken? Es würde mich überraschen, wenn du dich das nicht fragen würdest. Aber dann würdest du dich zweifellos auch daran erinnern, was du über die hypnotischen Fähigkeiten eines Vampirs weißt, und wahrscheinlich glaubst du dann, das Rätsel gelöst zu haben. Du würdest sagen: ›Sie war sein Spielzeug und sie tat das alles nicht aus freiem Willen!‹ Nun, ich will gar kein Geheimnis daraus machen: Vor Marilena war das immer so gewesen. Aber mit ihr war es anders!

Zunächst einmal sah ich nicht so grausig aus, wie du vielleicht glaubst. Als Wamphyri sah man mir meine Jahrhunderte nicht sofort an, außer vielleicht manchmal in meinen Augen oder wenn ich wollte, dass man sie sah. Ich konnte jederzeit so alt oder so jung erscheinen, wie es mir gerade beliebte, und in Marilenas Fall war das immer jung, nie mehr als vierzig. Auch ohne meinen Vampir war ich groß und stark, und ich verfügte über den Charme, den

Witz, die Weisheit – und die Dummheit – die ich in Jahrhunderten angesammelt hatte, und die ich bei Bedarf einsetzen konnte. Vernarbt? Ja, das war ich, das ließ sich nicht übersehen. Aber ich hatte diese Schmisse aus Eitelkeit beibehalten. Es gefiel mir, die Zeichen alter Schlachten mit mir herumzutragen, und mich an den zu erinnern, der sie mir zugefügt hatte. Ich hätte sie durch den Vampir in mir zur Gänze verschwinden lassen können, aber solange Thibor lebte, würde ich das nicht tun. Nein, diese Narben waren wie Stachel in meinem Fleisch, die mich vorantreiben würden, wenn mein Hass einmal nachlassen sollte.

Falls du daran zweifelst, dass ich so attraktiv war, dann brauchst du dich nur an Ladislau Girescis Beschreibung zu erinnern, so wie er mich erlebte in der Nacht, als er mir den Kopf nahm. Erinnerst du dich? Trotz meines Alters war ich immer noch sehr ansehnlich, nicht wahr? Entschuldigung, das ist meine Eitelkeit. Die Wamphyri waren schon immer eitel.

Ich muss auch um Verzeihung bitten, dass ich so lange über Marilena geredet habe, aber … es machte mir Freude, das zu tun. Denn wer ist da schon, mit dem ich solche Erinnerungen teilen könnte? Niemand außer einem Necroscope kann davon wissen.

Du weißt bereits, dass ich der Vater von Janos bin; mittlerweile wirst du auch erraten haben, dass Marilena seine Mutter ist. Er war der Sohn meines Blutes, geboren aus der Liebe und der Lust zwischen einem Mann und einer Frau, geboren aus der feurigen Verschmelzung des Blutes und der Übertragung eines einzelnen Lebensfunkens vom einen zum Anderen, der ihr Ei durchstieß und dem Fötus darin das Leben gab. Der Sohn meines Blutes, ja, mein natürlicher Sohn, der nichts von dem Vampir in sich hatte. So sollte es sein. Ich wusste nicht, ob es möglich war, aber ich wollte es trotzdem versuchen. Ich wollte Leben in diese Welt setzen, das nicht dem Wamphyri-Einfluss ausgesetzt war. Ich wollte es für Marilena tun. Sie sollte eine ganz normale Mutter sein.

Und wenn mir das nicht gelänge und das Kind doch zu einem Vampir würde?

Nun, auch dann wäre er immer noch mein Sohn. Und ich würde ihn in den Sitten der Wamphyri unterrichten, und wenn ich dann in die Welt zurückging, würde er zurückbleiben und mein Schloss und meine Berge vor allen Feinden schützen.

Was? Ach, du erinnerst dich, dass ich in früheren Zeiten die gleichen Hoffnungen in einen undankbaren Wallachen namens Thibor gesetzt hatte? Nun, ich vermute, das liegt in der Natur aller großen Männer: Sie versuchen es wieder und wieder und denken nie darüber nach, welche Kosten ihr Streben nach Perfektion mit sich bringt. Bis auf die Tatsache – und das habe ich ja schon gesagt – dass ich Scheitern nie gut wegstecken konnte.

Als Janos geboren wurde, schien er ganz normal. Er war ein uneheliches Kind, was seinen Großvater Grigor ein wenig kränkte, mir aber gar nichts bedeutete. Er besaß nur vier Finger an seinen Händen, so wie Marilena und Grigor vor ihm, aber dies war nur eine Laune der Natur, ein genetischer Defekt, der auf ihn übergegangen war, und kein böses Omen.

Aber als er dann aufwuchs, wurde deutlich, dass ich versagt hatte. Mein Sperma, das ich mit Willenskraft vom purpurnen Einfluss frei halten wollte, war vergiftet, wenn auch nur schwach. Es war bestenfalls ein törichtes Experiment gewesen: Kann ein Adler einen Spatz zeugen, oder der graue Wolf ein quiekendes rosa Ferkel? Wie viel schwieriger ist es dann für einen Vampir, dessen bloße Berührung schon eine Vergiftung bedeutet, ein unschuldiges Kind zu zeugen? Nein, Janos war kein wahrer Vampir, aber er hatte das üble Blut der Vampire. Das, und meine schlechten Eigenschaften im Überfluss, aber fast nichts von meiner Anpassungsfähigkeit und nicht die Spur meiner Vorsicht. Andererseits war ich in jungen Jahren auch ein Dickkopf gewesen; ich war sein Vater und meine Aufgabe war es, ihm zu zeigen, wie die Dinge liefen. Ich habe ihn das gelehrt, und in den Fällen, wo eine harte Hand nötig war, um ihn zu bremsen oder in eine andere Richtung zu lenken, sparte ich auch damit nicht.

Aber … seine Erziehung verlief trotzdem in die falsche Richtung. Er wurde stolz, stur und grausamer, als notwendig war. Sein einzig guter Charakterzug, wo er sich treu an das hielt, was ich ihn gelehrt hatte, war die Art, wie er die Zigeuner beherrschte. Nicht nur die Szgany Zirra, das Volk seiner Mutter, das wieder anwuchs, auch meine eigenen Szgany Ferengi. Ich glaubte, dass sie alle ihn mehr liebten als mich. Vielleicht kränkte mich das und vielleicht war ich ein wenig eifersüchtig auf ihn. Es könnte sein, dass ich ihn deswegen härter angefasst habe als nötig.

Na ja, eines muss ich noch zu seinen Gunsten sagen, auch wenn es das Letzte ist: Er liebte seine Mutter. Etwas, das jedem Kind gut ansteht, solange es noch ein Kind ist, ja … aber nicht mehr unbedingt dann, wenn er zu einem Mann wird. Es gibt die eine Art der Liebe und die andere. Du wirst noch verstehen, was ich meine …

Währenddessen hatten sich um uns herum andere Schwierigkeiten aufgeschaukelt, waren übergekocht und versengten noch immer die Welt. Zehn Jahre zuvor hatte Saladin die Königreiche der fränkischen Kreuzritter überrannt. Der hinterhältige Söldner Thibor focht jetzt an den entfernten Grenzen der Wallachei; ein Voivode im Sold von Marionettenfürsten. Im Reich der Türken jenseits der großen See rasten die Mongolen wie ein vom Wind angefachter Buschbrand durch das Land. Kriege tobten in der Nähe der ungarischen Grenzen, und ein weiterer Innozenz – der dritte, der die Unschuld in seinem Namen führte – war zum Papst gewählt worden. Halali! Die Blitzstrahlen flammten rot aus den vielen Wolken, die an den Horizonten der Welt aufzogen!

Und wo war da Faethor Ferenczy in dieser Zeit des Umbruchs? Auf seinem Alterssitz, müssen damals einige gedacht haben, auf seinem Schloss in den Bergen, wo er seinem Bastard Manieren beibringt und wo seine einstmals treuen Szgany zu viel trinken, den Tag verschlafen und sich hinter seinem Rücken über ihn lustig machen.

Es vergingen weitere Jahre und in meinem Leben veränderte sich nichts. Aber dann, eines Morgens, wachte ich auf, schüttelte den Kopf und sah mich um. Ich fühlte mich wie betäubt, eingeschlossen, verwirrt. Zwanzig Jahre waren vergangen wie ein Augenblick, und ich hatte davon fast nichts bemerkt. Aber jetzt fiel es mir auf.

Es war eine Art Lethargie gewesen, eine Trägheit, ein seltsamer Zauber, der mich eingelullt hatte – etwas, das gewöhnlichere Menschen ›Liebe‹ nennen. Und wohin hatte es mich gebracht? Wo war jetzt das, was mich ausmachen sollte? Was war ich denn? Nur noch ein armseliger Bojar. Ein obskurer Baron über einen Landstrich, den niemand sonst wollte; der Herr eines mickrigen Steinhaufens in den Felsen.

Ich ging zu Marilena und sie sah in meine Zukunft. Ich sei im Begriff, auf einen großen blutigen Kreuzzug zu ziehen, erklärte sie mir, und sie werde mir dabei nicht im Weg stehen. Diese Prophezeiung blieb mir schleierhaft. Sie würde mir nicht im Weg stehen? Aber sie ertrug es nicht, von mir getrennt zu sein. Von welchem Kreuzzug sprach sie? Aber sie schüttelte nur den Kopf. Sie hatte gesehen, dass ich in einem schrecklichen Heiligen Krieg kämpfen würde, und danach … all ihre seherischen Fähigkeiten, die Handlesekunst und die Astrologie ließen sie da offenbar im Stich. Ach! Wie hätte ich wissen können, dass sie auch ihre eigene Zukunft gesehen hatte – nur um festzustellen, dass sie gar keine hatte?

Aber … ein großer, blutiger Kreuzzug, hatte sie gesagt. Ich dachte darüber nach und kam zu dem Schluss, dass sie Recht haben könnte. Die Nachrichten verbreiteten sich in diesen Tagen nur sehr langsam, und manchmal erreichten sie mich auch gar nicht. Ich fühlte mich plötzlich wie eingesperrt, und all meine alten Frustrationen überfielen mich schlimmer als je zuvor.

Es reichte! Es war an der Zeit, mich aufzuraffen und etwas zu unternehmen!

Nun, Janos war beinahe zwanzig, er war mittlerweile ein Mann. Ich trug ihm auf, das Haus zu hüten und begab mich unter falschem Namen nach Szeged, um zu sehen, was sich ereignete und daraufhin meine Pläne zu machen. Gerade zur rechten Zeit.

Die Stadt war durch die letzten Neuigkeiten im Aufruhr: Zara, das vor kurzem von Ungarn erobert worden war, drohte von fränkischen Kreuzrittern belagert zu werden! Gerade war eine große Flotte aus dem Frankenland und von Venedig ausgelaufen, und Reiter waren auf Befehl des Königs ausgeschwärmt, um die Bojaren (was wohl auch mich einschloss) und ihre Männer zu den Waffen zu rufen. Marilena hatte meine Zukunft richtig gelesen.

Einige meiner Leute befanden sich in der Gegend. Es waren Szgany, die ich bei meiner Rückkehr in die bergige Grenzregion aufsuchte. »Stoßt zu mir«, befahl ich ihnen, »wenn ich von meinem Schloss zurückkomme. Ich werde eine kleine Armee aus meinen besten Männern zusammenrufen. Wir gehen nach Zara, und von da noch sehr viel weiter! Bis jetzt seid ihr arm gewesen, aber bald werdet ihr reich sein. Kämpft unter meinem Banner, und ich werde bis auf den letzten Mann Bojaren aus euch machen. Oder enttäuscht mich – dann bin ich fertig mit euch und in hundert Jahren werde ich immer noch hier und mächtig sein, während ihr zu Staub zerfallen seid und eure Namen vergessen sind.«

Und so kam ich nach Haus. Aber da ich – wenigstens des Nachts – auf die Art der Wamphyri reiste, war ich schneller als erwartet. Ich hatte mich in Szeged auch nicht lange aufgehalten. In diesen wenigen Tagen, die ich fern von Marilena war, hatten sich alle meine Instinkte geschärft und mein Verstand arbeitete auf Hochtouren in Erwartung des ›heiligen‹ Blutmahls, das meine Zukunft für mich bereit hielt. In den Bergen waren meine Szgany-Untertanen fett und träge geworden, aber ich wusste, wie ich sie wieder auf Trab bringen konnte. Sie würden mich nicht so früh zurückerwarten, aber wenn sie mich sahen, würden sie den alten Ferenczy wiedererkennen.

In dieser letzten Nacht, als ich auf Schwingen aus dicken Membranen heimwärts schwebte, streckte ich meine mentalen Fühler in die Dunkelheit aus und rief nach all den jungen Szgany Ferengi, wo auch immer sie sich gerade aufhielten. Ich befahl ihnen, auf dem Weg nach Zara zu mir zu stoßen. Und ich wusste, dass sie mich in ihren Träumen gehört hatten, und dass sie dort sein würden.

Nachdem ich zwanzig Jahre des Nichtstuns abgestreift hatte, schwebte ich auf einer Thermik zwischen dem Mond und den Bergen, und ließ alle Wölfe in die Nacht hinausheulen, bevor ich mich auf die Brüstung meines Schlosses niedersinken ließ, wo ich mich wieder in einen Mann zurückverwandelte. Und dann … dann suchte ich nach meiner Frau und meinem Sohn. Und ich fand sie – zusammen.

Aber halt, ich bin zu schnell vorangeschritten; gib mir einen Moment und lass mich ein paar Schritte zurückgehen.

Ich habe gesagt, in Janos sei nichts von einem Vampir gewesen. Das hatte ich wenigstens gedacht. Aber wie sehr ich mich da doch geirrt hatte. Es war in ihm. Nicht in seinem Körper, aber in seinem Verstand. Er hatte den Verstand des wahren Vampirs von mir geerbt. Und er hatte auch etwas von den Kräften seiner Eltern geerbt. Etwas? Er hatte seine eigene Kraft.

Telepathie? Wie oft in all den Jahren hatte ich versucht, seine Gedanken zu lesen, und es war mir nicht gelungen! Aber darin war nichts Verwunderliches: Es gibt Menschen, ein paar wenigstens, die von Natur aus dagegen immun sind. Ihr Verstand ist verschlossen, geschützt vor Fähigkeiten wie den meinen. Und Suggestion oder Hypnose? In bestimmten Fällen, wenn er sehr starrköpfig war, hatte ich versucht, ihm meinen Willen aufzuzwingen. Es war in jedem Fall vergebliche Liebesmüh gewesen, denn meine Augen konnten nicht in seine sehen, konnten nicht dahinter vordringen. Schließlich versuchte ich es nicht weiter.

Aber tatsächlich lag der Grund für mein Scheitern nicht darin, dass Janos dafür nicht empfänglich war, sondern dass er so stark war, dass er allen solchen Manipulations-Versuchen widerstehen und sich vor mir abschirmen konnte. Ich hatte es mit einer Art Tauziehen verglichen, wo das Seil meines Gegners an einer Wurzel verklemmt war und sich nicht weiterziehen ließ. Aber nein, so kompliziert war es nicht; er war einfach nur stärker als ich. Und dazu kam noch, dass er auch das Geschick seiner Mutter im Hellsehen geerbt hatte. Er konnte in die Zukunft sehen, oder zumindest sah er einen Teil davon. Aber in dieser Sache waren unsere Fähigkeiten mehr oder weniger auf gleicher Höhe, sonst hätte ich ihn nie überraschen können. Die Zukunft, die er sah, war verschwommen und weit entfernt, wie die Erinnerung an eine Geschichte, die im Laufe der Zeit verblasst ist.

Aber kommen wir jetzt wieder zu jener Nacht zurück.

Ich sagte bereits, dass meine Instinkte in dieser Nacht schärfer waren als in den vergangenen zwanzig Jahren. Das waren sie wirklich, und als ich durch das Schloss lief, bemerkte ich, dass die Dinge nicht so waren, wie sie sein sollten. Ich formte die platte Schnauze einer Fledermaus, um die Luft im Schloss zu schnüffeln; es war kein Feind da und es schien auch keine physische Gefahr für mich zu bestehen, aber irgendetwas war seltsam. Ich schritt mit mehr Vorsicht voran, bewegte mich lautlos wie ein Schatten, und machte mich mit meiner Willenskraft unsicht- und unhörbar. Aber das war unnötig; Janos war zu … beschäftigt – dieses Schwein! – und seine Mutter zu benommen, um zu wissen, was er tat, außer wenn er ihr einen direkten Befehl gab.

Wieder eile ich den Ereignissen voraus.

Ich wusste nicht, dass er es war, nicht sofort. Ich dachte sogar, der Mann müsse ein Szgany sein und war verblüfft! Ein Zigeuner? Einer meiner Leute, mitten in der Nacht im Schlafzimmer meiner Frau? Das musste ein wahrhaft furchtloser Mann sein. Ich musste ihm nachher meine Anerkennung für seinen Mut aussprechen, während ich ihn mit seinen eigenen Eingeweiden erwürgte.

Das waren meine Gedanken, als meine Wamphyri-Sinne mir beim Betreten der Gemächer meiner Frau verrieten, dass sie nicht allein war. Daraufhin musste ich all meine Kraft einsetzen, damit sich die Zähne in meinen Kiefern nicht in messerscharfe Sicheln verwandelten und meinen Gaumen zerfleischten. Ich fühlte, wie sich die Nägel meiner Finger unwillkürlich zu Chitin-Messern verlängerten, und auch das war eine Reaktion, die ich nur schwerlich unter Kontrolle halten konnte.

Das Gemach hatte eine Außentür, einen kleinen Vorraum, und eine zweite Tür, die in das eigentliche Schlafzimmer führte. Vorsichtig, lautlos, näherte ich mich der Außentür und stellte fest, dass sie verschlossen war. Diese Tür war nie verschlossen gewesen, seit sie zu mir gekommen war. Meine schlimmsten Befürchtungen waren jetzt voll angefacht, genauso wie mein heißes Blut. Sicher, ich könnte die Tür eintreten, aber … wenn ich so über sie kommen würde, würde ich die Überraschung zu schnell preisgeben. Und ich wollte es mit eigenen Augen sehen. Keine Beteuerungen, seien sie gestammelt, gekreischt oder in blutigem Würgen herausgehustet, können ein Bild wieder auslöschen, das sich einmal in die Netzhaut gebrannt hat.

Ich ging auf einen Balkon hinaus, formte meine Hände und Unterarme zu runden Tellern wie die Saugnäpfe eines grotesken Oktopus, und machte mich auf den Weg zu Marilenas Fenster. Das Fenster war groß, mit einem gotischen Bogen, und in eine anderthalb Meter dicke Wand eingelassen. Im Inneren waren die Vorhänge vor der Öffnung geschlossen. Ich kletterte hinein und schlich mich zu den Vorhängen, die ich einen Spalt auseinanderzog. Im Inneren des Gemachs erzeugte ein schwimmender Docht in einem Ölgefäß genügend Licht, um zu sehen. Nicht dass ich das gebraucht hätte, denn ich konnte im Dunkeln so gut sehen wie andere Männer im hellen Tageslicht, vielleicht sogar besser.

Was ich sah war dies: Marilena, nackt wie eine Hure, lag flach auf dem Rücken auf einem Holztisch. Ihre Beine waren um einen Mann geschlungen, der aufrecht stand, und sich zwischen ihren Schenkeln abmühte. Seine Hinterbacken waren durch die Anstrengung wie Fäuste geballt, während er in sie hineinstieß, als wolle er einen Keil hineintreiben. Und das tat er auch: einen dicken Keil aus Fleisch. Nur noch ein Augenblick, und ich würde ihm diesen Keil in die Kehle rammen.

Und dann, durch das Hämmern meines Blutes und das wahnsinnige Pochen in meinem Schädel und durch das Wüten meiner aufgebrachten Gefühle, hörte ich ihre Stimme keuchen: »Oh Faethor – mehr, mehr! Spritz mich voll, mein geliebter Vampir, so wie nur du es kannst!«

Halt! … Gib mir einen Moment … die Erinnerung regt mich auch heute noch auf, obwohl ich jetzt nur noch eine Stimme von jenseits des Grabes bin … lass mich einen Moment innehalten und erklären.

Es fällt mir auf, dass ich wenig über mich in den zwanzig Jahren mit Marilena und ihrem unehelichen Sohn erzählt habe. Das werde ich jetzt tun, mich aber kurz halten.

Die Tatsache, dass ich mir eine Frau genommen hatte, hatte mich nicht weniger zum Vampir gemacht. Natürlich hatte ich auch vorher Frauen gehabt. Es liegt in der Natur eines Vampirs, Frauen zu haben, genauso wie es in der Natur der weiblichen Mitglieder dieser Spezies liegt, sich Männer zu halten. Aber nie zuvor hatte mir eine Kreatur so viel bedeutet. (Lassen wir das Wort ›Liebe‹; ich habe es zu oft benutzt und außerdem glaube ich nicht daran. Es ist genauso eine Lüge wie ›Ehrlichkeit‹ oder ›Wahrheit‹, weil damit Regeln verbunden sind, die alle Menschen von Zeit zu Zeit brechen.)

So, auch wenn ich mit Bedacht Marilena weder zu meiner Sklavin noch zu einer Vampirin gemacht hatte, war ich doch immer noch Wamphyri in all meinen Gedanken, Launen und Aktivitäten. Aber weil ich mich entschlossen hatte, nicht von ihrem Blut zu kosten, und da so wenig von meinem Fleisch wie möglich in sie eindringen sollte (natürlich mit Ausnahme von sexuellem Verkehr), musste ich mein Lebenselixier anderswo suchen. Ich musste kein Blut trinken. Solange ich den Drang dazu unterdrücken konnte, konnte ich auch mit gewöhnlicher Nahrung auskommen. Aber das Blut ist so gewiss das wahre Leben für den Vampir, wie das Opium der Tod für den Süchtigen ist. In beiden Fällen handelt es sich um Gewohnheiten, denen sich nur schwer entsagen lässt. Im Fall der Wamphyri ist es so, dass die Kreatur im Inneren dafür sorgt, dass der Mensch nicht entsagt.

Ich konnte also für geraume Zeit existieren, ohne mich von Marilena zu lösen. Aber manchmal wurde der Druck zu stark. Dann stand ich des Nachts auf, wechselte die Gestalt und schwebte von den Burgmauern herab, um meine Lust anderweitig zu stillen. Meine Frau war natürlich nicht blöde; außerdem war es allgemein bekannt, dass die Szgany Ferengi einem Vampirherrn dienten. Sie war eifersüchtig auf diejenigen, die ich von Zeit zu Zeit aufsuchte.

Wenn ich unser Bett verließ, dann rief sie mir oft hinterher: »Faethor! Verlässt du mich wieder? Fliegst du zu einer Geliebten? Warum behandelst du mich so schlecht? Ist mein Körper nicht gut genug für dich? Nimm ihn, so wie es dir gefällt, aber lasse mich hier nicht allein mit meinen Tränen zurück!«

Worauf ich dann antwortete: »Ich werde mir einen Mann wegen

seines Blutes suchen! Du willst doch nicht wirklich behaupten, ich sei dir untreu? Die ganze Zeit, Nacht für Nacht, liege ich in deinem Bett und du bekommst von mir, was du willst. Habe ich jemals meine Pflichten versäumt? Aber das Blut ist das Leben, Marilena … oder willst du, dass ich in den Laken zu einer Mumie schrumpfe und morgens, wenn du aufwachst und zu mir herüber tastest, unter deiner Berührung zu Staub zerfalle?«

Dann kreischte sie auf: »Du … gehst … zu … Frauen! Was sagst du da? Du suchst dir einen Mann wegen seines Blutes? Nein, du suchst dir eine Frau wegen ihres runden Arsches, ihrer spitzen Brüste und ihres heißen, dampfenden Loches! Bin ich etwa eine Närrin? Du und zu einer Mumie schrumpfen! Pah, du hast die Stärke von zehn Männern – und deren Ausdauer! Bist du so voll mit dem männlichen Samen, dass du ihn vergießen oder platzen musst? Dann gib ihn mir. Komm her, lass ihn mich aus dir heraussaugen, damit deine Liederlichkeit vergeht.«

Wie soll man damit umgehen? Mit einer Frau in einer solchen Gemütslage kann man nicht reden. Ich hatte sie nur ein einziges Mal geschlagen, und bekam darauf solche Gewissensbisse, dass ich das nie wieder getan habe. Ich war so … ich hatte sie so gern.

Und deshalb, wenn sie mich so in die Enge getrieben hatte, dann ging ich zurück und liebte sie – um ihr zu beweisen, dass keine andere mich erregt hatte. Und sie sorgte dann dafür, dass unser Liebesspiel die ganze Nacht anhielt, damit ich ja im Bett bliebe. Und das verstärkte meine Gefühle für sie nur noch.

Aber es gab Zeiten, da musste ich einfach davon, und dann benutzte ich einen bestimmten Trank, den ich ihr im Wein kredenzte und der sie betäubte. Oder ich streichelte sie und versetzte sie dabei in einen tiefen hypnotischen Schlaf, damit ich mich in die Nacht hinausstehlen konnte.

Natürlich hatte Marilena Recht; ich log sie an. Ich habe mir nur sehr selten Männer wegen ihrer Lebenskraft ausgesucht. Ja sicher, Blut ist Blut, sei es das Blut von Vögeln oder Tieren, oder sogar der Nektar eines anderen Vampirs, wenn ein solcher zur Verfügung steht. Aber abgesehen von dieser deliziösen Seltenheit ist menschliches Blut die größte Delikatesse. Besser gesagt das Blut von Frauen.

Thibor hat einst zu mir gesagt: »Man kann mit einem Mädchen mehr machen, als nur von ihr zu trinken.« Und der Wallache hatte Recht! Aber … es war eigentlich nicht so, dass ich als Mann Marilena gegenüber untreu geworden wäre, der Vampir in mir verlangte das von mir. Das redete ich mir wenigstens immer als Entschuldigung ein.

Ich ging nicht zu Szgany Frauen. Auch vor Marilena war ich zu denen immer nur gegangen, um … um Wärme zu finden, nie weil ich hungrig war. Nein, die Szgany gehörten zu mir und ich würde ihr Vertrauen nicht enttäuschen. Aber ich hatte eine Vorliebe für die Frauen von gewissen aufgeblasenen Bojaren. In diesen Tagen gab es eine ganze Menge Schlösser und reicher Häuser, und in vielen Fällen waren die ›Herren‹ dieser Anwesen unterwegs im Auftrag des Königs. Es gab Kriege in dieser Welt, wie ich bereits sagte.

Ich erinnere mich an eine von diesen Damen, eine Persönlichkeit, die mit dem Königshaus verwandt war, eine Bathory namens Elspa. Von da an hat sich der böse Zug in mir in den Bathorys durch all die Jahrhunderte fortgepflanzt. 1560 wurde in diesem Geschlecht eine Elisabeth geboren, die als Kind mit einem Graf Nadasdy verheiratet wurde. Wie der Zufall so spielt, war sein Vorname Ferencz! Was? Haha! Ich weiß, was du denkst! Na und, warum nicht? Auch Inzest ist eine Veranlagung der Vampire; Inzest des Körpers, des Geistes und des Blutes. Aber du hast Recht … war das nicht ein Witz? Verheiratet mit meiner eigenen Ur-ur-ur-ur-urenkelin!

Ach ja, die Bathorys! Und Elisabeth, die ›Blutgräfin‹. Wenigstens sie ist legendär, auch wenn ich selbst vergessen bin.

Aber das Stichwort Inzest bringt mich zurück zu Janos. Und zu dem schmutzigen Inzest, mit dem er mich damals verraten hat. Wo war ich? Ah ja –

Da war er also, steckte bis zum Heft in ihr, stöhnte wie ein Bulle und verströmte Schweiß und Samen. Das Gemach war verwüstet, Kleidung und Bettzeug waren überall verstreut. Weitere Zeichen dafür, dass ihre Lüsternheit sich nicht nur auf die Tischplatte beschränkt hatte. Ihre weichen Brüste waren rot von seinen harten Berührungen und ihre Schenkel drängten ihn tiefer in sich hinein. Das war es, was ich von meinem Platz hinter dem Vorhang sehen konnte. Aber da war nicht nur das, was ich sah, auch das, was ich hörte: Meine Marilena, die ihren eigenen Sohn mit meinem Namen anredete: Faethor!

In diesem Augenblick hätte ich den Vorhang zur Seite reißen, ins Zimmer stürmen und sie beide totschlagen können. Mir war danach, ganz bestimmt! Aber … warum hatte sie ihn Faethor genannt? Und dann, als er sie von dem Tisch hob und hin und her stolperte, während sie ihn noch umklammert hielt und auf seinem Schaft auf und ab wippte, da sah ich ihr Gesicht, wie leer und abwesend es war, trotz ihrer scheinbaren animalischen Lust. Ihre Augen, groß wie Untertassen, über bleichen Wangen, die zumindest von der Anstrengung gerötet sein müssten.

Ich wusste sofort, dass sie betäubt war, sich in tiefer Hypnose befand!

Da wurde mir zum ersten Mal klar, wie verräterisch er war und wie sehr er mich doch getäuscht hatte. Ich verstand jetzt, warum meine Wamphyri-Kräfte bei ihm nicht gewirkt hatten: Weil er über eigene Kräfte verfügte, die er all diese Zeit vor mir verborgen hatte. Ich verstand jetzt auch Marilenas Widerstreben, mich in den Nächten gehen zu lassen, in denen ich mich stärken musste; Dinge, die sie mir da gesagt hatte und die zu dieser Zeit keinen Sinn ergaben. Dass sie schreckliche Dinge träumte, wenn ich nicht bei ihr war, und dass sie sich nie erinnern konnte, was sie geträumt hatte. Und dass sie sich, wenn sie allein in ihrem Bett war, stoßen würde, und dass sie jedes Mal zerschlagen und ausgelaugt aufwachte, als habe sie schwere körperliche Anstrengungen hinter sich.

Ja, körperliche Anstrengungen waren das – denn er hatte sie bei diesen Gelegenheiten bearbeitet und benutzt und ihr die ganze Zeit vorgegaukelt, ich sei ihr geiler Liebhaber! Er gab vor, ich zu sein, um die Vergewaltigung seiner Mutter zu bewerkstelligen. Und dann der Gedanke, der mich am meisten quälte: Wie oft hatte er das schon getan?

Ich stürmte in den Raum und riss dabei die Vorhänge herunter, die sich um meine Schultern legten. An der Wand hingen gekreuzte Schwerter. Ich riss sie herunter und sprang Janos an, eines der Schwerter erhoben. Ich wollte ihn in zwei Teile spalten, aber er sah mich kommen und benutzte seine Mutter als Deckung. Der Hieb spaltete ihr den Schädel und ihr Hirn tropfte heraus, noch während sie in seiner Umarmung zusammensackte!

Meine Wut war augenblicklich verflogen, und als Janos mit einer Grimasse meine Marilena von sich stieß, fing ich sie auf und wiegte sie in meinen Armen. Er rannte hohnlachend aus dem Zimmer und ließ mich mit ihrem zerstörten Leichnam zurück.

Wie lange ich da saß und diese Frau wiegte, die nicht mehr war, kann ich nicht sagen. Viele wahnwitzige Pläne durchzogen meine Gedanken. Ich würde etwas von meinem Vampir in sie einpflanzen, genug, um in ihr Halt zu fassen und die Wunde zu heilen. Sie war jetzt tot, aber sie musste nicht tot bleiben … sie konnte untot sein! Aber dann wäre sie nicht mehr sie selbst, nicht mehr meine Marilena, sondern nur noch ein Schatten von ihr, eine Sklavin, die hilflos meinem Befehl folgen musste, wann immer ich rief – ein Vampir. Nein, ich konnte den Gedanken nicht ertragen, sie so zu sehen, mit keinem eigenen Willen mehr außer dem meinen.

Ich könnte sie auch ausweiden und eine nekromantische Lesung in ihr vornehmen, in der ich alles über das Verbrechen meines Bastards erfahren würde. Denn auch wenn sie so betäubt gewesen war, dass sie seine Aktivitäten vergessen hatte, so würde ihr Geist doch davon wissen, ihr Fleisch würde sich daran erinnern. Aber auch das konnte ich nicht, denn ich wusste, dass das tote Fleisch die Qual der nekromantischen Berührung fühlt, und ich wollte ihr nicht noch weitere Schmerzen zufügen. Ja, wenn ich doch nur ein Necroscope gewesen wäre, was? Aber zu dieser Zeit war mir selbst der bloße Gedanke an eine solche Fähigkeit unbekannt.

Und so saß ich da für lange, lange Zeit, bis ihr Blut und ihre Hirnmasse auf mir getrocknet waren und sie kalt und steif in meinen Armen lag. Und als meine Verzweiflung langsam nachließ, begann ich wieder zu denken, und damit drang auch die Wut zu mir durch. Natürlich würde ich Janos töten, Zentimeter für qualvollen Zentimeter. Aber bevor ich ihn töten konnte, musste ich ihn erst einmal finden.

Ich riss mich zusammen und ließ Grigor Zirra und die anderen Szgany-Anführer zu mir kommen. Einige von ihnen schliefen in den unteren Teilen meines Schlosses, wo ich ihnen in bequemeren Zeiten ein fast ständiges Wohnrecht zugestanden hatte. Damit war jetzt Schluss, denn härtere Zeiten standen bevor. Und die begannen sofort!

Ich führte Grigor zu Marilenas Leichnam: »Das hat dein Enkelsohn getan, dessen Zirra Blut unrein ist. Von heute an sind die Szgany Zirra verflucht! Du bist nicht länger willkommen im Haus des Ferenczy. Pack dich und alle, die zu dir gehören und verschwinde von hier. Und von heute an lass dich nie wieder in diesen Gefilden blicken.«

Als er gegangen war, wandte ich mich an denjenigen meiner Anführer, der damals so offen zu mir gewesen und mir so aufsässig entgegengetreten war. »Wie konnte es so weit kommen?«, wollte ich von ihm wissen. »Hast du in meiner Abwesenheit nicht über das gewacht, was mir gehörte?«

»Aber, mein Herr«, antwortete er mir. »Nicht mich, Euren Sohn, habt Ihr angewiesen, über Euer Haus und Eure Ländereien zu wachen.« Er zuckte auf eine, wie es mir schien, gefühllose Art mit den Achseln. »Ich habe Euer Vertrauen, oder Eure Gunst, schon seit Jahren nicht mehr genossen.«

»Bist du nicht ein Szgany?«, knurrte ich, während sich in meinem Schädel Wamphyri-Zähne bildeten und meine Fingerspitzen sich in Messer verwandelten. »Und bin ich nicht der Ferenczy? Seit wann muss ich um das bitten, was mir von Geburt an zusteht, oder das anordnen, was immer zu deinen Aufgaben gehört hat?« Meine Worte waren sehr ruhig, aber alle im Zimmer wichen ein wenig zurück bis auf den Einen, den ich so angesprochen hatte, und den ich an der Schulter festhielt.

Und dann … er zog ein Messer und versuchte, nach mir zu

stechen! Aber ich lächelte ihn nur auf meine grimmige Art an und hielt ihn mit meinen Augen fest. Zitternd ließ er das Messer fallen: »Ich … ich habe Euer Vertrauen verraten. Verbannt auch mich, Herr, und lasst mich mit den Zirras gehen.«

Ich zeigte ihm meine Zähne in den aufgeplatzten blutigen Gaumen und öffnete weit den Mund, damit er die Spannweite meiner Kiefer bewundern konnte. Er wusste, dass ich diese Kiefer um sein Gesicht schließen und es ihm vom Schädel reißen konnte. Aber ich zog ihn nur zu einem der hohen Fenster hinüber. »Dich verbannen? Gibt es denn einen Ort, wohin du möchtest?«

»Überallhin!«, keuchte er. »Jeder Ort da draußen ist recht, mein Herr!«

»Da draußen?«, fragte ich und blickte aus dem Fenster. »So sei es!«

Und bevor er noch etwas sagen konnte, hob ich ihn auf und schleuderte ihn hinaus. Er schrie einmal auf, bevor seine Knochen auf den Felsen zerbarsten, dann war er still.

Daraufhin wären die anderen Anführer am liebsten geflohen, aber ich warnte sie: »Flieht nur, und ich werde euch einen nach dem Anderen aufspüren und eure Herzen essen.« Als sie dann zitternd, aber ruhig vor mir standen, befahl ich ihnen: »Und jetzt geht und findet meinen Sohn. Findet ihn und bringt ihn mir, damit ich mit ihm abrechnen kann. Und danach kommt alle zu mir, denn wir müssen über wichtige Dinge reden. Wir werden auf einen großen Kreuzzug gehen, ihr und ich. Faethor Ferenczy wird wieder aufstehen und eine Macht in der Welt sein, und ihr alle werdet ein Vermögen erwerben. Ja, aber das wird Männerarbeit sein, und ihr müsst es euch verdienen!«

## DRITTES KAPITEL

Ein entferntes Klappern lenkte Harry einen Augenblick von der Geschichte des toten Vampirs ab. Er entschuldigte sich für einen kurzen Moment und musterte die verwilderte Landschaft aus morastiger, mit den Spuren der Baumaschinen durchzogener Erde und zerfallenden, zum Teil zerstörten Häusern, die sich bis zum Horizont erstreckte. Selbst die Sonne, die ihm warm in den Nacken schien und Dampfschleier aus den trüben Tümpeln saugte, konnte die Trostlosigkeit der Szenerie nicht vertreiben. Eine Hand voll stählerner Dinosaurier auf ihrer Wanderung, groteske Silhouetten, die sich in Wolken aus Staub und blauen Abgasqualm hüllten. Es war unwahrscheinlich, dass die Bulldozer in diese Richtung kommen würden, aber ihr Anblick brachte Harry wieder die Zeit in Erinnerung. Es musste ungefähr neun Uhr morgens sein. Er musste zurück nach Bukarest; sein Flug nach Athen war für 12:45 Uhr gebucht.

*Harry?*, meldete sich Faethor, und seine mentale Stimme war kaum mehr als ein leichtes Seufzen. *Ich spüre die Sonne auf der Erde und sie schwächt mich. Soll ich weitererzählen oder verschieben wir das lieber auf ein andermal?*

Harry dachte darüber nach. Er hatte bereits eine Menge über Janos erfahren, einen Vampir mit gewaltigen mentalen Fähigkeiten. Und doch war laut Faethor sein Sohn kein richtiger Vampir in der vollen Bedeutung des Wortes, wenigstens war er das zu dieser Zeit vor beinahe achthundert Jahren nicht gewesen. Aber Harry hatte so nicht nur eine Möglichkeit, mehr über seinen unmittelbaren Feind zu erfahren, sondern auch über Vampire im Allgemeinen. Er wusste, dass er auf diesem Gebiet bereits ein Experte war, aber man konnte nie genug über Kreaturen wie diese wissen. Nicht wenn sein Leben und wahrscheinlich auch die Leben von Anderen davon abhingen.

*Sehr richtig*, meinte Faethor. *Na gut, dann fahre ich fort. Ich mache es so kurz wie möglich…*

Meine Szgany fanden den Mistkerl vor Angst schlotternd in einer Höhle hoch oben in den Bergen. Ich stieg hinauf und befahl ihm, herauszukommen. Er kam zum Eingang, der auf einen Vorsprung in einer steil abfallenden Felswand mündete.

Obwohl er noch jung war, war Janos bereits groß und stark. So groß wie Thibor in seiner Jugend, beinahe so groß wie ich selbst. Er hatte Angst, aber er war kein Feigling. Er hatte sich einen Ast abgeschnitten und zu einem Pflock zurechtgeschnitzt. »Komm nicht näher, Vater«, drohte er mir, »oder ich durchbohre dein Vampirherz!«

»Ach mein Sohn«, sagte ich, ohne daran Anstoß zu nehmen. »Das hast du bereits getan. Ich dachte, du würdest mich lieben! Ich wusste es sogar! Und ich wusste auch, dass du deine Mutter liebtest – aber ich wusste nicht, auf welche Art. Und jetzt? Was weiß ich denn wirklich von dir außer der Tatsache, dass du mein Sohn bist? Offenbar doch sehr wenig.« Ich ging einen einzigen Schritt voran auf die Höhle zu.

»Auf jeden Fall kannst du sicher sein, dass ich dich töten werde«, schnaubte er mir entgegen, »wenn du versuchen willst, mich zu bestrafen!«

»Dich bestrafen?« Ich ließ die Schultern hängen und schüttelte traurig den Kopf. »Nein, ich suche nur nach einer Erklärung. Du bist mein Fleisch, Janos. Soll ich denn meinen eigenen Sohn strafen, gerade jetzt, wo ich doch von allen Kreaturen bestimmt die einsamste bin? Ja sicher, ich war wütend, aber ist das denn so schwierig zu verstehen? Und was hat meine Wut bewirkt? Deine Mutter ist tot und von uns gegangen, und wir müssen beide auf sie verzichten, die wir so sehr geliebt haben. Und jetzt ist kein Zorn in mir übrig.«

»Du … du hasst mich nicht?«

»Dich hassen? Meinen eigenen Sohn?« Wieder schüttelte ich den Kopf. »Es ist nur so, dass ich dich nicht verstehe. Erkläre mir, was du getan hast, damit ich dich besser kennen lerne.« Und ich trat ein wenig weiter in die Höhle hinein.

Er wich wieder zurück, aber sein Speer war unvermindert auf

mich gerichtet. Und dann, als sei ein Damm gebrochen, brachen die Worte aus ihm heraus. »Ich habe dich gehasst!«, stieß er hervor. »Denn du warst grausam zu mir, kalt, meist gleichgültig und immer … anders. Ich war so wie du und doch ganz anders. Ich wollte so sehr wie du sein, und konnte es doch nicht. Ich habe oft zugesehen, wie du zu einem Segel aus Fleisch wurdest, das wie ein Blatt im Wind auf den Luftströmungen trieb, aber immer, wenn ich das versucht habe, bin ich abgestürzt. Ich wollte in den Herzen der Menschen die Furcht hervorrufen, die du erzeugst, mit einem Blick, einem Wort, einem Gedanken; aber ich war kein Vampir und ich wusste, wenn ich das versuchen würde, dann würden sie mich töten wie einen gewöhnlichen Feind. Stattdessen musste ich die Freundschaft derer suchen, die ich verachtete, musste mich in ihre Gedanken schleichen und sie dazu bringen, mich zu lieben, um ihren Gehorsam zu gewinnen. Ich sah vielleicht ein wenig aus wie du, aber ich konnte nie so sein wie du, und deswegen habe ich dich gehasst.«

»Du wolltest so sein wie ich?«

»Ja, denn du hast die Kräfte!«

»Du hast selbst genügend Kräfte!«, sagte ich. »Gewaltige Kräfte! Fantastische Kräfte! Die du mir zu verdanken hast. Und doch hast du sie all die Jahre hindurch vor mir verborgen gehalten.«

»Ich habe sie nicht versteckt«, stieß er verächtlich hervor. »Ich habe sie angewandt! Ich habe sie benutzt, um dich aus meinem Verstand und aus meinem Willen herauszuhalten. Und selbst wenn ich sie voll zur Anwendung brachte, sind sie dir doch verborgen geblieben. Du hast gedacht, mein Verstand tauge nichts; er sei nicht in der Lage, deine Künste zu begreifen und deswegen für dich nicht zugänglich. Du hast gedacht, ich sei so leer – ein Nichts – dass kein Stift darauf einen Eindruck hinterlassen könne! Und als du dann festgestellt hast, dass du mir deinen Willen nicht aufzwingen konntest, da hast du dir nicht gesagt: ›Oh, der Junge ist stark!‹ sondern: ›Pah, ist der schwach!‹ Das war dein Ego, Vater, das gewaltig, aber nicht unfehlbar ist.«

»Ja«, ich nickte nachdenklich, als er fertig war. »Da ist viel mehr an dir, als ich erwartet hatte, Janos. Du hast besondere Kräfte.«

»Aber nicht deine Macht! Du bist … du bist ein wandelbares Etwas, mysteriös, immer anders. Und ich bin immer der Gleiche.«

»Ja, so ist es nun einmal«, sagte ich zu ihm, mit einem Achselzucken. »Ich bin Wamphyri!«

»Und ich wollte das auch sein, aber ich war nur ein absonderlicher Mensch. Ein Halbling …«

»Ist das etwa eine Entschuldigung? Ist das Grund genug, die eigene Mutter als Hure zu missbrauchen? Mich wegen deiner eigenen Unzulänglichkeit zu hassen, war ein Fehler. Aber ihn noch damit zu verschlimmern, dass du deinen Schwanz …«

»Ja!«, unterbrach er mich. »Das war Grund genug und deswegen habe ich es getan. Ich wollte so sein wie du und konnte es nicht, und deswegen habe ich dich gehasst. Und deswegen wollte ich alles beschmutzen oder mir untertan machen, was du schätzt. Zuerst die Szgany, die ich dazu gebracht habe, mich, wenn nicht mehr, so doch wenigstens genauso zu lieben wie dich. Und dann deine Frau, die dich besser kannte als jeder Andere auf der Welt – und auf eine Weise, die nur einer Geliebten zugänglich war!«

Jetzt (mit Vorbedacht) wich ich vor ihm zurück, und er folgte mir, auf den Eingang der Höhle zu. »In deinem Bestreben, so zu sein wie ich, hast du beschlossen, die Dinge zu tun, die ich tat, und die Dinge zu wissen, die ich wusste. Selbst so weit, dass du deine Mutter – körperlich erfahren wolltest?«

»Ich dachte, sie könnte … sie könnte mich Dinge lehren.«

»Was?« Ich hätte beinahe aufgelacht, hielt mich aber zurück. »Was? Fleischliche Dinge? Aber das ist doch sicherlich die Aufgabe eines Vaters?«

»Ich wollte nichts von dir, ich wollte nur so sein wie du.«

»Konntest du nicht versuchen, mir ein wenig liebevoller gegenüberzutreten, um so meine Liebe zu gewinnen?«

Jetzt war es an ihm, in Lachen auszubrechen. »Was? Da könnte man doch genauso gut den süßen Geschmack in einem Salzklumpen suchen!«

»Du bist hart«, sagte ich mit leiser Stimme. »Vielleicht sind wir doch nicht so verschieden. Und du wolltest also Wamphyri sein? Du hast noch sehr viel zu lernen, bevor dieser Tag kommt.«

»Was?« Ein zweifelnder Ausdruck zog wie ein Schatten über sein Gesicht. Seine Stimme war jetzt ein Flüstern: »Was? Willst du damit sagen, dass –?«

»Halt!« Ich hob mahnend die Hand; jetzt, wo ich ihn an der Angel hatte, war ich in der Position, ihn zu unterbrechen. »Nein, wir sind wirklich nicht so verschieden. Und jetzt werde ich dir etwas verraten, mein dummer, eifersüchtiger und ungeduldiger Sohn. Was du getan hast, geschieht gar nicht so selten. Das ist weder ungeheuerlich noch ungewöhnlich. Wenigstens nicht für mich und die Anderen, die so denken wie ich. Inzest? Ja sicher, die Wamphyri haben sich immer gegenseitig gefickt, und nicht nur auf diese eine Art. Ich kann dir eines versichern, Janos: Sei froh, dass du als Mann geboren wurdest und in erster Linie ein Mensch bist. Denn wenn du ein anderer Vampir wärst … nun, ich wüsste, wie ich mit dir verfahren würde. Und dann würdest du wissen, wie es wirklich ist, wenn man vergewaltigt wird!«

Meine Worte hätten ihn warnen sollen, dass ich vielleicht doch nicht so nachsichtig war, wie ich vorgab, aber das taten sie nicht. Ich hatte ihm ein halbes Versprechen gegeben, und er wollte die andere Hälfte – jetzt sofort.

»Du hast gesagt … soll das heißen … du kannst mir zeigen, wie ich ein Wamphyri werde?«

»So in etwa.« Die Spitze des Holzpflocks, der auf mich gerichtet war, zitterte jetzt.

»Wie soll das gehen?«

»Nicht so schnell!«, sagte ich. »Zuerst musst du mir erzählen, wie weit du schon gekommen bist. Du hast gesagt, du willst so sein wie ich. Genauso wie ich. Das heißt, du willst Wamphyri sein. Nun, du wirst bisher doch schon geübt haben, oder? Also, was ist dabei herausgekommen?«

Er war verschlagen. »Frag mich lieber, was ich noch nicht geschafft habe. Alles andere ist meine Sache!«

»Na gut: Also was kannst du nicht?«

»Ich kann mein Fleisch nicht verwandeln, ich kann meine Gestalt nicht ändern, ich kann nicht fliegen.«

»Das ist eine Frage des Willens über das Fleisch – aber nur, wenn es sich um Wamphyrifleisch handelt. Und das ist deines nicht. Andererseits … es gibt Möglichkeiten, das zu ändern. Was sonst noch?«

»Du bist ein begnadeter Nekromant. Einmal hast du einen einsamen Reisenden ermordet, der hier vorbeikam. Ich war an einem geheimen Ort verborgen und habe zugesehen, wie du seinen Körper aufgeschlitzt und sein Wissen über die Welt da draußen aus seinen Körperteilen herausgekitzelt hast. Du hast die Gase in seinen Eingeweiden inhaliert, um aus ihnen zu lernen. Du hast die Augen ausgelutscht, um das zu sehen, was sie gesehen haben. Du hast das Blut aus seinen geplatzten Ohren auf die deinen gerieben, um zu hören, was sie gehört haben. Später, als eine Gruppe fremder Szgany vorbeikam, habe ich ein Mädchen von ihnen gestohlen und sie auf die gleiche Art benutzt. Das, was du getan hast, habe ich auch gemacht. Aber ich habe nichts dadurch erfahren und mir wurde schrecklich übel.«

»Die Wamphyri sind in der Nekromantik unerreichte Meister«, erklärte ich ihm. »Ja, es ist eine seltene Kunst. Aber … auch die lässt sich lehren. Hättest du mir den Zugang zu deinen Gedanken gestattet, hätte ich dich unterrichten können. Da hast du dir selbst den Weg verbaut, Janos. Ist da noch etwas?«

»Deine gewaltige Körperkraft«, sagte er. »Ich habe gesehen, wie du einen Mann gezüchtigt hast. Du hast ihn aufgehoben und fortgeschleudert wie ein trockenes Holzscheit. Und ich habe dich auch … ich habe dich im Bett gesehen. Da wo andere die Kraft verlassen hätte, kannte deine Energie keine Grenzen. Ich war der Meinung, sie hätte ein Geheimnis, Marilena meine ich, irgendeine Salbe oder einen Trick, der dich hart hielt. Das war auch mit einer der Gründe, warum ich zu ihr gegangen bin. Ich wollte alle deine Geheimnisse kennen.«

Jetzt war ich an der Reihe; es gab da noch etwas, das ich wissen musste: »Hat sie jemals Verdacht geschöpft?«

Er schüttelte den Kopf: »Nicht ein Mal. Meine Augen hatten sie völlig unter Kontrolle. Sie wusste nur das, was ich ihr gestattete, und tat nur das, was ich ihr auftrug.«

»Und du hast sie dazu gebracht, zu glauben, du wärest ich«, knurrte ich, »damit sie nichts vor dir verborgen hielt!« Ich stürzte vor, um nach ihm zu greifen.

In diesem Moment las der Wicht meine Gedanken. Bis dahin hatte ich sie vor ihm verborgen gehalten, aber als der Gedanke an ihn und Marilena zusammen mich wieder quälte, verlor ich meine Kontrolle darüber. Er sah meine Gedanken, meine Absichten, wich meinem Griff aus und stieß mit dem Speer nach mir.

Ich stand direkt am Rand der Klippe. Ich duckte mich zur einen Seite weg und seine Waffe durchstieß meinen Mantel und streifte meine Schulter. Ich entriss sie ihm und versetzte ihm damit einen Hieb ins Gesicht. Seine Lippe platze auf und er verlor einige Zähne. Außerdem war er zurückgezuckt und hatte sich den Schädel an der Decke der Höhle gestoßen. Als er zusammenbrach, fing ich ihn auf. Er war benommen und leistete keinen Widerstand, als ich ihn an den Rand des Abgrunds zerrte. Sein Kopf baumelte kraftlos hin und her, aber seine Augen waren offen und er beobachtete mich, als ich dem Vampir in mir die Zügel freigab und seiner Wut gestattete, mein Gesicht und meine Gestalt zu verändern.

»Ach«, knurrte ich und fletschte die Zähne, die durch die aufgeplatzten Überreste meines Kiefers brachen. »Du wolltest also Wamphyri sein.« Ich zeigte ihm meine Hand, die sich in die Klaue eines wilden Tiers verwandelt hatte. »Du wolltest so sein wie ich. Aber ich sage dir, Janos, der einzige Grund, warum du überhaupt menschlich bist, ist deine Mutter. Ich wollte ihr ein Kind schenken und ich gab ihr ein Monstrum. Du hast dich einen Halbling genannt, und du hattest Recht. Du bist weder das eine noch das andere, und du bist weder für Mensch noch für Tier zu etwas nütze. Du wolltest Fleisch, das du nach deinem Willen formen kannst? So sei es!« Und ich sammelte einen Klumpen aus Schleim, Spucke und Blut auf meiner gespaltenen Zunge und stieß ihn in seinen schreckensstarren Mund und massierte dann seine Kehle, bis der Klumpen hinuntergewürgt war. Er würgte und keuchte, bis ihm die Augen aus den Höhlen traten, aber er konnte nichts dagegen tun.

»Da!« Ich schleuderte ihm ein wahnsinniges Lachen entgegen. »Lass das in dir wachsen und das dehnbare Fleisch erzeugen, nach dem du dich so sehnst. Dann kannst du dein eigenes Fleisch ändern, wie du es wolltest. Und du wirst etwas von einem Vampir in dir brauchen – nicht zuletzt, um deine gebrochenen Knochen wieder zu reparieren!«

Und ohne weiteres Federlesen stieß ich ihn die Felswand hinab.

Janos war übel zugerichtet. Wie ich es ihm versprochen hatte, waren alle seine Knochen zerschmettert und das Fleisch durch die Felsvorsprünge in Fetzen gerissen. Wäre er ein Mensch gewesen, wäre er gestorben. Aber es war ein Teil von mir in ihm gewesen, und jetzt war da noch mehr. Was ich in ihn hineingespieen hatte, verbreitete sich schneller als eine Krebsgeschwulst, aber im Gegensatz zum Krebs verschonte es, nein es rettete ihm sogar sein armseliges Leben. Er würde sich erholen, und er würde weiterleben, wie ich es geplant hatte.

Bevor ich mich auf den Weg nach Ungarn machte und die Reise nach Zara antrat, erteilte ich den Szgany, die zurückbleiben mussten, genaue Instruktionen: »Pflegt ihn gut. Und wenn er sich erholt hat, richtet ihm etwas von mir aus: Er muss hier bleiben und mein Schloss und mein Land beschützen, damit ich, wenn ich zurückkomme, hier alles in Ordnung finde. Bis dahin ist er hier der Herr, und seinem Willen habt ihr zu gehorchen. So soll es sein!«

Und dann schloss ich mich dem großen Kreuzzug an, dessen Geschichte und Ausgang du ja bereits kennst …

Als Faethors Stimme verklang, blickte Harry auf und sah, dass die Bulldozer ihre Arbeit aufgenommen hatten. Nur zweihundert Meter entfernt stürzte ein altes, baufälliges Gebäude in sich zusammen. Eine Staubwolke stieg auf und Harry vermeinte, ein leichtes Beben in der Erde zu spüren. Auch Faethor fühlte es.

*Was meinst du, kommen sie heute noch bis hier her?*

Der Necroscope schüttelte den Kopf. »Ich glaube nicht. Auf jeden Fall scheinen sie völlig ziellos vorzugehen und es nicht sehr eilig zu haben. Wird das Auswirkungen auf dich haben? Ich meine, wenn sie das Haus hier einebnen? Viel einreißen kann man da sowieso nicht mehr.«

*Auswirkungen auf mich? Nein, nichts kann mir etwas anhaben, ich bin ja nicht mehr. Aber es könnte verdammt schwer werden, die Toten zu belauschen, bei all dem Krach, den die veranstalten!*

Harry fühlte das bösartige Grinsen des Monsters, das sich mit der unvermeidlichen Gewissheit eines Betonmausoleums abfinden musste, wahrscheinlich im Fundament eines hektischen Fabrikgebäudes. Aber es war ein Grinsen, denn Faethor war nicht bereit, Harrys Mitgefühl zu akzeptieren, er wollte es nicht einmal sehen.

Deswegen war Harrys nächste Bemerkung auch sinnlos: »Na ja, ich hoffe, mit dir geht alles … in Ordnung?« Der Necroscope sagte es trotzdem. Und fügte sofort hinzu, bevor seine (oder Faethors) Verlegenheit zu Tage treten konnte: »Jetzt muss ich mich aber auf den Weg machen. Ich habe sehr viel Nützliches von dir erfahren, glaube ich, und natürlich bin ich dir auch dankbar dafür, dass du mir die Fähigkeit, mit den Toten zu reden, zurückgegeben hast. Wenn ich darf, werde ich dich wieder kontaktieren – natürlich bei Nacht und wahrscheinlich auch von weit weg – damit du deine Geschichte zu Ende erzählen kannst. Denn ich weiß, dass du nach dem vierten Kreuzzug in die Wallachei zurückgekehrt bist und Thibor zu Fall gebracht hast, und auch zwischen dir und Janos muss da noch etwas vorgefallen sein. Da er erst vor kurzem wieder auferstanden ist, weiß ich, dass ihn irgendwer bezwungen hat. Ich würde mal schätzen, dass du das warst, Faethor.«

Er spürte das grimmige Nicken des Vampirs.

»Nun, was einmal geglückt ist, lässt sich auch ein zweites Mal bewerkstelligen – mit deiner Hilfe.«

*Jederzeit, Harry. Schließlich ist es unser gemeinsames Ziel, ihn wieder in den Staub zurückzuschleudern. Und jetzt mach dich auf den Weg. Ich würde gern eine Zeit lang ruhen, in dem Frieden, der mir noch geblieben ist – solange ich ihn noch habe.*

Aber als Harry seine Reisetasche aufhob, glitt sein Fuß auf den Überresten der verrottenden Pilze aus. Ihr Gestank drang wie eine plötzliche giftige Wolke auf ihn ein.

»Bah!« Er konnte den Ausruf des Abscheus nicht unterdrücken. Faethor hörte ihn und sah vielleicht in seinem Kopf auch den Grund dafür.

*Was? Pilze?* Die mentale Stimme klang ein wenig schrill und nervös. Vielleicht drang die Endgültigkeit seiner Situation jetzt doch zu ihm durch.

Der Necroscope zuckte mit den Achseln. »Pilze, Schwämme, Schimmel, irgendsowas. Sie verrotten in der Sonne.«

Er fühlte Faethors Schaudern und hätte sich auf die Zunge beißen können. Sein letzter Satz war gedankenlos grausam gewesen. Aber … zum Teufel! … warum sollte man sich Gedanken über das Schicksal eines vor langer Zeit gestorbenen, niederträchtigen und absolut bösen Etwas wie einem Vampir machen?

»Lebe wohl«, sagte er und kletterte aus den Trümmern von Faethors verfallenem Haus, und wandte sich wieder dem Friedhof und der staubigen Straße auf der anderen Seite zu.

*Wir sehen uns*, gab der ruhelose Geist zurück. *Und, Harry, zögere nicht bei dem, was du tun musst, sondern mache ihm schnell ein Ende. Es kann sein, dass die Zeit schließlich ausschlaggebend ist.*

Harry wartete noch einen Augenblick, aber Faethor sagte nichts weiter.

Als Harry über die Rückwand des alten Friedhofs kletterte und zwischen den Grabstellen und windschiefen Grabsteinen hindurchlief, sprach ihn jemand ganz aus der Nähe an: *Harry? Harry Keogh?*

Er schreckte heftig zusammen und sah sich um. Aber … da war niemand! Natürlich nicht, denn er hörte die Stimme eines Toten – aber ohne die schrecklichen geistigen Qualen, die er jetzt schon gewohnheitsmäßig damit in Verbindung brachte. Sein makabres

Talent war ihm so lange verwehrt gewesen, dass es eine Zeit dauern würde, bis er es wieder als alltäglich akzeptieren könnte.

*Habe ich dich erschreckt?*, fragte die Stimme einer verlorenen toten Seele. *Das tut mir Leid. Aber wir haben gehört, wie du mit diesem toten Ding-das-lauscht geredet hast und wir wussten, dass du das sein musst – Harry Keogh, der Necroscope. Denn wer sonst unter den Lebenden kann schon mit den Toten reden? Und wer außer dir würde mit so etwas reden oder die Freundschaft von so einer Kreatur suchen? Nur du, Harry, der du keine Feinde unter der zahllosen Mehrheit hast.*

»Nun, ein paar habe ich doch«, antwortete Harry schließlich zögerlich. »Aber im Großen und Ganzen komme ich mit den zahllosen Toten ganz gut zurecht, das stimmt.«

Nun regte sich plötzlich der ganze Friedhof. Vorher war da eine gespannte Stille gewesen, eine schmerzhafte Leere, die irgendetwas verdeckte, was sich aufgestaut hatte. Aber jetzt sprengte dieses Etwas seine Barrieren wie ein Fluss bei Hochwasser, und hundert Stimmen versuchten gleichzeitig, Harrys Aufmerksamkeit zu erregen. Es waren die üblichen Fragen der Toten: Wie ging es denen, die sie in der Welt der Lebenden zurückgelassen hatten? Was passierte in dieser geschäftigen Welt körperlicher Wesen, wo die Seelen von Fleisch umgeben waren? Wäre es Harry vielleicht möglich, eine Nachricht zu übermitteln an den so schmerzlich vermissten und geliebten Vater, oder die Mutter, oder an die Schwester und den Geliebten und so weiter.

Er hätte sein ganzes Leben allein damit verbringen können, die Fragen und die Aufträge der Bewohner nur dieses einen Friedhofes zu beantworten und zu erledigen. Aber kaum war ihm dieser Gedanke gekommen, da verstanden sie ihn auch und erkannten, dass er Recht hatte und das mentale Gewusel beruhigte sich schnell.

»Es ist ja nicht so, dass ich das nicht tun will«, versuchte er zu erklären, »ich kann es nur nicht. Wisst ihr, für die Lebenden seid ihr tot und für immer vergangen. Und abgesehen von ein paar Gleichgesinnten bin ich der Einzige, der weiß, dass ihr immer noch hier seid, wenn auch verändert. Meint ihr, es würde etwas nützen, wenn all eure noch lebenden Freunde und Verwandten wüssten, dass ihr immer noch … da seid? Das würde es nicht. Es würde ihren Kummer nur noch verschlimmern. Sie würden glauben, ihr wärest in einem riesigen und schrecklichen Gefängnis jenseits des Körpers gefangen. Nun, ich weiß, euer Zustand ist schlimm genug, aber nicht so schlimm – und bestimmt jetzt nicht mehr, wo ihr gelernt habt, euch untereinander zu verständigen. Aber das können wir den Lebenden nicht sagen, die ihr hinterlassen habt, denn wenn wir das täten, dann würden die, die jetzt nicht mehr trauern und zu ihrem normalen Leben zurückgekehrt sind, für die würde das alles von vorn beginnen! Und ich fürchte, es würde immer falsche Necroscopen geben, die dann versuchen, daraus Kapital zu schlagen.«

*Du hast natürlich Recht, Harry,* antwortete ihr Sprecher für sie alle. *Für uns bietet sich hier jedoch eine äußerst seltene – sogar eine einzigartige – Gelegenheit, mit einem Lebenden zu sprechen. Aber wir können spüren, wie eilig du es hast, und wir wollten dich ganz bestimmt nicht aufhalten.*

Harry ging zwischen den Grabstellen herum, von denen einige ziemlich alt, andere aber noch relativ frisch waren, und fragte: »Was wird das für Auswirkungen auf euch haben? Ich meine, wenn sie hier rundherum alles platt gewalzt haben? Ihr werdet dann immer noch hier sein, das weiß ich, egal was passiert – aber wird es euch nicht quälen, dass eure Grabstellen entweiht sind?«

*Aber das werden sie nicht, Harry!* Ein Baurat aus Ploiesti meldete sich zu Wort. *Dieser Friedhof steht unter Denkmalschutz. Ja sicher, viele Friedhöfe sind dem Erdboden gleichgemacht worden, aber wenigstens der hier entkommt dem Wahnsinn von Ceaucesco. Ich bin stolz darauf, dass ich meinen Teil dazu beigetragen habe – es musste einfach sein. Angehörige meiner Familie, den Bercius, sind schon seit Jahrhunderten auf diesem Friedhof beigesetzt worden. Und Familien sollten doch zusammenhalten, oder?* Radu Berciu kicherte, wenn auch bitter. *Ich hatte natürlich nicht damit gerechnet, dass ich selbst davon profitieren würde, wenigstens nicht so schnell. Gerade mal neun Tage, nachdem es mir gelungen ist, diesen Beschluss zu verabschieden, bin ich selbst an einem Herzinfarkt gestorben!*

»Gibt es hier noch mehr, die erst vor kurzem gestorben sind?«, fragte Harry mitfühlend. Er wusste aus früheren Erlebnissen, dass dies diejenigen waren, die am meisten litten, da sie sich noch nicht vom Todestrauma erholt hatten. Wenigstens mit ihnen konnte er sich kurz unterhalten, bevor er weiterreiste.

Schließlich fanden zwei Stimmen, kummervoll, jung und sehr verlassen, den Mut, ihm zu antworten: *Oh ja, Harry,* sagte die eine. *Wir sind die Brüder Zaharia.*

*Ion und Alexandru,* ergänzte sein Bruder. *Wir sind bei einem Unfall bei den Arbeiten an der neuen Straße getötet worden. Ein Tankwagen ist umgekippt und ausgelaufen, als wir gerade Tee auf einem Gaskocher bereiteten. Wir sind verbrannt. Und wir waren beide erst seit kurzem verheiratet. Wenn es doch nur eine Möglichkeit gäbe, unseren Frauen mitzuteilen, dass wir nichts gespürt haben, dass wir keine Schmerzen leiden mussten.*

»Aber … ihr müsst schrecklich gelitten haben!« Harry konnte sein Erstaunen nicht verbergen.

*Das haben wir,* sagte eine der beiden Brüder, *aber es wäre uns lieber, wenn sie glaubten, es sei nicht so gewesen. Andernfalls würden sie vielleicht den Rest ihres Lebens nachts wach liegen und sich unsere Todesschreie vorstellen, während wir verbrannt sind. Wenigstens das würden wir ihnen gerne ersparen.*

Harry war gerührt, aber es gab nichts, was er für sie tun konnte. Wenigstens jetzt noch nicht. »Hört zu. Es kann sein, dass ich euch irgendwann helfen kann – nicht jetzt, aber irgendwann in der Zukunft. Bald, wie ich hoffe. Falls und wann diese Zeit kommt, werde ich es euch wissen lassen. Aber im Augenblick kann ich euch nicht mehr als das versprechen.«

Sie versuchten, beide gleichzeitig zu sprechen, und ihre Stimmen gingen durcheinander: *Harry, das ist mehr als genug. Du hast uns Hoffnung gegeben, denn jetzt wissen wir, dass wir einen Freund an einem Ort haben, der uns andernfalls verschlossen wäre. Wenn doch all die zahllosen Toten dieses Glück hätten. Aber sie haben schon Glück – weil du es bist, der über diese Fähigkeit verfügt, und nicht irgendein Anderer.*

Er wanderte los und verließ den Friedhof. Er wandte sich auf der staubigen Straße nach rechts, in Richtung Bukarest. Hinter ihm verklangen die aufgeregten Stimmen in der Begräbnisstätte allmählich. Stimmen, die jetzt untereinander diskutierten, über ihn, statt mit ihm. Er wusste, dass er gerade eine Menge neuer Freunde gewonnen hatte. Aber nach einem oder zwei Kilometern auf der Straße traf er auf zwei Männer, die nicht seine Freunde waren. Ganz im Gegenteil!

Der schwarze Wagen kam in Gegenrichtung an ihm vorbei. Er sah sich um, als er das Quietschen der Bremsen hörte und sah, wie der Wagen eine gefährliche Kehre auf der Straße vollzog. Da wusste er, dass er in Schwierigkeiten war. Und als der Wagen dann neben ihm anhielt und die Insassen heraussprangen, gab es keinen Zweifel mehr.

Sie waren in Zivil, aber Harry würde diesen Menschenschlag überall erkennen. Er hatte sie schon früher getroffen; nicht genau diese beiden, aber Andere, die genauso waren. Was nicht verwunderlich war, denn diese Kerle waren alle ziemlich gleich. In ihren dunkelgrauen Mänteln und den Filzhüten mit den weichen Krempen – die direkt aus einem Film der dreißiger Jahre stammen könnten – waren sie das rumänische Äquivalent zum russischen KGB: Securitate. Der eine war klein, mager und hatte ein Rattengesicht. Der andere war groß, schlaksig und etwas langsam. Ihre Gesichter waren ausdruckslos, soweit man das im Schatten der Hutkrempen beurteilen konnte.

»Ausweis«, knurrte der Kleinere. Er streckte die Hand aus und schnippte mit den Fingern.

»Arbeitserlaubnis«, setzte der andere langsamer hinterher. »Papiere, Dokumente, Konzessionen.«

Sie hatten beide Englisch gesprochen, aber Harry war völlig überrumpelt und tappte blindlings in diese primitive Falle. »Ich ... ich habe nur meinen Pass«, sagte er, ebenfalls in Englisch und wollte mit der Hand in seine Brusttasche greifen.

Bevor er noch seinen gefälschten griechischen Pass zücken konnte, stieß ihm der kleine Magere eine bösartig aussehende automatische Pistole in die Rippen. »Ganz vorsichtig, Mr. Harry Keogh!«, fauchte er. Als Harrys Hand ganz langsam wieder zum Vorschein kam, wurde ihm das Dokument aus den Fingern gerissen und an den Größeren der beiden weitergereicht.

Während der Kleine ihn mit geübten Fingern durchsuchte,

öffnete der andere seinen Pass und begutachtete ihn. Nach einem Augenblick hielt er ihn so, dass sein Kumpel ihn auch sehen konnte, ohne Harry aus den Augen zu lassen. Sie grinsten beide, kalt und ohne jede Spur von Humor. Harry dachte, dass sie ihre Haifisch-Imitation fast bis zur Vollkommenheit perfektioniert hatten. Aber er wusste auch, dass sie ihn in der Zange hatten, und für den Augenblick gab es nichts, was er dagegen tun konnte.

Das letzte Mal, dass ihm so etwas passiert war, war in Leipzig gewesen, als er zum ersten Mal Möbius an seinem Grab besucht hatte. Damals war er durch das Möbius-Kontinuum entkommen. Außerdem hatte er sich seines umfassenden theoretischen und praktischen Wissens über Kampfsport bedient, das er von verschiedenen toten Meistern gelernt hatte. Nun, er war immer noch ein Experte mit vielen Jahren der Übung, aber damals war er erheblich jünger gewesen, mit weniger Erfahrung, und damals neigte er auch noch dazu, den Kopf zu verlieren. Heute war er viel gesetzter und das mit gutem Grund: In den Jahren seither hatte er Schrecknissen gegenübergestanden, die sich diese beiden Schläger nicht einmal vorstellen konnten.

»Wir haben uns also geirrt«, sagte der hölzerne Typ. Sein Englisch war ein wenig kehlig, aber trotzdem sehr gut. Sogar der sarkastische Unterton kam deutlich heraus. »Sie sind nicht dieser Harry Keogh, sondern ein griechischer Herr namens … Hari Kiokis? Ach, wie ich sehe, sind Sie Antiquitätenhändler! Aber ein Grieche, der nur englisch spricht?«

Der Kerl mit dem Rattengesicht war direkter. »Wo hast du gestern übernachtet, Harry?« Er stieß ihm die Mündung seiner Pistole fester zwischen die Rippen. »Welcher Verräter hat dir Unterschlupf gewährt, mein Herr Spion?«

»Ich … ich war bei niemandem«, antwortete Harry, was nicht so ganz stimmte. Er deutete auf seine Reisetasche. »Ich habe im Freien übernachtet. Mein Schlafsack ist da drin.«

Der Größere nahm ihm die Tasche ab und öffnete sie. Er zog den Schlafsack heraus. Er hatte ein paar Schlamm- und Grasflecken. Jetzt wirkte das Gesicht des Geheimpolizisten nicht mehr so ausdruckslos. Er schien verdattert, wenn auch nur für einen Moment. »Ich verstehe«, sagte er dann. »Dein Kontaktmann ist nicht aufgetaucht, und du musstest dich den Gegebenheiten anpassen. Na gut, vielleicht erklärst du uns dann, wen du eigentlich treffen solltest?«

»Niemanden«, sagte Harry, während sich langsam eine Idee in ihm formte. »Schlafen im Freien ist einfach billig und mir gefällt die frische Luft, das ist alles. Und außerdem, was geht das euch an? Ihr habt meinen Pass gesehen und wisst, wer ich bin, aber wer zum Teufel seid ihr? Wenn ihr Polizisten seid, will ich eure Ausweise sehen.«

Während sie verdutzt erst ihn und dann sich anstarrten, sprach er mit seiner einzigartigen Fähigkeit die Geister seiner neuen Freunde auf dem Friedhof ein paar hundert Meter hinter ihm an. Er wandte sich (lautlos) an Ion und Alexandru Zaharia, und seine Botschaft war einfach und präzise: *Ich werde von zwei Männern bedroht. Es sind Landsleute von euch, fürchte ich: Securitate. Ohne eure Hilfe bin ich erledigt!* Er kam nur so weit, da trat der Kleine ihn in den Unterleib. Harry sah es kommen und es gelang ihm, die größte Wucht abzublocken, aber er klappte trotzdem zusammen und krümmte sich in gespielter Agonie im Staub der Straße.

»Da!«, sagte der Langsame ohne eine Regung in der Stimme. »Das kommt davon. Du wolltest es ja nicht anders! Du hast Corneliu verärgert! Harry Keogh, du musst wirklich etwas kooperativer sein. Unsere Geduld ist ganz bestimmt nicht unerschöpflich.« Er ging zum Heck des Autos, öffnete den Kofferraum und warf Harrys Gepäck hinein. Aber den gefälschten Pass steckte er in die eigene Tasche.

*Was können wir denn tun, Harry?* Ion Zaharias eifrige Stimme drang zu ihm durch, während er auf der Seite lag und versuchte, Zeit zu schinden. *Wir könnten versuchen … aber nein, du bist zu weit weg. Wir würden nie schnell genug zu dir hin kommen.*

*Nein,* antwortete Harry. *Ihr bleibt da, wo ihr seid. Ihr müsst euch nur ausgraben, das ist alles. Ihr und jeder Andere, der – na ja, jeder, der noch einigermaßen in Schuss ist – und der mir helfen will. Aber reibt euch nicht damit auf, dass ihr zu mir kommt. Ich glaube, ich weiß, wie ich diese Mistkerle zu euch bringen kann.*

»Die Jacke!«, fauchte ihn der Kleinere der beiden an. »Tempo!«

Harry setzte sich auf und begann, die Jacke von den Schultern zu streifen, da wurde sie ihm auch schon vom Rücken gerissen.

»Das ist alles mehr als enttäuschend«, sagte der Andere, der jetzt nicht mehr langsam, sondern vielmehr eingebildet und arrogant wirkte. »Wir haben wirklich erwartet, wir müssten dich erschießen. Was haben die uns doch für Wunderdinge über dich erzählt! Was für Probleme du unseren Kollegen auf der anderen Seite der Grenze bereitet hast! Aber andererseits … besonders gefährlich scheinst du mir nicht zu sein, Harry Keogh. Sollte dein Ruf übertrieben sein?«

Harry hatte jede Hoffnung aufgegeben, sich herausbluffen zu wollen. Sie wussten sehr genau, wer er war, wenn auch nicht unbedingt, was er war. »Das war alles vor langer Zeit, als ich noch jünger war. Heute bin ich nicht mehr so dumm. Ich weiß, wann ich verloren habe.«

Ein LKW mit offener Ladefläche rumpelte in Richtung Bukarest an ihnen vorbei. Auf der Ladefläche, auf ringsherum angebrachten Bänken, saß sich eine Doppelreihe von Männern und Frauen gegenüber, vor allem ältere Bauersleute. Aus ihren Augen war jeder Funken Hoffnung gewichen; sie warfen kaum einen Blick auf Harry, der im Straßenstaub kniete und von zwei Schlägern bedroht wurde. Sie hatten ihre eigenen Probleme. Sie gehörten zu den Verzweifelten, den Heimatlosen; ihr Leben war ruiniert durch Ceaucescos blindwütige, rücksichtslose agro-industrielle Politik.

»Ja, ja, verloren hast du ganz zweifellos, mein Freund«, fuhr der Große fort. »Du weißt doch, dass du wegen Spionage, Sabotage und Mord gesucht wirst, oder? Wie es scheint sogar wegen vielfachem Mord!« Er zog Handschellen heraus. »Das klingt alles so bedrohlich, dass ich es für besser halte, wenn wir deine Bewegungsfreiheit ein wenig beschneiden. Man kann nie vorsichtig genug sein. Du siehst zwar nicht gefährlich aus, und Waffen hast du auch keine, aber …« Er legte Harry die Handschellen an.

»Ein Rückflugticket nach Rhodos«, (der Rattengesichtige hatte Harrys Taschen durchsucht), »Zigaretten, Streichhölzer und ein Haufen amerikanischer Dollars. Das ist alles.« Und dann zu Harry: »Aufstehen!«

Harry wurde auf den Rücksitz des Wagens gestoßen und der Kleine setzte sich mit gezückter Waffe neben ihn. Der Große setzte sich hinter das Lenkrad. »Du warst also auf dem Weg zum Flughafen«, meinte er. »Na gut, wir werden dich dahin bringen. Wir haben da einen kleinen Raum, da kannst du auf deinen Flug nach Moskau warten. Danach ist unsere Aufgabe erledigt!« Er ließ den Wagen an und fuhr in Richtung Bukarest los.

»Ich verstehe das nicht.« Harry war wirklich verwundert. »Seit wann hat es die Securitate so dicke mit dem KGB? Ich hätte gedacht, dass sich *glasnost* und *perestroika* absolut nicht mit Ceaucescos Politik vereinbaren lassen? Aber andererseits – vielleicht habt ihr beiden ja mehrere Eisen im Feuer? Na? Arbeiten Sie für zwei verschiedene Chefs, Mr –?«

»Schnauze!« Der Rattengesichtige schrammte mit der Pistole an Harrys Rippen entlang.

»Nein, soll er doch reden.« Der Fahrer zuckte nur mit den Schultern. »Es ist doch immer wieder amüsant, wie wenig die im Westen über uns wissen.« Er blickte über die Schulter zurück. »… und wie viel von dem, was sie wissen, auf reinen Vermutungen beruht. Mr Keogh, Sie können mich Eugen nennen. Warum auch nicht, wo unsere Bekanntschaft doch nur so kurz sein wird? Wundert es sie wirklich, dass Russland Freunde in Rumänien hat, wo Rumänien doch so lange ein Satellitenstaat und ein Nachbar der Sowjetunion gewesen ist? Als Nächstes wollen Sie mir noch erzählen, dass es keine russischen Agenten in England, Frankreich oder Amerika gibt! Ich bezweifle, dass sie so naiv sind.«

»Sie gehören zum KGB?«

»Nein, wir gehören zur Securitate – wenn es uns in den Kram passt. Aber wissen Sie, im Vergleich zum Leu war der Rubel immer so stark und stabil – und wir müssen doch alle für die Zukunft vorsorgen, nicht wahr? Früher oder später gehen wir doch alle in den Ruhestand.« Er sah nach hinten, lächelte Harry an und ließ das Lächeln langsam verblassen. »In Ihrem Fall, früher.«

Hmm, diese beiden waren also vom KGB gekauft, der wiederum eine Abteilung haben würde, die mit Harrys alten ›Freunden‹ im Hauptquartier des russischen E-Dezernats in Moskau zusammenarbeitete. Die russischen ESPer erhoben wieder ihr hässliches Haupt; sie erinnerten sich nur zu gut an Bronnitsy und wollten es Harry heimzahlen. Sie mussten schreckliche Angst vor ihm haben! Da war zuerst Wellesleys irrwitzige Aktion in Bonnyrig, und jetzt das hier. Man würde ihn still und leise aus Rumänien hinaus- und in die Sowjetunion hineinschmuggeln, dann dem sowjetischen E-Dezernat übergeben, und dann würde er einfach … verschwinden. Das war zumindest das Szenario, wie die sich das vorstellten.

Aber es verriet Harry auch eine Menge. Wenn man ihn aus Rumänien hinausschmuggeln musste, dann wussten die rumänischen Behörden offenbar nichts von der ganzen Aktion. Für die war er der, als den sein Pass ihn deklarierte: Hari Kiokis, ein unbescholtener Geschäftsmann aus Griechenland. Es machte Sinn. Der KGB (oder das E-Dezernat) hatte seine Leute in Rumänien informiert, Männer, bei denen man sich darauf verlassen konnte, dass sie ihren Job verstanden. Wenn man versuchte, ihn auf die offizielle Art ausliefern zu lassen, wäre das zu aufwendig und zu mühselig. Manchmal hatte Ceaucescos Politik auch ihre Vorteile.

»Ähem, Eugen? Offenbar solltet ihr mich doch nur einsammeln. Warum habt ihr das nicht gestern gemacht, am Flughafen? Weil ihr kein Aufsehen erregen durftet?«

»Das war einer der Gründe«, der Lulatsch sprach wieder über seine Schulter. »Außerdem haben wir gehofft, zwei Fliegen mit einer Klappe zu schlagen: Wir wollten dich beobachten und deinen Kontaktmann enttarnen. Schließlich musstest du hergekommen sein, um jemanden zu treffen. Also sind wir deinem Taxi gefolgt. Aber dann hatten wir einen Plattfuß. So was passiert schon mal. Wir haben später deinen Taxifahrer erwischt und er hat uns die Stelle gezeigt, wo er dich abgesetzt hat. Und er hat auch noch gesagt, du würdest heute Morgen den Bus zurück in die Stadt nehmen. Und dann diese ganze Mühe! Wir sind die ganze Zeit die Straße auf und ab gefahren und haben darauf gewartet, bis du irgendwann auftauchst. Als letzte Möglichkeit wären wir natürlich nach Bukarest zurückgefahren und hätten am Flughafen auf dich gewartet. Es gibt heute nur einen einzigen Flug nach Athen. Glücklicherweise war das aber nicht nötig.«

»Es gab keinen Kontaktmann«, brach es plötzlich aus Harry heraus. »Ich war nur … ich sollte gewisse Anweisungen hinterlassen, und eine bestimmte Information entgegennehmen.« Er ging ein Risiko ein, indem er davon ausging, dass sie so gut wie nichts über ihn wussten. Er hoffte, man habe ihnen nur verraten, dass er für ihre russischen Bosse festgenommen werden sollte. Außerdem wurde die Zeit knapp. Mittlerweile mussten seine Freunde drüben auf dem Friedhof bereit sein.

Eugen trat auf die Bremse und der Wagen kam zum Stillstand. »Du hast Anweisungen hinterlassen? Es gibt da hinten einen toten Briefkasten?«

»Ja«, log Harry.

»Und die Nachricht, die du bekommen hast? Wo ist die?«

»Sie war nicht da. Deswegen habe ich die ganze Nacht gewartet, um sie heute Morgen noch zu bekommen. Aber auch dann war sie noch nicht da.«

Eugen drehte sich in seinem Sitz um und starrte Harry mit zusammengekniffenen Augen an: »Du bist sehr redselig, mein Freund. Ich vermute, das hat alles mit der fünften Kolonne unserer Bauern zu tun, richtig?«

Harry versuchte, verängstigt auszusehen, was gar nicht so schwer war. Er wusste nichts über Rumäniens Widerstandsgruppen, aber er wusste, wie solche Schläger funktionierten. »Es hat etwas damit zu tun«, sagte er. »Na ja … du hast doch gesagt, ihr hättet da am Flughafen einen isolierten Raum? Ich schätze, es ist gesünder für mich, euch jetzt alles zu erzählen, als darauf zu warten, dass Genosse Corneliu in dieser Zelle alles aus mir herausprügelt.«

»Das ist wirklich schade«, grunzte Corneliu und zuckte mit den Schultern. »Aber vielleicht verprügele ich dich trotzdem.«

Eugen fragte: »Bist du bereit, uns diesen toten Briefkasten zu zeigen?«

»Wenn es mir das Leben einfacher macht, ja.«

»Pah!«, fauchte Corneliu. »Der Kerl soll ein harter Typ sein?« An Harry gewandt: »Sind diese britischen Spione alle Memmen?«

Harry zuckte mit den Achseln. Tatsächlich wusste er nur sehr wenig über die normalen britischen Spione. Er kannte nur ESPer – Gedankenspione.

Eugen wendete den Wagen und fuhr zurück. Sie redeten nicht mehr, bis Harry sie am Eingang des Friedhofs anhalten ließ. »Da drin«, sagte er. »Da ist der tote Briefkasten.«

Sie stiegen alle aus dem Wagen und Corneliu benutzte seine Waffe, um Harry vor sich her zu treiben. Harry schickte eine Nachricht an die Toten voraus: *Wir sind jetzt hier. Zumindest einer von ihnen hat eine Pistole, die auf mich gerichtet ist. In dem Augenblick, in dem er euch sieht, wird er abgelenkt sein. Dann werde ich versuchen, ihn zu entwaffnen. Ist alles bereit?*

*Wir sind bereit,* antworteten die Zaharias sofort. *Und da sind auch noch ein paar andere, die sich nicht davon abbringen ließen. Wir wissen nicht, ob sie eine große Hilfe sein werden. Aber … in der Anzahl liegt die Stärke, nicht wahr?*

*Ich kann euch nicht sehen.* Harry sah sich besorgt um. *Habt ihr euch versteckt?*

*Die anderen sind direkt unter der Erde, Harry,* erklärte ihm Ion Zaharia. *Und wir haben unsere Särge verlassen und sind in dem Sarkophag.*

Harry erinnerte sich: Die Zaharias waren in der selben Grabstelle in einem Sarkophag beerdigt worden, dessen schwerer, elegant marmorierter Deckel einen halben Meter aus den Marmorsplittern herausragte, die den Rest des Grabmals bedeckten. Es hatte sie offenbar nicht gestört, dass er sich kurz darauf gesetzt hatte, als er mit ihnen sprach. Sie warteten also unter diesem Deckel? Nun, das kam ihm sehr entgegen.

»Tempo, Keogh!«, knurrte Corneliu und stieß ihn voran durch einen Gang zwischen den Reihen schiefer Grabsteine. »Und wo ist jetzt dieses Versteck?«

»Da drüben«, Harry deutete nach vorn. Er ging zu dem gewaltigen Grabmal hinüber und sah auf den schweren Deckel hinunter. »Ich musste ihn zur Seite hebeln, aber zusammen können wir ihn leicht beiseite schieben, wenn wir ihn erst einmal über die Haltebolzen gehoben haben.« Er hoffte, dass die Schläger nicht bemerkt hatten, wie faulig es roch und dass der Gestank von Sekunde zu Sekunde schlimmer wurde. Aber er wollte sie darauf natürlich auch nicht aufmerksam machen.

»Ach?« Eugen grinste säuerlich. »Also auch noch ein Leichenschänder, was? Harry Keogh, du solltest dich schämen, den Toten Briefe zuzustecken. Weißt du, sie können dir nicht antworten!« Zu Corneliu gewandt fügte er hinzu: »Du hältst ihn in Schach, während ich mit anfasse!«

*Wie sehr du doch irrst!,* dachte Harry, als er und der große Geheimpolizist sich mit dem Deckel abmühten – der plötzlich und mit unerwarteter Leichtigkeit zu einer Seite wegrutschte. Der Necroscope hatte das natürlich erwartet und hielt die Luft an; aber Corneliu und Eugen wurden völlig überrascht und hatten keine Vorsichtsmaßnahmen ergriffen. Und vor allem erwarteten sie nicht, was geschah, nachdem die Wolke fauliger Gase aus dem Grabmal entwichen war.

»Mein Gott!« Eugen stolperte zurück und hielt sich mit beiden Händen Nase und Mund zu. Aber Corneliu, der ein wenig weiter weg stand, keuchte nur auf. Die Augen traten ihm aus den Höhlen. Die Waffe in seiner Hand schwenkte wie von selbst von Harry auf das zu, was sich zuerst aufsetzte, dann aufstand und schließlich aus dem schattigen Dunkel des Grabes nach ihm griff.

Bevor er den Abzug betätigen konnte, wenn er denn noch die Kraft dafür gehabt hätte, brach ihm Harry das Handgelenk mit einem Tritt, den er seit Jahren für so einen Moment geübt hatte. Die Waffe flog davon, und das tat auch Corneliu, direkt in die verbrannten und verkohlten, blauen und grabesgrauen Hände der Zaharias! Die Brüder fassten zu und hielten ihn fest, starrten ihn mit ihren toten, aufgedunsenen Augen an und fletschten ihm die geschwärzten Zähne aus blanken, angesengten Kieferknochen entgegen.

Der andere Agent, Eugen, stolperte wimmernd über die uralten Unkraut überwachsenen Grabstellen dem Ausgang des Friedhofs entgegen und blieb nicht einmal stehen, um sich umzusehen … bis er auf das prallte, was dort auf ihn wartete. Die anderen, von denen die Zaharias gesagt hatten, »sie ließen sich nicht davon abbringen«. Und obwohl sie nur noch aus Überresten bestanden – vielleicht auch, weil sie nur noch daraus bestanden – ließen diese zerfallenden, krabbelnden, zuckenden Teile von Leichen Eugen in Panik erstarren, als sei er gegen eine Wand gelaufen.

Eine dieser Kreaturen war eine Frau, die in einem schrecklichen Unfall ihre Beine und ihr Leben verloren hatte. Sie war schon seit langer Zeit begraben, und ihre Brüste verwesten über ihrem Bauch und waren nur noch faulige, groteske Klumpen; aber trotzdem stand sie aufrecht auf ihren Beinstümpfen und klammerte sich mit übernatürlicher Kraft an Eugens zitternde Beine, der hin und her sprang und den Himmel um Gnade anflehte und versuchte, ihr Gesicht von sich zu drücken, das sich gegen seine Brust presste. Schließlich hatte er Erfolg, und ihre Halswirbel hielten dem Druck nicht mehr stand. Der ganze Kopf fiel hinten über wie der einer kaputten Puppe, als sei da ein Scharnier eingebaut. Und aus dem offenen Halsstumpf quollen Maden, die durch das faulige Fleisch und die verrottenden Sehnen wimmelten.

Mit einer Reihe wahnwitziger Luftsprünge und Tritte, die ihm die schiere Verzweiflung eingab, gelang es Eugen schließlich, sich von dem zerfallenden Rumpf der Frau zu lösen und in seine Tasche zu greifen. Er zog eine automatische Pistole hervor und brachte sie in Anschlag, gerichtet auf die anderen dieser widersinnigerweise belebten Körperteile, die da auf ihn zukrochen oder hüpften. Harry wollte verhindern, dass die Waffe abgefeuert wurde: Eugens Schreie waren schon schlimm genug. Wenn sich dazu jetzt noch Pistolenschüsse gesellten, mochte das dann doch zu unliebsamer Aufmerksamkeit führen.

Die Toten spürten Harrys Befürchtungen, als habe er sie ausgesprochen, und sie trafen Vorkehrungen, um dem entgegenzuwirken. Der Haufen Abscheulichkeit, den die beinlose Frau bildete, rappelte sich auf und ließ sich gegen Eugens Waffe fallen. Ihre fauligen Hände zogen die Mündung tief in die zitternde geleeartige Höhlung ihres Halses. Mit ihrem Rumpf dämpfte sie das Geräusch des ersten Schusses, während Harry dafür sorgte, dass es keinen weiteren gab.

Er stürzte sich von hinten auf den Geheimpolizisten, presste die gefesselten Hände aneinander und versetzte ihm einen Handkantenschlag, der den Agenten bewusstlos zusammensinken ließ. Noch im Fallen trat Harry ihm die Waffe aus der Hand. Als er zusammenbrach und Harrys Gesicht langsam in der Schwärze der Bewusstlosigkeit versank, überlegte Eugen, warum sich nichts von dem sie umgebenden Schrecken in Harrys seltsamen, abgründigen Augen widerspiegelte.

Als er ein paar Minuten später das Bewusstsein wiedererlangte, vermeinte der große, schlaksige Geheimpolizist, einen besonders lebhaften und erschreckenden Albtraum gehabt zu haben … bis er die Augen öffnete und sich umsah. »Mein Gott … oh mein Gott!«, stieß er hervor. Einen Moment lang traten ihm die Augen aus den Höhlen, dann schloss er sie wieder – fest zusammengepresst.

»Werd' mir nicht wieder ohnmächtig«, warnte ihn Harry. »Ich habe nicht mehr allzu viel Zeit, und da sind noch ein paar Dinge, die ich wissen muss. Und wenn ich nicht die Antworten bekomme, die ich haben will, dann werden diese toten Herrschaften wahrscheinlich wütend werden – auf dich!«

Eugen behielt die Augen zugekniffen. »Harry … Harry Keogh! Diese Leute … sie sind tot!«

»Das habe ich doch gesagt«, meinte Harry. »Weißt du, deine Freunde auf der anderen Seite der Grenze haben einen Fehler gemacht. Sie haben dir gesagt, wer ich bin, aber nicht, was ich bin. Sie haben dir nicht gesagt, dass ich viele Freunde habe, und vor allem haben sie dir nicht gesagt, dass die alle tot sind.«

Der Agent murmelte etwas auf rumänisch und begann hysterisch zu kichern.

»Reiß dich zusammen«, befahl Harry, »und rede englisch. Denk nicht daran, dass die Leute, die dich festhalten, tot sind. Stell sie dir als meine Freunde vor, die alles tun, was nötig ist, um mich zu beschützen.«

»Gott – ich kann sie riechen«, wimmerte Eugen, und Harry konnte sich des Eindrucks nicht erwehren, dass der Agent ihm überhaupt nicht zuhörte. Er beschloss, schärfer zu werden: »Pass mal auf! Du wolltest mich dem KGB ausliefern – und die hätten mich dann gefoltert, um die Dinge zu erfahren, die sie von mir wissen wollen. Und dann hätten sie mich getötet! Warum sollte ich es dir also leicht machen? Du kannst dich zusammenreißen und mir meine Fragen beantworten, oder auch nicht. Dann verschwinde ich jetzt und lasse dich mit meinen Freunden hier allein.«

Eugen zappelte ein wenig, blieb dann aber starr sitzen, als seine Bewegungen neue Wolken des Leichengestanks aufwirbelten. Er fühlte, wie tote, gummiartige Hände seine Arme festhielten. Seine Augen waren immer noch fest zusammengekniffen. »Sag mir nur eines«, flehte er. »Bin ich verrückt? Mein Gott – ich bekomme keine Luft!«

»Das ist auch so eine Sache«, meinte Harry. »Je länger du hier bei meinen Freunden bist, desto mehr Schaden fügst du deiner Gesundheit zu. In den Toten breiten sich alle möglichen Krankheiten aus, Eugen. Du riechst sie nicht nur, du inhalierst sie auch!«

Eugens Kopf rollte zur Seite und Harry befürchtete, er werde erneut das Bewusstsein verlieren. Der Necroscope schlug ihn hart ins Gesicht, mit der Vorder- und der Rückhand. Die Augen des Agenten klappten auf und starrten ins Blaue; dann drehte er den Kopf langsam nach links und rechts, als seine Situation ihm wieder bewusst wurde. Die Wut, von den Schlägen ausgelöst, verebbte schlagartig.

Die Zaharias hielten ihn umklammert. Sie knieten in ihrem offenen Grab und streckten ihre Arme heraus, um ihn so, wie er da saß, festzuhalten, mit dem Hinterkopf an den Sarkophag gelehnt. Und sie ›sahen‹ ihn mit ihren trüben, toten Augen an. Der rumänische Agent wandte seinen Blick sofort wieder von ihnen ab und sah starr geradeaus, auf Harry.

Der Necroscope kniete auf einem Bein vor ihm und starrte ihm in die Augen, und hinter Keogh standen und lagen tote – Dinge – in einem Halbkreis in dem ungepflegten Gras, dem Unkraut und zwischen den Grabsteinen. Einige davon waren mumifizierte Teile, verdorrt und verschrumpelt, trocken wie Papier. Aber andere waren … feucht. Und sie alle bewegten sich, zitterten und drohten, auch wenn sie nichts sagten. Die Freunde von Harry Keogh. Einige von ihnen hatten sich um die liegende Gestalt von Corneliu versammelt, der durch die Kombination des Schocks und der Schmerzen in seinem gebrochenen Handgelenk ohnmächtig geworden war.

All das registrierte Eugen. Und schließlich fragte der hilflose, verängstigte Agent: »Werden sie mich töten?«

»Nicht, wenn du mir sagst, was ich wissen will.«

»Dann frag.«

»Erst mal kannst du mir die hier abnehmen«, sagte Harry und er streckte seine Hände aus, an deren Gelenken immer noch Eugens Handschellen baumelten. »Die Toten sind sehr gut, wenn es darum geht, jemanden festzuhalten und nicht wieder loszulassen, aber mit der Feinmotorik klappt das nicht so richtig. Die Lebenden sind da geschickter.« Eugen starrte ihn an und fragte sich, was schlimmer war – die Toten oder Harry Keogh. Der Necroscope nahm das alles so selbstverständlich.

Ion Zaharia gab widerstrebend Eugens Hand frei, damit der den Schlüssel aus seiner Tasche ziehen konnte. Aber Alexandru, Ions Bruder, ging kein Risiko ein: Er klemmte den Hals des Agenten in seinen Ellbogen und drückte noch fester zu. Schließlich schnappten die Handschellen auf. Harry rieb sich die Handgelenke und stand auf.

»Du willst mich doch nicht hier lassen, oder?« Eugens Gesicht war leichenblass, die Augen wirkten wie Löcher, die man in Pappmaché gestanzt hatte.

Harry zuckte mit den Schultern. »Das liegt an dir. Zuerst musst du meine Fragen beantworten, und dann werden wir sehen, was mit dir und deinem unangenehmen kleinen Freund da passieren soll.« Er ging zu Corneliu hinüber und holte sich sein Flugticket, seine

Zigaretten und seine Streichhölzer zurück, dann trat er wieder an Eugen heran, kniete vor ihm nieder und zog ihm den Pass aus der Tasche. »Als Erstes will ich wissen, ob ich den hier immer noch benutzen kann? Oder werden am Flughafen Leute nach mir suchen? Anders gesagt: Wart ihr beide hier allein oder gibt es bei der Securitate noch andere, die für den KGB arbeiten?«

»Möglich. Das weiß ich nicht«, antwortete Eugen. »Aber bei diesem Auftrag sind nur wir beide eingesetzt worden. Man hat uns unterrichtet – ein simpler Anruf – und uns gesagt, welchen Flug von Athen du nehmen würdest. Wir sollten dich in Empfang und so lange in Gewahrsam nehmen, bis jemand kommt, um dich abzuholen. Um 13:00 Uhr geht ein Flug nach Moskau.«

»Also … ich kann einfach nach Bukarest zurückfahren und ins Flugzeug steigen?«

Eugen blickte grimmig drein und sagte nichts – bis Ion sein schreckliches Gesicht ganz nah an ihn heranschob und einen warnenden Finger erhob.

»Ja! Um Gottes willen, ja!«, keuchte Eugen.

»Gott?« Harry griff dem Agenten in die Tasche und zog seine Autoschlüssel heraus. Er war sich nicht sicher, ob er noch an Gott glaubte, und er sah ganz bestimmt keinen Grund, warum die Toten das tun sollten, nicht bei dem ›Himmel‹, der ihnen zugestanden worden war. Aber das taten sie trotzdem, wie er bei diversen Gesprächen bemerkt hatte. Gott bedeutete Hoffnung, so vermutete er. Und auch wenn er die bloße Nennung seines Namens üblicherweise nicht als Blasphemie auffassen würde, so störte es ihn doch, wenn jemand wie Eugen ihn in den Mund nahm. »Du weißt bestimmt alles über ihn, was?«

»Häh?«, fragte Eugen, als Harry wieder aufstand. »Über wen?« Es war so, wie Harry vermutet hatte: Gott war etwas, mit dem Eugen nichts zu schaffen hatte.

»Na ja«, sagte Harry. »Ich gehe jetzt. Aber ich befürchte, ihr werdet hier bleiben. Du und Corneliu. Ich kann euch nicht wieder laufen lassen kann. Jedenfalls jetzt noch nicht. Ihr werdet weiter die Gastfreundschaft meiner Freunde genießen, bis ich außer Landes bin. Sobald ich in meinem Flieger sitze, werde ich diese Leute wissen lassen, dass sie euch laufen lassen – und sich wieder zur Ruhe begeben können.«

»Du … du wirst es sie wissen lassen?« Eugen begann unkontrolliert zu zittern. »Wie willst du es ihnen …?«

»Ich werde rufen«, erwiderte Harry mit einem freudlosen Grinsen. »Keine Angst, sie werden mich hören.«

*Aber was ist, wenn er anfängt zu schreien?*, fragte Ion Zaharia, als Harry den Friedhof verließ.

*Dann hindert ihn daran*, antwortete Harry. Er fügte jedoch noch hinzu: *Aber achtet darauf, dass ihr ihn nicht umbringt. Das Leben ist wertvoll, wie ihr selbst nur zu gut wisst. Also lasst die beiden das von ihrem Leben weiterleben, was davon übrig ist. Und außerdem … Sie verdienen es nicht, zwischen Leuten wie euch untergebracht zu werden.*

Harry fuhr den Wagen sehr vorsichtig nach Bukarest zurück, hielt auf dem Parkplatz des Flughafens und schloss ab. Die Schlüssel steckte er in die Erde eines großen Blumenkübels in der Eingangshalle. Und dann, nur fünf Minuten nach seiner eigentlichen Eincheckzeit, gab er sein Ticket und sein Gepäck ab. Es war genauso wie bei seiner Ankunft: Niemand schenkte ihm einen zweiten Blick.

Der Flug der Olympia Fluggesellschaft hob mit nur elfminütiger Verspätung ab, um 12:56 Uhr. Als das Flugzeug seine Nase nach Süden in Richtung Bulgarien und der Ägais wandte, erhaschte Harry noch einen Blick auf einen Aeroflot Jet im Landeanflug. Da drin würden ein paar Kerle mit leuchtenden Augen sitzen, die ganz heiß darauf waren, ihn in die Finger zu bekommen. Jetzt würden sie in ihrem eigenen Saft schmoren müssen.

Vierzig Minuten später, als das Mittelmeer gerade durch die runden Fenster sichtbar wurde, tastete sich Harry mit der Totensprache zu dem Friedhof in der Nähe von Ploiesti vor. *Wie sieht es aus?*

*Alles in Ordnung, Harry. Hier war niemand, und die beiden haben keine Probleme gemacht. Der Große ist irgendwann ohnmächtig geworden. Sein kleiner Freund kam wieder zu sich, hat sich umgesehen und ist sofort wieder umgefallen.*

*Ion, Alexandru und all ihr anderen – ich weiß nicht, wie ich euch danken soll!*

*Das brauchst du auch nicht. Können wir die beiden jetzt einfach so lassen, wie sie sind, und uns wieder eingraben?*

Harrys Nicken war ein Reflex. Er stellte seinen Sitz in Liegeposition und lehnte sich zurück. Die Toten auf dem rumänischen Friedhof fingen es trotzdem auf und verteilten sich wieder auf ihre Gräber. *Noch einmal: Danke!,* sagte Harry und zog seine Gedanken zurück, um sich ein wenig Ruhe zu gönnen. Zum ersten Mal seit … nun, auf jeden Fall seit mehr als einem Tag.

*Es gibt nichts zu danken,* war die Antwort.

Harry versuchte, Faethor zu erreichen. Wenn er die anderen so gut empfangen konnte, dann sollte die Kommunikation mit dem vor langer Zeit gestorbenen Vater der Vampire auch kein Problem darstellen. Nach ein paar Sekunden der Konzentration kam er durch.

*Harry? Ich sehe, du bist in Sicherheit. Das war ganz schön clever von dir.*

*Du hast gewusst, dass ich in Schwierigkeiten war?*

Ein mentales Achselzucken. *Wie ich schon sagte: Manchmal höre ich bestimmte Dinge, die nicht für mich bestimmt sind. Willst du etwas von mir?*

*Ich finde, wir könnten ein bisschen Zeit sparen,* meinte Harry. *Ich habe zur Zeit nichts zu tun, und in Kürze werde ich wieder in netter Gesellschaft und ziemlich abgelenkt sein – nicht dass ich mich deswegen beschweren wollte. Ich dachte nur, es würde ganz gut passen, wenn du mir jetzt den Rest von Janos' Geschichte erzählen würdest.*

*Da gibt es nicht mehr viel zu erzählen. Aber wenn du möchtest …*

*Es wäre nett von dir.*

*Na gut, mein Sohn.* Faethor seufzte. *So sei es.*

Wie ich schon erzählt habe, war ich dreihundert Jahre lang fort. Drei blutige Jahrhunderte! Der Große Kreuzzug war nur der Anfang; danach diente ich Dschinghis Khan, und dann seinem Enkel Batu. 1240 war ich an der Eroberung Kiews beteiligt und ergötzte mich daran, wie es bis auf die Grundmauern niederbrannte. Schließlich war es an der Zeit zu ›sterben‹ … und als

Fereng der Schwarze, der Sohn des Fereng, zurückzukehren! Und dann, unter Hulegu im Jahr 1258 erstürmten wir Bagdad. Was waren das für Jahre des Mordens, Brandschatzens und Plünderns!

Aber mit den Mongolen ging es bergab, und um die Jahrhundertwende hatte ich mich von ihnen losgesagt und kämpfte für den Islam. Oh ja, ich war ein Ottomane! Ich, ein Türke, ein moslemischer Ghazi! Was macht man nicht alles als Söldner, nicht wahr? Und mit den Türken suhlte ich mich in Blut und Tod und ergötzte mich an der schieren Lust des Krieges für weitere hundertfünfzig Jahre. Aber zum Schluss hatte ich doch zu lange bei ihnen gelebt und war daher gezwungen, ihrer Sache zu entsagen. Was soll's, damit ging es sowieso zu Ende.

Schließlich kam ich also zurück und vernichtete Thibor (wie du ja bereits gehört hast), und dann begab ich mich in die unveränderten und unveränderlichen Berge, um Janos aufzusuchen und zu sehen, wie gut er mein Haus in Ordnung gehalten hatte.

Währenddessen hatte ich jedoch auch meine Ohren offen gehalten. Und du kannst dir sicher sein, Wamphyri-Ohren sind sehr scharf und ihnen entgeht sehr wenig. Und die meinen hatten immer auf Nachrichten über meine Söhne gelauscht, Thibor und Janos. Was aus dem ersten geworden ist, wissen wir. Und der andere?

Wo Thibor nach Blut gegiert hatte, war Janos einfach nur gierig gewesen. Während meiner Abwesenheit hatte er sich mit vielen Dingen beschäftigt, aber in erster Linie hatte er sich als Dieb betätigt, als Pirat, als Korsar. Überrascht dich das? Das sollte es aber nicht. Das Piratentum an der Barbarenküste geht auf einige unbedeutende Barone zurück, die sich in den Zeiten der christlich-moslemischen Auseinandersetzungen während der Kreuzzüge auf diese Art ein Vermögen verdienten. Und das war dann auch Janos' wichtigste Beschäftigung in der ganzen langen Zeit gewesen. Er war ein Dieb im großen Stil entlang der Küsten des Mittelmeers und plünderte die aus, die andere ausgeplündert hatten.

Und jetzt ist er also wieder ein Seemann? Na ja, warum auch nicht? Der Kerl kennt die See sehr gut, und hat jetzt einen Beruf daraus gemacht, Schätze vom Meeresgrund und den umliegenden

Inseln zu bergen. Pah! Wer sonst könnte denn wissen, wo man danach suchen muss? Schließlich war es niemand anders als er selbst, der die Sachen da versteckt hat, vor mehr als fünfhundert Jahren! Und warum sollte er das getan haben, fragst du dich? Warum sollte er wie ein Eichhörnchen seine Nüsse vergraben haben, als ob ein strenger Winter bevorstehe? Genau das war der Grund: Janos hatte für einen solchen Winter vorgesorgt. Denn Janos hatte hart an seinem Talent gearbeitet, in die Zukunft zu sehen, und das, was er da sah, gefiel ihm nicht.

Zum einen hat er zweifellos meine Rückkehr vorhergesehen, und er brauchte keine prophetische Gabe, um zu wissen, was er von mir zu erwarten hatte. Also hatte er Vorkehrungen getroffen für eine spätere Zeit, die weit über die Stunde meiner Rache hinausging. Das ist natürlich diese Gegenwart, in der er wieder auferstanden ist und unter den Menschen wandelt.

Aber (das fragst du dich jetzt) meine Rache wofür? Der Verlust von Marilena lag drei oder vierhundert Jahre zurück, und ich hätte ihn damals dafür töten können. Was sollte jetzt also der Grund sein? Ich werde es dir verraten: Zunächst, weil er meine Sache verraten hatte. Um auf Kaperfahrt zu gehen, musste er mein Haus schutzlos zurücklassen. Und dann die Art, wie er meine Szgany behandelt hatte. Schon wenige Jahre nach meiner Abreise hatte er die Szgany Ferengi rausgeworfen und dafür die schmierigen Szgany Zirra wieder aufgenommen, die ich mit meinem Bann belegt hatte. Und als Drittes und Letztes, wenn auch nicht als Geringstes: Die Art, wie er mich empfing, als ich schließlich zurückkam.

Auf der Reise hatte ich treue Zigeuner um mich geschart, die sich auch nach all diesen Jahren des Exils noch an mich erinnerten. Es waren nicht die Leute, die ich gekannt hatte, die waren schon lange zu Staub zerfallen, aber es waren die Söhne ihrer Söhne. Ja, sie erinnern sich an die alten Geschichten, diese Szgany! Aber als ich dann zu meinem Schloss hinaufstieg, da ging ich allein, des nachts, denn eine bewaffnete Truppe hätte zu viel Aufsehen erregt und würde wie eine Drohung wirken.

Doch als ich dann ankam, war das Schloss zu einer Ruine verkommen. Na ja, vielleicht nicht ganz so schlimm, aber es kam ihm schon sehr nahe. Die Schlossmauern waren brüchig, die Festungswälle waren unbesetzt, notwendige Reparaturen hatte man gar nicht oder nur schludrig ausgeführt. Da das Schloss während des größten Teils meiner Abwesenheit herrenlos gewesen war, hatte es gelitten. Aber Janos, dem das Piratendasein nicht mehr zusagte und der sich nun anderen Dingen zugewandt hatte, war zu Haus. Und so wie ich mich bemüht hatte, seiner Karriere zu folgen, hatte er die meine verfolgt.

Er wusste, dass ich kam. Er hatte Wachen aufgestellt, mit klaren Instruktionen. Man rief mich an, und als ich mich offenbarte …

… wurde ich angegriffen!

Sie hatten zugespitzte Hartholzpflöcke. Sie hatten Armbrüste mit hölzernen Bolzen. Sie trugen die langen Krummsäbel der Türken. Ihre Waffen waren mit Silber plattiert und mit Knoblauch getränkt. Und jede Gruppe der Männer hatte Ölfässer und Fackeln, um sie zu entzünden! Was wollten sie damit wohl verbrennen, was meinst du?

Ich floh vor ihnen, die zerklüfteten Felsen hoch und Kilometer um Kilometer von Gipfel zu Gipfel. Ich hinkte und kroch, schrie oft genug vor Schmerzen und konnte meine Verfolger nicht abschütteln. Sie wussten, dass ich verletzt war, und sie wollten mir den Rest geben. Janos schickte seinen ganzen Hausstand hinter mir her, um mir den Rest zu geben. Aber … ich führte sie nur hinters Licht. Würde ich, Faethor Ferenczy, wirklich mit eingekniffenem Schwanz vor diesem Zirra-Abschaum davonlaufen?

Pah! Während sie hin und her liefen und hinter mir herjagten, war meine eigene, kleine aber zuverlässige Szgany-Armee in das Haus eingedrungen und hatte die Mauern und alle Verteidigungsanlagen besetzt. Und hoch oben in den Bergen wandte ich mich plötzlich gegen meine Jäger, lachte sie aus, schlug ein paar tot, und warf mich dann wie in alten Tagen hinaus in die Nacht und glitt zu meinem Schloss herunter. Und da fand ich dann Janos in der Falle und zwang ihn in die Knie.

Als die Zirras einer nach dem anderen wieder nach Hause kamen, wurden sie von meinen Leuten erwartet, die sie ohne viel Federlesens niedermachten. Einige entkamen und das Geschehen sprach sich herum. Nach kurzer Zeit kam niemand mehr. Die Überlebenden flohen in die Nacht und das angrenzende Land und wurden wieder zum Fahrenden Volk wie früher.

Und dann entdeckte ich die verschiedenen anderen Interessen, denen sich Janos gewidmet hatte, während ich fort war. Und da musste ich auch einsehen, wie sehr ich ihn doch unterschätzt hatte. Mein Schloss war auf den Grundmauern eines anderen, älteren Hauses errichtet worden, dessen Gewölbe Janos freigelegt hatte. Er hatte sie ausbauen und weiter in die Felswände hinein bis tief in den Berg treiben lassen. Und wozu?

Das war der Punkt, wo ich ihn unterschätzt hatte: Janos hatte mir erklärt, er wolle ein Wamphyri sein … ja, aber er hatte mir nicht gesagt, wie sehr er das wollte!

In diesen Tagen war die Nekromantik eine Kunst. Einige Menschen hatten diese Kunst gelernt und praktizierten sie, so wie ein Vampir es auch tun würde, aber ohne das intuitive Verständnis dafür. Janos wusste, dass ich ein fähiger Nekromant war, und wollte mich auf diesem Gebiet nachahmen, aber ich hatte mich geweigert, ihn meine Technik zu lehren. Und deswegen hatte er beschlossen, seine eigenen Methoden zu entwickeln. Zweifellos hatte er viele Nekromanten konsultiert, um von ihnen zu lernen.

Die ausgedehnten Gewölbe des Schlosses waren wie ein Labyrinth angeordnet und wurden geheim gehalten, die Treppenfluchten und Durchgänge waren nur Janos und einigen wenigen seiner Männer bekannt, die jetzt alle tot oder geflohen waren. Aber ich stieg mit ihm in die Abgründe hinunter, um zu sehen, was er erreicht hatte, und da fand ich Grabräubereien aus der ganzen Wallachei, aus Transsylvanien und allen umliegenden Ländern. Versteh mich richtig, nicht die Schätze aus Gräbern, sondern deren eigentlichen Inhalt!

Wusstest du, dass in vorgeschichtlichen Zeiten die Toten verbrannt wurden und man die Asche in Urnen beigesetzt hat? Natürlich weißt du das, denn diese Sitte besteht auch heute noch. Auch in unseren Tagen werden fast so viele Menschen verbrannt wie begraben. Die Thraker, die hatten sehr viele ihrer Toten auf diese Art beigesetzt, und Janos war sehr fleißig darin gewesen, sie wieder auszugraben. Und wieder wirst du dich fragen: wozu?

Um ihnen ihre Geheimnisse zu entreißen! Um die Toten wieder zum Leben zu erwecken und sie zu foltern, bis sie ihre Geschichte erzählten! Um der Asche wieder Fleisch zu geben, das er seinen Torturen unterwerfen konnte! Denn die Thraker hatten sehr viel Gold, und wie ich bereits sagte, Janos war gierig. Nichts Neues unter der Sonne, nicht wahr? Hundert, zweihundert, sogar dreihundert Jahre später haben Nekromanten immer noch die Toten heraufbeschworen, um von ihnen das Versteck ihrer Schätze zu erfahren. Edward Kelly und John Dee waren solche Leute, aber sie waren beide Scharlatane. Ich weiß das, denn ich habe sie zu ihrer Zeit kennen gelernt.

Janos war kein Scharlatan, und seine Methode war ungemein einfach: Zuerst brachte er eine Urne in sein Gewölbe, wo er mit Hilfe der Künste, die er erworben hatte, die Salze wieder zusammenfügte; dann legte er den unseligen Wurm in Ketten und folterte ihn, bis er sein Wissen über seine Familie und seine Freunde preisgab, und eben auch über die Orte, an denen sie begraben waren. Und dann grub er auch die aus, beraubte deren Gräber und verfuhr mit ihnen auf die gleiche Weise. Und so ging es immer weiter. Mit Hilfe dieser Technik hatte Janos sich seinen eigenen ansehnlichen Friedhof geschaffen, indem er mit den Urnen, Grabgefäßen und Lekythoi mehrere große Räume füllte.

Fasziniert verlangte ich von ihm eine Demonstration seiner Kunst. (Denn, wie dir klar sein wird, dies war nicht die Nekromantik, der sich ein Wamphyri bedienen würde, sondern etwas völlig Neues – jedenfalls für mich.) Und Janos, der wusste, dass ich mit ihm noch nicht fertig war, und der mich sanft stimmen wollte, tat, wie ihm geheißen. Er schüttete Salze auf dem Boden aus, und mit Hilfe seltsamer Worte in einem magischen Spruch – man sollte es nicht glauben – beschwor er aus dieser Asche eine thrakische Frau von betörender Schönheit. Ihre Sprache war ungemein archaisch, aber man konnte sie verstehen; jedenfalls konnte ich das, denn ich war Wamphyri und in vielen Zungen bewandert. Sie wusste, dass sie tot war und dass es sich hier um eine gewaltige Blasphemie handelte, und sie flehte Janos an, ihr nicht wieder Gewalt anzutun. Daraus konnte ich schließen, dass mein hundsföttischer Sohn sich nicht damit begnügte, die Toten wieder in ihrer früheren Gestalt heraufzubeschwören. Für einige hatte er auch noch andere Verwendung, als sie nur nach den Verstecken vergrabener Schätze auszufragen.

Wie faszinierend! Es erregte mich so, dass ich mich ihrer bediente, bevor ich es ihm gestattete, sie wieder in Staub zu verwandeln.

»Du musst mir das beibringen«, sagte ich ihm. »Das ist das Mindeste, was du tun kannst, um die vielen Sünden mir gegenüber wieder gutzumachen.«

Er war einverstanden und zeigte mir, wie man bestimmte Chemikalien und menschliche Salze miteinander vermischt, dann schrieb er sehr sorgfältig zwei Wortfolgen auf ein ausgebreitetes Pergament. Die erste Folge, in Richtung eines aufsteigenden Pfeils, war die Beschwörungsformel an sich, die zweite, die nach unten führte, war ihre Aufhebung.

»Erstaunlich!«, rief ich aus, als ich das System begriffen hatte. »Das muss ich ausprobieren.«

Er deutete auf seine Sammlung von Krügen und Urnen: »Bediene dich. Du hast die freie Auswahl.«

»Die habe ich wirklich«, sinnierte ich und strich mir über das Kinn. Und bevor er überhaupt begriff, was ich vorhatte, zog ich einen hölzernen Pflock aus meinem Umhang und spießte ihn auf. Das tötete ihn nicht, denn er hatte ja einen Vampir in sich; es machte ihn nur bewegungsunfähig. Dann rief ich ein paar meiner vertrauenswürdigsten Leute herunter und wir verbrannten Janos zu Asche, während er noch tobte und sich wehrte und schließlich sogar ein wenig schrie. Ja, und als dann seine Asche – seine ursprünglichen Salze – abgekühlt waren, ließ ich sie durchsieben, versetzte sie mit den Chemikalien, die er mir gezeigt hatte – und benutzte seine eigene Magie, um ihn wieder zum Leben zu erwecken!

Ob er dann geschrien hat? Darauf kannst du wetten! Die Hitze des Feuers, eine barmherzig kurze Qual, war nichts im Vergleich zu der unerträglichen Gewissheit, jetzt für immer und unentrinnbar in meiner Gewalt zu sein! Das glaubte ich wenigstens …

Aber er schrie nicht, weil er dies wusste. Er schrie, weil sein Selbst sich auflöste, zerriss, sich teilte. Ich werde das gleich erklären.

Was für ein Vergnügen es doch war, diese Qualmwolken von seinen trockenen, staubigen Überresten aufsteigen zu sehen – gewaltige Mengen an Qualm und Rauch – aus denen dann Janos herausstolperte, nackt und schreiend. Aber … ein Wunder! Er war nicht allein. Da, bei ihm, aber völlig eigenständig, war sein Vampir; meine Spucke, die zu einem lebenden Wesen herangewachsen war, dem jedoch jede Form eines eigenen Bewusstseins fehlte.

Es war ein Wurm, eine Schnecke oder eine Schlange; eine große blinde Made, die es nicht gewohnt war, auf sich allein gestellt zu sein. Auch dieses Wesen wimmerte, obwohl nicht erkennbar war, wo die Töne überhaupt herkamen. Ich konnte mir dieses Phänomen jedoch erklären: Als ich Janos verbrannt hatte, hatte ich zwei Kreaturen verbrannt, und als ich ihn jetzt wieder auferstehen ließ, hatte ich auch zwei Wesen wieder zum Leben erweckt – aber als getrennte Wesenheiten!

Und dann … Mir kam ein Gedanke. Ich rief meine Männer, die sich versteckt hatten, zusammen und befahl ihnen, Janos zu ergreifen und festzuhalten. »Du wolltest also Wamphyri sein, was?« Ich näherte mich ihm mit meinem Schwert. »Dann sollst du es sein. Diese Kreatur ist ein Vampir, aber sie hat so gut wie kein Hirn. Da kann sie dann deines haben!« Er schrie wieder, ein einziges Mal, bevor ich ihm den Kopf nahm. Und als ich ihm den Schädel spaltete, entnahm ich ihm das noch pulsierende, tropfende Gehirn.

Ich bin sicher, den Rest kannst du dir denken. Ich benutzte Janos' eigene Technik, schob den Körper zur Seite und verbrannte den Kopf und den Vampir zusammen zu einem Häufchen Asche, das ich in einer Urne zwischen den anderen deponierte. Und dann lachte und lachte ich, bis mir die Tränen kamen. Wenn er jetzt durch irgendeinen unglückseligen Zufall wieder auferweckt werden sollte, dann wäre er … ja, was wäre er dann? Eine intelligente Schnecke? Ein denkender Egel? Es reizte mich fast, es auszuprobieren und mir das Ergebnis anzusehen.

Aber nein, dazu kam es nicht, denn am Ende hat er mich doch zum Narren gehalten. Das Pergament, auf das er seine Runen geschrieben hatte, war die wiedererweckte Haut gewesen, die er einem seiner Opfer abgezogen hatte. Ich hatte die Worte der Rückverwandlung durch das Pergament gesprochen, auf das sie geschrieben waren, und als ich Janos wieder in Staub verwandelt hatte, war mit diesem Spruch auch die Haut zu Staub zerfallen! Der Zauberspruch war kompliziert, und ich hatte die Worte nicht auswendig gelernt. Ich wusste nur noch, dass der Name eines uralten Gottes aus den äußeren Sphären darin vorkam. Aber da war auch immer noch der Körper meines Bastards.

Den ließ ich dann auch verbrennen – ja, ein zweites Mal – und verschickte Teile davon in alle Himmelsrichtungen und ließ sie an den Enden der Welt in alle Winde zerstreuen. Das war das Ende der Angelegenheit. Ich war fertig mit Janos. Und damit endet dann auch meine Geschichte.

## VIERTES KAPITEL

Als Faethor verstummte, kam die Ansage durch den Kabinenlautsprecher. Das Flugzeug ging in den Landeanflug auf Athen über. Harry sagte: *Faethor, in einer Viertelstunde werde ich wieder auf festem Grund sein und im Gedränge des Flughafens. Ich habe bemerkt, dass du schwächer wirst – ich meine, deine Stimme – und ich vermute, das liegt an der Entfernung und an der Sonne, die jetzt voll auf die Überreste deines Hauses brennt. In Kürze werde ich auf dem Weg nach Rhodos sein, das noch weiter entfernt liegt. Das ist jetzt wahrscheinlich meine letzte Gelegenheit, ein paar Dinge zu sagen.*

*Du hast etwas zu sagen?* (Harry konnte fast sehen, wie Faethor eine Augenbraue hob.)

*Zunächst ... Ich bin dir zu Dank verpflichtet,* erklärte Harry. *Aber andererseits: Ich kann mir nicht helfen, aber ich muss immer daran denken, dass ohne dich all das – Thibor, Dragosani, Yulian Bodescu, und jetzt Janos – nie passiert wäre. Ja sicher, ich bin in deiner Schuld, aber gleichzeitig weiß ich, was für ein kaltherziger Schuft du gewesen bist, und was für Monstren du in die Welt gesetzt hast. Und ich wäre ein Lügner, wenn ich dir nicht sagen würde, dass du meiner Meinung nach das Schlimmste von all diesen Monstern bist!*

*Das betrachte ich als Kompliment,* antwortete Faethor ohne zu zögern. *Gibt es noch irgendetwas, was du wissen willst?*

*Ja, noch ein paar Dinge. Wenn du Janos so gründlich vernichtet hast, wieso ist er jetzt wieder da? Und warum hat er so lange gewartet? Warum jetzt?*

*Ist das nicht offensichtlich?* Faethor klang ehrlich überrascht angesichts von Harrys Naivität. *Er hat in die ferne Zukunft gesehen und seine Pläne entsprechend geschmiedet. Er wusste, dass ich ihn bezwingen würde, damals, als ich in die Berge zurückkam. Und er wusste, wenn er zurückgekommen wäre, solange es mich noch gab, dann hätte ich einen Weg gefunden, das wieder zu tun. Er musste also warten, bis ich aus dieser Welt verschwunden war. Zeit bedeutet den Wamphyri nur wenig, Harry. Und er hatte sich einen feinen Plan ausgedacht.*

*Es waren die verfluchten Zirras! Ich weiß, dass sie es waren, denn ich habe es von meinen eigenen treuen Zigeunern erfahren, die in ihren Gräbern murmeln wie alle anderen auch. Ich werde dir erzählen, was passiert ist: Lange, nachdem ich und die meinen das Schloss in den Bergen verlassen hatten, sind einige von Janos' Leuten zurückgekehrt und haben seine Vampirasche an einen sicheren Ort gebracht, den er für einen solchen Fall vorbereitet hatte. Denn er hatte noch andere magische Dinge in den dreihundert Jahren meiner Abwesenheit gelernt, und das war eins davon. Er hatte immer wieder Zirrafrauen gehabt, dieser Bastard, und er hat seinen Samen überall verspritzt. Der vierfingrige Sohn eines Sohnes von ihm würde eines Tages seinen Ruf vernehmen und zu dem alten Schloss in den Bergen hinaufsteigen … herunterkommen würde dann aber Janos! So hat er es geplant, und so ist es gekommen.*

*Und all die Schätze, die er aus den antiken Gräbern geraubt hat, hast du sie je gefunden?*, drängte Harry. *Hast du den Ort nicht durchsucht? Es war schließlich dein eigenes Schloss!*

*Ich habe ein wenig nachgeforscht*, antwortete Faethor. *Aber hast du nicht zugehört? Der Schatz war woanders, entweder wieder vergraben oder im Meer versenkt, als Vorsorge für die Zukunft, wenn er ihn wieder heben konnte.*

*Natürlich*, nickte Harry, *das hatte ich vergessen.*

*Und was das komplette Durchsuchen des Gebäudes angeht: Nein, das habe ich nicht. Ich habe nicht jedes Loch erforscht, das der Hundsfott gegraben hatte. Ich hatte nicht mehr das Gefühl, ich sei in meiner Feste; mir war, als habe er sie verseucht. Ich konnte ihn überall riechen, sogar schmecken. Er hatte dem Schloss seinen Stempel aufgedrückt, so wie er sein abscheuliches Zeichen in den Stein gemeißelt hatte: die rotäugige Fledermaus, die aus einer Urne aufsteigt. Er hatte den Ort benutzt und ihn zu einem Teil seiner selbst gemacht, und ich wollte nichts mehr damit zu schaffen haben. Kurz darauf bin ich weitergezogen. Und mein eigenes Schicksal danach geht dich nichts mehr an.*

*Das Schloss steht also noch,* überlegte Harry nach kurzem Zögern. *Und in den Gewölben existiert … was? Ist da noch etwas übrig von Janos' ›Grabräuberei‹, seinen nekromantischen Experimenten? Das würde ich schon gern wissen. Denn so wie es scheint, ist Janos jetzt zu seiner neuesten Reinkarnation von dort gekommen …*

Faethor wusste, dass Harry an ein anderes Schloss in den Karpaten dachte, auf der russischen Seite, in einer Gegend, die man einst die Khorvatei nannte und die jetzt noch bei manchen Leuten Bukovina heißt. Auch das war einst eine Burg Faethors gewesen, und das, was er da zurückgelassen und was sich dort in den alten Gewölben eigenständig weiterentwickelt hatte, war unbeschreiblich gewesen. Harry wusste also, dass in bestimmten Ruinen erhebliche Gefahren lauern können.

*Ich verstehe deine Befürchtungen*, versicherte ihm der Vampir, *aber ich glaube, sie sind unbegründet. Denn meine Feste in den Höhen über Halmagiu und Virfurilio existiert nicht mehr. In einem gewaltigen Knall ist sie im Oktober 1928 auseinandergeflogen.*

*Ja, ich erinnere mich,* sagte Harry. *Ladislau Giresci erzählte davon. Offenbar hat es eine Explosion gegeben, vielleicht eine Knallgasexplosion durch Methan, das sich in den Kellern angesammelt hatte. Wenn die Gewölbe so weit reichten, wie du sagst, ist das gut möglich. Aber wenn Janos – beziehungsweise seine Überreste – das überstanden hat, wer kann dann sagen, ob nicht auch noch irgendetwas Anderes das überlebt hat?*

*Wie ich schon sagte, hatte Janos seine Vorkehrungen getroffen. Was auch immer zerstört worden ist, als die Burg einstürzte, er ist davon nicht betroffen worden. Vielleicht hatten seine Szgany die Asche an einen anderen Ort gebracht, und sie nur später wieder zurückgebracht, als das Haus bereits in Trümmern lag. Ich weiß es nicht. Vielleicht hatten sie seine Überreste in Sicherheit gebracht, als das Schloss seinen neuen Besitzer fand. Ich weiß es einfach nicht.*

*Ein neuer Besitzer?*

Faethor seufzte, aber schließlich erläuterte er: *Ja, es gab noch einen Besitzer. Hör zu, und ich erkläre es dir.*

*Während des fünfzehnten, sechzehnten und siebzehnten Jahrhunderts, sogar noch bis weit ins achtzehnte Jahrhundert hinein, war die angeblich zivilisierte Welt immer hellhöriger geworden, was ›Hexen‹ und ›schwarze Künste‹ anging. Hexen, Nekromanten, Dämonen, Vampire, und alles, was damit zusammenhing – real und eingebildet, schuldig und unschuldig – wurden von so genannten Hexenfindern verfolgt, mit Hilfe der Folter ›entlarvt‹, und ausgerottet. Nun, der wahre Vampir ist sich immer seiner eigenen Sterblichkeit bewusst und er kennt den einen großen Feind seiner Art: die Aufmerksamkeit der Anderen! Und gerade das 16. Jahrhundert war keine Zeit, in der man zu alt werden oder anders als die anderen sein oder zurückgezogen leben oder auch nur die Neugier anderer Personen erregen durfte. Kurz gesagt, auch wenn die Anonymität unter den Wamphyri immer schon eine Notwendigkeit für unsere Langlebigkeit gewesen ist, so war das nie so wichtig wie in dieser düsteren und gewaltsamen Episode des sechzehnten und siebzehnten Jahrhunderts.*

*Nun, gegen Ende des 17. Jahrhunderts waren die Hexenfinder besonders eifrig in Amerika, und ein Mann namens Edward Hutchinson wurde aus einem Ort namens Salem vertrieben. Es gelang ihm, mein altes Heim in den Bergen zu pachten und dort lebte er … viel zu lange! Er war ein Satanist, ein Nekromant, und vielleicht auch ein Vampir. Vielleicht sogar Wamphyri! Aber wie ich schon angedeutet habe, er war unvorsichtig; er lebte zu lange an einem Ort und erregte so die Neugier seiner Nachbarn.*

*Er studierte die Geschichte des Hauses und gab sich im Lauf der Zeit diverse hochtrabende Pseudonyme: Er nannte sich nicht nur Edward, sondern trat auch als der Baron oder Janos – selbst als Faethor – auf! Schließlich blieb er bei Baron Ferenczy. Und das erweckte – wie du dir bestimmt vorstellen kannst – meine Aufmerksamkeit. Es beleidigte mich, genauso wie seine Okkupation meines Schlosses. Ich hatte gedacht, ich könnte selbst einmal wieder dahin zurückkehren, wenn die Dinge sich geändert hatten und der Makel von Janos über die Jahre ein wenig verblasst wäre. Die Wamphyri sind ortsverhaftet, wie du ja weißt. Und deswegen hatte ich mir geschworen, dass ich meine Angelegenheit mit diesem Hutchinson bereinigen würde, zu einem Zeitpunkt meiner Wahl und bei einer günstigen Gelegenheit.*

*Aber die Gelegenheit ergab sich nie; ich musste mich um meine eigenen Dinge kümmern, und in der Welt geschah so viel, und immer kam etwas dazwischen. Und so lebte dieser Fremdling mehr als zweihundert Jahre lang in dem Schloss, das ich gebaut hatte, während ich allein in meinem Haus in Ploiesti wohnte.*

*Wie ich schon gesagt habe, erregte er Aufsehen, und wohl nicht nur bei den Bauern. Er wäre bestimmt in Kürze nach Bukarest beordert worden, um sich für seine Taten zu rechtfertigen, wenn es nicht diese gewaltige Explosion gegeben hätte, die ihm und seinen Arbeiten für immer ein Ende setzte. Und was Janos angeht: Ich kann nur vermuten, dass er an einem geheimen Ort in seinem Krug oder seiner Urne lag und auf seine Zeit wartete und auf den vierfingrigen Sohn der Szgany, der ihn finden und retten sollte.*

*Ich selbst … Ich bin einmal dorthin zurückgekommen – ich glaube, das war 1930. Frag mich nicht warum. Vielleicht wollte ich wissen, was noch von meinem Schloss übrig geblieben war. Wenn es bewohnbar gewesen wäre, wäre ich vielleicht sogar wieder dort eingezogen. Aber nein, Janos' Makel klebte immer noch auf dem Stein, sein Odem war in den Mörtel eingezogen, die verhasste Erinnerung an ihn lag wie ein Schleier über den Ruinen. Das war auch klar, denn Janos war immer noch dort. Doch das wusste ich damals nicht.*

*Aber weißt du was? Ich glaube, am Schluss ist Janos doch näher an das Wesen der Wamphyri herangekommen, als ich mir je hätte träumen lassen. Denn auch wenn ich mich 1930 in den Ruinen nur ganz flüchtig umgesehen habe, habe ich doch Beweise für Experimente gefunden, die …*

*Aber lassen wir das. Wir sind beide erschöpft, und du hörst mir nicht mit deiner vollen Aufmerksamkeit zu. Es geht dir auch nichts verloren – das meiste weißt du jetzt, und den Rest erfährst du ein andermal.*

*Du hast Recht*, erklärte Harry. *Ich bin müde. Die Anstrengung der letzten Tage, schätze ich.* Er schwor sich, dass er auf dem Flug von Athen nach Rhodos schlafen würde.

Das tat er dann auch …

… und wurde kurz vor der Landung wieder wach. Als er aus dem Flugzeug in das gleißende Sonnenlicht hinaustrat und sich mit den anderen Passagieren auf den Weg zu den Zollschaltern machte, spürte er innerlich, dass etwas ganz und gar nicht stimmte. Sein Herzschlag beschleunigte sich unwillkürlich, als er hinter den Schranken der Empfangshalle Manolis Papastamos und Darcy Clarke warten sah. Auch in ihren Gesichtern konnte er lesen, dass etwas nicht in Ordnung war. Denn trotz des Sonnenscheins und der Hitze wirkten sie kalt und bleich.

Er blickte zu den beiden herüber und suchte in ihren Gesichtern nach einer Antwort. Er riss dem Beamten seinen gefälschten Pass fast aus der Hand, als ihm dieser zurückgereicht wurde. Dann eilte er zu ihnen hinüber. *Da fehlt ein Gesicht, Sandras, aber das sollte ja auch so sein, denn mittlerweile ist sie doch wieder in London, oder?*

»Ist etwas mit Sandra?«, fragte er, als sie sich gegenüberstanden. Sie sahen ihn an, denn senkten sie die Blicke. »Erzählt«, sagte er. Er fühlte sich erstaunlich ruhig, auch wenn ihm plötzlich eine Zentnerlast auf den Magen drückte.

Und sie begannen zu erzählen …

*Einundzwanzig Stunden früher*

Darcy hatte Sandra bis zum Flughafen außerhalb von Rhodos gebracht und war bei ihr geblieben, bis ihr Flug nach London aufgerufen wurde – oder wenigstens beinahe. Im letzten Moment musste er jedoch einem Ruf der Natur folgen. Die Toiletten befanden sich am anderen Ende der Abfertigungshalle, und als er wieder herauskam, musste er quer durch das ganze Terminal laufen, um ihr noch einmal zuzuwinken. Nachdem er endlich einen guten Sichtplatz gefunden hatte, kletterten bereits die letzten Passagiere die Stufen zur Flugzeugtür empor. Aber er winkte trotzdem. Vielleicht würde sie ihn ja durch eines der Fenster sehen.

Nachdem der Flieger abgehoben hatte, fuhr er zur Villa zurück und begann seine Sachen zu packen. Er wurde von Manolis unterbrochen, der von der Polizeiwache aus anrief. Manolis hatte angeregt, dass Darcy nicht allein bleiben sollte, nachdem Sandra abgereist war. Der griechische Polizist logierte in einem Hotel in der Stadtmitte; dort war Platz genug, und er hatte Darcy eingeladen, ihm Gesellschaft zu leisten. Aber bevor er zur Villa herausfuhr, um Darcy in sein neues Quartier zu bringen, und weil es immer wieder mal vorkam, dass sich Flüge verspäteten, hatte Manolis zuerst am Flughafen angerufen, um zu fragen, ob Sandra pünktlich abgeflogen war. Und da hatte er erfahren, dass Sandra gar nicht an Bord war, sondern ihren Flug verpasst hatte.

»Was?« Darcy konnte das nicht glauben. »Aber ich … ich war doch da. Ich meine, ich war …«

»Ja?«

»Scheiße!«, brach es aus Darcy heraus, als ihm aufging, was passiert war.

»Du warst Scheiße?«

»Nein, ich war auf der verdammten Toilette«, stöhnte Darcy, »was aber aufs Gleiche herauskommt! Verstehst du das nicht? Das war meine Gabe, die mir geholfen – oder eben nicht geholfen hat. Auf jeden Fall hat sie dem armen Mädchen nicht geholfen.«

»Deine Gabe?«

»Mein Schutzengel, diese Sache, die mich aus Gefahren heraushält. Es ist etwas, über das ich keine Kontrolle habe. Und es wirkt auf verschiedene Arten. Diesmal hat es die Gefahr vorausgesehen und … ich musste dann ganz plötzlich auf die verdammte Toilette!«

Jetzt verstand Manolis und er begriff sofort die Konsequenz. »Sie haben sie geschnappt? Dieser Lazarides und seine Vampire, sie sind aktiv geworden?«

»Verflucht, ja. Ich wüsste keine andere Erklärung!«

Manolis stieß einen Schwall von Worten in seiner Muttersprache hervor. Flüche, wie Darcy annahm. Dann fügte er in Englisch hinzu: »Bleib da, wo du bist. Ich komme sofort.«

»Nein«, antwortete Darcy. »Wir treffen uns in der Kneipe, wo wir vorgestern zum Essen waren. Ich brauche jetzt etwas zu trinken!«

»Na gut«, sagte Papastamos. »Ich brauche eine Viertelstunde.«

Darcy nippte an seinem dritten doppelten Metaxa, als Manolis eintraf. »Willst du dich betrinken? Das nützt nichts.«

»Nein«, erwiderte Darcy. »Ich brauchte nur etwas, an dem ich mich festhalten kann, das ist alles. Weißt du, woran ich die ganze Zeit denken muss? Was soll ich nur Harry sagen?«

»Es ist nicht deine Schuld«, versicherte Manolis mitfühlend. »Du musst aufhören, dir darüber Gedanken zu machen. Harry kommt morgen zurück. Er muss uns dann sagen, wie wir weiter vorgehen sollen. In der Zwischenzeit fahndet jeder Polizist auf Rhodos nach Lazarides, seinen Leuten, seinem Boot … und natürlich nach Sandra. Ich habe das bereits in die Wege geleitet, bevor ich hierher kam. Außerdem müsste ich morgen früh die gesamte Akte über dieses … dieses Vrykoulakas-Schwein vorliegen haben. Nicht nur die aus Athen, auch die aus Amerika. Lazarides' rechte Hand, ein gewisser Armstrong, ist Amerikaner.«

Darcy blickte Manolis an und dachte: *Gott sei Dank, dass wir diesen Mann haben!*

Darcy war kein Geheimagent, nicht einmal Polizist. Er war seit Jahren beim E-Dezernat beschäftigt, aber nicht, weil seine Gabe unverzichtbar für die Abteilung war, sondern nur, weil es eine paranormale Gabe war, und weil das Dezernat an allen seltsamen und esoterischen Fähigkeiten interessiert war. Aber er konnte sein Talent nicht so nutzen, wie die Telepathen und die Lokalisierer das ihre, und mit Ausnahme von ganz bestimmten Umständen war es nutzlos. Es war sogar so, dass Darcy sich in vielen Fällen von seinem Talent verraten fühlte. Ganz bestimmt hatte es ihm in einigen Fällen Kummer bereitet: So zum Beispiel bei der Bodescu-Affäre, die er nur durch den Tod eines anderen ESPers gesund und heil überstanden hatte. Darcy hatte sich das immer noch nicht vergeben. Und jetzt das hier. Wenn Papastamos nicht da wäre, der das Kommando ergreifen und tatsächlich physisch etwas tun konnte … Darcy hatte keine Ahnung, wie es weitergehen sollte. »Was schlägst du vor, was sollen wir tun?«, fragte er.

»Was können wir denn tun?«, gab der andere zurück. »Solange wir nicht mehr wissen – solange der Aufenthaltsort von Lazarides und dem Mädchen unbekannt ist – unternehmen wir gar nichts. Und selbst dann brauche ich Rückendeckung von oben, um gegen die Kreatur vorzugehen. Es sei denn … ich könnte immer behaupten, es gebe starke Verdachtsmomente wegen Drogenschmuggels gegen ihn, und dann könnte ich ihn auch ohne Gerichtsbeschluss festnehmen! Aber es ist schon gut, wenn wir morgen früh mehr über ihn wissen. Vielleicht hat Harry Keogh ja auch noch die eine oder andere Idee. Im Augenblick –« Er zuckte mit den Achseln, wenn auch schwerfällig und offenkundig frustriert. »– nichts!«

»Aber …«

»Es gibt kein Aber. Wir können nur warten.« Er stand auf. »Na komm, holen wir deine Sachen.«

Sie fuhren zu der Villa hinaus, wo Darcy plötzlich einen unerklärlichen Widerwillen verspürte, auszusteigen. »Weißt du was«, sagte er. »Ich bin vollkommen fertig. Mein Kreislauf macht einfach schlapp. Ich glaube, das ist der emotionale Stress.«

»Ich glaube, das ist der Metaxa«, gab Manolis trocken zurück.

Aber als sie sich über den Weg durch den Garten dem Haus näherten, wusste Darcy plötzlich, dass ›es‹ weder das eine noch das andere war. Er umklammerte den Arm des Griechen und flüsterte heiser: »Manolis, da drin ist jemand!«

»Was?« Manolis sah ihn an und blickte dann auf die Villa. »Wie kannst du das wissen?«

»Ich weiß es, weil ich da nicht reingehen will. Das ist mein Schutzengel, der sich zu Wort meldet, meine Gabe. Da drin wartet jemand auf uns – jedenfalls auf mich. Es ist meine eigene Schuld. Ich war so aufgewühlt, als ich aus dem Haus gegangen bin, dass ich vergessen habe, die Tür abzuschließen.«

»Und du bist sicher, dass da jemand drin ist?« Manolis' Stimme war auf ein Flüstern herabgesunken. Er zog seine Pistole und schraubte einen Schalldämpfer auf den Lauf, dann brachte er sie in Anschlag.

»Mein Gott, ja!« Auch Darcy flüsterte. »Ich bin mir ziemlich sicher. Es ist, als wolle mich jemand direkt umdrehen und mit einem Arschtritt von hier weg befördern. Erst wollte ich nicht aus dem Wagen steigen, und jetzt wird mein Widerwille, weiterzugehen, mit jedem Schritt stärker. Und eines kannst du mir glauben, wer auch da drin sein mag, er ist lebensgefährlich.«

»Dann gehört er mir.« Manolis zeigte Darcy seine Waffe. »Die hier ist auch lebensgefährlich.« Er streckte den Arm aus und tippte die Tür an, die lautlos nach innen schwenkte. »Bleib hinter mir.« Er drehte sich seitwärts, ging in Kampfstellung und trat ein.

Jeder Instinkt in ihm, jede Faser seines Seins beschwor Darcy zu laufen … aber er folgte Manolis hinein. Er würde es seiner Gabe nicht gestatten, ihn auch diesmal wieder zum Feigling zu stempeln. Er hatte bereits zwei Leute zu viel auf seinem Gewissen. Es war Zeit, diesem verdammten Talent zu zeigen, wer hier das Sagen hatte. Und außerdem –

Manolis knipste das Licht an.

Das Wohnzimmer war leer und so, wie Darcy es verlassen hatte. Manolis blickte zu Darcy hinüber, legte den Kopf auf die Seite und zuckte fragend mit den Achseln. »Wo?« Seine Frage erfolgte so leise, dass sie nur durch die Lippenbewegung zu erahnen war.

Darcy sah sich im Raum um: Die Betten, die in der Mitte zusammengeschoben waren, die Teppiche an den Wänden, ein Paar pittoresker Öllampen auf einem Sims, ein Koffer von Harry unter dem Bett, das er nicht benutzt hatte. Und dann die geschlossenen Türen, die zu den Schlafzimmern führten, die ebenfalls nicht genutzt worden waren. Bis jetzt …

Dann fielen seine Augen wieder auf Harrys Koffer, und ihm fiel etwas ein.

»Nun?« Wieder eine Lippenbewegung von Manolis.

Darcy hielt einen Finger vor die Lippen, schlich zu den Betten hinüber und zog den Koffer unter dem Bett hervor. Er war nicht verschlossen. Er hob den Deckel, nahm die Armbrust heraus, lud sie durch und richtete sich auf. Manolis nickte beifällig.

Darcy ging zu den Schlafzimmertüren und hob eine Hand, um die erste anzustoßen. Seine zitternden Fingerspitzen verrieten ihm nicht mehr als er bereits wusste: dass er vor Angst halb tot war. Er zwang seine Füße, ihn zu der zweiten Tür zu tragen, und schickte sich an, auch die zu berühren. Aber nein, so viel Tapferkeit ließ seine Gabe nicht zu.

NEIN!, schrie ihm etwas entgegen. VERFLUCHT NOCH MAL, NEIN!

Auf seinen Armen breitete sich eine Gänsehaut aus. Er drehte sich zu Manolis um, um zu sagen »Hier drin!«, aber so weit kam er nicht.

Die Tür wurde aufgestoßen und Darcy vom Türblatt zur Seite geschleudert. Im Rahmen der Tür stand Seth Armstrong. Schon sein Anblick, affenartig, drohend, ließ keinen Zweifel an seiner Andersartigkeit, an der Tatsache, dass er weniger – oder mehr – als ein normaler Mann war. Im gedämpften Licht des Zimmers war sein linkes Auge gelb, gewaltig in seiner Höhle hervorgequollen. Eine schwarze Augenklappe bedeckte das rechte Auge.

Manolis rief: »Bleiben Sie sofort stehen! Stehen bleiben!« Aber Armstrong lächelte nur bösartig und stampfte auf ihn zu.

»Erschieß ihn!«, brüllte Darcy, und krabbelte auf Händen und Knien herum. »Um Himmels willen, erschieß ihn!« Manolis hatte keine Wahl, denn Armstrong hatte ihn schon fast erreicht – und das aufgerissene Maul entblößte Zähne und Kiefer, deren Existenz der Grieche nicht für möglich gehalten hätte! Er feuerte zweimal, auf ganz kurze Entfernung. Die erste Kugel traf Armstrong in die Schulter und riss ihn hoch, die zweite ging in den Bauch, was ihn wieder zusammenklappen ließ und nach hinten trieb. Aber das war alles. Er griff sofort wieder an, ergriff Manolis an der Schulter und schmetterte ihn gegen die Wand. Manolis wusste sofort, wo er diese Stärke schon einmal gespürt hatte, aber dieses Wissen nützte ihm jetzt nichts. Seine Waffe schlidderte davon und Armstrong – und Armstrongs Zähne – näherten sich ihm erneut!

»Hey, du da!«, brüllte Darcy. »Du Scheißvampir!«

Armstrong zog Manolis gerade auf die Füße und senkte sein schreckliches Gesicht zu ihm herunter; jetzt drehte er sich zu Darcy um. Und Darcy, der auf sein Herz zielte, betätigte den Abzug der Armbrust.

Das reichte. Als der Bolzen in ihn einschlug, ließ der Amerikaner Manolis los und wurde gegen die Wand geschleudert. Würgend und keuchend griff er nach dem Bolzen und versuchte ihn herauszuziehen. Aber das konnte er nicht. Er war zu nahe am Herzen, diesem lebenswichtigsten aller Organe. Sein Herz verteilte sein Vampirblut durch den Körper, und das war die Quelle seiner Kraft. Er gurgelte, hustete, stolperte hin und her und spuckte Blut. Und sein linkes Auge gloste wie ein Schwefelklumpen, der sich in sein Gesicht gebrannt hatte.

Manolis war wieder auf den Beinen. Während Darcy panisch herumhantierte, um die Armbrust nachzuladen, unternahm der Grieche einen zweiten Versuch und pumpte vier sorgfältig gezielte Kugeln in den angeschlagenen Vampir. Diesmal zeigten die Schüsse eine stärkere Wirkung. Jeder trieb Armstrong wie eine Dampfframme weiter über den Fußboden zurück, und der letzte schleuderte ihn gegen ein Fenster, das zerbrach und Glasscherben, zerbrochene Teile des Rahmens und Armstrong selbst in den nächtlichen Garten hinauskatapultierte.

Darcy hatte nachgeladen. Er stolperte in den Garten hinaus, Manolis direkt hinter sich. Armstrong lag flach auf dem Rücken in den Überresten des Fensters. Zunächst zuckte er einfach hilflos mit den Armen, dann versuchte er wieder, sich den hölzernen Bolzen aus der Brust zu reißen. Doch er sah Darcy näher kommen, und irgendwie gelang es ihm, sich aufzusetzen.

Darcy ging kein Risiko ein. Aus einer Entfernung von gerade mal einem Meter schoss er den zweiten Bolzen direkt durch das Herz des Vampirs, was nicht nur den Effekt hatte, dass es ihn wieder flachlegte, sondern ihn auch festnagelte und ruhig stellte.

Manolis kam mit offenem Mund vor: »Ist er … ist er erledigt?«

»Sieh ihn doch an«, keuchte Darcy. »Sieht er erledigt aus? Es mag ja sein, dass du an sie glaubst, Manolis, aber du kennst sie nicht so wie ich. Der ist nicht erledigt – noch nicht!«

Armstrong regte sich kaum noch, aber seine Finger zuckten, seine Kiefer mahlten und sein glosendes Auge folgte ihnen, als sie um ihn herumgingen. Eine Augenklappe hatte sich verschoben, und eine leere Augenhöhle dräute schwarz im Licht, das durch das ruinierte Fenster nach draußen fiel.

Darcy sagte: »Pass auf ihn auf!«, und eilte wieder hinein. Einen Augenblick später kam er mit einem schweren, rasiermesserscharfen Krummschwert mit einer langen Klinge zurück, das er ebenfalls in Harrys Koffer gefunden hatte. Manolis sah den silbrigen Schimmer.

»Was wird das?« Sein Gesicht erstarrte zu einer nervösen Grimasse.

»Der Pflock, das Schwert und das Feuer!«, antwortete Darcy.

»Köpfen?«

»Und zwar sofort. Sein Vampir hat bereits angefangen, ihn zu heilen. Da, siehst du? Kein Blut. Bei jedem normalen Mann hätten deine Kugeln – und zwar jede einzelne – ihn wahrscheinlich durch den Schock getötet, wenn schon nicht durch die Verletzung an sich. Aber er hat sechs Kugeln weggesteckt, und er blutet nicht einmal! Er hat zwei Armbrustbolzen abbekommen, davon einen ins Herz, und seine Hände arbeiten immer noch. Und auch seine Augen … und seine Ohren!«

Er hatte Recht; Armstrong hatte ihre Unterhaltung gehört, und der abscheuliche Augapfel seines linken Auges hatte sich auf den Säbel in Darcys Hand gerichtet. Er stieß wieder blubbernde Laute aus und sein Körper vibrierte auf dem Boden. Der Absatz eines rechten Stiefels trommelte roboterhaft in die trockene Gartenerde.

Darcy senkte sich neben ihm auf ein Knie herab, und Armstrong versuchte mit seiner zuckenden rechten Hand nach ihm zu greifen. Aber er konnte nicht an ihn herankommen, seine Gliedmaßen ließen sich nicht koordinieren. Schaum, Speichel und Blut sammelten sich in der Kehle des Vampirs. Seine linke Hand versuchte mühsam wie eine Spinne auf Darcy zuzukrabbeln, bis der Arm, der daran hing, zu schwer für sie wurde. Er versuchte es ein drittes Mal, dann fiel er plötzlich zurück und lag regungslos da.

Darcy biss die Zähne aufeinander, hob den Säbel –

– und die dünne Haut im hinteren Teil von Armstrongs leerer rechter Augenhöhle platzte plötzlich auf und ein Finger, bläulichgrau und pulsierend, schlängelte sich heraus auf die Wange!

»Oh mein Gott!« Darcy zuckte zurück, und verlor beinahe das Bewusstsein. Manolis übernahm. Er feuerte auf Armstrongs Gesicht und betätigte so lange den Abzug der schallgedämpften Waffe, bis von dem Gesicht und dem albtraumhaften Finger nur noch undefinierbarer Matsch übrig waren. Und als sein Magazin leer war, nahm er den Säbel aus Darcys leblosen Fingern und trennte damit Armstrongs Kopf ab.

Darcy hatte sich abgewandt und erbrach sich, aber zwischen den einzelnen Schüben keuchte er: »Jetzt … müssen wir … den Scheißkerl … verbrennen!«

Auch das bewerkstelligte Manolis. Die Lampen in der Villa waren doch nicht nur zur Zierde da. Sie enthielten Öl, und in der Küche stand auch noch ein Reservekanister mit Benzin. Als Darcy seinen renitenten Magen wieder einigermaßen unter Kontrolle gebracht hatte, brannten die Überreste von Armstrong bereits. Manolis stand dabei und passte auf, bis Darcy ihn am Arm nahm und ihn in sichere Entfernung wegführte.

»Man kann ja nie wissen«, sagte er und wischte sich den Mund mit einem Taschentuch ab. »Vielleicht ist ja noch mehr in ihm, und nicht nur dieser ekelhafte Finger!«

Aber das war es nicht …

»Ich hoffe, ihr habt es nicht dabei belassen«, sagte Harry. »Das Öl kann ihn nicht restlos verbrannt haben.«

»Manolis hat einen Leichensack besorgt«, erklärte Darcy. »Wir haben ihn zu einer industriellen Müllverbrennungsanlage gebracht. Dem Personal haben wir erklärt, es handle sich um einen räudigen Hund, der bei uns im Garten krepiert sei.«

»Die Hitze in der Anlage dürfte seine Knochen zu Pulver verbrannt haben«, fügte Manolis hinzu.

»Damit steht es also eins zu eins!«, knurrte Harry, aber mit solch untypischer Heftigkeit, dass die anderen ihn überrascht anblickten. Er bemerkte die Blicke und wandte sein Gesicht ab. Aber Darcy hatte noch bemerkt, dass seine sonst so ausdrucksstarken Augen jetzt keinerlei Regung mehr zeigten. Und natürlich wusste er auch, warum.

»Harry, was Sandra angeht«, begann er erneut zu erklären.

Aber Harry schnitt ihm das Wort ab. »Es war nicht deine Schuld«, sagte er. »Wenn schon jemand Schuld haben muss, dann bin ich das. Ich hätte mich persönlich davon überzeugen sollen, dass sie aus dieser Sache raus ist. Aber wir können uns jetzt keine Gedanken machen, und ich darf mir keine Gedanken über sie machen – nicht, wenn ich noch an etwas anderes denken will. Manolis, hast du die Informationen bekommen, auf die du gewartet hast?«

»Es ist ein ganzer Haufen Material«, erklärte der. »Es ist fast alles da, nur nicht das, was für uns am wichtigsten ist.«

Manolis fuhr den Wagen, Harry und Darcy saßen auf der Rückbank. Sie näherten sich dem Stadtzentrum der Neustadt von Rhodos, wo Manolis Quartier bezogen hatte. Es war noch nicht einmal achtzehn Uhr, aber die ersten Touristen waren schon im Abendstaat unterwegs. »Seht euch die an«, sagte Harry mit kalter Stimme. »Sie sind fröhlich, sie lachen und haben sich aufgetakelt bis zum Geht-nicht-mehr; sie hatten den ganzen Tag blauen Himmel und ein blaues Meer, in dem sie baden konnten, und die Welt erscheint ihnen als angenehmes Fleckchen. Sie wissen nichts über die roten Fäden in all dem Blau. Und sie würden es auch nicht glauben, wenn man es ihnen erzählen würde.« Abrupt wandte er sich an Manolis: »Erzähl mir alles, was du in Erfahrung gebracht hast.«

»Lazarides ist ein sehr erfolgreicher Archäologe«, begann Manolis. »Er wurde berühmt, als er vor ungefähr vier Jahren diverse wichtige Funde auf Kreta, Lesbos und Skiros machte. Aber davor … da haben wir nicht viel über ihn. Er besitzt die griechische Staatsbürgerschaft, und die rumänische! Das ist zwar sehr ungewöhnlich, aber nicht einzigartig. Die Behörden in Athen untersuchen das noch, aber …« Er zuckte mit den Achseln. »…wir sind hier in Griechenland. Alles braucht seine Zeit. Und dieser Lazarides hat Freunde in hohen Kreisen. Vielleicht hat er sich seine Nationalität gekauft, wer weiß? Er hätte auf jeden Fall das Geld dazu, wenn die Gerüchte richtig sind. Gerüchte? Davon gibt es über ihn eine Menge! Es heißt, er behält – oder verkauft an skrupellose Sammler – mindestens die Hälfte der Schätze, die er ausgräbt. Und man nennt ihn – wie sagt man bei euch? – den Midas! Alles, was er anfasst, verwandelt sich in Gold. Er muss nur einen Blick auf eine Insel werfen und weiß dann, ob da ein Schatz zu finden ist. Zur Zeit graben gerade seine Leute in einer alten Kreuzfahrerfestung auf Halki!«

Harry nickte: »Das überrascht mich alles nicht. Ich erzähle euch später, warum. Erzähl weiter.«

Manolis bog links von der Hauptstraße in eine kleine Seitenstraße ein, dann wieder links auf einen winzigen Privatparkplatz hinter seinem Hotel. »Wir reden weiter, wenn wir drin sind«, sagte er.

Er hatte eine geräumige, luxuriöse Wohnung; offenbar schuldete der Besitzer der Polizei ein paar Gefallen, und Manolis kassierte nun. Während er redete, mixte er ein paar kalte Drinks, hielt sich aber mit dem Alkohol zurück. Für einen Griechen schwitzte er sehr stark. Darcy sagte etwas Diesbezügliches und Manolis zuckte mit den Achseln.

»Ich bin ein Kriminaler«, erklärte er. »Jetzt muss es ja wohl eher heißen: ein Krimineller. Ich bin ein Mörder, und das macht mir zu schaffen.«

»Armstrong?«, fragte Harry. »Du hast in deinem Leben noch nie etwas Wertvolleres getan.«

»Trotzdem, ich habe es getan, und ich habe es vertuscht, und das macht mir zu schaffen.«

»Vergiss es!«, insistierte Harry. »Es kann sein, dass du es noch einmal machen musst, und zwar schneller, als du glaubst. Erzähl mir mehr von Lazarides.«

Manolis nickte. »Er kauft gerade eine Insel. Na ja, einen Felsen im Dodekanes, in der Nähe von Sirna. Seltsam! Ich meine, was ist denn das für eine Insel? Ein winziger Strand und ein Felsklumpen, der aus dem Meer ragt! Aber er will da eine Villa bauen, auf einem Vorsprung an diesem Felsen. Auch da war einst eine Kreuzfahrerbastion, ein Pharos. Was er da will, sorgt für allgemeines Rätselraten. Es gibt dort kein Süßwasser, und alles muss mit dem Boot herangeschafft werden; er wird sich da sehr einsam fühlen!«

»Das wird seine Feste«, sagte Harry. »Oder wenigstens etwas, das dem nahe kommt. Er will immer noch Wamphyri sein!«

»Was?«

»Vergiss es. Erzähl weiter!«

Wieder zuckte Manolis mit den Schultern. »Er hat ein kleines Privatflugzeug, einen Skyvan, auf Karpathos. Es gibt da mittlerweile eine Landebahn. Er benutzt das Flugzeug für Abstecher nach Athen, Kreta und so weiter. Vielleicht sogar nach Rumänien, wer weiß? Es wird auch berichtet, dass sein Boot manchmal vor Karpathos vor Anker liegt. Keine Angst, ich habe da einen Mann, der danach Ausschau hält. Tag für Tag fliegen Touristen von Rhodos nach Karpathos. Auch die benutzen einen Skyvan. Die Dinger sind nur fliegende Streichholzschachteln. Aber sehr, sehr sicher! Der Pilot der Maschine hält Ausschau nach Lazarides' Boot. Ich erwarte jederzeit seinen Anruf.«

»Und sonst noch?« Harry war immer noch sehr kühl und sehr bleich. Die Sonne schien ihn nicht zu wärmen.

»Jetzt zu Armstrong: Vor fünfeinhalb Jahren ist er mit einigen Freunden zu einer Reise nach Europa aufgebrochen. Genaueres war nicht herauszubekommen, nur irgendwo in Europa. Es hat einen Unfall gegeben, einen Absturz in den Bergen oder so etwas, und ein paar von ihnen kamen dabei um. Armstrong überlebte, aber er ist nicht nach Amerika zurückgegangen. Stattdessen ist er hier gestrandet, in Griechenland, und hat die griechische Staatsbürgerschaft beantragt. Und dann, das nächste, was wir wissen – er arbeitet für Lazarides.«

»Und das ist alles?« Harrys verbitterte, fast gefühllose Maske hatte sich nicht geändert.

»Das ist alles. Halt nein, noch eine Sache. Ich habe jetzt die Genehmigung, dieses Vrykoulakas-Schwein zur Hölle zu jagen, wenn ich ihn finden kann.«

Darcy nickte. »Ich habe gestern nicht viel geschlafen. Manolis hat sehr viel Zeit damit verbracht, mit Athen zu telefonieren. Wir haben die Drogenseite dieser Sache so weit aufgeblasen, wie nur möglich. Und jetzt haben wir die Genehmigung, Lazarides und seine Leute mit aller Härte zu jagen und zur Strecke zu bringen.«

»Wenn wir sie finden können«, nahm Harry Manolis' vorherige Bemerkung auf.

»Na ja, zwei oder drei von ihnen können wir sicherlich finden«, sagte der Grieche. »Die Leute, die auf Halki in den Trümmern buddeln.«

Wieder nickte Harry. »Nun, das ist wenigstens ein Anfang. Ich würde auch ganz gern diese Felsnadel im Dodekanes sehen. Aber jetzt werde ich euch erst mal erzählen, was ich herausgefunden habe, und dann werdet ihr selbst sehen, wie sich alles zusammenfügt. Aber ich warne euch jetzt schon, es ist eine unglaubliche Geschichte.«

Er erzählte ihnen alles, und sie hörten ihm fasziniert zu. »Und jetzt kann ich also wieder mit den Toten reden«, endete er, »was wenigstens ein Schritt in die richtige Richtung ist.«

»Du bist ein eiskalter Hund«, sagte Manolis. »Das habe ich schon gedacht, als ich dich das erste Mal gesehen habe. Du redest vom Schritt in die richtige Richtung, und die ganze Zeit über ist Sandra, deine Freundin …«

»Manolis«, unterbrach Harry ihn. »Kein Mensch hat mehr verloren als ich. Nein, ich versuche nicht, mich als Märtyrer hinzustellen, ich stelle nur eine Tatsache fest. Es hat begonnen, als ich noch ein Kind war, und es hat bis heute nicht aufgehört. Ich habe so ziemlich jeden Menschen verloren, den ich je geliebt habe. Ich habe sogar meinen Sohn verloren – in einer anderen Welt, an eine andere Lebensweise: an diesen verfluchten Vampirismus. Und je mehr man verliert, desto härter wird man. Das kannst du jeden Gewohnheitsspieler fragen. Die spielen nicht, um zu gewinnen, sondern um zu verlieren. Früher haben sie mal gespielt, um zu gewinnen, aber jetzt, wenn sie gewinnen, dann gehen sie sofort wieder an den Spieltisch zurück.«

»Harry«, Darcy ergriff ihn am Arm. »Beruhige dich.«

Aber Harry schüttelte ihn ab. »Lass mich ausreden.« Er wandte sich wieder Manolis zu. »Nun, auch ich habe gespielt, um zu gewinnen. Aber es ist ein verdammt schweres Spiel, wenn alle Karten gegen dich sind. Du willst, dass ich Sandra beweine? Vielleicht tue ich das – später. Du willst, dass ich zusammenbreche, damit man sieht, dass ich ein guter Junge bin? Aber was würde es nützen, wenn ich jetzt zusammenklappe? Ich habe Sandra geliebt, das glaube ich wenigstens. Aber es ist bereits zu spät, noch etwas zu ändern. Sie ist nur eine Sache mehr, die ich verloren habe. Das ist die einzige Art, wie ich die Sache betrachten und trotzdem weitermachen kann. Aber jetzt kann es sein, dass sich die Karten wenden und ich wieder gewinne. *Wir* können vielleicht wieder gewinnen. Nicht Sandra, nein. Die ist tot. Und wenn sie das nicht ist, dann wäre sie besser dran, wenn sie es wäre. Ich kenne diesen Janos Ferenczy mittlerweile einigermaßen, und ich weiß, wovon ich rede. Du nennst mich eiskalt, aber du weißt nicht, wie ich innerlich koche. Jetzt bitte ich dich noch um einen Gefallen: Hör auf, dir Gedanken über das zu machen, was du für die richtige Sichtweise hältst. Hör auf, dich um Sandra zu sorgen. Es ist zu spät. Dies ist ein Krieg und sie ist eines der Opfer. Was wir jetzt tun müssen, ist zurückschlagen, solange wir noch die Möglichkeit dazu haben!«

Lange Zeit sagte Manolis gar nichts. Dann sprach er sehr sanft: »Mein Freund, du bist äußerst angespannt. Du trägst eine schwere

Last auf deinen Schultern, und ich bin ein Dummkopf. Ich kann gar nicht versuchen, zu ermessen, wie es für dich sein muss, oder auch nur, wie du denkst. Du bist kein normaler Mensch, und ich habe kein Recht, so zu reden, wie ich es getan habe, oder die Dinge zu denken, die ich gedacht habe.«

Harry saß reglos da und blickte den Griechen an. Manolis sah zu, wie sich die ausdrucksstarken Augen des Necroscope langsam mit Wasser füllten. Bevor es überlaufen konnte, stand Harry auf und stieß seinen Stuhl weg. Schwankend ging er ins Badezimmer …

*Später*

»Was mich am meisten wurmt«, sagte Harry, »ist die Tatsache, dass er über uns lacht – über uns alle, die Menschheit – und vielleicht auch über mich im Besonderen. Das ist sein Vampir-Ego. Er nennt sich Lazarides, nach dem biblischen Lazarus, den Jesus von den Toten wiedererweckt hat. Für einen Christen ist allein das schon eine Blasphemie. Aber damit endet es nicht. Um den Stachel noch tiefer zu treiben und die Tatsache noch extra zu betonen, nennt er auch sein Boot so! Er stachelt uns geradezu an, ihn zu entlarven. Er brüllt uns entgegen: ›Hey, seht her, ich bin wieder da!‹ Er bricht das oberste Gebot der Vampire und sucht das Licht der Öffentlichkeit, und das auf verschiedene Arten. Und ich glaube, das tut er absichtlich.«

»Aber warum?«, wollte Darcy wissen.

»Weil er es sich leisten kann! Weil die Menschen nicht mehr an Vampire glauben. Nein, ich meine nicht uns, sondern die Leute im Allgemeinen. Heutzutage kann er es sich leisten, im Rampenlicht zu stehen, denn die Massen kommen trotzdem nicht an ihn heran. Und er tut es auch, weil er weiß, dass die Leute, die glauben – und das sind diejenigen, an denen er das meiste Interesse hat, die für ihn gefährlichen Menschen, du, ich, das E-Dezernat und alle anderen auf unserer Seite – gegen ihn vorgehen werden.«

»Soll das heißen … er will einen Showdown?«

»Oh ja, denn er hat die Zukunft gesehen! Das ist das, was er am Besten konnte, und damit hat er Faethor ausgetrickst. Er weiß, dass es zu einem Showdown kommen wird, also lenkt er die Ereignisse so, dass alles zu seinen Gunsten steht. Er wird meine eigenen Schachzüge gegen mich wenden, und gegen jeden, der mit mir ist. Er hat Ken Layard und kann deswegen jeden von uns zu jeder Zeit aufspüren. Er hat Trevor Jordan in den Wahnsinn getrieben, sodass der für uns keine Hilfe mehr ist. Und er hat sich Sandra nicht etwa aus Geilheit geholt, oder um uns zu verspotten. Mit ihrer Hilfe will er mich besser kennen lernen, denn so erfährt er nicht nur meine Stärken, sondern auch meine Schwächen. Und was die letzte Nacht angeht: Er hat sein Schoßhündchen Armstrong ausgeschickt, um euch auf die Probe zu stellen und eventuell zu vernichten und mir damit eine meiner letzten Stützen zu nehmen.«

»Aber wenn er in die Zukunft sehen kann, dann muss er doch gewusst haben, dass wir Armstrong töten würden?« Manolis bemühte seinen kriminalistischen Scharfsinn. »Aber warum hat er ihn dann so einfach geopfert?«

»Wie ich schon sagte, ein Test. Er würde es nicht als ein Opfer sehen. Vampire haben keine Freunde, nur seelenlose Sklaven. Und außerdem – Armstrong war nur eine von Janos' Figuren; er hat noch sehr viel mehr. Zum Beispiel Ken Layard, der alles kann, was Armstrong konnte, und noch einiges mehr. Aber ich verstehe deine Frage: Warum provoziert man ein Scharmützel, das man nicht gewinnen kann, richtig?«

»Richtig.«

Harry schüttelte den Kopf. »So funktioniert die Zukunft nicht. Man kann sie nicht einfach lesen, die Prophezeiungen sind nie unfehlbar, und man kann ihr nicht entkommen. Man darf nie vergessen, nichts ist sicher, bis es geschehen ist. Es gab da einen Mann, einen russischen ESPer namens Igor Vlady. Ich habe ihn einmal im Möbius-Kontinuum getroffen. Im Leben war er ein Hellseher; er konnte die Zukunft vorhersagen. Und als er tot war, tat er das weiter, und wurde so zu einem Meister der Zukunft und der Vergangenheit. So wie der Raum für Möbius ein offenes Buch ist, so wusste Vlady alles über die Zeit. Körperlos durchwanderte er auf ewig den Zeitstrom. Vlady erklärte mir, dass er im Leben seine Zukunft immer vor sich abgeschirmt hatte. Er wollte sie nicht lesen; für ihn war das so, als wolle er das Schicksal herausfordern. Er wollte nicht wissen, wann oder wie seine Zeit kommen würde, denn er wusste, dass er sich nur Sorgen machen würde, je näher der Zeitpunkt kam. Aber schließlich, in einem Augenblick der Unsicherheit und der Furcht, ignorierte er seinen eisernen Grundsatz und sah seinen eigenen Tod voraus. Er glaubte, er wusste, von welcher Seite ihm die Gefahr drohte und floh, um ihr zu entkommen. Doch er hatte sich geirrt und floh genau in die falsche Richtung! Es war wie bei einem Mann, der über die Bahngleise läuft und einen Zug auf sich zukommen sieht, und der dann zur Seite springt, um ihm zu entgehen – direkt vor einen anderen Zug.«

»Soll das heißen, dass Janos dem, was er in der Zukunft sieht, nicht vertrauen kann?«, wollte Darcy wissen.

»Er kann seinen Voraussichten vertrauen, aber nur bis zu einem gewissen Punkt. Er sieht nur ein breites Spektrum, nicht die Feinheiten. Und egal, was er sieht, er weiß, dass er dem nicht entgehen kann. Zum Beispiel wusste er, dass Faethor ihn vernichten würde, aber er sah auch weiter bis in eine Zeit, in der er zurückkehren würde. Er konnte Faethor nicht aufhalten und versuchte das auch nicht wirklich, denn dem Unvermeidlichen kann man per Definition nicht entgehen, aber er konnte dafür sorgen, dass er zurückkam. Und das tat er auch.«

Manolis war all dem gefolgt, so gut er konnte, aber jetzt begann er zu fühlen, wie hoffnungslos das war. Und er fragte: »Wie könnt ihr nur glauben, eine solche Kreatur vernichten zu können? Für mich scheint er unbesiegbar!«

Harry lächelte grimmig und bitter: »Unbesiegbar? Da bin ich mir nicht so sicher. Aber ich bin mir sicher, dass er will, dass wir genau das glauben. Frag es dich doch einmal so: Wenn er unbesiegbar wäre, warum sollte er sich dann mit uns abgeben? Und warum macht er sich solche Sorgen meinetwegen? Nein, Igor Vlady hatte Recht; die Zukunft ist nie sicher, und nur die Zeit wird sie enthüllen. Und außerdem, was macht es für einen Unterschied? Wenn ich ihn nicht aufspüre, wird er mich jagen.« Er nickte. »Ja, es läuft alles auf einen Showdown hinaus. Und im Augenblick hat Janos die Fäden in der Hand. Wir können nur hoffen, dass er sich bei seinen Manipulationen verschätzt und den gleichen Fehler macht, den auch Igor Vlady gemacht hat … und dabei vor einen Zug läuft.«

Um 20:05 Uhr kam der Anruf, den Manolis von dem Piloten auf der Rhodos-Karpathos-Fluglinie erwartete: Jianni Lazarides' Privatflugzeug, gesteuert von einem Mann in seinen Diensten, war um drei Uhr morgens mit unbekanntem Flugziel vom Flughafen auf Karpathos gestartet. An Bord waren Lazarides selbst – und ein Mann und eine Frau, die der Beschreibung nach Ken Layard und Sandra sein mussten.

Harry hatte sich auf eine Nachricht dieser Art eingestellt, daher hielt sich der Schock in Grenzen, aber er war irritiert: »Was heißt das – unbekanntes Flugziel? Müsste das Flugzeug nicht eine Starterlaubnis haben? Muss er sich nicht abmelden, durch den Zoll gehen oder sonst etwas?«

Manolis schnaubte verächtlich. »Ich kann es nur immer wieder sagen: Wir sind hier in Griechenland. Und Karpathos ist eine kleine Insel. Der Flughafen … er besteht nur aus einer Baracke! Es gibt ihn erst seit ein oder zwei Jahren, und auch nur für das Tourismusgeschäft. Zoll? Pah! Da ist vielleicht jemand, der deinen Pass abstempelt, wenn du als Ausländer eintriffst, aber doch nicht, wenn du Grieche bist und von da weg willst. Und um drei Uhr morgens? Es ist schon ein Wunder, dass sich überhaupt jemand die Uhrzeit gemerkt hat.«

»Eine Sackgasse«, murmelte Darcy. »Er kann überall hin geflogen sein.«

Harry schüttelte den Kopf. »Nein, ich weiß, wo ich ihn finden kann. Ich befürchte nur, dass ich dahin, wohin er geflogen ist, nicht genauso einfach kommen werde. Aber darüber sprechen wir, wenn wir so weit sind. Zunächst mal muss ich mit Armstrong reden.«

Das verblüffte sowohl Manolis wie auch Darcy – für einen Augenblick. Darcy erholte sich als erster wieder, denn er hatte den

Necroscope schon bei der Arbeit gesehen. »Du willst, dass wir dich zu ihm bringen?«

»Ja, und zwar sofort. Ich glaube zwar nicht, dass die Zeit drängt – das war vielleicht vorher so, aber jetzt spielt es keine Rolle mehr. Die Räder haben sich in Bewegung gesetzt, und alles wird schließlich auf eine Konfrontation hinauslaufen, da bin ich mir sicher. Aber wenn ich jetzt nur rumsitze und Däumchen drehe … ich glaube, dann werde ich wahnsinnig.«

Manolis hatte jetzt auch begriffen: »Heißt das, dass du mit einem toten Mann reden willst?«

Harry nickte. »Ja, wir müssen zu der Verbrennungsanlage. Da, wo ihr hin hingebracht habt. Da wird er von jetzt an immer sein.«

»Und … er wird mit dir reden?«

»Es macht den Toten nichts aus, mit mir zu reden«, sagte Harry. »Armstrong ist jetzt nicht mehr Janos' willenloser Sklave. Vielleicht brennt er sogar darauf, sich an ihm zu rächen. Und später heute Nacht muss ich dann noch versuchen, jemand anderen zu erreichen.«

»Möbius?«, spekulierte Darcy.

»Genau den. Ein Vampir hat in meinem Verstand herumgepfuscht und mir die Fähigkeit genommen, mit den Toten zu reden. Ich habe einen anderen Vampir gebraucht, um das wieder in Ordnung zu bringen. Der, der diesen Schaden angerichtet hat, war nicht nur ein Vampir, sondern auch ein großer Mathematiker – mein Sohn, der dieses Talent von mir geerbt hat. Und während er in meinem Verstand gewesen ist, hat er bestimmte Türen vor mir verschlossen, sodass ich jetzt jedes Gefühl für Zahlen verloren habe. Nun, wenn Faethor mir die eine Gabe zurückgeben konnte, vielleicht kann Möbius das Gleiche mit der anderen tun. Und wenn dem so ist, dann bekommt Janos doch noch richtige Probleme.«

Die Verbrennungsanlage war noch immer in Betrieb. Ein junger griechischer Arbeiter machte Überstunden und schaufelte Holzreste in die lodernde rotgelb leuchtende Öffnung, während über ihnen schwarzer Qualm und ersterbende Funken durch den hohen Schornstein in den Himmel stiegen. Darcy und Manolis standen auf der einen Seite und beobachteten den Arbeiter bei seiner Arbeit. Harry saß auf einer Kiste in einiger Entfernung von ihnen. Seine eigentümlichen Augen starrten fast blicklos vor sich hin. Aber in seinem Verstand war alles klar, und sein necroscopischer Instinkt versicherte ihm, dass Seth Armstrongs Geist hier war. Er konnte sogar seine jammervollen Schreie hören.

*Armstrong*, sagte Harry, ganz sacht. *Du hast es überstanden. Du bist frei. Warum dieser Kummer?*

Das Stöhnen und das Wimmern verstummte schlagartig: *Harry Keogh?* Armstrongs tote Stimme war voller Erstaunen und Unglauben. *Du redest mit mir?*

*Ich habe mit viel schlimmeren Leuten als mit dir geredet, Seth. Und außerdem, ich schätze mal, du warst nur ein weiteres Opfer, wie so viele andere. Ich glaube nicht, dass du einen aktiven Anteil an dem gehabt hast, was aus dir geworden ist.*

*Das hatte ich nicht, nein, das hatte ich wirklich nicht,* antwortete der Amerikaner mit spürbarer Erleichterung. *Fünfeinhalb lange Jahre war ich nichts weiter als … als eine Fliege in seinem Netz. Er war mein Meister; ich musste ihm dienen. Nichts, was ich getan habe, geschah aus meinem eigenen freien Willen.*

*Ich weiß,* sagte Harry, *aber es gefällt ihnen, so zu tun, als sei es das. Ich glaube, auch wenn sie wissen, dass es eine Lüge ist, ist es immer noch das Einzige, das ihrem Gewissen Absolution verschafft: die Behauptung, man tue die Dinge aus eigenem freien Willen.*

*Gewissen?* Armstrongs Geist war verbittert. *Zwing mich nicht zum Lachen, Harry. Kreaturen wie Janos Ferenczy haben noch nie unter so niederen Wehwehchen gelitten.*

*Du bist also froh, von ihm befreit zu sein? Warum dann das Bedauern? Du gehörst jetzt zu den zahllosen Toten. Was, wie so viele von ihnen mir versichert haben, gar nicht so schlimm ist, wie man meinen könnte.*

*Ach?*, meinte Armstrong. *Glaubst du wirklich, die Toten würden sich mit jemandem wie mir abgeben?*

Harry dachte einen Moment nach: *Da gibt es zumindest zwei, die mir sofort einfallen. Und wahrscheinlich noch mehr. Was ist mit deinen Eltern, Seth?*

Er fühlte das Nicken des anderen. *Sie sind schon seit einiger Zeit tot, ja. Aber … glaubst du wirklich?*

*Ich glaube, wenn du dich einigermaßen beruhigt hast, wäre es eine gute Idee, einen Versuch der Kontaktaufnahme zu wagen. Und was die große Mehrheit angeht, wer kann das sagen? Vielleicht werden sie dich gar nicht so hart anfassen, wie du glaubst. Ich kann auf jeden Fall ein gutes Wort für dich einlegen.*

*Das würdest du tun?*

*Warum fragst du die Toten nicht einmal nach mir,* meinte Harry, *wenn du die Gelegenheit hast? Ich glaube, Sie werden dir bestätigen, dass ich kein so schlechter Kerl bin. Aber vorher kannst du mir noch einen Gefallen tun.*

Armstrongs Gedanken verdüsterten sich wieder. *Es gibt nichts umsonst, nicht wahr? Nicht mal an diesem Ort.*

*Nein, du hast mich falsch verstanden, Seth,* versicherte Harry. *Auch wenn du jetzt nein sagst, macht das keinen Unterschied. Ich werde sie trotzdem bitten, nicht zu hart mit dir ins Gericht zu gehen. Du bist tot und verbrannt und – wie sie alle wissen, kannst du nicht mehr bestraft werden, als du das bereits bist.*

*Wie kann ich dir helfen?*

*Janos ist verschwunden. Er ist nicht mehr in Rhodos, wahrscheinlich nicht einmal mehr auf den Inseln. Und er hat eine Frau – du würdest wohl sagen, meine Frau – mitgenommen. Ich will wissen, wo er ist.*

*Sie ist ein Köder in seiner Falle. Ich schätze, du weißt das?*

*Ja sicher weiß ich das. Aber ich werde ihm trotzdem folgen.*

*Dann geh nach Rumänien.*

Harry stöhnte. *Ich habe es befürchtet: Das ist die schlimmstmögliche Variante. Ich bin gerade in Rumänien gewesen. Ein zweites Mal wird das nicht so einfach.*

*Pech, da ist er nämlich. In seinem Schloss in den Bergen oberhalb von Halmagiu. Er hat gesagt, du wärst sein einziger lebender Feind und der schlimmste mögliche Gegner, und wenn er dir gegenübertreten sollte, dann müsste es da sein, zu seinen Bedingungen und auf seinem Terrain. Er hat das so vorausgesehen und so wird er das Spiel spielen. Aber Harry … Ich hoffe, du hast das Mädchen nicht geliebt.*

*Nein!* Harry biss die Zähne aufeinander, schüttelte den Kopf und versuchte die ungeheuerlichen Bilder zu verscheuchen, die

Armstrongs Worte heraufbeschworen hatten. Eine instinktive Reaktion auf etwas, von dem er hoffte, dass es nicht ausgesprochen werden würde. *Sag es mir nicht!*

Armstrong schwieg, aber der Necroscope spürte sein Mitleid und sogar seine … Schuldgefühle? Plötzlich wusste Harry Bescheid. Er hatte es vermutet, aber er hatte sich dem Gedanken verweigert. Bis jetzt. *Du hast sie zu ihm gebracht, nicht wahr?*

Armstrong schluchzte wieder. *Es ändert alles, ja?* Es war eine Feststellung, keine Frage. *Ja, er ist in ihren Verstand eingedrungen, und ich habe sie zu ihm gebracht.*

Harry tobte nicht, er fluchte nicht, er stand auf und ging mit gesenktem Kopf davon.

Darcy und Manolis kamen hinter ihm her, sahen ihn an, dann sich selbst und stellten keine Fragen. Hinter ihnen fauchte und zischte der Ofen und ein Mann weinte herzerweichend, aber nur Harry Keogh konnte ihn hören.

Und trotz seiner Versprechen war es ihm egal …

Später, als sie zurück im Hotel waren, wo Harry auf einem eigenen Zimmer bestanden hatte, versuchte er, Möbius zu kontaktieren. Er griff mit seinem Necroscopenverstand hinaus an einen Ort, den er sehr gut kannte: den Friedhof in Leipzig, auf dem August Ferdinand Möbius' sterbliche Überreste seit einhundertzwanzig Jahren begraben lagen, und von wo aus der unsterbliche Geist des Mathematikers und Astronomen aufgebrochen war, um das Universum zu erforschen.

*Sir?*, begann Harry mit seinem üblichen Respekt. *August? Ich bin es, Harry Keogh. Ich weiß, es ist einige Zeit vergangen, seit ich mich das letzte Mal gemeldet habe, aber ich hatte gehofft, wir könnten wieder miteinander reden.*

Er wartete, aber da war keine Antwort, nur eine schmerzhafte Leere. Er hatte nichts anderes erwartet: Der Mann, der ihn gelehrt hatte, in eine eigentlich völlig hypothetische fünfte Dimension zu reisen und sie sich zunutze zu machen, war gerade jetzt selbst dort draußen und ging seinen eigenen Beschäftigungen nach. Harry konnte nicht sagen, wie lange er fort sein, oder auch nur vermuten, wann er zurückkommen würde. Wenn er zurückkommen würde.

Aber falls Harry jemals eine Chance gegen Janos haben wollte, dann war Möbius seine einzige Hoffnung. Deswegen versuchte er es weiter, eine Stunde lang, dann zwei, bis schließlich Darcy an die Tür klopfte. »Glück gehabt?«, fragte er, als der Necroscope ihm die Tür öffnete.

Harry schüttelte den Kopf. Und dann sagte er etwas unter diesen Umständen Überraschendes: »Ich habe Hunger.«

Sie aßen alle auswärts, in einer Taverne, die Manolis empfohlen hatte. Und dann, während des Essens, beschrieb Harry ihnen, wie sie seiner Meinung nach weiter vorgehen sollten: »Manolis«, sagte er. »Ich muss nach Ungarn reisen. Zuerst nach Budapest und von da nach Halmagiu auf der anderen Seite der Grenze. Das sind ungefähr zweihundertfünfzig Kilometer. Sobald ich im Land bin, kann ich über die Straße oder mit der Bahn reisen; natürlich werde ich dort als Tourist auftreten. Wie ich über die Grenze nach Rumänien komme, weiß ich noch nicht. Darüber mache ich mir Gedanken, wenn ich da bin. Wie lange wird es dauern, mir die nötigen Papiere zu besorgen?«

Manolis zuckte mit den Achseln. »Du brauchst keine. Dein englischer Pass weist dich als Schriftsteller aus, er hat einen griechischen Einreisestempel – das spricht doch alles für einen Touristen, oder vielleicht auch für einen Schriftsteller, der Recherchen unternimmt. Du kannst einfach über Athen nach Budapest fliegen. Schon morgen, wenn du willst. Gar kein Problem.«

»So einfach ist das?«

»Ungarn ist nicht Rumänien. Die Kontrollen sind nicht so streng. Es fliehen sogar jeden Tag Rumänen nach Ungarn. Wann willst du los?«

»In drei oder vier Tagen«, erklärte Harry. »Sobald wir hier fertig sind. Aber wie ich bereits sagte, was Janos angeht, haben wir es nicht eilig. Ich glaube, er wird sich einfach da oben in den transsylvanischen Bergen einigeln und auf mich warten. Er weiß, dass ich irgendwann doch kommen werde.«

Manolis blickte ihn an und sah wieder weg. »Wir haben es nicht eilig«, murmelte er und schüttelte leicht den Kopf.

»Es reicht«, sagte Harry sofort. Seine Stimme hatte einen harten, schroffen Ton. »Ich weiß, was dich stört. Hör zu, ich versuche es so einfach wie möglich zu erklären. Und dann sollten wir beide diese Sache endlich ad acta legen! Entweder hat Janos Sandra bereits vampirisiert, oder er hat es nicht. Wenn er das nicht hat, behält er sie als As im Ärmel, für den Fall, dass ich ihm mit etwas komme, womit er nicht gerechnet hat. In diesem Fall ist sie seine Geisel. Aber das ist nur die Möglichkeit, die ich mir erhoffe, nicht die, die ich für wahrscheinlich halte. Und im anderen Fall, wenn er sie vampirisiert hat … dann werde ich, wenn ich nur die geringste Chance dazu bekomme, mein Bestes tun, um sie zu töten! Um ihretwillen! Aber wenn ich mich jetzt auf Sandra konzentriere und alles andere in den Hintergrund dränge, bin ich einfach nicht in der Lage, nüchtern zu denken. Und wir müssen jetzt alle nüchtern denken. Okay, ich weiß, du hältst mich für eiskalt, Manolis, aber können wir die Sache jetzt damit abschließen?«

Manolis schüttelte den Kopf. »Ich halte dich nicht für kalt, nur für sehr stark. Das muss mir nur immer wieder in Erinnerung gerufen werden, das ist alles. Es ist nun einmal so, Harry, einige von uns sind nicht so stark.«

Harry seufzte und nickte. »Ich glaube, du kommst schon klar.« Er hob sein Glas mit rubinrotem Wein.

Darcy mischte sich ein: »In drei oder vier Tagen willst du also nach Ungarn? Und was ist bis dahin? Du glaubst, es ist an der Zeit, den Rest von ihnen auszuschalten, ja?«

»Genau das denke ich«, antwortete Harry. »Janos hat Leute, oder Vampire, auf seiner Ausgrabungsstätte auf Halki. Es ist möglich, dass auch noch andere von seinen Leuten auf der Insel sind, und dann ist da auch noch die Mannschaft seines Bootes. Es kommen schon einige Leute zusammen, und wir wissen noch nicht, wie gefährlich die sind. Ich meine, wenn sie alle Vampire sind, dann sind sie alle gefährlich, aber es gibt Vampire und Vampire. Janos ist … er ist ein Super-Vampir! Im Vergleich mit ihm sind die anderen wahrscheinlich leicht zu besiegen. Es wird jedenfalls nicht schlimmer sein als bei Armstrong.«

»Mein Gott!«, sagte Manolis und bekreuzigte sich. »Du glaubst doch wohl nicht, dass der Amerikaner sich leicht unterkriegen ließ?«

»Nun ja«, meinte Harry. »Ich habe nur laut gedacht und mich an einige der Dinge erinnert, die ich auf Starside gesehen habe. Aber um auf das Heute zurückzukommen ... Manolis, du hast gesehen, wie nützlich eine Armbrust mit Hartholzbolzen sein kann. Kann man hier auf Rhodos an so etwas herankommen?«

»Armbrüste? Das bezweifle ich. Aber so etwas Ähnliches: Harpunen!«

Harry wollte schon den Kopf schütteln, aber dann hielt er inne. »Die verschießen Stahlbolzen, nicht wahr?«

»Ja«, nickte Manolis und überlegte, was Harry wohl im Sinn haben mochte. Der Necroscope ließ ihn nicht im Ungewissen.

»Haben wir ein Galvanisierwerk hier? Eine Fabrik oder eine Werkstatt, wo man die Harpunen mit Silber beschichten kann?«

Manolis riss überrascht die Augen auf. »Sicherlich!«, strahlte er.

»Na gut, dann besorgen wir uns doch zwei oder drei dieser Hochdruck-Harpunen. Kannst du das erledigen?«

»Das mache ich sofort morgen früh, als allererstes. Ich habe schon mit diesen Dingern gefischt und ich kenne mich damit aus. Das beste Modell ist der ›Champion‹. Sie werden in Italien hergestellt. Sie haben einen einzigen Widerhaken, der sich beim Aufprall öffnet ... die dürften genauso effektiv sein wie deine Armbrust.«

»Die Dinger mögen ihren Zweck erfüllen, aber sie lassen sich nur langsam laden, wir brauchen also mehrere. Manolis, am besten besorgst du sofort ein halbes Dutzend davon. Und Darcy, ich schätze, es ist an der Zeit, Verstärkung zu rufen. Ich glaube, es wird nicht allzu schwierig sein, bei deinen Jungs in London drei oder vier Freiwillige zu finden.«

»Das E-Dezernat? Die warten nur auf ihr Stichwort. Ich lasse die Leute kommen, die schon bei der Bodescu-Sache dabei waren. Ich werde das veranlassen, sobald wir hier fertig sind.«

»Gut.« Harry nickte. »Aber es wäre vielleicht ganz gut, wenn wir loslegen, bevor die anderen da sind. Ich glaube, zuerst müssen wir uns um die Leute auf Halki kümmern. Wir wissen, dass da nur ein paar von Janos' Kreaturen sind. Und eigentlich wissen wir noch nicht einmal genau, ob es seine ›Kreaturen‹ sind. Vielleicht sind es auch nur ganz normale Männer, Strohmänner auf seiner Lohnliste, die gar nicht wissen, für wen sie arbeiten. Egal, ich muss sie nur sehen, um zu wissen, was sie sind. Manolis, wie lange wird es dauern, bis diese Harpunen beschichtet sein können?«

»Reicht morgen Nacht?«

»Und wie lange brauchen wir bis Halki?«

»Mit einem schnellen Boot zwei Stunden, höchstens zweieinhalb. Die Insel liegt nur ein paar Kilometer unterhalb von Rhodos, aber von der Stadt Rhodos, wo wir uns befinden, sind es doch fast achtzig Kilometer. Halki ist nur eine ganz kleine Insel. Eigentlich nur ein Felsklumpen mitten im Meer. Es gibt da ein Dorf mit ein paar Tavernen, eine einzelne Straße, ein paar Berge und die Bastion der Kreuzfahrer.«

»Morgen ist Mittwoch. Wenn du uns das Boot und einen Schiffskapitän bis Donnerstag Morgen besorgen kannst, sind wir noch vor Mittag da. Das ist also unser Zeitplan. Gibt es bis dahin eine Möglichkeit, sich diese Felsnadel im Dodekanes anzusehen, die Janos kaufen will?«

Manolis schüttelte den Kopf. »Das würde einen ganzen Tag dauern. Ich schlage vor, wir erledigen Donnerstag Morgen diese Sache auf Halki und fahren von da aus direkt nach Karpathos in die Bucht nahe dem Flughafen, wo die Lazarides liegt. Übrigens, sowohl Halki wie auch Karpathos liegen im so genannten ›karpatischen Meer‹. Dieser Vampir hat eine ziemliche Heimatbindung, was?«

Harry nickte: »Ich schätze, das ist Zufall. Es ist zwar seltsam, aber wohl doch ein Zufall. Ansonsten stimme ich mit dem überein, was du gesagt hast. Donnerstag Abend sollten wir dann die Verstärkung aus dem E-Dezernat hier haben. Freitag ist immer noch früh genug, um sich diese moderne Ausgabe einer Vampirfeste anzusehen.«

Das blutige Steak ohne alle Beilagen, das Harry bestellt hatte, musste mittlerweile kalt sein. Er hatte es noch nicht angerührt, und die anderen waren inzwischen längst mit dem Essen fertig. Er zuckte mit den Achseln und aß es trotzdem. Er hatte schon lange kein so rohes, blutiges Fleisch mehr gegessen. Und auch der tiefrote Wein schmeckte ihm vorzüglich. Er dachte trocken: Man muss sich dem Gegner anpassen, wenn man ihn besiegen will! Vielleicht hatte Manolis doch Recht und er war einfach nur eiskalt …

Im Hotel wartete eine Nachricht auf sie: Eine Schwester aus der psychiatrischen Anstalt bat darum, von Kommissar Papastamos zurückgerufen zu werden. Manolis tat dies sofort. Er sprach am Telefon mit seinem üblichen stakkatoartigen Griechisch, mit langen Pausen zwischen jedem Wortschwall, während Harry und Darcy zusahen, wie sein Gesicht ein ganzes Spektrum von Emotionen durchlief: vom Misstrauen über Unverständnis zur Überraschung, dann Unglauben und schließlich das nackte Entzücken. Schließlich konnte er auch ihnen die Botschaft übersetzen.

»Trevor Jordan geht es sehr viel besser!«, brüllte er sie beinahe an. Ein breites Grinsen spielte auf seinem Gesicht. »Er ist bei Bewusstsein, er redet, und was er sagt, ergibt sogar einen Sinn! Wenigstens war das vorhin so! Er hat normales Essen bekommen, dann haben sie ihm etwas gegeben, damit er die Nacht durchschläft. Aber bevor er eingeschlafen ist, wollte er dich sehen, Harry. Sie sagen, du kannst ihn sofort morgen früh besuchen.«

Darcy und Harry sahen sich verblüfft an. Darcy fragte: »Was hältst du davon?«

Einen Augenblick lang war Harry sprachlos. Er grübelte und kratzte sich am Kinn: »Vielleicht … es könnte ja sein, dass die Entfernung den Einfluss von Janos geschwächt hat? Ich dachte, an seinem Zustand würde sich nichts mehr ändern. Ich bin davon ausgegangen, dass sein Verstand manipuliert worden ist, so wie meiner – aber vielleicht ist Janos dazu gar nicht in der Lage. Vielleicht ist er nicht so gut. Verdammt, wen interessiert das? Egal, was passiert ist, es hört sich erstmal gut an. Wir müssen nur noch bis zum Morgen warten, dann werden wir es herausfinden.«

# FÜNFTES KAPITEL

Bevor er sich schlafen legte, versuchte Harry erneut, Möbius zu kontaktieren. Es war sinnlos; seine Rufe reichten hinaus zu Möbius' Grab in Leipzig, aber es antwortete niemand. Einer der Gründe, warum Harry die Verfolgung von Janos hinausgezögert hatte, war seine Hoffnung (eine Hoffnung wider alle Hoffnung) sein Zahlenverständnis zurückzuerhalten – und damit den Zugang zum Möbius-Kontinuum. Das war sein Plan gewesen, aber … er schwand jetzt dahin, und wahrscheinlich war es sowieso unmöglich.

Er grübelte darüber nach, schlief aber dann doch ein.

Aber das, was seine Gedanken beschäftigt hielt, wurde mit in seine Träume hinüber gesogen. Isoliert von den Nichtigkeiten und Unterbrechungen des Wachzustandes, sandte Harry immer noch seine Gedanken über den Großen Dunklen Abgrund hinweg, den die Menschen den Tod nennen. Viele der zahllosen Toten in ihren Gräbern hörten ihn, und hätten ihm geantwortet oder ihn getröstet, doch das wagten sie nicht. Sie waren alle nicht die Person, die er suchte, und ein Gespräch um seiner selbst willen wäre sinnlos. Sie wussten, dass ihr Trost und auch ihr Zuspruch, auf den er zweifelsohne zählen konnte, ihm schlussendlich doch eher hinderlich wären. Denn der Necroscope hatte noch nie ein Gespräch mit den Toten verweigern können, deren quälende Einsamkeit er als einziger von allen lebenden Menschen verstehen konnte.

Aber unter den Toten gab es eine, die – auch wenn sie ihn mehr liebte als all die anderen – doch weniger Ehrfurcht vor ihm hatte. Sie hatte ihn schon bei vielen Gelegenheiten getadelt. Mütter sind nun einmal so.

*Harry?* Ihre Totenstimme rührte ihn an. *Harry, kannst du mich hören?*

Er seufzte und gab seine Suche nach Möbius auf. In ihrem Tonfall war etwas, das seine Aufmerksamkeit forderte. *Was ist los, Mutter?*

*Was los ist?* (Vor seinem geistigen Auge konnte er ihr missbilligendes Stirnrunzeln sehen.) *Redet man so mit seiner Mutter, Harry?*

*Mutter*, seufzte er erneut. Er versuchte zu erklären: *Ich war beschäftigt. Und was ich tue, ist wichtig. Du weißt ja gar nicht, wie wichtig.*

*Ach, glaubst du? Glaubst du wirklich, dass ich das nicht weiß? Wer kennt dich denn besser als ich, Harry? Und eines weiß ich mit Sicherheit – du verschwendest deine Zeit!*

Harrys träumender Verstand drehte und wendete ihre Worte, aber er fand keine Erklärung für sie. Das würde er auch nicht, wenn sie sich nicht deutlicher ausdrückte. Sie fing seinen Gedanken auf und fuhr ihn an. Sie war so nahe an einem Wutanfall, wie es bei ihr nur möglich war: *Was bildest du dir eigentlich ein? Willst du deine Ungeduld an mir auslassen? Es kann ja sein, dass die Toten viel von dir halten, aber sie kennen dich nicht so wie ich. Harry … du … bist … ein verzogenes Balg.*

*Mutter, ich –*

*Du! Du! Du! Immer nur du! Bist du der einzige Mensch auf der Welt? Wer ist dieses ›Ich‹, von dem du immer redest, Harry? Wieso sprichst du nie von ›wir‹? Warum glaubst du immer, dass du allein bist? Gerade du! Von allen Menschen bist du am wenigsten allein! Seit Millionen von Jahren sind die Menschen gestorben und haben still im Dunkel gelegen, haben ihre Gedanken gedacht und sind ihren einsamen Eingebungen nachgegangen, jeder getrennt vom anderen, aber vereint in dem Glauben, der Tod sei ein luftloses, lichtloses (oh, ja und auch ein schmerzloses), aber eben doch unüberwindliches Gefängnis … bis ein kleines leuchtendes Licht namens Harry Keogh zu ihnen gekommen ist und sagte: Warum redet ihr nicht mit mir? Ich werde zuhören. Und dann könntet ihr versuchen, miteinander zu reden. Was für eine Offenbarung!*

Harry schwieg. Er wusste nicht, was er sagen sollte. Lobte oder tadelte sie ihn? Er hatte sie noch nie so reden gehört, nicht einmal im wachen Zustand. Sie war noch nie so wütend gewesen. Und auch diesen Gedanken fing sie auf.

*Warum ich so wütend bin? Ich glaube es nicht! Jahrelang konntest du nicht mit mir reden, selbst wenn du es wolltest – nicht ohne dich selbst dabei umzubringen – und jetzt, wo du endlich mit mir reden kannst –*

Jetzt glaubte er zu verstehen, und er wusste, dass sie Recht hatte, und er hoffte, dass er auch wusste, wie er damit umgehen musste. *Mutter*, sagte er, *die anderen müssen von mir wissen; sie müssen wissen, dass es im Tod mehr gibt als nur die Einsamkeit. Und sie müssen wissen, dass es auch eine Sicherheit im Tod gibt. Einen Schutz vor Kreaturen wie Dragosani und den Ferenczys, und anderen, die so sind. Aber es gibt so viele Tote – ich habe so viele gute Freunde unter ihnen – dass ich nie hoffen kann, mit ihnen allen zu sprechen. Jedenfalls nicht, bevor ich nicht einer von ihnen bin. Aber das brauche ich dir nicht zu sagen, denn das weißt du bereits, und du hast es immer schon gewusst … und du weißt auch, dass ich dich liebe, Mutter.*

Sie schwieg.

*Wenn es also eine Zeit gegeben hat, in der ich nicht mit dir geredet habe, dann war das, weil etwas sehr, sehr Wichtiges dazwischengekommen ist. Und Mutter, so wird es immer sein … Mutter?*

Sie war unendlich gerührt, darum antworte sie nicht, aber wenigstens weinte sie nicht. Harry hoffte zumindest, dass es so war. Und schließlich sagte sie: *Ja, ich weiß das, mein Sohn. Es ist nur so … ich mache mir solche Sorgen um dich. Und die Toten … sie fragen nach dir. Ja, und weil sie dich lieben, wollen sie auch etwas für dich tun. Weißt du das nicht? Verstehst du nicht, dass wir dir alle helfen wollen? Und weißt du nicht, dass es Fachleute unter uns gibt – auf jedem Gebiet – deren Fähigkeiten du missachtest?*

Was? Missachtete Fähigkeiten? Die Toten wollten ihm helfen? Aber taten sie das nicht immer? Worauf wollte sie hinaus? *Was willst du mir damit sagen, Mutter? Was ist mit den Toten? Und was hast du damit gemeint: Ich verschwende meine Zeit?*

*Weil du versuchst, Möbius zu erreichen. Deshalb. Wenn du mit uns reden würdest, dann wüsstest du das. Wir haben die ganze Zeit versucht, Möbius zu erreichen, seit du deine Fähigkeit, mit den Toten zu sprechen, zurückgewonnen hast.*

*Ihr habt was? Aber … wie? Möbius ist nicht da. Er ist irgendwo da draußen. Er könnte überall sein. Und zwar buchstäblich überall!*

*Das wissen wir,* sagte sie, *und wir wissen auch, dass Überall ein ganz schön großer Ort ist. Wir haben ihn noch nicht gefunden. Aber falls und sobald wir das tun, wird er deine Nachricht erhalten und sich hoffentlich mit dir in Verbindung setzen. Du brauchst deine Zeit nicht damit verbringen, ihn vergeblich anzurufen. Du kannst dich um andere Sachen kümmern.*

*Mutter,* sagte Harry, *du verstehst nicht. Möbius ist wahrscheinlich im*

*Möbius-Kontinuum. Die Toten – selbst die akkumulierten Gedanken aller Toten, können ihn da nicht erreichen. Das ist ein Ort, der nicht zu diesem Universum gehört. Du siehst also, nicht ich bin es, der seine Zeit verschwendet, sondern ihr tut das.*

Er spürte, wie sie den Kopf schüttelte. *Sohn, als Harry junior dir das Sprechen mit den Toten und deine mathematische Intuition genommen hat, hat er da auch deinen Verstand nachhaltig geschädigt?*

*Häh?*

*Wenn du das Möbius-Kontinuum benutzt, wie viel reale Zeit verbringst du dann dort?*

Er begriff augenblicklich, dass sie Recht hatte, und fragte sich, ob die Logik im menschlichen Verstand mit dem Zahlenverständnis verknüpft war? Hatte sein Sohn auch seine geistigen Fähigkeiten beeinträchtigt? *Gar keine Zeit,* sagte er. *Es geschieht alles ohne Zeitverzögerung.* Möbius war nicht im Möbius-Kontinuum. Er benutzte es nur als Weg, um an den Ort zu kommen, wohin er wollte. Und während der Zeit, die er dort verbrachte, verging in unserem Universum kein Augenblick.

*Genau? Warum verschwendest du also deine Zeit, indem du Kontaktversuche an sein Grab in Leipzig richtest? Es ist so, wie du gesagt hast: Er ist irgendwo da draußen. Er war im Leben ein Astronom, und der Tod hat daran nichts geändert. Und im Augenblick sind es verteufelt viele von uns, die ihre Gedanken zu den Sternen hinaus projizieren. Wenn er da ist, dann werden wir ihn schließlich auch finden.*

Harry musste sich ihrer Logik beugen. *Mutter, was würde ich ohne dich tun?*

*Ich habe dich nur wieder auf den richtigen Weg gebracht, Harry. Ich musste dir doch sagen, dass du dich zwischendurch auch mal um andere Dinge kümmern solltest.*

*Zum Beispiel?*

*Harry, du hast Zugang zur ausgedehntesten Bibliothek der ganzen Welt, Bücher, die nicht nur Wissen vermitteln, sondern es auch weitergeben können. Die Geister der Toten sind wie Bücher, in denen du lesen kannst, und ihre Fähigkeiten sind alle da, und du kannst sie von ihnen erfahren. Sowie du von Möbius gelernt hast, kannst du auch vom Rest von uns lernen.*

Aber das war etwas, das Harry schon vor langer Zeit angedacht und verworfen hatte. Auch Dragosani hatte von den Toten gelernt. Thibor Ferenczy hatte ihn unterrichtet – im Bösen. Und auf diese Weise hatte er als Nekromant die Talente von Max Batu erworben und die Geheimnisse des sowjetischen E-Dezernats von Gregor Borowitz erfahren. Und trotzdem hatte ihm das alles schließlich nichts genutzt. Batus böser Blick hatte sogar zu seiner Vernichtung beigetragen. Nein, es gab bestimmte Dinge, und die Zukunft gehörte dazu, die Harry gar nicht wissen wollte. Dies spiegelte sich in seinen Gedanken, und natürlich las seine Mutter das sofort.

*Vielleicht hast du Recht, aber du solltest es trotzdem im Auge behalten. Hier gibt es bestimmte Fähigkeiten, Harry, und falls du sie jemals brauchst, stehen sie dir zur Verfügung.*

Ihre Stimme verklang jetzt, verebbte in seinen Träumen. Aber wenigstens würde Harry sich dieses Mal an das Gespräch erinnern. Und jetzt endlich, körperlich und geistig erschöpft, ließ er sich treiben und entspannte sich. Er versank tiefer in seine Träume und verharrte da in ganz normalem Schlaf. Für kurze Zeit. Bis –

*Haaaarrry?* Das war Möbius! Harry hätte diese Totenstimme überall erkannt. Aber selbst für die Verhältnisse im Traum klang Möbius' Stimme … verträumt. Dies war ein anderer Möbius, ein veränderter Möbius.

*August Ferdinand? Sind Sie das? Ich habe nach Ihnen gesucht. Ich meine, sehr viele von uns haben überall nach Ihnen gesucht.*

*Ich weiß, Harry. Ich war … da draußen. Aber du hattest Recht und sie hatten Unrecht. Ich war im Kontinuum! Wenigstens so lange, wie ich es ertragen konnte. Die Gedanken deiner toten Freunde haben mich erreicht, als ich es wieder verlassen habe.*

Harry verstand nicht. *Was gibt es da zu ertragen?*, fragte er. *Das Möbius-Kontinuum ist so, wie es ist.*

*Ist es das?* Möbius' Stimme war immer noch weit weg, wie die eines Schlafwandlers oder die eines Menschen in Trance. *Tatsächlich, Harry? Oder ist es vielleicht viel mehr, als es zu sein scheint? Auf jeden Fall ist es fremdartig, mein Junge, so fremdartig. Ich hätte ja schon mit dir darüber geredet, ich wollte es, aber du warst so lange fort, Haaarrry.*

*Das war nicht meine Schuld,* erklärte Harry. *Ich konnte mich nicht melden, es ging nicht. Es war mir etwas zugestoßen – in Bezug auf meine Fähigkeit, mit den Toten zu sprechen – und ich war von allem abgeschnitten. Das ist auch einer der Gründe, warum ich jetzt nach Ihnen gesucht habe. Wissen Sie, ich hatte nicht nur mein Vermögen verloren, mit den Toten zu reden, ich kann auch nicht mehr das Möbius-Kontinuum benutzen. Und ich brauche es jetzt nötiger als je zuvor.*

*Das Kontinuum? Du brauchst es?* Möbius war immer noch nicht der Alte, ganz im Gegenteil. *Oh, wir brauchen es alle, Harry. Es ist sogar so, ohne es ist da nichts! Es ist alles! Und … und … es tut mir Leid, Harry, aber ich muss dahin zurück.*

*Das ist schon in Ordnung,* antwortete Harry verzweifelt, während er spürte, wie Möbius' Totenstimme in der Ferne verhallte. *Ich schwöre Ihnen, ich würde Sie nicht belästigen, wenn es nicht absolut unverzichtbar wäre, aber –*

*Es … es redet mit mir!* Möbius' Stimme war ein ehrfürchtiges Raunen, das durch den Äther driftete und verhallte, als sich seine Aufmerksamkeit auf etwas anderes richtete. *Ich glaube, ich weiß, was es ist, Harry. Das Einzige, was es sein kann. Ich … muss … jetzt … gehen … Haaarrry.*

Einen Augenblick später war er weg, verschwunden, und nicht einmal ein Echo blieb zurück. Daraus konnte Harry schließen, dass Möbius zu dem Ort zurückgekehrt war, der für ihn vollkommen unzugänglich war. In das Möbius-Kontinuum.

Schließlich war Harry allein, um eine Nacht durchzuschlafen, die, auch wenn jetzt keine weiteren Träume mehr folgten, trotzdem unruhig war …

Am nächsten Morgen, in Manolis' Wagen auf dem Weg zu Trevor Jordan, kam etwas, das Harry schon länger gestört hatte, plötzlich zum Vorschein: »Manolis«, sagte er. »Ich bin ein Trottel. Ich hätte schon früher daran denken sollen.«

Der Grieche warf ihm einen Blick zu: »Woran, Harry?«

»Der KGB wusste, dass ich auf dem Weg nach Rumänien war. Sie wussten es fast schneller als ich. Ich meine, sie warteten bereits auf mich, als ich gelandet bin – jedenfalls ihre Schläger. Es muss sie also jemand informiert haben. Jemand hier auf Rhodos!«

Einen Moment lang sah Manolis verständnislos drein, aber dann grinste er und schlug sich auf die Schenkel. »Harry, du bist ein wirklich seltsamer Mann mit außerordentlich bizarren Fähigkeiten – aber du wirst nie einen wirklich guten Polizisten abgeben. Ich habe geglaubt, es sei offenkundig, dass ich gestern, als du uns deine Geschichte erzählt hast, zu demselben Schluss gekommen bin. Es musste ja so sein. Und als Nächstes habe ich mich gefragt, wer davon wissen konnte, abgesehen von uns hier? Die Antwort: Niemand – außer dem Schalterbeamten am Flughafen. Meine Kollegen vor Ort überprüfen das gerade. Wenn es da eine undichte Stelle gibt, werden sie sie finden.«

»Gut«, sagte Harry. »Aber ich wollte eigentlich auf etwas anderes hinaus: Das Letzte, was ich gebrauchen kann, ist, dass auch in Ungarn jemand auf mich wartet. Für den Fall, dass ich wirklich dorthin muss!«

Manolis nickte: »Ich verstehe deine Besorgnis. Hoffen wir einfach, dass meine Kollegen fündig werden.«

Weder Manolis, noch Harry oder Darcy konnten wissen, dass gerade in diesem Moment die Polizei am Flughafen den Mann verhörte, der den Kundenschalter betreute; ihn und seinen Bruder, der ihnen schon lange ein Dorn im Auge war und dem sie bisher nur noch nichts nachweisen konnten. Es war ihnen zunächst einmal egal, welche Antworten sie auf ihre Fragen bekamen. Sie waren sich sicher, sie würden schließlich doch die Auskünfte bekommen, die sie haben wollten.

In der Nervenheilanstalt wurden sie von einer Schwester begrüßt, die sie zu Jordans Krankenzimmer brachte. Er hatte jetzt ein Zimmer und keine Zelle mehr: einen schmalen Raum mit hohen vergitterten Fenstern und eine Tür mit einem Guckloch. Die Tür war von außen verschlossen; offensichtlich waren die Ärzte immer noch vorsichtig, was seinen Zustand anging. Die Schwester blickte durch das Guckloch und lächelte. Sie winkte Harry zu sich. Er folgte ihrem Beispiel und sah in den Raum. Jordan ging in dem Zimmer auf und ab, die Hände auf dem Rücken verschränkt. Harry klopfte, und Trevor blieb sofort stehen und sah auf. Sein Gesichtsausdruck zeigte jetzt wieder Leben. Er blickte aufmerksam und erwartungsvoll drein.

»Harry, bist du das?«

»Ja, ich bin es«, antwortete der Necroscope. »Einen Moment noch.«

Die Schwester schloss die Tür auf, und die drei betraten den Raum. Sie wartete draußen.

Als sie im Zimmer waren, nahm Trevor Darcys Hand und schüttelte sie; er klopfte Manolis freudig auf den Rücken und stand dann stocksteif da und lächelte, während er Harry begrüßte: »Wir haben den Necroscope also wieder zurück im Team, was?«

»Für den Augenblick.« Harry erwiderte das Lächeln. »Du hast uns einen Schrecken eingejagt, Trevor. Wir dachten, dein Verstand habe sich verabschiedet.«

Darcy Clarke war nach dem anfänglichen Handschlag unauffällig ein wenig zurückgewichen. Jetzt murmelte er: »Entschuldigt ihr mich für einen Augenblick?« Er ging in den Flur hinaus und Manolis folgte ihm sofort. Darcy stand auf dem Flur neben der Schwester, besser gesagt, er lehnte an der Wand. Und sein Gesicht war leichenblass.

»Was ist los?«, zischte Manolis. »Diesen Blick habe ich schon mal bei dir gesehen.«

»Ruf Harry da raus!«, drängte Darcy. »Sofort!«

Die Schwester blickte bestürzt drein, aber Darcy verpflichtete sie mit einem Finger auf den Lippen zum Stillschweigen.

»Harry!« Manolis' Stimme war völlig ruhig, als er sich in den Raum lehnte. »Kannst du mal einen Augenblick hierhin kommen?«

»Ist das okay?« Harry hob eine Augenbraue und blickte Trevor fragend an.

»Kein Problem.« Der andere schüttelte den Kopf und lächelte auf eine seltsam wissende Art.

Harry ging zu den anderen. »Was ist los?«

Darcy schloss die Tür und drehte den Schlüssel um. Er blickte Harry an und sein Adamsapfel zuckte. »Irgendetwas stimmt da nicht!«, sagte er. »Da ist was faul mit ihm. Sogar oberfaul!«

Harrys mitfühlende Augen musterten sein verzerrtes, zuckendes Gesicht: »Deine Gabe?«

»Ja. Das fühlt sich nicht an wie Trevor. Es sieht aus wie er, aber es fühlt sich nicht so an. Nicht für meinen Schutzengel. Meine Gabe gestattet es mir nicht, mich da drin aufzuhalten.«

»Harry?« Trevors Stimme drang von der anderen Seite der Tür zu ihnen herüber. »Warum diese Verzögerung? Ich muss dir etwas erzählen, aber nur dir. Können wir uns miteinander unterhalten, nur du und ich, von Angesicht zu Angesicht?«

Manolis reagierte sehr schnell. Er zeigte der Schwester seine Polizeimarke und warnte sie erneut, keinen Laut von sich zu geben, so wie Darcy, mit dem Finger auf den Lippen. Dann zog er seine Beretta und reichte sie Harry. »Lass die Tür hinter dir offen. Wir bleiben direkt hier stehen!«

»Aber«, Darcys Stimme zitterte, »wird ihn das aufhalten?« Er deutete auf die Pistole in Harrys Hand.

Harry nickte. »Er ist ja kein Vampir«, sagte er. Er steckte die Waffe in die Innentasche seines Jacketts, entriegelte die Tür und trat ein.

Jordan hatte sich in einem Sessel niedergelassen. Ein weiterer Sessel stand ihm gegenüber, und er bedeutete Harry, dort Platz zu nehmen. Harry setzte sich, aber vorsichtig und auf der Hut. Er ließ den anderen Mann keine Sekunde aus den Augen. »Nun, hier bin ich. Was ist denn so wichtig, Trevor?«

»Auf einmal bist du nicht mehr so besorgt um mich, Harry.« Der andere lächelte immer noch dieses unerklärlich wissende Lächeln. Harry bemerkte, dass er die Worte ganz langsam und sorgfältig formulierte, damit er sie auch richtig aussprach.

In diesem Augenblick erriet der Necroscope, wo Jordans Problem lag und beschloss, seine Theorie sofort zu überprüfen. »Sicher mache ich mir Sorgen um dich«, er zwang sich zu einem Lächeln. »Du glaubst gar nicht, wie sehr! Trevor, kannst du dich daran erinnern, wie ihr Leute im E-Dezernat Harry junior genannt habt, als ihr damals auf ihn aufpassen musstest?«

Der seltsame, fast provozierende Zug verschwand aus Trevors Gesicht. Seine Miene verlor einen Augenblick jeden Ausdruck, aber nur für ein oder zwei Sekunden. Dann kam das Mienenspiel zurück: »Aber natürlich. Wir haben ihn den Chef genannt!«

»Das stimmt.« Harry nickte und griff nach der Waffe in seiner Tasche. »Aber du hast viel zu lange gebraucht, um dich daran zu erinnern. Du warst doch derjenige, der sich immer so liebevoll um ihn gekümmert hat. Und das ist nichts, über das du lange nachdenken – oder jemand anderen fragen müsstest? – wenn du DU wärst.«

Als die Waffe zum Vorschein kam, bewegte sich Jordan. Vorher waren die Bewegungen des Mannes langsam gewesen, so wie seine Sprache … aber jetzt waren es die Bewegungen eines Chamäleons, bevor die Zunge zum tödlichen Hieb hervor schnellt. Janos hatte Jordans Verstand fest im Griff. Er bewegte sich blitzschnell. Seine linke Hand griff nach Harrys Kehle, während die rechte auf Harrys Waffenhand herunterfuhr und sie wieder in die Jacke rammte.

Die Reflexe des Necroscopen übernahmen die Kontrolle. Noch während sich Jordan aus dem Stuhl erhob, trat Harry ihn heftig zwischen die Beine … ohne jede Wirkung, denn der Verstand, der Jordans Körper übernommen hatte, blockte den Schmerz einfach ab. Im Gegenzug ließ Jordan Harrys Kehle los und versetzte ihm einen eisenharten Rückhandschlag. Bevor er sich davon wieder erholen konnte, hatte Jordan ihn halb aus dem Sessel gerissen und versuchte, ihm eine Kopfnuss zu versetzen. Im letzten Moment gelang es Harry, den Kopf zur Seite zu drehen, aber selbst so war er durch den Aufprall des Schädels gegen seine Schläfe benommen. Bevor sein Blick wieder klar wurde, ließ Jordan ihn wieder in den Sessel fallen und zog ihm die Hand mit der Waffe aus der Tasche. Dann …

Die Tür flog auf und Manolis stürmte in den Raum. Darcy war direkt hinter ihm, trotz seiner verräterischen Gabe, die jede Anstrengung unternahm, ihn wieder aus dem Zimmer zu treiben. Vor

Anstrengung grunzend versuchte Jordan ein letztes Mal, Harry die Waffe aus der Hand zu reißen, bevor Manolis ihn erwischte. Der gedrungene griechische Polizist wusste genau, wo er zuschlagen musste. Er schubste Jordan von Harry weg, schleuderte ihn mit einem Judogriff zu Boden und trat die Hände unter ihm weg, als der ESPer versuchte, sich wieder aufzurappeln.

Dann war Harry zwischen ihnen. Er hielt die Waffe direkt auf Jordans Stirn gerichtet. »Zwing mich nicht dazu!«, schrie er den besessenen Mann an. Seine Worte klangen scharf. Jordan setzte sich auf und knurrte ihn an, knurrte sie alle drei an.

»Ich habe euch nicht bedroht!«, fauchte er. Seine Stimme war nicht mehr die des Trevors, den sie gekannt hatten. »Aber ihr droht mir!«

»Das stimmt«, antwortete Harry. »Du hast mich nicht persönlich bedroht, noch nicht, aber früher oder später hättest du das getan ... Janos Ferenczy!« Er machte eine Bewegung mit der Waffe und bedeutete ihm, aufzustehen.

Janos, in Jordans Körper, tat wie ihm geheißen. Er stand da und starrte feindselig die drei Männer an, die ihn umstanden. »Na gut, Harry Keogh«, knurrte er schließlich. »Du weißt jetzt also, wer ich bin. Okay, vorbei mit den Tricks und Täuschungen, jetzt stehen wir uns gegenüber. Ich wollte dich kennen lernen, und ich wollte, dass du einen Einblick in meine Macht gewinnst. Siehst du, wie leicht ich diesen Verstand besetzt habe? Telepathie? Pah! Trevor Jordan war nur ein blutiger Stümper!«

»Es interessiert mich nicht, wie stark deine Kräfte sind«, log Harry. »Auch der Gestank von einem toten Schwein ist stark.«

»Du ... du wagst es?« Der andere trat einen Schritt vor.

Harry knirschte mit den Zähnen und richtete die Mündung der Waffe genau zwischen Jordans Augen.

Mit einem schiefen Lächeln blieb der besessene Mann stehen. Dann ... er stolperte.

Harry runzelte die Stirn: »Was ...?«

»Ich ... ich habe den gebrechlichen Körper dieses Schwächlings zu sehr beansprucht«, fauchte Janos Ferenczy durch Trevors Kehle. »Gestatte mir, mich zu setzen.«

»Setz dich«, befahl Harry. Und als der andere kraftlos in seinen Sessel sackte, setzte sich der Necroscope erneut ihm gegenüber. »Und jetzt raus damit, Janos. Warum wolltest du mich sehen? Wolltest du mich umbringen?«

»Dich umbringen?«, ein bellendes Gelächter. »Wäre ich so verzweifelt, dass ich dich tot sehen wollte, dann wärst du tot, das kannst du mir glauben! Aber nein, ich will, dass du lebst!«

»Warte mal!« Manolis kam näher. »Harry, willst du damit sagen, dass das Janos Ferenczy ist? Ist das wirklich der Vrykoulakas?«

Janos/Jordan musterte ihn bösartig. »Grieche, du bist ein Dummkopf!«

Manolis kam noch näher, aber Darcy hielt ihn am Arm fest. »Das ist sein Verstand«, erklärte er. »Er kontrolliert telepathisch Trevors Körper.«

»Töte ihn augenblicklich!«, sagte Manolis sofort.

»Das ist ja das Problem«, sagte Harry. »Ich würde nicht ihn töten, sondern nur den armen Trevor.«

Janos lachte wieder. »Du bist hilflos! Ich könnte hier einfach hinausspazieren! Ihr seid wie kleine Kinder!« Dann hörte er auf zu lachen und blickte finster auf Harry. »Und du bist also dieser allmächtige Necroscope? Der Mann, der mit den Toten redet, der berühmte Vampirtöter? Ich glaube, du bist ein Nichts!«

»Tust du das?«, fragte Harry. »Bist du deswegen hier, um mir das zu sagen? Schön, das hast du getan. Jetzt verkrieche dich wieder in dein Karpatenschloss und verschwinde mit deinem widerlichen Egelverstand aus dem Schädel meines Freundes!«

Die Augen in Jordans Kopf traten hervor, bis sie aus den Höhlen zu springen drohten, und die Hände, die sich in die Armlehnen krallten, zitterten. Schließlich stieß er doch noch ein paar Worte hervor: »Es … wird … mir … ein Vergnügen sein … dir wieder zu begegnen, Harry Keogh. Aber von Mann zu Mann, von Angesicht zu Angesicht.«

Harry kannte die Gewohnheiten der Wamphyri. Er wusste, wie man sie beleidigen konnte. »Mann gegen Mann?« Er schnaubte verächtlich. »Du schwingst dich in lächerliche Höhen auf, Janos!

Von Angesicht zu Angesicht? Pah! Auf dieser Welt gibt es Kakerlaken, die dich überragen!«

Manolis ließ sich auf ein Knie neben Harrys Stuhl nieder und griff nach seiner Waffe. »Gib sie mir, und sag mir, was du wissen willst. Sei versichert, ich sorge dafür, dass er spricht!«

»Ich gehe jetzt«, sagte Janos. »Aber ich gehe in dem Wissen, dass du zu mir kommen wirst.« Er öffnete den Mund und lachte, und er streckte die Zunge heraus und ließ sie wild und obszön hin und her fahren wie ein Wahnsinniger. »Ich weiß das so gewiss, wie ich weiß, dass heute Nacht – oh ja, noch heute Nacht! – die süße Sandra sich in meinem Bett winden wird, gesalbt mit dem Saft unserer Vereinigung.«

Er lachte, ein heftiges, bellendes Lachen, dann sackte er reglos in dem Sessel zusammen. Seine Augen schlossen sich, der Kopf fiel auf die Seite und der Unterkiefer sank kraftlos herab. Aus einem Mundwinkel sickerte Speichel und sein linker Arm und die Hand, die von der Lehne des Sessels hingen, vibrierten schwach.

Harry, Darcy und Manolis sahen einander an, und schließlich ließ Harry die Beretta in Manolis Hände gleiten. In diesem Moment sprangen Jordans Augen auf! Er lachte erneut, sprang auf und entriss ihnen die Waffe. »Hahahaha«, brüllte er. »Kinder, nur Kinder!«

Er hielt sich die Pistole an sein rechtes Ohr und betätigte den Abzug.

Harry war zurückgewichen und hatte sich und seinen Sessel weggeschoben, aber Darcy und Manolis wurden mit Blut und Hirnmasse bespritzt, als die linke Seite von Jordans Schädel auseinander flog. Sie schrien vor Entsetzen, als sie zurückfuhren.

In der offenen Tür stand ein Trio von Nonnen, die keuchend die Hände vor die Münder geschlagen hatten. Sie hatten alles mit angesehen. Oder wenigstens das Ende. »Oh mein Gott«, Darcy stolperte aus dem Zimmer und ließ Manolis und Harry zurück, die mit offenem Mund Jordans blutige Leiche anstarrten.

Harry und Darcy überließen es Manolis, die Sache mit der örtlichen Polizei abzuklären (ein ganz offensichtlicher ›Selbstmord‹

und eine Menge Leute, die das bezeugen konnten), und gingen zum Hotel zurück.

Es war noch nicht einmal zehn Uhr am Vormittag, aber es war bereits brütend heiß; die Hitze schien vom Kopfsteinpflaster in den engen Straßen der Altstadt reflektiert zu werden. Darcy stopfte sein blutbesudeltes Jackett in die Ladeklappe eines vorbeifahrenden Müllwagens und säuberte sich so gut wie möglich in einem Trinkbrunnen auf dem Weg.

Im Hotel duschten sie, und Harry verarztete seine blauen Flecken. Dann saßen sie fast eine Stunde herum und taten gar nichts.

Kurz vor Mittag stieß Manolis zu ihnen. »Was jetzt? Machen wir weiter wie geplant?«

Harry hatte darüber nachgedacht. »Ja und nein«, sagte er. »Ihr beiden haltet euch an den Plan: Ihr fahrt morgen nach Halki, und von da nach Karpathos und seht zu, was ihr da erreicht. Und dann habt ihr auch die Leute von E-Dezernat, die euch ab übermorgen zur Verfügung stehen. Aber ich kann nicht mehr warten. Ich muss mit diesem Bastard abrechnen. Es ist das, was er zum Schluss gesagt hat. Damit kann ich nicht leben. Das muss aus der Welt geschafft werden.«

»Du fliegst nach Ungarn?« Manolis wirkte mitgenommen, erschöpft.

»Ja. Ich dachte, nachdem Sandra entführt worden war, würde es keine Rolle mehr spielen; sie sei zu einem Vampir geworden, und niemand könne ihr noch helfen. Ich hatte mir nicht klar gemacht, wie er sie noch benutzen könnte. Sie selbst kümmert es vielleicht gar nicht mehr, aber mich schon. Deswegen … ich muss einfach gehen. Nicht mal mehr ihretwegen, sondern meinetwegen. Vielleicht habe ich nicht die Möglichkeiten, die ich bräuchte, um ihn zu erledigen, aber ich kann sie nicht so einfach aufgeben.«

Darcy schüttelte den Kopf. »Das ist keine gute Idee, Harry«, sagte er. »Sehen wir den Tatsachen doch einmal ins Auge: Janos hat dich provoziert, er hat dich zu einem Duell herausgefordert, von dem er überzeugt ist, dass du es nicht gewinnen kannst. Und du fällst darauf herein. Du hattest beim ersten Mal Recht: Was Sandra angeht, ist die Entscheidung bereits gefallen. Jetzt ist es Zeit, sich zu sammeln und vorauszudenken, Zeit zu planen und sich vorzubereiten. Aber es ist nicht die Zeit, unvorbereitet loszurennen und sich umbringen zu lassen! Du weißt, wie schwierig es für dich wird, auch nur zu Janos in den Karpaten zu kommen; aber du weißt auch, dass er, wenn du ihn einfach in Ruhe lässt, früher oder später nach dir suchen wird, wo du ihm dann deine Bedingungen diktieren kannst. Er muss das tun, wenn er sich auf dieser Welt je wieder sicher fühlen will.«

»Harry«, sagte Manolis, »ich glaube, Darcy hat Recht. Ich weiß immer noch nicht, warum dieser Irre sich selbst und nicht dich getötet hat, aber was du jetzt vorhast … das ist, als ob du sofort wieder den Hals in die Schlinge stecken wolltest!«

»Wahrscheinlich ist es wirklich so, dass Darcy Recht hat«, gab Harry zu, »aber ich muss tun, was ich für richtig halte. Und warum Jordan sich getötet hat: Das war Janos, der mir eine Demonstration seiner Macht geben wollte. Und gleichzeitig wollte er mich verletzen. Aber mich töten? Nein, es ist so, wie er gesagt hat: Er will mich lebendig. Ich bin der Necroscope; ich habe ihm unbekannte Fähigkeiten; es gibt in meinem Kopf Geheimnisse, an die er herankommen will. Sicher, er kann mit einigen der Toten reden – mit ein paar armen Schweinen – aber nur über diese monströse, nekromantische Technik, die er entwickelt hat. Er kann aber nicht den Respekt gewinnen, den sie mir entgegenbringen. Das würde er gern, denn er ist eitel wie alle Vampire, aber er fühlt sich immer noch nicht als echter Wamphyri. Und deswegen … Er wird wahrscheinlich nicht eher zufrieden sein, bis er der mächtigste Vampir geworden ist, den die Welt je gesehen hat. Und um das zu erreichen – wenn er einen Weg finden kann, meine Fähigkeiten zu stehlen …« Er ließ den Satz bedeutungsschwanger unvollendet.

Und fuhr unmittelbar darauf in heiterem Tonfall fort: »Egal, jedenfalls habt ihr beiden selbst genug zu erledigen. Also hört auf, euch meinen Kopf zu zerbrechen und sorgt euch um euch selbst. Manolis, was ist mit diesen Harpunen? Könntest du mir außerdem noch einen Platz in der nächsten Maschine nach Athen reservieren

– irgendwann morgen früh? – mit einem Anschluss nach Budapest? Und Darcy …«

»Stop!«, sagte Darcy. »Du hast da ein bisschen sehr schnell das Thema gewechselt, Harry. Geben wir es doch zu, man kann das, was wir auf den Inseln tun werden, in keiner Weise mit dem vergleichen, was du dir da in den Karpaten vorgenommen hast. Und außerdem können Manolis und ich gegenseitig auf uns aufpassen, und von morgen Nacht an sind wir sogar ein ganzes Team. Aber du bist die ganze Aktion über auf dich allein gestellt.«

Harry blickte sie mit diesen unendlich ehrlichen, unglaublich unschuldigen Augen an und sagte: »Auf mich allein? Nein, nicht wirklich, Darcy. Ich habe sehr viele Freunde an sehr vielen Orten und sie haben mich bisher noch nie im Stich gelassen.«

Darcy sah ihn an und dachte: *Oh Gott, ja! Ich vergesse bloß immer, wer – oder was – du bist.*

Aber Manolis kannte Harry nicht so gut. »Freunde?« Der Grieche hatte nicht verstanden, worum es ging. »In Ungarn und Rumänien?«

Harry blickte ihn an: »Auch da.« Er zuckte mit den Achseln. »Überall.« Er erhob sich. »Ich gehe jetzt auf mein Zimmer. Ich muss noch versuchen, ein paar Leute zu erreichen.«

»Überall?«, wiederholte Manolis Harrys Antwort, nachdem der gegangen war.

Darcy nickte und trotz der drückenden mediterranen Hitze schauderte ihn. »Harrys Freunde sind zahllos. Die Friedhöfe auf der ganzen Welt sind voll davon.«

Harry versuchte Möbius zu erreichen, hatte aber so wenig Erfolg wie die zahllosen Toten, die seine Mutter für die gleiche Aufgabe angeworben hatte. Er versuchte auch mit Faethor zu reden – er wollte Klarheit über einen bestimmten Rat haben, den der verblichene Vampir ihm gegeben hatte, und der ihm jetzt hochgradig dubios erschien – und scheiterte ebenfalls. Faethors Wamphyri-Geist wurde wahrscheinlich von der gleißenden Mittagssonne blockiert, die genauso auf Rumänien brennen musste, wie sie hier brannte. Enttäuscht richtete Harry seine Gedanken schließlich auf die Nervenheilanstalt von Rhodos, wo Trevor Jordan in der Leichenkammer lag, friedlich jetzt, wo seine Qualen ein Ende gefunden hatten und er von den Widrigkeiten der physischen Welt befreit war. Zumindest hier hatte er Glück.

*Bist du das, Harry?* In Jordans Totenstimme schwang zuerst noch die Furcht mit, aber dann überwog die Erleichterung, als er merkte, dass richtig vermutet hatte. *Natürlich bist du es, wer sonst sollte es sein?* Und dann lebhaft: *Harry, ich bin froh, dass du gekommen bist. Ich will, dass du weißt, dass das nicht ich war. Ich meine, ich könnte doch nie –*

»Natürlich nicht!«, unterbrach ihn Harry. Er sprach laut, wie er das meistens tat, wenn die Zeit und der Ort es gestatteten. »Ich weiß das, Trevor. Das ist einer der Gründe, warum ich mit dir reden wollte: Ich will dich beruhigen und dich wissen lassen, dass wir es verstehen. Es war Janos, der dich benutzt hat, um seine Gedanken – und diese eine schreckliche Tat – an uns zu übermitteln. Aber«, (er war so geradeheraus wie immer) »es ist eine Schade, dass er dich ermordet hat, um auch wirklich sicher zu sein, dass ich ihn danach jagen würde!«

*Harry, es ist geschehen, und ich weiß, es lässt sich nicht rückgängig machen. Na ja, ich glaube, es wird mir später etwas ausmachen, wenn es mir klar wird, wie viel ich verloren habe. Ich glaube, sie – ich meine wir – müssen das alle durchmachen. Aber im Augenblick interessiert mich nur, wie ich mich rächen kann. Und seien wir doch mal ehrlich, mir ist es nicht so schlecht gegangen wie einigen anderen. Gott weiß, ich bin lieber tot als untot und ein Sklave dieses Monsters!*

»So wie der arme Ken.«

*Ja, so wie Ken.* Harry spürte das Schaudern des Toten.

»Da ist noch etwas anderes, was ich wieder in Ordnung bringen muss.« Der Necroscope seufzte. »Ken gehört jetzt zu Janos und ist sein Lokalisierer. Aber auch Sandra gehört jetzt zu ihm, Trevor.«

Einen Moment lang war da nur eine leere, schreckensstarre Stille. *Oh mein Gott, Harry, es tut mir so Leid!*

Harry spürte das Mitgefühl des anderen, nickte und schwieg.

Als Jordan schließlich weiter redete, sprach er ebenso sehr zu sich selbst wie zu Harry. *Verdammt, es scheint unmöglich! Wir sind nach*

*Griechenland gekommen, um Drogengeschäfte aufzudecken – und sieh dir an, was wir gefunden haben. Tod, Zerstörung, und eine Ein-Mann-Pestilenz, die ausbrechen kann, sobald er dazu bereit ist. Und er ist mächtig. Verglichen mit ihm war Yulian Bodescu eine Taschenlampe gegen einen Laserstrahl. Weißt du, dass ich ihn unbeabsichtigt gescannt habe? Ich war wie eine kleine Spinne, die in ein großes Waschbecken voller Wasser gefallen ist, bei dem dann jemand den Stöpsel herauszieht. Ich konnte nicht gegen ihn ankämpfen, Harry. Sein Verstand ist ein großer, schwarzer, unwiderstehlicher Sog. Und meine eigene Wenigkeit? Ich bin da kopfüber hineingestürzt!*

»Das ist das andere, worüber ich mit dir reden wollte«, erklärte Harry. »Diese Kontrolle, die er über dich ausübte, selbst auf große Entfernung hinweg. Ich meine, wie kann so etwas sein? Du warst selbst ein starker Telepath.«

*Das ist ja die Sache,* antwortete Jordan bitter. *Harry, wir sind alle kleine Radiosender: Ich meine unsere Hirne. Die meisten von uns senden auf sehr beschränkten Kanälen – unseren eigenen. Wir reden nur mit uns selbst. Wir denken nur mit uns selbst. Das gilt für die meisten. Die Telepathen andererseits haben die Möglichkeit, sich auf die Wellenlängen von anderen Leuten einzuschalten. Aber Janos ist ein größerer und weit leistungsfähigerer Sender. Wenn jemand sich auf seine Wellenlänge einklinkt, dann überlagert er die Verbindung, spürt den Ursprung des Signals auf und übernimmt buchstäblich den Sender! Und je stärker das Signal ist, desto schneller kann er es orten. Und umso tiefer fallen die anderen. So einfach ist das.*

»Du meinst, er konnte deinen Verstand übernehmen, weil du ein Telepath bist? Normale Leuten wären vor ihm sicher?«

*Das kann ich nicht mit Sicherheit bejahen, aber ich vermute es. Aber bei einem bin ich mir sicher: Jemand, der so einen Verstand hat, muss auch ein leistungsfähiger Hypnotiseur sein. Er wird auch über die anderen üblichen – oder unüblichen? – mentalen Fähigkeiten der Wamphyri in großem Maße verfügen.*

»Das hat man mir gesagt«, nickte Harry düster. »Es widerspricht einem Rat, den Faethor mir gegeben hat.«

*Faethor? Du hast wieder mit diesem bösartigen Mistkerl gesprochen? Harry, er ist der Vater von Janos!*

»Das weiß ich. Aber wenn man nicht mit ihnen redet, kann man auch nichts über sie erfahren. Und das ist meine wichtigste Waffe: mein Wissen über sie.«

*Na ja, ich schätze, du weißt, was du tust. Aber, Harry, lasse ihn nie in deinen Verstand hinein. Achte darauf, den Bastard immer aus deinem Kopf herauszuhalten. Wenn er da einmal drin ist, bekommst du ihn nie wieder heraus!*

Das war das Gegenteil von dem Rat, den Faethor ihm gegeben hatte. »Ich werde das im Kopf behalten«, sagte Harry mit einem unbeabsichtigten Wortspiel. »Trevor, gibt es noch etwas, was ich für dich tun kann? Irgendwelche Botschaften?«

*Ich habe ein paar Freunde zurückgelassen. Wenn ich genug Zeit habe, werde ich mir ein paar Dinge einfallen lassen, die ich noch zu sagen hätte. Aber nicht jetzt. Vielleicht kannst du dich mal wieder bei mir melden. Das hoffe ich wenigstens.*

»Trevor, du warst im Leben ein Telepath. Das hört jetzt nicht einfach auf. Du wirst nie allein sein, das wirst du noch feststellen. Da wäre aber noch etwas.«

*Ja?*

»Ich … ich will dafür sorgen, dass du eingeäschert wirst. Und dann, wenn alles gut geht, würde ich deine Asche gern behalten.«

*Harry,* sagte Trevor Jordan nach einiger Zeit, *hat dir schon mal jemand gesagt, dass du ein gestörter Bastard bist?* Dann lachte er tatsächlich auf, wenn auch zittrig. *Verdammt, es interessiert mich nicht, was mit meiner Asche passiert. Obwohl – ich schätze, dann könnte ich öfter mit dir reden, nicht wahr? Wenn ich auf deinem Kaminsims stehe?*

Harry musste grinsen, damit ihm nicht die Tränen kamen. »Ja, ich schätze, das könntest du.«

Am Nachmittag kamen die Dinge in Bewegung. Harry konnte Möbius oder Faethor immer noch nicht erreichen, aber Manolis und Darcy kamen von einem Einkaufsbummel in der Stadt mit einem Arm voll Harpunen zurück. Es waren die italienischen *Champion*-Modelle, die Manolis empfohlen hatte.

»Ich habe mal gesehen, wie jemand eines dieser Geschosse versehentlich ins Bein bekam«, erzählte der Grieche. »Man musste das

Bein auf- und die Harpunenspitze aus ihm herausschneiden! Die Geschosse werden gerade noch mit Silber plattiert. Wir holen sie heute Nacht ab.«

»Und mein Flug nach Athen?« Harry war immer noch fest entschlossen.

Manolis seufzte. »Genauso wie beim letzten Mal. Morgen Nachmittag, halb drei. Wenn es keine Probleme mit dem Anschlussflug gibt, bist du so gegen viertel vor sieben in Budapest. Aber uns beiden wäre es lieber, wenn du es dir noch einmal überlegen würdest.«

»Das stimmt«, sagte auch Darcy. »Morgen Abend werden unsere Leute vom E-Dezernat hier sein. Und sie versuchen, Zek Föener und Jazz Simmons auf Zakinthos zu erreichen und sie zu bitten, zu uns zu stoßen. Wir haben ein verdammt gutes Team zusammen, Harry. Es gibt überhaupt keinen Grund, warum du allein nach Ungarn reisen solltest. Jemand könnte dich wenigstens einen Teil des Weges begleiten. Ein guter Telepath, oder vielleicht auch einer unserer Hellseher.«

»Zek Föener?« Harry hatte sich bei dem Namen heftig umgewandt und starrte Darcy misstrauisch an. »Und Michael Simmons? Doch, sie werden bestimmt mitmachen wollen!« Bisher hatte er noch keine Gelegenheit gehabt, ihnen zu berichten, was Trevor ihm über die außergewöhnlichen mentalen Fähigkeiten des Vampirs erzählt hatte. Das holte er jetzt nach und schloss: »Ist euch nicht klar, wer oder was Zek Föener ist? Sie ist eine der fähigsten Telepathinnen auf der Welt. Ihr Verstand muss nur ganz leicht den von Janos streifen und er schnappt sie sich! Und was Jazz angeht … er war ein verdammt guter Kumpel auf Starside, aber das hier ist nicht Starside. Fakt ist, ich wage es nicht, irgendeinen von unseren paranormalen Leuten gegen Janos ins Feld zu führen. Er würde sie einen nach dem anderen erwischen und zu seinen Zwecken einsetzen. Ich meine, dass ist der wichtigste Grund, warum ich meinen Teil der Angelegenheit alleine erledigen muss. Zu viele gute Leute haben bereits zu viel durchmachen müssen. Es müssen jetzt nicht noch mehr ihren Hals riskieren.«

»Du hast natürlich Recht«, nickte Darcy. »Aber du bist unsere beste Chance, unser einziger Trumpf. Und das macht es umso schrecklicher, dass wir nichts tun können und dich allein ziehen lassen müssen, um deinen Hals zu riskieren! Ich meine, ohne dich … na ja, ohne dich stolpern wir nur im Dunkeln herum!« Zwischen den Zeilen sagte das auch eine Menge darüber aus, wie er Harrys Chancen einschätzte.

Aber Harry ließ nicht mit sich reden: »Ich diskutiere nicht darüber. Ich arbeite allein.« In seiner Stimme lag eine Entschlossenheit, die nicht ins Wanken geraten würde.

Sie hatten noch nichts gegessen. Gegen Abend fuhren sie in die Stadt und holten ihre versilberten Harpunen ab. Auf dem Rückweg hielten sie an einer Taverne an, um etwas zu essen und einen Schluck zu trinken. Sie aßen geraume Zeit schweigend, bis Darcy anfing: »Es strebt alles auf eine Konfrontation zu. Ich kann das spüren. Meine Gabe wünscht sich sehnlichst, dass es nicht morgen wird, aber sie weiß sehr gut, dass sich das nicht umgehen lässt.«

Harry blickte von seinem großen blutigen Steak auf: »Sehen wir erst einmal zu, dass wir diese Nacht überstehen, okay?« In seiner Stimme war ein Knurren, das Darcy von ihm nicht gewohnt war. Sie hatte eine Härte, eine Schärfe, die neu war. Die Anspannung, vermutete er, die Nerven. Wer konnte es dem Necroscope verdenken?

Harry hatte es zu diesem Zeitpunkt noch nicht wissen können, aber er hatte keine ruhige Nacht. Er schlief schon, bevor er noch richtig in den Kissen lag, aber er wurde sofort von seltsamen Träumen heimgesucht. In erster Linie waren es ›wirkliche‹ Träume, aber verschwommene und vage Dinge, an die er sich im Wachzustand nicht mehr erinnern würde.

Seit sich im Kindesalter seine necroscopischen Fähigkeiten entwickelt hatten, kannte Harry zwei Sorten von Träumen: ›wirkliche‹ Träume, das unbewusste Vermischen von Ereignissen und Erinnerungen aus der wachen Welt, die Art von Träumen, die jeder hatte; und metaphysische ›Botschaften‹ in Form von Warnungen, Omen und manchmal auch Einblicken oder Visionen von wirklichen Ereignissen, die lange vergangen und vergessen waren und anderen, die noch bevorstanden. Diese Letzteren waren Vorboten seiner sich entwickelnden Fähigkeit, mit den Toten zu reden, gewesen und hatten es den Toten in ihren Gräbern erlaubt, in seinen Verstand einzudringen. Er hatte gelernt, die beiden Formen auseinanderzuhalten und zu wissen, welche Träume wichtig waren und an welche er sich erinnern musste, und welche er als bedeutungslos abtun konnte. Manchmal überschnitten sie sich aber, zum Beispiel, wenn das Gespräch mit einem toten Freund in einen ›wirklichen‹ Traum oder Albtraum überging. Der Traum, in dem aus seiner Mutter ein kreischender Vampir geworden war, war ein solcher Fall gewesen. Es konnte auch genauso gut anders herum laufen, und ein unruhiger Traum konnte durch das Eingreifen eines toten Freundes entspannt werden.

In dieser Nacht erlebte er beide Formen von Träumen getrennt voneinander und miteinander vermischt. Nur eines hatten sie alle gemeinsam: Sie waren alle grausig.

Es begann harmlos genug, aber als die Nacht voranschritt, fühlte er einen unbestimmten geistigen Druck. Wenn noch jemand in seinem Zimmer gewesen wäre, hätte er gesehen, wie Harry sich im Schlaf hin und her warf, als der geistige Aufräumprozess in seinem Kopf bizarre Szenarien heraufbeschwor.

Schließlich erschöpfte ihn sein unbewusster Kampf, und er versank tiefer in seine Träume; und wie so oft in diesem Fall fand er sich auch jetzt auf einem nächtlichen Friedhof wieder. Das war an sich nicht bedrohlich; er musste sich nur zu erkennen geben, und er wusste, dass er hier Freunde finden würde. Aber widersprüchlich, wie Träume nun einmal sind, versuchte er gar nicht, sich zu erkennen zu geben, sondern schlenderte zwischen den Unkraut überwucherten Grabstellen und den eingesunkenen Grabsteinen, die vom silbrigen Mond beschienen wurden, hin und her.

Über dem Boden wallte ein Nebel, der an den knorrigen Wurzeln verkrüppelter Bäume leckte und die tiefer gelegenen Wege zwischen den Grabstellen mit milchigen Rinnsalen bedeckte. Harry suchte sich seinen Weg lautlos im Licht des Mondes, und der Nebel schmiegte sich fast fühlbar an seine Knöchel.

Und dann ... Plötzlich wusste er, dass er nicht allein an diesem Ort war, und er spürte eine solche Kälte und einen eisigen Schrecken, wie er ihn noch nie auf einem Friedhof erlebt hatte. Er hielt den Atem an und lauschte, aber selbst der Schlag seines eigenen Herzens erschien gedämpft an diesem schrecklichen Ort. Es war nicht nur die unnatürliche Kälte und die Stille, sondern vor allem die Natur dieser Stille.

Die Toten selbst gaben keinen Mucks von sich – sie lagen erstarrt in ihren Gräbern, erstarrt aus Angst vor dem, was da zwischen sie gekommen war. Aber was war das?

Harry verspürte den Drang zu fliehen, er wollte vor dem weglaufen, was eigentlich ein sicherer Zufluchtsort in einer unbekannten Traumlandschaft für ihn sein sollte; aber zur gleichen Zeit zog es ihn zu einer Nebel bedeckten Ecke des Friedhofs, wo gummiartige Feuchtpflanzen sich grün und üppig aus den wallenden Dämpfen rankten.

*Die Dämpfe des Grabes,* dachte er, *wie der kalte Atem der Toten, der aus all diesen Gräbern aufsteigt!* Ein seltsamer Gedanke, denn Harry wusste, dass es kein Leben im Tode gab ... oder doch?

Nein, natürlich nicht, denn die beiden Existenzformen des Menschen waren sehr verschieden. Die Lebenden und die Toten waren voneinander so weit entfernt wie die beiden gegenüberliegenden Seiten einer abgrundtiefen Schlucht, und Harry war die einzige Person, die diese Schlucht überbrücken konnte.

Ach? Und was war mit den Untoten?

Etwas quietschte unter seinen Füßen; ein Geräusch wie die platzenden Membranen von Quallen. Harry blickte hinunter. Er stand am Rand dieser ekligen Vegetation, hinter der sich unnatürliche Nebel über etwas erhoben, das wahrscheinlich ein offenes Grab war. Und zu seinen Füßen – da stand eine Kolonie kleiner schwarzer Pilze oder Schwämme, die in dem Moment ihre purpurnen Sporen verteilten, als er in sie hineintrat.

Wessen Grab ist das wohl, fragte er sich, aus dem diese Pilze ihre fauligen Nährstoffe beziehen? Er durchschritt einen Vorhang aus feuchtem, klebrigem Grün. Es schien beinahe so, als wollten die schweren Blätter und klammernden Ranken ihm den Durchgang absichtlich erschweren. Aber als er auf der anderen Seite herauskam … Es war, als sei er in eine völlig andere Gegend gelangt!

Hier war kein Mausoleum. Und auch keine windschiefen, Efeu bewachsenen Grabsteine und Unkraut überwucherten Gräber, sondern was … ein Morast?

Ja, ein Sumpf. Harry stand am Rand einer ausgedehnten, Nebel verhangenen Fläche mit brackigem Wasser, verrottenden Bäumen und fauligen Ranken; und überall um ihn herum, wo der Boden einigermaßen fest schien, wuchsen diese schrumpeligen schwarzen Pilze in dichten, ekelhaften Klumpen und versprühten ihre schwebenden roten Sporen.

Er wollte sich umdrehen, zurückweichen, dorthin zurückgehen, woher er gekommen war, und musste feststellen, dass er sich nicht rühren konnte. Erstarrt verfolgte er eine plötzliche Bewegung in dem leprösen grauen Schlamm. Direkt vor ihm erzitterte der Schlamm und formte langsam teigige Wellen, so als rege sich etwas Gewaltiges direkt unter der Oberfläche. Widerliche schwarze Blasen stiegen empor, zerplatzen und verströmten ihre Gase.

Und einen Augenblick später erhob sich aus den Tiefen dieses Schlammes – die dampfende Platte eines Grabsteins, zusammen mit dem schlammigen Rechteck einer eigenständigen Grabstelle!

Bis jetzt war der Traum, wenn er auch unangenehm war, doch mit einer gewissen Grazie wie in Zeitlupe abgelaufen – aber jetzt geschah alles mit Nerven zerfetzender Geschwindigkeit und Heftigkeit.

Er wollte sich umdrehen und rennen, aber er war immer noch wie erstarrt und konnte nur zusehen, wie der Sumpfschlamm von dem aufragenden Grabstein herabtropfte und am Rand der Grabstelle herunterlief, um seine wahre Natur zu enthüllen – die Identität desjenigen, der dort bestattet war! Die Buchstaben, die sich aus dem schlurfenden, gluckernden Schlamm schälten, waren ihm nicht unbekannt. Dort stand einfach:

Dann –

Der Grabhügel platzte auf und verspritzte Erdklumpen in alle Richtungen! Und da in dem offenen Grab, wie ein abnormer Parasit in einer offenen Wunde, lag ein Abbild oder eine groteske Parodie seiner Selbst … aber über und über mit heranreifenden, Sporen versprühenden Pilzen bedeckt.

Harry versuchte zu schreien, hatte aber keinen Mund. Sein Abbild tat das für ihn; mit einem bestialischen Grunzen setzte es sich in dem klaffenden Grab auf, öffnete die gelben, eitrigen Augen und kreischte, bis es zu einem fauligen, glucksenden Torso zerfiel!

Harry riss eine Hand vor die Augen, um dem Anblick dieses Dings zu entgehen … und seine Hand war mit kleinen schwarzen Punkten bedeckt, wie monströse Melanome, die, noch während er entsetzt darauf starrte, wuchsen und durch das Fleisch brachen. Und jetzt sah er auch, warum er nicht weglaufen konnte: Er war im Schlamm verwurzelt, war selbst ein hybrides, pilzartiges Etwas, dessen Wurzelzehen sich tief in den fauligen Boden am Rand des gluckernden Sumpfes gebohrt hatten.

In diesem Augenblick hob er sein Gesicht dem Mond entgehen und kreischte, nicht mit seinem Mund, aus dem nur Pilze drangen, sondern mit seinem Verstand.

*Gott! Oh Gott! Oh Gott!* Und bevor die sich ausbreitenden Schimmelfasern ihm die Augen verschlossen, sah er, dass der Mond tatsächlich ein Schädel war, der ihn durch einen Himmel aus Blut hinweg angrinste! Aber bevor der Himmel rot auf ihn herabregnen konnte, streckte der Mondschädel skelettierte Arme nach ihm aus, ergriff ihn, zog ihn aus dem schmatzenden Schlamm und gab ihm seine menschlichen Gliedmaßen zurück.

*Harry,* säuselte der Mond ihm mit Sandras Stimme entgegen. *Harry, warum antwortest du mir denn nicht?*

Der alte Traum entschwand und wurde von einem neuen abgelöst. Harry warf sich in seinem Bett herum und schwitzte und verschickte zittrige Gedanken in der Sprache der Toten hinaus ins Dunkel der Nacht.

Aber: *Nein, nein, Harry,* erklang Sandras drängende mentale Stimme. *Du brauchst mich nicht so ansprechen, denn ich bin nicht tot. Vielleicht wäre es besser, wenn ich das wäre, aber ich bin es nicht. Sieh mich jetzt nur an, Harry, sieh mich an!*

In seinem letzten Traum hatte er die Augen fest zugekniffen. Jetzt zwang er sich dazu, sie wieder zu öffnen und versuchte die seltsame Szenerie zu begreifen, die sich seinem Blick eröffnete. Das Bild war unheimlich und hätte aus einem Schauerroman stammen können, und doch kannte Harry die Leute darin sehr gut: Sandra, die hin und her tigerte, die Hände rang und ihr Haar zerraufte. Und Ken Layard, der über einen Holztisch gebeugt saß, seltsam schief und schlaff, mit dem Kopf zwischen den langfingrigen Händen und dem Blick fiebrig nach innen gerichtet, in die unergründlichen Tiefen des eigenen Verstandes. Sandra, die Telepathin und Ken Layard, der Lokalisierer. Einst seine Freunde und jetzt Janos' Kreaturen.

Waren sie das wirklich? Hatten sie keinerlei freien Willen mehr?

Harry war unkörperlich, unstofflich, körperlos. Er wusste es sofort, er kannte dieses Gefühl des Nicht-Seins, das sein Schicksal gewesen war, in den Zeiten zwischen dem Tod des physischen Harry Keogh und der Verschmelzung seines Verstandes mit dem hirntoten Alec Kyle. Er war nicht im Fleisch anwesend, sondern nur geistig. Unglaublich, sogar unmöglich außerhalb der Sphäre eines Traumes oder unter Zuhilfenahme des metaphysischen Möbius-Kontinuums. Und doch wusste Harry mit seinen Instinkten als Necroscope, dass dies mehr als nur ein Traum war.

Er musterte seine Umgebung.

Ein großes Schlafgemach mit einem ausladenden Himmelbett in einem Alkoven, der in die massive Felsmauer gemeißelt war. Abgesehen davon enthielt der Raum noch eine niedrige Schlafstelle mit einer Strohmatratze und schimmeligen Decken, breite hölzerne Stühle und einen grob behauenen Tisch, eine gewaltige Feuerstelle, einen Ruß geschwärzten Kamin und uralte Wandteppiche, die an den nackten Steinwänden vor sich hin moderten. Es gab keine Fenster und nur eine Tür aus massiver Eiche mit eisernen Beschlägen. Die Tür war verschlossen und besaß weder Knauf noch Klinke; Harry vermutete, dass sie von der anderen Seite verschlossen und verriegelt sein würde.

Das einzige Licht kam von ein paar Kerzenstummeln, die mit Wachs an den Tisch geklebt waren, an dem Layard in seine Konzentration versunken saß. Sie erhellten flackernd ein gotisches Gewölbe, wo sich Salpeter-Kristalle im Mörtel zwischen den gewaltigen Deckenblöcken gebildet hatten. Der Boden bestand aus Steinplatten. Die ganze Atmosphäre war kalt und wenig einladend. Über allem schwebte die Drohung des Kerkers. Der Raum war ein Kerker, oder kam dem wenigstens so nahe, dass es keinen Unterschied machte.

Ein Kerker in dem zerstörten Schloss des Ferenczy.

»Harry?« Sandras Stimme war ein heiseres, furchtsames Flüstern, gedämpft aus Angst, jemanden auf sich aufmerksam zu machen. Sie blieb stehen und schlang die Arme um sich, als ein unwillkürlicher Schauder des Schreckens – und dann der plötzlichen Erkenntnis – ihren Körper durchfuhr. Der Mund blieb ihr offen stehen und sie richtete ihr Gesicht nach vorn, sah ins Nichts hinein. »Harry … bist du das?«

Ken Layard sah sofort auf und sagte: »Hast du ihn?« Sein Gesicht war hager, verzerrt durch unerträgliche Qual. Auf seiner Stirn glitzerte kalter Schweiß. Aber als er sprach, begann die Szene zu verschwimmen, und Harry musste sich ohne sein eigenes Zutun zurückziehen.

»Er darf dir nicht entgleiten!«, zischte Sandra. Sie rannte zum Tisch, nahm Layards Kopf in ihre Hände und fügte ihren Willen zu seinem hinzu, um ihn bei der paranormalen Anstrengung, die er gerade unternahm, zu verstärken. Und der Raum verfestigte sich wieder vor seinen Augen, und jetzt verstand der körperlose Necroscope.

Sie waren noch nicht völlig dem Willen von Janos unterworfen. Sie gehörten ihm zwar, aber er musste immer noch ein Auge auf sie haben und sie einschließen, wenn er gerade nicht da war … so wie jetzt. Und weil sie wussten, dass sie als untote Vampire völlig seinem Willen unterworfen sein würden, hatten sie ihre übersinnlichen Fähigkeiten in diesem letzten Akt des Widerstandes vereint, solange ihr Verstand wenigstens teilweise noch ihnen selbst gehörte. Layard hatte sein Talent benutzt, um Harry in seinem Bett im Hotel auf Rhodos auszuspüren und ihn dort festzuhalten, und Sandra war seinen Koordinaten gefolgt, um telepathischen Kontakt mit Harry aufzunehmen. Aber weil ihre Kräfte durch das, was Janos mit ihnen gemacht hatte, weitaus stärker geworden waren, hatten sie mehr erreicht, als sie erwartet hatten. Sie hatten Harry nicht nur aufgespürt und Kontakt mir ihm aufgenommen, sie hatten ihm sogar telepathischen und visuellen Zugang zu ihrem Kerker verschafft!

Sandra war in ein dünnes gazeartiges Gewand gekleidet, das im Licht der Kerzen vollkommen durchsichtig war. Sie trug weder Schuhe noch Unterwäsche. Auf ihren Brüsten und Pobacken waren dunkle Verfärbungen, bei denen es sich nur um blaue Flecken handeln konnte. Layards Aufzug bestand aus etwas mehr Stoff: Er trug eine grobe Wolldecke, die er wie eine Tunika um sich geschlungen hatte. Da unten im Herzen der alten Burg musste es bitterkalt sein, aber Harry ging ganz richtig davon aus, dass die Kälte ihnen nichts mehr ausmachen würde.

»Harry! Harry!«, zischte sie wieder und richtete ihren Blick direkt auf den Punkt, von dem aus seine körperlose Präsenz sie beobachtete. »Harry, ich weiß, wir haben dich gefunden! Warum antwortest du mir dann nicht?« Ihre Angst und ihre Enttäuschung spiegelten sich deutlich in ihren Augen.

»Ihr … ihr habt mich«, sagte er schließlich. »Ich musste mich nur einen Augenblick an die Situation gewöhnen, das ist alles.«

»Harry!« Ihr Keuchen hinterließ ein Nebelwölkchen in der kalten Luft. »Mein Gott, wir haben dich wirklich!«

»Sandra«, sagte er jetzt lebhafter. »Ich schlafe und träume, jedenfalls so ungefähr. Aber ich kann jederzeit aufwachen oder aufgeweckt werden. Danach … es kann sein, dass wir dann immer noch

Kontakt zueinander haben, vielleicht aber auch nicht. Du hast das hier – diese Kontaktaufnahme – aus einem bestimmten Grund inszeniert, also sagst du besser sofort, worum es geht.«

Seine Worte – diese Kälte, Distanz und Leere – schienen sie zu betäuben. Er verhielt sich nicht, wie sie es erwartet hatte. Sie ging zu dem Tisch hinüber und ließ sich neben Layard in einen Stuhl fallen. »Harry, ich bin missbraucht worden, verändert, vergiftet. Wenn du mich je geliebt hast – und wenn du dann sehen müsstest, was jetzt aus mir geworden ist – dann müsstest du schreien und toben. Aber Harry, du tobst nicht.«

»Ich fühle nichts«, sagte er. »Ich *wage* es nicht, etwas zu fühlen! Ich rede mit dir, das ist alles, aber ich habe dabei jedes Gefühl abgeschaltet. Bitte du mich nicht auch noch, mich meinen Gefühlen zu stellen, Sandra.«

Sie legte den Kopf in die Hände und schluchzte herzzerreißend. »Du bist kalt, so kalt. Hast du jemals, irgendwann einmal in deinem Leben, etwas für einen anderen Menschen empfunden, Harry?«

»Sandra. Du bist ein Vampir. Und auch wenn du es vielleicht selbst nicht weißt, so zeigst du bereits die Verhaltensmuster eines Vampirs. Sie unterhalten sich nicht miteinander, sondern arbeiten mit Wortspielen. Sie spielen mit Gefühlen, die sie selbst nicht teilen, nicht einmal verstehen, Gefühle wie Liebe, Aufrichtigkeit, Ehre. Und mit anderen, die sie nur zu gut kennen, so wie Hass und Geilheit. Sie versuchen, das eine für das andere auszugeben und so den Gegner zu verwirren. Und für einen Vampir ist jede andere Person, die nicht sein willenloser Sklave ist, ein Gegner. Du hast mich aufgespürt, weil du mir zweifellos wichtige Dinge zu sagen hast, aber jetzt hält der Vampir in dir dich hin und lenkt dich vom Thema ab. Er versucht, dich von deinem Vorhaben abzubringen.«

»Du hast mich nie geliebt!«, warf sie ihm vor. Sie spie ihm die Worte entgegen und entblößte dabei ihre veränderten Zähne. Und jetzt sah er auch, dass ihre Augen, wie auch die von Ken Layard, gelb und animalisch waren. Später würden sie sich rot färben … wenn er scheitern sollte und es ein Später für sie geben sollte.

Harry sah sich jetzt diese beiden Gefangenen von Janos näher an, von denen die eine seine Geliebte und der andere so etwas wie ein Freund gewesen war, und er sah, wie vollkommen der Vampir sein Werk an ihnen getan hatte. Es waren nicht nur die Augen, auch ihr Fleisch war kaum noch menschlich; sie waren untot und hatten mehr als genug von Janos selbst in sich. Sandras Schönheit, die bislang natürlich gewesen war, war jetzt nicht mehr von dieser Welt, und Layard – er wirkte wie eine Pappmachéfigur, die unter einen LKW geraten war.

Harrys Gedanken waren hier so gut wie laut gesprochene Worte: »Ich bin zerschmettert worden, Harry!« Layard sah auf und sprach in die leere Luft hinein. »Auf Karpathos, in einem Augenblick, als Janos abgelenkt war, habe ich versucht, ihn mit einem scharfkantigen Stück Treibholz zu töten. Er rief seine Leute von der Lazarus zusammen, und sie haben mich gefesselt auf dem Strand angebunden. Dann sind sie auf die Klippen hochgestiegen und haben Felsbrocken auf mich heruntergeworfen. Sie hörten erst auf, als ich unter Steinen begraben war und fast alle meiner Knochen gebrochen waren. Das Vampirzeugs in mir heilt mich gerade, aber ich werde nie wieder so sein wie früher.«

Harrys Mitleid erwachte und drohte ihn zu übermannen, aber er zwang es in den Hintergrund. »Warum habt ihr mich hierher zitiert? Um mir zu raten, oder um mich mit Gewissensbissen und Mitleid zu schwächen – und mit der Angst, dass es mir genauso gehen könnte? Seid ihr noch ihr selbst, oder gehört ihr ihm jetzt ganz und gar?«

Layard antwortete: »Im Augenblick sind wir wir selbst. Wie lange das anhält … wer kann das sagen? Bis er wiederkommt. Und danach … die Veränderung schreitet fort und lässt sich nicht rückgängig machen. Es stimmt, Harry: Wir sind Vampire. Wir wollen dir helfen, aber die dunkle Masse in uns stellt sich dem entgegen.«

»Wir kommen nicht voran«, sagte Harry.

»Sag nur ein Mal, dass du mich geliebt hast!«, flehte Sandra.

»Ich habe dich geliebt«, erklärte Harry.

»Lügner!«, fauchte sie ihm entgegen.

Harry fühlte sich hin und her gerissen. »Ich kann nicht lieben«, sagte er mit einer gewissen Verzweiflung, und zum ersten Mal in seinem Leben wurde ihm klar, dass das wahrscheinlich stimmte. Vielleicht konnte er das früher, aber jetzt nicht mehr. Manolis Papastamos hatte doch Recht gehabt: Er war eiskalt.

Sandra sackte in sich zusammen: »In dir ist keine Liebe«, klagte sie. »Warum sollten wir dir helfen, uns zu töten?«

»Darum geht es doch gerade«, sagte Layard. »Ist es nicht das, was wir wollen? Solange wir noch eine Wahl haben?«

»Ist es das? Ist es das wirklich?« Sie umklammerte eine seiner gebrochenen Hände. Und dann zu Harry gewandt: »Ich dachte, ich würde nicht weiterleben wollen, nicht so. Aber jetzt weiß ich das nicht mehr. Ich weiß es nicht, Harry. Janos hat ... er hat sich meiner bedient. Und er tut es noch! Es gibt keine Öffnung in meinem Körper, in die er nicht eingedrungen ist! Ich verabscheue ihn ... aber trotzdem will ich ihn auch! Und das ist das Schlimmste – ein Monster zu begehren. Aber Begierde ist auch ein Teil des Lebens, und ich habe das Leben immer geliebt. Also was ist, wenn du ihn besiegst? Wirst du mit mir dann so verfahren wir mit Lady Karen?«

»Nein!« Der Gedanke stieß ihn ab. »Ich könnte so etwas nicht noch einmal tun. Ich könnte es dir nicht antun und auch niemand anderem, nie wieder. *Wenn* ich gewinne, dann werde ich es dir so leicht machen, wie ich kann.«

»Nur, dass du nicht gewinnen kannst!«, jammerte Layard. »Ich wünschte wirklich, dass du eine Chance hättest!«

»Aber die hat er vielleicht!« Sandra sprang auf. »Vielleicht irrt sich Janos!«

»Worin?« Harry hatte das Gefühl, er habe jetzt die Blockade durchbrochen, und das Gespräch führe doch noch zu etwas. »Vielleicht irrt er womit?«

»Er hat in die Zukunft gesehen«, sagte Sandra. »Das ist eine seiner Fähigkeiten. Er hat die Zukunft gesehen und darin seinen Sieg.«

»Was hat er gesehen? Was genau?«

»Er hat gesehen, dass du kommst, und dass es Feuer und Tod und Donner geben wird, der sogar die Toten wieder aufweckt.

Die Lebenden und die Toten und die Untoten werden alle darin verwickelt sein; ein Chaos mit nur einem Überlebenden, dem Schrecklichsten, dem Mächtigsten aller Vampire. Und nicht nur ein Vampir, sondern … Wamphyri!«

»Ein Paradox«, wimmerte Layard. »Und jetzt kennst du auch den Grund, warum du nicht kommen darfst!«

Harry nickte (wenn auch nur für sich selbst): »Das ist immer so, wenn man in die Zukunft blickt.«

Da plötzlich –

– die schwere Tür des Kerkers flog auf und dort stand Janos, teuflisch gut aussehend und böse wie die Hölle. Und deren Feuer brannte auch in seinen Augen. Bevor die Szenerie sich ganz auflöste und in Dunkelheit verblasste, hörte Harry ihn sagen: »Na also, wenn man euch genug Seil lässt, dann hängt ihr euch auf. Ich wusste, ihr würdet versuchen, mit ihm in Verbindung zu treten. Nun, was ihr für euch getan habt, könnt ihr ganz bestimmt auch für mich tun. So sei es!«

## SECHSTES KAPITEL

Harry, der sich unruhig in seinem Bett im Hotelzimmer auf Rhodos hin und her warf, wäre jetzt vielleicht sogar aufgewacht, aber kaum war der Kontakt zu Sandra und Layard unterbrochen, als sich eine weitere Stimme in seinen Kopf drängte. Diesmal war es eine viel angenehmere Erscheinung.

*Harry? Hast du gerufen? Hast du seinen Namen ins Nichts hinausgerufen?*

Es war Möbius, aber das Schwanken und Flüstern seiner toten Stimme verriet Harry, dass er so konfus und wirr war wie beim letzten Mal. »Seinen Namen?«, murmelte Harry. Er warf sich immer noch von einer Seite auf die andere, aber langsam wurde er ruhiger. »Ihren Namen, meinen Sie wohl? Wahrscheinlich. Aber das ist schon einige Zeit her.«

*Nein! Seinen Namen!,* insistierte Möbius.

»Ich weiß nicht, wovon Sie reden.« Harry war perplex.

*Ach!* Möbius seufzte, zum Teil aus Erleichterung, in erster Linie aber vor Enttäuschung. *Ich dachte für einen Augenblick, du wärest vielleicht zu einer ähnlichen Erkenntnis gelangt wie ich. Das ist nicht unmöglich, nicht einmal unwahrscheinlich. Wie du weißt, bin ich immer davon ausgegangen, dass du mir überlegen bist, Harry.*

Sein Gerede ergab immer noch keinen Sinn, aber Harry scheute sich davor, ihm das zu sagen. Er hatte grenzenlosen Respekt vor Möbius. »Ihnen überlegen? Ganz bestimmt nicht. Und egal zu welchem Schluss Sie gekommen sind, es gibt keine Möglichkeit, dass ich zu dem gleichen Schluss gelangen könnte. Nicht mehr, denn ich bin nicht mehr der Mann, der ich gewesen bin. Was auch der Grund ist, warum ich nach Ihnen gesucht habe.«

*Ach ja. Ich erinnere mich jetzt; du konntest nicht mehr mit den Toten reden, oder so etwas? Und irgendwas damit, dass du nicht mehr mit Zahlen umgehen kannst? Na, ja, was das Erstere angeht, das stimmt offenkundig nicht – wie sonst könntest du jetzt mit mir reden? Und kein Zahlenverständnis? Harry Keogh und kein Zahlenverständnis?* Möbius kicherte. *Das würde ich von dir wirklich nicht behaupten.*

Jetzt war es an Harry, erleichtert zu seufzen. Auch wenn er zuerst wirr erschienen war, kam Möbius' Verstand jetzt doch mit seiner üblichen Schärfe zu ihm durch. Er erklärte: »So ist es aber; es ist die einzige Möglichkeit, zu beschreiben, was mit mir geschehen ist. Ich verstehe die Zahlen nicht mehr; ich kann keine Gleichungen mehr erstellen; ich habe keinen Zugang mehr zum Möbius-Kontinuum. Und ich brauche das Kontinuum so nötig wie nie zuvor.«

*Zahlenunkundig!* Möbius war bass erstaunt. *Wie soll ich das glauben? Ich kann mir das bei dir nicht vorstellen! Du warst mein Musterschüler! Hier, versuch das!* Er schrieb eine komplizierte mathematische Abfolge auf den Bildschirm von Harrys Geist.

Harry sah sie sich an. Er studierte jedes Symbol und jede Ziffer, aber es war, als habe er eine fremdartige Schrift vor sich. »Es geht nicht«, sagte er.

*Erstaunlich!,* rief Möbius. *Das war eine sehr einfache Aufgabe, Harry. Es scheint, als sei diese Behinderung von dir schwerwiegender Natur.*

»Das sagte ich doch bereits.« Harry versuchte, Geduld zu bewahren. »Deswegen brauche ich Ihre Hilfe.«

*Dann sag mir, was ich deiner Meinung nach tun soll.*

Harrys neuer Seufzer war ein Seufzer der Erleichterung, denn jetzt hatte er endlich Möbius' volle Aufmerksamkeit erlangt. Er erklärte ihm schnell, wie Faethor in seinen Verstand eingedrungen war und die Verbindungen entwirrt hatte, die er dort vorgefunden hatte, und die jedes Mal einen unerträglichen Schmerz verursacht hatten, wenn Harry versuchte, mit den Toten zu reden.

»Faethor war wahrscheinlich der Einzige, der das reparieren konnte«, vermutete er, »denn es war jemand seiner Art, der den Schaden angerichtet hat. Und jetzt kann ich wieder mit den Toten sprechen. Aber das war nicht die einzige Barrikade, die Faethor dort vorgefunden hat, bei weitem nicht. Die Bereiche, die mein grundlegendes und instinktives Verständnis von Zahlen kontrollieren, sind fast völlig abgeschnitten. Er hat Türen gefunden, die verschlossen und versiegelt sind, und mein ganzes mathematisches Wissen steckt dahinter. Faethor ist zwar kein Mathematiker, aber durch reine Willenskraft ist es ihm gelungen, eine dieser Türen aufzubrechen. Nur für einen Augenblick, bevor sie wieder zugeschlagen wurden, aber lange genug – dahinter ist das Möbius-Kontinuum! Das war zu viel für ihn, und er ist von da geflohen.«

*Faszinierend!*, meinte Möbius. *Es scheint, als müssten wir mit deiner Erziehung ganz von vorn beginnen.*

Harry stöhnte. »Das ist nicht ganz das, was ich mir vorgestellt habe. Ich meine, ich habe gehofft, es gebe einen viel schnelleren Weg. Wissen Sie, ich brauche das jetzt sofort, oder ich bin mit ziemlicher Sicherheit ein toter Mann. Was ich meine ist – na ja – Faethor konnte nur die Dinge reparieren, mit denen er sich auskannte. Und deswegen dachte ich, dass Sie vielleicht …«

*Aber Harry!* Möbius schien geschockt. *Ich bin kein Vampir! Dein Verstand gehört dir, er ist privat, unverletzlich und …*

»Das ist er aber nicht mehr lange«, unterbrach Harry. »Nicht, wenn Sie mich abweisen!« Er war verzweifelt. »August Ferdinand, ich muss mich etwas Furchtbarem stellen, und ich brauche alle Hilfe, die ich bekommen kann. Und nicht nur für mich, sondern für alles und jeden. Denn wenn ich bei dieser Sache verliere, dann bekommt mein Gegner alles – selbst das Möbius-Kontinuum! Glauben Sie mir, ich übertreibe nicht. Wenn Sie die Türen in meinem Kopf nicht öffnen können, dann wird er das tun. Und dann … danach …«

*Ja?*

»Danach … was dann kommt, weiß ich nicht.«

Möbius war einen Augenblick lang still. *So ernst ist es?*

»Ja, so ernst.«

*Aber Harry. All deine Geheimnisse sind darin, deine Wünsche, deine geheimsten Gedanken …*

»Und meine Begierden, meine schlechten Eigenschaften, meine Sünden. Aber das ist keine Peepshow, August. Sie müssen nicht dorthin sehen, wo Sie nicht hinsehen wollen.«

Der Andere seufzte resigniert. *Na gut, Harry. Ich weiß zwar nicht, was eine … Piepsho? ist, aber wie gehen wir vor?*

Harry konnte seinen Eifer kaum noch zügeln: »August Ferdinand, Sie sind der Einzige unter all den Toten, der überallhin – buchstäblich überallhin – im dreidimensionalen Raum gehen kann. Sie sind draußen bei den Sternen, und Sie sind auf dem Grund des tiefsten Ozeans gewesen. Durch Ihr Wissen über das Möbius-Kontinuum haben Sie die Grenzen des Grabes gesprengt. Also ... was wir jetzt tun ist ganz einfach. Das hoffe ich wenigstens. Ich werde meinen Verstand ausleeren und in Schlaf versinken und Sie in meinen Geist einladen. Ich werde sagen: Möbius, kommen Sie in meinen Geist. Betreten Sie ihn aus freien Stücken und tun Sie das, was immer nötig ist, um ...«

AHHHHH!, ertönte die schwarze, gurgelnde, ölige, alles durchdringende Stimme von Janos Ferenczy in Harrys Kopf. WAS FÜR EINE ELEQUENTE EINLADUNG. MAN SOLL ÜBER MICH NICHT SAGEN KÖNNEN, ICH WÄRE EINER SOLCHEN EINLADUNG VON DIR NICHT GEFOLGT.

Möbius und seine tote Stimme waren augenblicklich beiseite gefegt. Harry war erstarrt und konnte nichts tun. Er fühlte, wie der Ferenczy in seinen Kopf eindrang, so wie der Fisch den Angelhaken in seinen Kiemen spürt, und er war so unfähig wie dieser, etwas dagegen zu unternehmen. Es war, als habe sich ein unaussprechlicher Wurm durch das Ohr den Weg in sein Gehirn gebahnt, und als würde er sich da genüsslich räkeln, bevor er mit seinem Festmahl beginnt. Harry versuchte die Rollläden zu seinem Verstand herunterzulassen, aber die saßen fest und wurden mühelos durch den Eindringling offen gehalten.

ACH?, meinte Janos, der sich immer noch vorantastete und sich dabei an der Panik seines Opfers weidete. HABE ICH DA GERADE GESPÜRT, WIE DU ZUSAMMENGEZUCKT BIST? KÖNNTE ES SEIN, DASS DU VERSUCHT HAST, MICH AUSZUSCHLIESSEN? WAR DAS EINE DEMONSTRATION DEINER STÄRKE? WENN JA, DANN HABE ICH KAUM ETWAS ZU BEFÜRCHTEN. ABER SCHÄME DICH, HARRY KEOGH! MICH EINZULADEN UND DANN SO SCHNELL WIEDER ZU VERSUCHEN, MICH LOSZUWERDEN. WAS IST DENN DAS FÜR EIN VERHALTEN EINEM GAST GEGENÜBER?

»Meine Einladung ... sie galt nicht dir!« Harry versuchte, die Kontrolle über sein Gehirn zurückzugewinnen und sich vor Augen zu halten, dass er es hier auch nur mit einem weiteren Vampir zu tun hatte. Janos stürzte sich auf den Gedanken wie ein Geier auf sein Aas: ICH WAR NICHT EINGELADEN? ABER DEIN VERSTAND WAR SO OFFEN WIE DER SCHOß EINER HURE – UND GENAUSO VERLOCKEND!

Etwas von Harrys Panik verebbte; er riss sich zusammen, und versuchte seinen Verstand in so etwas wie Verteidigungsstellung zu bringen. Aber er konnte den fauligen Atem des Vampirs beinahe riechen, und er spürte sein heimliches Voranschreiten tief in seinem Inneren.

DU WIRFST MIR IMMER NOCH GESTANK VOR!, lachte der Eindringling. WIE WAR DAS NOCH? WOMIT HAST DU MICH BEIM LETZTEN MAL VERGLICHEN? EINEM TOTEN SCHWEIN? VON ALLEN MENSCHEN SOLLTEST DU AM BESTEN WISSEN, DASS DAS NICHT PASST; DENN ICH BIN UNTOT ...

Plötzlich war Harry ganz ruhig. Er hatte das Gefühl gehabt zu ersticken, aber jetzt war es, als habe jemand ein Fenster geöffnet und der frische Luftzug habe die Spinnweben aus seinem Schädel gefegt. Er füllte seine Lunge mit dem Ansturm dieses seltsamen, hochwillkommenen Odems und fühlte sich gestärkt. Und von einem viel abgehobeneren, wenn auch unerklärlichen Standpunkt aus, wunderte er sich über die Kühnheit des Vampirs, der sich offenbar so selbstsicher und stark fühlte, dass er es wagte, hier einfach ... hereinzuspazieren.

All diese neuen Gedanken waren abgeschirmt, und Janos nahm Harrys Schweigen als Zeichen seiner panischen Angst. DAS IST ALSO DER MÄCHTIGE NECROSCOPE, spottete er. UND WIE FÜHLT ES SICH AN, MEINEN ›WIDERLICHEN EGEL-VERSTAND‹ IN DEINEM KOPF ZU HABEN, HARRY?

Harry schirmte seine Gedanken auch weiter vor dem Vampir ab. Es war nicht schwierig; es war wie das Reden mit den Toten, wo mit ein wenig Mühe und Konzentration die Toten auch nur die

Gedanken hörten, die er sie hören lassen wollte. Und wieder fühlte er eine seltsame Welle von Selbstvertrauen, die hier wohl schwerlich gerechtfertigt war. Denn so wie jetzt, schlafend und träumend, konnte er nicht einmal halb so viel Kontrolle über seinen Verstand ausüben, wie in wachem Zustand. Aber trotz dieser Tatsache spürte er, dass Janos ein bisschen vorsichtiger wurde.

DU WEIẞT NATÜRLICH, DASS ICH DIR MEINEN WILLEN AUFZWINGEN KANN, SO WIE ICH IHN DIESEM DUMMKOPF TREVOR JORDAN AUFGEZWUNGEN – UND IHN DABEI ZERBROCHEN – HABE? Sollte das jetzt eine Feststellung sein, oder stellte sich Janos diese Frage?

»Mach dir ruhig weiter selbst Mut«, sagte Harry ohne jede Regung. »Aber erinnere dich daran; du bist aus freiem Willen eingetreten.«

WAS? Jetzt war ein Anflug von Furcht und Panik in den Gedanken des Vampirs. Als würde er jetzt zum ersten Mal das Für und Wider abwägen und seine Situation überdenken.

Und in Harrys Hinterkopf erklang, ohne dass Janos eine Ahnung davon hatte, wieder die Stimme von Faethor, der ihm in den Ruinen von Ploiesti seinen Rat gegeben hatte: *Du darfst nicht vor ihm zurückschrecken, wenn du seine Nähe spürst, du musst dich ihm entgegenstellen. Er will versuchen, in deinen Verstand einzudringen? Okkupiere seinen! Er wird von dir Angst erwarten; tritt ihm selbstsicher entgegen! Er wird dich bedrohen; wische diese Drohungen zur Seite und schlage zu! Aber vor allem, lasse dich durch seine Bosheit nicht schwächen.* Und dann noch ein Nachsatz: *Es kann sein, dass an deinem Verstand mehr dran ist, als du glaubst, Harry …*

Auch Janos hatte jetzt diesen Eindruck: DIESER VERSTAND, DEN DU DA HAST … ER IST ANDERS ALS DIE SEELEN ANDERER MENSCHEN. ES WIRD MIR GROẞES VERGNÜGEN BEREITEN, IHN ZU ERFORSCHEN. UND DU WIRST EXTREME SCHMERZEN ERLEIDEN.

»Na ja, wenigsten die Eitelkeit der Wamphyri besitzt du«, sagte Harry. »Aber welchen Wert hat die Eitelkeit, wenn die Fähigkeiten fehlen?«

DU KENNST UNS … GUT, sagte Janos, noch nervöser als zuvor. VIELLEICHT ZU GUT?

»Bekommst du Fracksausen, mein Sohn?«

Wieder ein WAS?, diesmal wütend.

»Na na! Nur nicht so nervös. Ich rede mehr wie ein Onkel, als ein wirklicher Vater. Aber ich habe auch einen Sohn. Natürlich mit dem großen Unterschied, dass er Wamphyri ist! Was ist denn das? Ich spüre, wie du zitterst. Was? Du hast Angst? Wieso denn? Schließlich hast du mich ertappt. Bist du nicht in meinen Verstand eingedrungen? Wo ist mein Widerstand? Womit könnte ich schon widerstehen? Du bist doch hier, in meinem allerpersönlichsten Privatgemach. Na ja, aber es gibt solche und solche Gemächer – und in einige davon kommt man einfacher rein als wieder raus!« Und jetzt ließ Harry endlich die Rollläden seines Verstandes krachend herabsausen.

Janos war irritiert; das hier war kein normaler Mann; es war, als würde er mit jemandem reden … mit jemandem, der weit mehr war als ein Mensch. In seiner Panik wurde der Vampir bösartig: DIESE LÄCHERLICHEN BARRIEREN, DIE DU DA AUFGERICHTET HAST … ICH BIN VON TÜREN UMGEBEN. ABER ICH HABE DIE MACHT, SIE ALLE AUFZUSTOSSEN, SIE SOGAR AUS DEN ANGELN ZU REIßEN!

Harry hörte ihn, aber er hörte auch etwas anderes: *Wenn er seine gewaltigen Kiefer aufsperrt, um dich zu verschlingen, spaziere durch sie hinein, denn von Innen ist er verwundbarer!*

»Stoß sie doch auf«, sagte er. »Reiß sie aus den Angeln – wenn du den Mut dazu hast!«

Janos hatte den Mut. Er stürmte durch Harrys Verstand und zerschmetterte jedes Hindernis, das der Necroscope ihm in den Weg stellte, und riss die Vorhänge und die Schleier vor seinem innersten Selbst davon. Da war Harrys ganze Vergangenheit, all seine Lieben und all seine Feindschaften, seine Hoffnungen und Erwartungen, und über all das trampelte der Vampir hinweg in seinem marodierenden Ansturm durch die bisher geheimen Korridore des Id. An jedem dieser Orte hätte das Monster innehalten können, spielen, Harry zum Lachen oder zum Weinen – oder auch zu Tode – bringen. Aber weil er begriff, dass Harry jetzt wirklich nackt und bloß vor ihm lag, hielt er nicht inne, sondernd stürmte weiter voran.

WAS? WAS?, lachte er schließlich, als er an einen Ort kam, der besser versperrt war als alles davor. NUN, DAS MUSS JETZT DIE SCHATZKAMMER SEIN. WELCHE UNGEHEUERLICHEN SCHÄTZE SIND DENN DA GELAGERT, HARRY KEOGH? SIND DIES DIE GEWÖLBE, IN DENEN DEINE FÄHIGKEITEN AUFGEHOBEN SIND?

Und bevor Harry noch antworten konnte – wenn er denn hätte antworten wollen – zwängte Janos zwei der Türen auf.

Hinter einer von ihnen war das absolute NICHTS, so dass Janos einen Augenblick lang am Rand des Möbius-Kontinuums schwankte. Und hinter der anderen … da hockte Faethor Ferenczy und orchestrierte Harrys Spiel und versetzte Janos jetzt in grenzenlose Panik.

Der Eindringling schreckte zurück – zu gleichen Teilen vor Faethor, der jetzt aus seinem Versteck herauskam, und mit heftigen Stößen versuchte, seinen unliebsamen Sohn durch das Tor in die Ewigkeit zu stoßen, und vor dem Möbius-Kontinuum. Janos schnaufte vor Schreck, Erstaunen und schierem Unglauben. Denn in einem zum überwiegenden Teil menschlichen Individuum war er nicht nur über ein unbegreifliches und erschreckendes Konzept gestolpert, sondern auch über den grausigen und fremdartigen Geist seines eigenen, seit langer Zeit verstorbenen Vaters.

Die Furcht ließ ihn erstarren. Er riss sich von Faethor los, spie ihm eine Flut von unzusammenhängenden Obszönitäten entgegen und floh. Er bahnte sich einen Weg aus Harrys Id und war augenblicklich verschwunden. Er hatte keinen wirklichen Schaden angerichtet, und der Necroscope vermutete, dass er nie wieder einen solchen Versuch wagen würde. Aber –

»Faethor!« Harrys mentale Stimme war so scharf und schrill wie alte Kreide auf einer neuen Schiefertafel – aber es war jetzt seine eigene Stimme, nicht länger beeinflusst und geführt durch den Geist seines heimlichen Mitbewohners. »Faethor!«

Es erfolgte keine Antwort, außer vielleicht ein fernes, schwaches

Glucksen, wie Ölblasen, die auf einem Teersee zerplatzen. Oder wie das verstohlene Rauschen von Fledermausflügeln in der tiefsten, dunkelsten Höhle.

»Du verfluchter Bastard … du Lügner!«, stöhnte Harry. »Du bist hier drin. Du bist in mir gewesen seit dem Augenblick, an dem ich dich eingelassen habe! Aber ich kann dich finden, dich hinauswerfen!«

Schließlich kam doch noch eine Antwort: *Das ist nicht nötig, mein Sohn,* erklang Faethors fernes, kränkliches Wispern. *Die erste Schlacht ist geschlagen und gewonnen; die Sonne geht auf; ich … verabschiede … mich!*

Danach erwachte Harry langsam und fröstelnd aus seinen Träumen. Der Schweiß auf seiner Haut war bereits getrocknet, als er den Schlaf ganz hinter sich gelassen hatte und Darcy Clarke an seine Tür klopfte und etwas vom Frühstück murmelte. Da hatte er bereits einen Plan, wie er meinte, die Geschichte zu Ende bringen zu können …

Um viertel nach acht war die Stadt Rhodos gerade erst erwacht, aber Harry war bereits unten an einem Pier im Hafen von Mandraki, um seine Freunde zu verabschieden. Darcy und Manolis winkten mehrmals, als ihr Boot auf die unglaublich blaue Fläche der Ägäis hinaussteuerte, aber er winkte nicht zurück. Er nickte nur und sah zu, wie ihr Boot außer Sicht geriet. Lautlos wünschte er ihnen Glück.

Dann fuhr er zum Strand von Kritika hinaus und schwamm eine Stunde im Meer, bevor er ins Hotel zurückkehrte und duschte. Selbst nachdem er sich heftig trocken gerubbelt hatte, und trotz der Tatsache, dass es in der Sonne mindestens 30 Grad waren, war ihm immer noch kalt. Die Kälte, die er verspürte, hatte nichts mit den Außentemperaturen zu tun. Sie kam von innen.

Harrys Bett war frisch gemacht; er legte sich darauf, verschränkte die Arme im Nacken und dachte eine Weile nach, dann leerte er langsam seinen Verstand, ließ sich treiben …

… und stieß auf Faethor hinab!

Er erwischte ihn noch in seinem Kopf, bevor er sich außer Sicht davonstehlen konnte. Da war Faethor, im Inneren seines Verstandes, obwohl es kurz nach halb elf war und die Sonne vom Himmel brannte. Das zum Thema, dass die Sonne ihn schwächte. Harry hätte es wissen müssen: Geister brennen nicht. Die Sonne würde Faethor vielleicht ein paar Albträume bereiten, aber sie konnte ihn nicht körperlich schädigen, denn körperlich existierte er nicht mehr. Jeder von Harrys toten Freunden hätte ihm das sagen können.

»Du alter Mistkerl!«, sagte er. Er konstatierte das kalt, denn es war keine Anrede, sondern eine Feststellung. »Du Bastard, du Lügner! Du glaubst also, du kannst dich an mich anhängen, so wie es Thibor mit Dragosani gemacht hat, was?«

*Glauben?* Faethor kam aus seinem Versteck hervor, und Harry konnte ihn so nah bei sich spüren, als stehe er neben seinem Bett. *Es ist bereits geschehen, Harry. Gewöhn dich an den Gedanken.*

Harry schüttelte den Kopf und grinste bitter. »Ich werde dich wieder los. Glaub mir Faethor, ich werde dich wieder los, selbst wenn das mein Ende bedeuten sollte.«

*Selbstmord?* Faethor schüttelte missbilligend den Kopf. *Aber du doch nicht, Harry. Du bist so zäh wie diejenigen, die du jagst und vernichtest. Du wirst dich nicht töten, solange noch die entfernte Möglichkeit besteht, einen von denen zu vernichten.*

»Einen von deiner Art, das meinst du doch? Aber du könntest dich irren, Faethor. Ich bin nur ein Mensch. Einen Menschen zu töten ist ganz einfach. Eine Kugel durch den Kopf, wie bei Trevor Jordan? Ich würde es nicht einmal spüren. Glaube mir, das ist eine Versuchung.«

*Ich lese in deinen Gedanken keine ernsthafte Absicht, Selbstmord zu begehen.* Faethor zuckte mit den Achseln. *Warum also so tun? Glaubst du, ich fühle mich dadurch bedroht? Wie solltest du mir drohen, Harry? Ich bin bereits tot!*

»Aber in mir lebst du weiter, nicht wahr? Hör zu, und ich verrate dir etwas: Du weißt nicht wirklich, was in meinen Gedanken vorgeht. Ich kann sie verbergen, selbst vor dir. Das kommt von meinen Gesprächen mit den Toten, da habe ich das gelernt. Ich musste ja meine Gedanken vor den Toten zurückhalten. Das habe ich immer getan, um ihnen nicht weh zu tun, aber ich kann es auch andersherum benutzen.«

Einen Moment lang – nur einen Sekundenbruchteil – spürte Harry ein Zögern Faethors. Und er nickte wissend. »Siehst du? Ich weiß, was du denkst, du alter Teufel. Aber du kannst nicht wissen, was ich denke, wenn ich das vor dir verbergen will … so etwa!«

Tief im Inneren von Harrys Psyche war der Vater der Vampire plötzlich von Nichts umgeben. Es stürzte über ihm zusammen wie eine Decke, die ihn zu ersticken drohte. Es war, als sei er zurück in der Erde von Ploiesti, wo sein böses Schicksal sich in der Nacht erfüllt hatte, als Ladislau Giresci seinen Kopf nahm.

»Wie du siehst«, sagte Harry und ließ das Licht seiner Gedanken wieder ein, »kann ich dich ausschließen.«

*Nicht aus-, Harry. Du kannst mich nur einschließen. Aber in dem Augenblick, in dem du in deiner Wachsamkeit nachlässt, bin ich wieder da.*

»Immer?«

Einen Augenblick lang schwieg Faethor. Dann: *Nein. Wir haben eine Abmachung. So lange, wie du dich daran hältst, werde ich das auch tun. Wenn Janos nicht mehr ist, bist du mich auch los.*

»Schwörst du das?«

*Bei meiner Seele!* Janos gluckste wie ein nachtdunkler Sumpf und lächelte körperlos.

Es war der übliche Sarkasmus das Vampirs, aber Harry sagte bloß: »Ich nehme dich beim Wort.« Seine mentale Stimme war so kalt wie der Raum zwischen den Sternen. »Vergiss das nicht, Faethor. Ich nehme dich beim Wort!«

Manolis lenkte das Boot. Es hatte einen kleinen Kabinenaufbau und einen starken Motor, der eine Bugwelle erzeugte, die wie zwei niedrige weiße Wände hinter ihnen das Blau teilte. Sie waren immer in Sichtweite des Landes geblieben, hatten Kap Koumbourno umrundet und die Wasserskifahrer am Strand von Kritika hinter sich gelassen.

Um neun Uhr waren sie am Kap Minas vorbeigekommen, und

mit dem Festland an Backbord fuhren sie auf Alimnia zu. Darcy hatte befürchtet, sein Magen werde Probleme machen, aber die See war spiegelglatt und mit dem Fahrtwind auf seinem Gesicht … man hätte meinen können, man sei auf einem teuren Urlaubstrip. Wenn da nicht die nagende Gewissheit wäre, dass sie direkt einem grausigen Schrecken entgegenfuhren.

Gegen zehn Uhr spielten ein paar Delphine vor dem Bug des Schiffes. Zu dieser Zeit waren sie bereits zwischen den kahlen Felsen von Alimnia und Makri hindurchgefahren, und Halki (von dem Manolis behauptete, es müsse eigentlich ›Khalki‹ heißen, wegen der Kalkfelsen, nach denen es benannt war) kam in Sicht.

Eine Viertelstunde später lagen sie vertäut im Hafen, und Manolis plauderte mit ein paar wettergegerbten Fischern, die ihre Netze flickten. Während er so ganz beiläufig Informationen sammelte, kaufte Darcy eine Karte in dem winzigen Kiosk direkt an der Mole und studierte die Topographie der Insel, so gut es ihm möglich war. Es gab nicht viel zu studieren.

Die Insel war ein großer Felsen von zirka zwölf mal sechs Kilometern, wobei die Längsachse von Ost nach West verlief. Wenn man zwei oder drei Kilometer nach Westen ging, stiegen Bergkuppen wild und einsam in die Höhe, zwischen denen sich die einzige Straße der Insel im Zickzack hindurchschlängelte. Darcy wusste, dass sein und Manolis' Ziel da oben lag, in den Bergen am Ende der Straße. Er brauchte nicht einmal die Karte, um das zu wissen: Seine Gabe flüsterte es ihm zu, seit er von dem Boot auf festes Land gewechselt war.

Schließlich kam Manolis wieder zu ihm, nachdem er sein Gespräch mit den Fischern beendet hatte. »Es gibt keine Möglichkeit, dahin zu fahren«, sagte er. »Es sind vielleicht drei Kilometer, dann der Aufstieg, und natürlich müssen wir unseren – wie sagt man? – unseren Picknickkorb tragen? Es sieht so aus, als stehe uns ein langer, heißer Marsch bevor, mein Freund. Und die ganze Zeit geht es bergauf.«

Darcy sah sich um: »Na, und was ist das da, wenn es kein fahrbarer Untersatz ist?«, sagte er. Ein dreirädriges Gefährt, das schnaufte wie eine Dampfmaschine und einen Anhänger hinter sich her zog, klapperte aus einer schmalen Gasse heraus und parkte im ›Stadtzentrum‹, wie sich die Mole mit den Tavernen und Kneipen nannte.

Der Fahrer war ein kleiner, schlanker Grieche um die fünfundvierzig; er stieg ab und ging in einen Gemischtwarenladen. Darcy und Manolis warteten auf ihn, bis er wieder herauskam. Sein Name war Nikos; er besaß eine Taverne mit Fremdenzimmern an einem Strand auf der anderen Seite der Hügel jenseits der Stadt. Zur Zeit war nicht viel los, und für eine kleine Entlohnung konnte er sie bis ans Ende der Straße hochbringen. Als Manolis eine Summe von 1500 Drachmen erwähnte, leuchteten seine Augen gierig auf, und nachdem er seinen Fisch, den Schnaps und die anderen Einkäufe für seine Taverne aufgeladen hatte, fuhren sie los.

Auf der Ladefläche des Karrens zu sitzen war zwar besser als laufen – aber nur unwesentlich. Nikos hielt zwischendurch an, um die Vorräte bei seiner Taverne abzuladen und seinen Passagieren ein paar Bierflaschen zu öffnen, dann fuhren sie weiter.

Nach einiger Zeit, als Darcy gerade wieder versucht hatte, eine bequemere Position zu finden, die ihn das Geholper nicht so sehr spüren ließ, nahm er einen Schluck Bier und fragte dann: »Was hast du rausgefunden?«

»Es sind zwei«, antwortete Manolis. »Sie kommen abends herunter, um Fleisch zu kaufen – nur rohes Fleisch, keinen Fisch – und manchmal trinken sie auch noch eine Flasche Rotwein. Sie bleiben zusammen, reden nicht viel und kochen für sich oben in ihrem Lager … falls sie kochen!« Er zuckte mit den Schultern und sah Darcy aus zusammengekniffenen Augen an. »Sie arbeiten in erster Linie nachts; wenn der Wind günstig steht, hören die Leute manchmal ihre Sprengungen. Nichts Großartiges, nur kleine Explosionen, um die Steine und das Geröll zu lockern. Am Tag … da sieht man sie nicht sehr oft. Sie hängen irgendwo da oben in den Höhlen herum.«

»Was ist mit Touristen?«, fragte Darcy. »Stellen die nicht ein Risiko für die beiden dar? Wie kann Lazarides – beziehungsweise Janos –

damit durchkommen? Ich meine, wie kann er so einfach hier in den Ruinen buddeln? Ist eurer Regierung eigentlich alles egal? Ich meine … das ist *eure* Geschichte!«

Wieder zuckte Manolis mit den Achseln. »Anscheinend hat der Vrykoulakas Freunde. Außerdem graben sie genau genommen gar nicht in den Ruinen. Unter dem Schloss oben auf der Anhöhe fällt die Felswand sehr steil ab. Darunter gibt es Felsvorsprünge und Höhlen. Da graben die beiden. Die Leute im Dorf halten sie für irre. Da sollen Schätze verborgen sein? Da gibt es nur Staub und Felsen, mehr nicht.«

Darcy nickte: »Aber Janos weiß das wohl besser, nicht wahr? Es ist doch ganz einfach: Wenn er die Sachen vergraben hat, dann sollte er auch wissen, wo er danach suchen muss.«

Manolis musste zustimmen: »Was die Touristen angeht: Auf der Insel gibt es zur Zeit vielleicht dreißig. Die verbringen ihre Zeit in den Tavernen und Bars oder liegen am Strand herum. Die machen schließlich Urlaub! Einige klettern auch bis zum Schloss hoch, aber nie auf der anderen Seite herunter. Und ganz bestimmt nicht nachts.«

»Irgendwie komme ich mir dabei komisch vor«, meinte Darcy nach einer Weile.

»Was ist komisch?«

»Wir klettern da hoch, um diese Kreaturen umzubringen.«

»Das stimmt. Aber nur, falls es notwendig sein sollte. Ich meine, nur, falls es tatsächlich Kreaturen sind.«

Darcy fröstelte es unwillkürlich, und er warf einen Blick auf den länglichen schmalen Weidenkorb, der zwischen ihnen stand. Da drin befanden sich Harpunen, Holzpflöcke, Harrys Armbrust und ein Plastikkanister mit Benzin. »Das sind sie«, sagte er und nickte knapp. »Glaub es mir, das sind sie.«

Eine Viertelstunde später hielt Nikos sein Gefährt an einem steil aufsteigenden Pfad an. Auf der linken Seite führten Wege, die kaum mehr als Ziegenpfade waren, steil durch die zerstörten Straßen einer uralten, seit langem verlassenen Bergstadt nach oben; über den Ruinen ragte ein strahlend weißes Kloster auf, das anscheinend immer noch bewohnt war; und noch weiter oben, beinahe direkt auf dem Gipel des Berges stand –

»– das Schloss!«, hauchte Manolis.

Während Nikos und sein wundersames dreirädriges Arbeitspferd mühselig wendeten und holpernd und klappernd wieder den Berg hinunterrollten, beschirmte Darcy seine Augen und blickte zu den dräuenden Mauern des Schlosses auf, welche die Umgebung überblickten, wie sie es schon seit Jahrhunderten getan hatten. »Gibt es überhaupt einen Weg da rauf?«

»Ja.« Manolis nickte. »Einen Ziegenpfad. Er führt in Serpentinen bis ganz nach oben, aber er ist ziemlich sicher. Das behaupten wenigstens die Fischer.«

Jeder von ihnen nahm einen der Henkel des Korbes, dann machten sie sich an den Aufstieg. Nachdem sie am Kloster vorbei waren und bevor die richtige Kletterei begann, hielten sie inne und sahen sich um. Auf der anderen Seite des Tales bemerkten sie die Umfriedungen von lange aufgegebenen Feldern und die Überreste alter Häuser, deren Olivenhaine und Obstgärten verwildert und in den Schoß von Mutter Natur zurückgekehrt waren.

»Schwämme«, sagte Manolis erklärend. »Die Leute hier waren Schwammtaucher. Aber als die Schwammbänke versiegten, war das auch das Ende für die Leute hier. Wie man sehen kann, sind jetzt fast nur noch Ruinen übrig. Vielleicht bringen die Touristen hier eines Tages wieder neues Leben rein, was?«

Darcys Gedanken kreisten um etwas anderes als die Rekultivierung verfallener Siedlungen. »Machen wir, dass wir vorankommen«, sagte er. »Ich habe bereits jetzt einen starken Widerwillen, weiterzugehen, und wenn wir hier noch weiter herumtrödeln, schaffe ich das wahrscheinlich gar nicht mehr!«

Danach kamen nur noch ockerfarbene Felsklötze, gelbe Findlinge und der serpentinenförmige Ziegenpfad. Wo es Lücken in den Felsformationen gab, war der Ausblick Schwindel erregend. Aber schließlich standen sie im Schatten der massigen Mauern. Durch einen gewaltigen Torbogen gelangten sie in die Ruine selbst. Der

Ort war ein Mischmasch verschiedenster Kulturen, und Darcy hatte Recht mit dem historischen Wert. Die Stile reichten vom antiken Griechenland über byzantinische Linien, und nicht zuletzt waren da die Anbauten der Kreuzfahrer. Als sie auf die meterdicken Mauern kletterten, eröffnete sich ihnen ein fantastisches Panorama: Der Blick auf die Küstenlinie von Halki und die benachbarten Inseln lag offen vor ihnen.

Sie kraxelten über Schutthaufen durch eine Kreuzfahrerkapelle, von der nur noch die Außenmauern standen, die immer noch verblichene Mosaike von Heiligen mit verblassten Heiligenscheinen trugen, und standen schließlich am Rand der Ruinen und konnten hinunter sehen auf die Bucht von Trachia.

»Da unten«, sagte Manolis, »da sind sie. Kannst du die Spuren ihrer Ausgrabung sehen, wo der Dreck ihrer Buddelei dunkle Spuren auf dem verwitterten Felsen hinterlassen hat? Das sind sie. Jetzt müssen wir nur einen Weg da runter finden. Darcy, ist alles in Ordnung mit dir? Du hast schon wieder diesen Blick.«

Mit Darcy war gar nichts in Ordnung. »Sie … sie sind da unten«, sagte er. »Mir ist, als sei ich hier angenagelt. Bei jedem Schritt fühle ich mich, als hätte ich Bleigewichte an den Füßen. Verdammt, meine Gabe zwingt mich dazu, ein Feigling zu sein!«

»Willst du einen Moment ausruhen?«

»Um Himmels willen, nein! Wenn ich jetzt ausruhe, dann komme ich nicht wieder hoch. Machen wir weiter!«

Es lagen mehrere leere Zigarettenschachteln herum, auf den Steinen gab es Schleifspuren, und an einigen Stellen war der sandige Boden durch Stiefel zusammengepresst. Der Weg hinunter war nicht schwer zu finden, und auch der Abstieg stellte kein Problem dar. Nach kurzer Zeit fanden sie eine rostige Schubkarre und eine zerbrochene Spitzhacke auf dem breiten Absatz eines aus dem Felsen herausgewitterten Steinsimses. Und ungefähr auf der Hälfte dieses Simses … da waren größere Mengen von Schutt und Steinbrocken aus mehreren klaffenden Höhleneingängen gebrochen worden. Sie näherten sich leise der Höhle, in der offenbar in jüngster Zeit gearbeitet worden war, und blieben vor dem Eingang stehen. Als sie die Harpunen aus dem Korb nahmen und sie luden, fragte Manolis: »Und du bist dir sicher, dass wir sie brauchen, ja?«

»Ganz sicher.« Darcy nickte. Sein Gesicht war leichenblass.

Manolis trat einen Schritt auf die hallende Öffnung der Höhle zu.

»Warte!« Darcys Ruf hielt ihn zurück. »Es ist sicherer, wenn wir sie nach draußen rufen.«

»Und ihnen damit verraten, dass wir hier sind?«

»Hier im Sonnenlicht haben wir die bessere Position«, würgte Darcy hervor. »Und außerdem – mein Drang, hier ganz schnell die Fliege zu machen, ist gerade um einige Grade in die Höhe geschnellt. Was wahrscheinlich bedeutet, dass sie bereits wissen, dass wir hier sind.«

Er hatte Recht. Ein Schatten löste sich aus den dunkleren Schatten der Höhle und kam vorsichtig auf sie zu, während sie noch im Eingang der Höhle standen. Sie sahen sich beide mit aufgerissenen Augen dann, dann entsicherten sie gleichzeitig ihre Waffen und hoben sie warnend. Der Mann aus der Höhle kam weiter auf sie zu, aber er drehte ihnen jetzt die Schulter zu und ging angriffslustig in die Hocke.

Manolis spie einen Schwall abgehackter griechischer Flüche hervor, riss seine Beretta aus ihrem Schulterholster und nahm die Harpune in die linke Hand. Der Mann, oder das Ding, der Vampir, kam immer noch aus dem Dunkel auf sie zu, aber jetzt konnten sie ihn besser sehen. Er war groß und schlank, und seine Silhouette wirkte ein wenig verlottert. Er trug einen breitkrempigen Hut, weite Hose und ein Hemd, dessen offene Hemdsärmel ihm lose um die Handgelenke flatterten. Man hätte ihn für eine Vogelscheuche halten können, die sich von ihrem Pfahl befreit hatte. Aber das, was er erschreckte, waren keine Vögel.

»Nur … nur einer?«, keuchte Darcy – und spürte, wie sich seine Nackenhaare aufrichteten, als er plötzlich Steine auf dem Vorsprung hinter ihnen klappern hörte.

Der Mann in der Höhle stürmte nach vorn; Manolis' Pistole blitzte auf und röhrte ohrenbetäubend. Darcy sah sich um und sah eine zweite – Kreatur? – auf sie zu stürmen. Aber diese war viel näher.

Wie sein Kumpan in der Höhle trug er einen breitkrempigen Hut, und in dessen Schatten waren seine Augen gelb und funkelten bösartig. Und was noch schlimmer war, er hielt eine Spitzhacke zum Schlag erhoben, und sein Gesicht war zu einer bestialischen Grimasse verzerrt, als er ausholte.

Darcy – oder vielleicht auch seine Gabe – drehte sich um, um dem Angriff zu begegnen, hob seine Waffe und betätigte den Abzug seiner Harpune. Das Geschoss schlug mitten im Ziel ein, der Brust des Vampirs. Der Aufschlag hielt diesen schlagartig auf; er ließ die Spitzhacke fallen und griff nach dem Speer, der ihn durchbohrt hatte. Stolpernd fiel er gegen die Felswand zurück. Darcy war für den Moment wie erstarrt; er konnte nur zusehen, wie sein Gegner zusammensackte und winselnd Blut spuckte.

Manolis fluchte und feuerte erneut – und dann noch einmal – während er seinem Opfer tiefer in die Höhle hinein folgte. Und dann ... Darcy hörte ein unmenschliches Kreischen, gefolgt von dem schleifenden Geräusch von Silber auf Stahl und schließlich ein fleischiges Klatschen, als Manolis' Harpune in Fleisch eindrang. Die Geräusche rissen ihn aus seinem Schockzustand. Plötzlich erkannte er siedendheiß, dass sowohl seine wie auch Manolis' Waffe jetzt leer waren. Er beugte sich vor, um eine Harpunenlanze aus dem offenen Korb zu holen, als der Mann auf dem Sims plötzlich nach vorn stolperte und das Ganze, den Korb und seinen Inhalt, über die Klippe stieß.

»Verflucht!«, brüllte Darcy. Seine Kehle war heiser und trocken wie Sandpapier, als sich die Kreatur mit den Flammenaugen wieder ihm zuwandte. Der Vampir hielt inne, sah sich um, und sein Blick fiel auf die Spitzhacke, die nahe am Rand der Felswand liegen geblieben war. Er trat vor, um sie aufzuheben, aber Darcy bewegte sich auch. Seine Gabe schrie ihm zu *Renn! Renn! Renn!,* aber er brüllte »Scheiß auf dich!«, und stürzte sich wie ein Wahnsinniger auf den gebückten Vampir. Die Kreatur fiel vornüber, und er selbst griff sich die Hacke. Das Werkzeug war schwer, aber Darcys Panik war so groß, dass es ihm wie ein Spielzeug vorkam.

Manolis stolperte aus der Höhle und sah gerade noch, wie Darcy seine Waffe in einem mörderischen Hieb schwang und die breite Kante der Hacke seinem untoten Gegner in die Stirn trieb. Die Kreatur gab gurgelnde, unartikulierte Laute von sich und sank vor der Felswand zusammen.

»Benzin«, keuchte Manolis.

»Runtergefallen«, gab Darcy zurück, seine Stimme nur ein heiseres Krächzen.

Manolis blickte hinunter. Weiter unten in der Felswand, vielleicht zwanzig Meter tiefer, war der Weidenkorb am Rand eines Felsvorsprungs, an dem der Schutt der Ausgrabung sich zu einer kleinen Geröllhalde aufgestaut hatte, eingeklemmt. Der Deckel war offen und mehrere Teile waren herausgefallen. »Du bleibst hier und passt auf, während ich hinunterklettere und ihn hole«, sagte Manolis.

Er reichte Darcy seine Pistole und begann den Abstieg. Darcy behielt ein Auge auf den Vampir mit der Spitzhacke im Schädel gerichtet, blickte jedoch aus dem Augenwinkel auf die Öffnung der Höhle. Die Kreatur, die er niedergeschlagen hatte – zwar ein Mensch, aber eben auch ein Monster – war nicht ›tot‹. Sie sollte es sein, aber natürlich war sie untot. Der kleine Teil in ihrem Körper, der aus Vampir-Protoplasma bestand, arbeitete jetzt in diesem Augenblick verzweifelt, um die Verletzungen zu heilen. Noch als Darcy zusah, lief ein Zucken durch den Körper, und die gelben Augen öffneten sich. Die Hand tastete sich zittrig auf die Harpune in ihrer Brust zu.

Darcy biss die Zähne zusammen und trat näher. Sein Schutzengel brüllte ihn an, pumpte Adrenalin in sein Blut und verlangte von ihm, davonzurennen. Nur wegzurennen. Aber er verschloss sich allen Warnungen und griff nach dem Ende der Lanzette. Er stieß sie in dem Vampirfleisch hin und her, bis das Ding die Zähne fletschte, Blut spuckte und dann zurücksackte und erneut still da lag.

Darcy trat zurück auf Beinen, die wie Pudding waren – und zuckte heftig zusammen, als etwas nach seinem Knöchel griff!

Er warf einen Blick an sich herunter und sah den Mann aus der Höhle, der zu ihm hingekrochen war und dessen Hand jetzt seinen Knöchel in einem eisernen Griff umklammerte. Eine Lanzette hatte seine Kehle knapp unter dem Adamsapfel durchbohrt, und die rechte Gesichtshälfte war von einer Kugel weggefetzt worden, aber er bewegte sich immer noch, und sein verbliebenes Auge starrte immer noch irr aus einer schwarzen Pupille in einem Brei roten Fleisches. Darcy wäre beinahe in Ohnmacht gefallen; stattdessen fiel er hinten über, weg von der untoten Kreatur, und landete mit einem Plumps sitzend auf dem Felssims. Er zielte zwischen seine Füße und leerte das Magazin von Manolis' Pistole direkt in die Fratze des Ungeheuers.

In diesem Augenblick kam Manolis zurück. Er zog den Korb hinter sich hoch, riss den Deckel auf und zog Harrys Armbrust heraus. Einen Moment später lud er bereits, und gerade zur rechten Zeit ... denn der Kerl an der Felswand hatte sich die Spitzhacke aus dem Schädel gezerrt und war dabei, sich die Harpunenlanze aus der Brust zu reißen!

»Mein Gott, oh mein Gott!«, stöhnte Manolis. Er ging ganz nahe an das Blut spuckende Monster heran und zielte mit der Waffe aus nicht einmal einem Meter Entfernung. Er schoss ihm den Holzpflock direkt ins Herz.

Darcy war währenddessen rückwärts vor der anderen Kreatur weggekrochen. Manolis ergriff ihn und zog ihn auf die Füße. »Beenden wir es, solange wir noch dazu in der Lage sind!«

Sie zogen die Vampire so weit zurück in die Höhle, wie sie es wagten, dann eilten sie wieder ins Sonnenlicht hinaus. Aber Darcy war mit den Nerven am Ende, er konnte nicht mehr, seine Gabe verhinderte jede weitere Aktion. »Das ist schon in Ordnung«, versicherte Manolis. »Ich erledige das.«

Darcy kroch ein paar Meter zur Seite und blieb zitternd dort sitzen, während Manolis sich den Benzinkanister griff und wieder in der Höhle verschwand. Einen Augenblick später kam er erneut zum Vorschein und ließ hinter sich eine Benzinspur zurück. Er hatte die Höhle großzügig mit dem Brennstoff getränkt, und der Kanister war fast leer. Er schritt bis zu Darcys Sitzplatz zurück und verschüttete dabei die letzten Tropfen. Dann warf er den leeren Kanister weit über die steil abfallende Felswand hinaus und zog sein Feuerzeug aus der Tasche. Er riss den Feuerstein an und hielt die Flamme an die Benzinspur. Die blaue Flamme war so winzig, dass man sie kaum sehen konnte, aber sie zischte in Windeseile über den Felsvorsprung in die Höhle hinein. Es gab ein heftiges Fauchen, und eine Stichflamme wie von einem gigantischen Flammenwerfer schoss heraus – dicht gefolgt von einer gewaltigen Explosion, die zerschmetterte Gesteinsbrocken aus der Höhle herausschleuderte und loses Gestein und Kiesel von oben herab regnen ließ. Die Druckwelle brachte Manolis ins Straucheln, und er ließ sich schwer neben Darcy auf den Boden plumpsen.

Sie sahen sich entgeistert an. Darcy fragte: »Was zum – ?«

Manolis stand der Mund vor Erstaunen offen. Dann leckte er sich über die trockenen Lippen: »Der Sprengstoff. Sie müssen ihre Sprengladungen in der Höhle gelagert haben.«

Sie richteten sich auf und gingen auf unsicheren Beinen zum verschütteten Eingang der Höhle. Unter ihnen polterten immer noch die Felsbrocken an der steilen Felswand hinab der See entgegen. Mehrere hundert Tonnen Felsgestein waren zusammengestürzt und hatten die Ausgrabungen unter sich begraben. Es war klar, dass nichts Lebendiges – wirklich gar nichts – da jemals wieder herauskommen würde.

»Das war's«, sagte Manolis, und Darcy fand die Kraft, zustimmend zu nicken.

Als sie sich umdrehten, sah Darcy etwas gelb in den Trümmern aufschimmern. Neben dem verschütteten Höhleneingang erspähte er eine kleinere Öffnung, aus der immer noch Rauch und Staub herauswehte. Der Fels, der die beiden Grabungsstätten getrennt hatte, war auseinandergebrochen, und ein paar der Steine waren auf das Sims gepoltert. Aber zwischen den Trümmern lag viel mehr als nur Stein.

Darcy und Manolis traten näher und betrachteten, was zum Vorschein gekommen war. Da, in dieser zerschmetterten Felswand, sorgsam verpackt und durch gut getarnte künstliche Felsformationen verborgen, lag der Schatz, nach dem Jianni Lazarides – alias Janos Ferenczy – gesucht hatte. Der Schatz, den er selbst vor

Jahrhunderten hier versteckt hatte. Aber die veränderten Konturen des Berges, der sein Angesicht durch Stürme und Erdbeben umgeformt hatte, hatten ihn verwirrt und getäuscht. Er hatte die alte Kreuzfahrerfeste als Markierungspunkt verwendet, aber selbst dieses gewaltige Gebäude war im Laufe der Jahrhunderte in sich zusammengefallen und hatte sich verändert. Er hatte sein Ziel verfehlt, wenn auch gerade mal um einen knappen Meter.

Die beiden Männer wühlten in dem Staub und den Felstrümmern herum. Nach dem Schrecken, den sie gerade durchgemacht hatten, konnte sie auch diese wunderbare Entdeckung nicht mehr aufregen. Sie hatten vor sich einen Schatz aus dem Morgenrot der Zeit: thrakisches Gold! Kleine Schalen und Pokale mit Deckeln, goldene Reifen und Halsketten, Armschienen und Fibeln … einen Bronzehelm, der bis zum Rand mit Ohrringen, Gürtelschnallen und Anhängern gefüllt war … sogar einen verbeulten Brustharnisch aus massivem Gold!

Es dauerte geraume Zeit, bis Manolis klar wurde, was er da vor sich hatte: »Was machen wir denn jetzt damit?«

»Wir lassen es hier«, sagte Darcy. »Es gehört den Geistern. Wir wissen nicht, was es Janos gekostet hat, die Sachen herzubringen und zu vergraben, wir wissen nicht einmal, woher – und wie – er in den Besitz dieser Reichtümer gekommen ist. Aber ganz bestimmt klebt Blut daran. Irgendwann wird sich jemand Gedanken darüber machen, was aus den beiden Männern geworden ist, und dann das hier finden. Sollen die Behörden sich überlegen, was sie damit machen wollen. Ich weigere mich, das überhaupt anzufassen.«

»Du hast Recht«, meinte Manolis und sie kletterten wieder zum Schloss hinauf.

Um kurz nach zwölf waren sie wieder im Dorf zurück, wo Manolis das Boot für die Rückfahrt auftankte. Die Fischer kamen zu ihm herüber und fragten, wie die Ausgrabungen vorankamen. »Sie haben gerade gesprengt«, antwortete Manolis nach kurzem Zögern. »Wir sind gar nicht näher herangegangen. Außerdem sind die Klippen da sehr steil, und man kann leicht runterfallen.«

»Sind sowieso selbstgefällige Scheißkerle«, sagte einer der Fischer. »Sie kümmern sich nicht um uns, und wir kümmern uns nicht um sie.«

Als er das Boot betankt hatte, kaufte Manolis einen Liter Ouzo, und sie setzten sich alle an die Tische im Biergarten einer Taverne und machten die Flasche bis auf den letzten Rest leer. Als ihr Boot dann schließlich von der Steinmole ablegte, meinte der Grieche: »Das habe ich jetzt gebraucht.«

Darcy seufzte: »Ich auch. Das ist eine beschissene Arbeit, nach der man sich einen Schluck wahrhaft verdient hat.«

Manolis warf ihm einen Blick zu und nickte: »Und da kommt noch viel mehr auf uns zu, bevor wir hier fertig sind, mein Freund. Es ist vielleicht ganz gut, dass der Ouzo hier so billig ist, was? Denk nur mal, mit all dem Gold, das wir da oben haben liegen lassen, könnten wir die gesamte Destillerie kaufen.«

Darcy sah zurück, wo der Felsbrocken, der sich Halki nannte, langsam am Horizont versank. Er dachte: *Vielleicht werden wir uns noch wünschen, dass wir das getan hätten.*

Von Halki nach Karpathos waren es knapp 100 Kilometer, so wie Manolis ihre Route gewählt hatte. Er zog es vor, so weit wie möglich in Sichtweite des Landes zu bleiben und eher gemächlich zu reisen statt zu rasen. Als sie die Meerenge von Ktenia und Karavolas hinter sich gelassen hatten, setzte er Kurs nach Südwest, ließ Rhodos hinter sich und steuerte direkt auf Karpathos zu.

Das führte sie aufs offene Meer hinaus, und jetzt begann sich auch Darcys Magen zu regen. Es war eine rein körperliche Sache und nicht allzu schlimm; nach dem, was er bereits durchgemacht hatte, würde er sich jetzt nicht wegen dieser Kleinigkeit übergeben. Und seine Gabe versuchte ihn auch nicht vor einem Schiffsunglück oder etwas Ähnlichem zu warnen.

Um Darcy von seinem Ungemach abzulenken, erzählte Darcy ihm ein paar Einzelheiten über Karpathos: »Es ist die zweitgrößte der Inseln im Dodekanes«, sagte er »Ungefähr auf halbem Weg zwischen Rhodos und Kreta. Während Halki sich von Osten nach

Westen erstreckt, liegt Karpathos von Norden nach Süden. Vielleicht 50 Kilometer lang, aber nur sieben oder acht breit. Sämtliche Inseln hier sind nur die Spitzen von unterseeischen Bergen, mehr nicht. Und auch Karpathos ist eigentlich keine große Insel und hat nur ein paar Bewohner. Aber dafür eine sehr abwechslungsreiche Geschichte!«

»Ach ja?« Darcy hörte kaum zu.

»Aber ja! So ziemlich jeder hat mal über Karpathos geherrscht oder es hat ihm gehört oder er hat es verwaltet. Die Araber, die italienischen Piraten aus Genua, Venedig, die Kreuzritter vom Orden des Heiligen Johannes, Türken, Russen – sogar die Briten! Hach! Es hat sieben Jahrhunderte gedauert, bis wir Griechen die Insel zurückbekommen haben!«

Als keine Antwort kam: »Darcy? Ist alles in Ordnung mit dir?«

»Gerade so. Wie lange brauchen wir noch?«

»Die Hälfte der Strecke haben wir schon hinter uns, mein Freund. Eine Stunde noch, vielleicht ein kleines bisschen mehr, und wir umrunden das Kap gerade unterhalb der Landebahn. Da sollten wir die Lazarus finden. Wir können sie uns ansehen, aber das ist auch alles. Vielleicht können wir auch jemanden – oder etwas – an Bord anrufen und uns ein Bild machen, womit wir es zu tun haben.«

»Im Augenblick ist mir alles egal«, sagte Darcy.

Aber wie sich herausstellte, hatte Manolis Unrecht, und die Lazarus lag nicht am vermuteten Ort. Sie suchten die kleinen Buchten auf der Südseite der Insel ab, fanden aber keine Spur von der weißen Yacht. Manolis war mit seiner Geduld bald am Ende. Nach kurzer Zeit, als es offenkundig wurde, dass ihre Suche vergeblich war, fuhr er nördlich zum flachen Strand von Amoupi und ging dort vor Anker, wo sie an Land waten konnten. Sie aßen einen griechischen Salat in einer Taverne am Strand und tranken zusammen eine kleine Flasche Retsina. Als Darcy auf seinem Stuhl unter dem Bambussonnendach der Taverne einschlief, seufzte Manolis, ließ sich zurücksinken und entzündete eine Zigarette. Er rauchte noch ein paar mehr, bewunderte die braungebrannten, hüpfenden Brüste englischer Mädchen, die im Meer spielten, und trank dann noch eine weitere Flasche Retsina, bevor er Darcy aufweckte.

Es war 5:05 Uhr, als sie sich aufmachten, um nach Rhodos zurückzufahren.

Als Darcy und Manolis abends steif, müde und von der Sonne und vom Salzwasser verbrannt in der Halle ihres Hotels ankamen, warteten vier Personen auf sie. Es gab ein leichtes Durcheinander. Darcy kannte zwei der Leute sehr gut, denn Ben Trask und David Chung waren seine eigenen Leute; aber Zekintha Föener (jetzt Zekintha Simmons) und ihren Mann Michael oder ›Jazz‹ kannte er nur vom Hörensagen. Darcy hatte mit vier Leuten gerechnet und dementsprechend Zimmer reservieren lassen, aber von dieser Gruppe hatte er nur zwei erwartet. Auf Harry Keoghs Rat hin hatte er versucht, Zek und Jazz eine Nachricht zukommen zu lassen, dass sie sich aus der Angelegenheit heraushalten sollten, aber die Botschaft hatte sie entweder nicht erreicht, oder sie hatten es vorgezogen, sie zu ignorieren. Das würde er später in Erfahrung bringen. Die beiden fehlenden Männer waren Außenagenten des E-Dezernats, die noch einen Auftrag in England zu Ende bringen mussten, und dann zu ihnen stoßen würden, nachdem ihre Angelegenheit dort erledigt war.

Die vier Neuankömmlinge hatten bereits ihr Gepäck auf die Zimmer gebracht und sich miteinander bekannt gemacht. Sie waren mehr oder weniger bereit, sich auf den Auftrag zu stürzen. Darcy musste nur noch Manolis vorstellen und die Rolle erklären, die der griechische Polizist in der Angelegenheit spielte, die bisherigen Ereignisse zusammenfassen und dann könnte es losgehen. Aber vorher …

… Darcy und Manolis entschuldigten sich und duschten erst einmal, bevor sie sich erfrischt wieder zu ihren Leuten gesellten. Manolis brachte sie alle in eine relativ teure Taverne am anderen Ende der Stadt, in der nicht damit zu rechnen war, dass sie von Touristen überschwemmt sei. Er arrangierte für sie einen Tisch in einer geräumigen, abgeschiedenen Ecke, in der man einen hervorragenden Blick auf das Meer hatte. Darcy stellte nun noch einmal die einzelnen Mitglieder der Gruppe vor, wobei er auch die verschiedenen Talente der Leute erwähnte.

Da war zum einen das Ehepaar Zek und Jazz Simmons, die mit Harry Keogh zusammen auf Starside gewesen waren. Zek war eine außerordentlich gute Telepathin und eine Autorität, was Vampire anging. Sie hatte mehr Erfahrung als fast jeder andere Mensch vor ihr, denn sie war dem Verstand des Originals begegnet, sie hatte die Wamphyri auf ihrer so unglaublich fremdartigen Welt kennen gelernt. Sie sah sehr gut aus, ca. 1,72 m groß, schlank, blond und blauäugig. Ihre griechische Mutter hatte sie nach Zante (beziehungsweise Zakinthos) genannt, der Insel, auf der sie geboren wurde. Ihr Vater war ein Parapsychologe aus Ostdeutschland gewesen. Zek war in den Mittdreißigern, vielleicht anderthalb oder zwei Jahre älter als ihr Ehemann.

Jazz Simmons hatte keine außerordentlichen Gaben außer denen, mit denen ihn eine wohlmeinende Mutter Natur ausgestattet hatte, und den Fähigkeiten, in denen der britische Geheimdienst ihn sehr erfolgreich geschult hatte. Nach den Ereignissen auf Starside hatte er den Geheimdienst quittiert, um mit Zek in Griechenland und den griechischen Inseln zusammenzuarbeiten. Bei einer Größe von knapp unter 1,80 m hatte er strubbeliges rotes Haar, einen kantigen Kiefer und leicht eingefallene Wangen, graue Augen, kräftige Hände, die harte Arbeit gewohnt waren, auch wenn sie zu einem Künstler gehören mochten, und lange Arme, die zu seinem schlaksigen Aussehen beitrugen. Er war schlank, braungebrannt und athletisch und machte einen trügerisch sorglosen Eindruck. Er war eigentlich wirklich ein sorgloser Typ, wenn nur wenig oder kein Druck auf ihm lastete. Aber man durfte ihn nicht unterschätzen. Er hatte eine hervorragende Ausbildung in Überwachung und Manndeckung, Flucht und Tarnung, Winter- und Überlebenstraining, Waffen aller Art (unter anderem auch als Scharfschütze), Sabotage und Nahkampf genossen. Das Einzige, was Jazz gefehlt hatte, war Erfahrung gewesen, und die hatte er bei der besten – oder schlimmsten – aller Gelegenheiten erhalten, auf Starside.

Und dann die beiden Männer des E-Dezernats: David Chung, ein Lokalisierer und Wahrsager, und Ben Trask, ein menschlicher Lügendetektor. Chung war 26, ein echter und wahrhaftiger chinesischer ›Cockney‹. Er arbeitete seit fast sechs Jahren für das Dezernat und hatte es zu einer Meisterschaft im extrasensorischen Aufspüren von Rauschgift gebracht, in erster Linie Kokain. Wenn er nicht gerade an einem langwierigen Fall in London festgesessen hätte, dann wäre wahrscheinlich er und nicht Ken Layard hier eingesetzt worden.

Ben Trask war stämmige 1,75 m groß, hatte mausgraue Haare und grüne Augen, mit Übergewicht und hängenden Schultern. Üblicherweise lief er immer mit einem traurigen Gesichtsausdruck herum. Seine Gabe war die Wahrheit: Wenn man ihm eine Lüge oder eine absichtlich verfälschte Aussage vorsetzte, konnte er das sofort erkennen. Das E-Dezernat verlieh ihn bei wichtigen Fällen an die Polizei, und er war beim Außenministerium sehr gefragt, weil er untrüglich die politischen Machenschaften einiger der weniger verlässlichen internationalen Partner durchschauen konnte. Ben Trask kannte sich in vielen der Londoner Botschaften besser aus als die meisten Leute in ihrem Vorgarten. Außerdem war er vor Jahren an der Bodescu-Angelegenheit beteiligt gewesen, und er würde diese Sache daher wohl nicht unterschätzen.

Während sie auf ihr Essen warteten, setzte Darcy sein Team ins Bild und sah zu, wie ihnen das ganze Ausmaß der Lage klar wurde. Und dann wollte er von Jazz und Zek wissen, warum sie sich trotz seiner Bedenken der Operation angeschlossen hatten.

Jazz antwortete ihm: »Es geht um Harry, oder? Harry Keogh? Für ihn tun wir alles. Wenn Harry in Schwierigkeiten steckt, dann ist es sinnlos, Zek oder mir zu sagen, wir sollten uns bedeckt halten.«

»Das ist zwar sehr anständig von euch«, erklärte Darcy, »aber es war Harry selbst, der gemeint hat, ihr solltest nicht in Erscheinung treten – zu eurem eigenen Besten. Nicht das ich mich beschweren würde. Mir fehlen ein paar gute Leute, und ihr beiden seid der perfekte Ersatz. Harry hatte vor allem deswegen Bedenken, weil

Janos Ferenczy ein sehr starker Telepath ist. Er hat bereits Trevor Jordan ermordet, und er kontrolliert Ken Layard, ihr seht also, dass Harry jeden Grund hatte, beunruhigt zu sein. Vor allem machte er sich Sorgen für den Fall, dass Janos auf dich treffen würde, Zek. Aber da Janos jetzt in Rumänien ist – jedenfalls, soweit wir das wissen – und da Harry dorthin gereist ist, um ihn zur Strecke zu bringen …« Darcy zuckte mit den Achseln. »Was mich angeht, ich freue mich, euch im Team zu haben!«

»Also, wann geht es los? Ich meine, wann sind wir dran?« David Chung konnte es schon gar nicht mehr abwarten.

»Ihr seid morgen dran«, sagte Darcy. »Zumindest was den ›Feldeinsatz‹ angeht. Heute, wenn wir hier fertig und wieder im Hotel sind, werden wir Vorbereitungen treffen und Pläne schmieden. Dann werden wir festlegen – soweit wir das im Voraus können – wer was mit wem tun wird!« Er erspähte einen Kellner, der mit einem voll beladenen Servierwagen auf sie zu rollte. »Für den Augenblick würde ich vorschlagen, das Essen zu genießen und uns, so gut es geht, zu entspannen. Ihr stellt euch besser darauf ein, dass es morgen ein anstrengender Tag wird.«

Während Darcy Clarke und seine Leute Pläne für den nächsten Tag schmiedeten, rekapitulierte Harry Keogh den, der für ihn gerade zu Ende ging.

Sein Flug nach Athen war reibungslos verlaufen. Im Flieger nach Budapest hatte er noch vor dem Start die Augen geschlossen, um einen Teil seines entgangenen Schlafes nachzuholen.

Er spürte sie in dem Augenblick, als er in Träume versank: unbekannte Sonden, die seinen Verstand abtasteten. Und da er wusste, dass sie da waren, zwang er sich dazu, wach und auf der Hut zu bleiben, während er dies aber vor den Telepathen verborgen hielt, die ihn aufgespürt hatten. Es konnte sich dabei nur um Ken Layard und Sandra handeln, aber ihre ESP war jetzt kalt und vergiftet. Sie waren mittlerweile fast völlig Janos Ferenczy ergeben, und ihre tastenden Berührungen waren so schleimig wie die Wände einer Jauchegrube. Harry musste sich zusammenreißen, um nicht vor ihnen zurückzuzucken. Doch er erinnerte sich daran, was Faethor ihm geraten hatte, und seltsamerweise akzeptierte er sogar, was wahrscheinlich ein guter Rat war: *Du darfst nicht vor ihm zurückschrecken, wenn du seine Nähe spürst, du musst dich ihm entgegenstellen. Er will versuchen, in deinen Verstand einzudringen? Okkupiere seinen!*

Als die Vampir-Intelligenzen die Angst vor der Entdeckung verloren und ihn unverhohlen abtasteten, benutzte Harry das, um im Gegenzug ihre Gedanken zu erforschen. Er sprach sogar flüsternd und verstohlen zu ihnen: »Ken? Sandra? Ihr arbeitet jetzt also mit ihm zusammen. Und wie es aussieht, habt ihr gute Arbeit für ihn geleistet. Aber warum tut ihr so geheimniskrämerisch? Ich habe euch erwartet. Ich wusste, dass er euch benutzen würde, dass er ohne euch gar nicht auskommen kann. Der? Von Angesicht zu Angesicht? Von Mann zu Mann? Niemals. Euer Vampir-Supermann ist ein Feigling! Er hat Angst, ich könnte mich des Nachts an ihn anschleichen. Es ist nur *ein* Mann, der sich gegen ihn und all das stellt, was er da oben in seinem Pestloch in den Bergen beherbergt, und trotzdem hat er Angst vor mir. Ihr habt mich gewarnt, weil er in die Zukunft geblickt und da seinen Sieg gesehen hat. Nun, dann richtet ihm von mir aus, dass die Zukunft nicht immer so eindeutig ist, wie sie scheint.«

*Ahhh! Er sssspürt unsssss!* Sandra zischte wie eine Schlange in seinen Gedanken. *Er kennt uns. Seine Gedanken sind stark. Seine verborgenen Kräfte kommen zum Vorschein.*

Sie hatte Recht und Harry wusste, dass das eigentlich nicht so sein sollte. Er war stärker, aber er kannte den Ursprung dieser frischen Vitalität nicht. Er fragte sich, ob Faethor dafür verantwortlich sei. Möglich. Doch im Augenblick konnte er nichts gegen Faethor unternehmen, und in einem Sturm ist jeder Hafen besser als die offene See.

Ken Layards Lokalisierer-Verstand hatte sich wie ein Trägerstrahl an Harry geheftet. Er ließ seinen eigenen Verstand daran entlanggleiten (wenn auch heimlich) bis zu dem Ausgangssignal zurück, und sah dann durch Layards Augen.

Es war, als sei Harry körperlich anwesend, was er auch war – in

Layards Körper. Sie befanden sich in dem gleichen unterirdischen Raum wie zuvor. Sandra saß ihm (Layard) gegenüber an dem Tisch, und Janos tigerte rastlos im Gewölbe hin und her. »Wo ist er? Was denkt er?« Die Augen des Monsters loderten rot, als er sie auf Sandra richtete. Er war offensichtlich beunruhigt, versuchte das aber hinter einer Maske der Wut zu verbergen.

»Er ist in einem Flugzeug«, antwortete Sandra. »Auf dem Weg hierher.«

»So bald? Er ist wahnsinnig! Weiß er nicht, dass er sterben wird? Kann er nicht sehen, dass meine Pläne für ihn über seinen Tod hinausgehen? Was denkt er?«

»Er verbirgt seine Gedanken vor mir.«

Janos blieb stehen und schob sein gleichermaßen faszinierendes wie abstoßendes Gesicht ganz nah an das ihre heran. »Er verbirgt seine Gedanken? Und du willst eine Telepathin sein, ein Gedankendieb? Willst du mich für dumm verkaufen? Habe ich dir nicht klar gemacht, was mit dir passieren wird, wenn du mir weiter Steine in den Weg legst? Ich frage dich jetzt noch einmal: Was – denkt – er – gerade?«

Der Vampir-Meister stützte sich mit beiden Händen auf dem Tisch auf und starrte dem verängstigten Mädchen aus kurzer Entfernung in die Augen. Seine Lippen zogen sich wie eine lederne Kappe von seinen Zähnen zurück und entblößten die spitzen Zähne eines toten Raubtiers. Die Drohung war nur allzu deutlich, aber trotzdem konnte sie ihm nur eines antworten: »Er … er ist zu stark für mich.«

»Zu stark für dich?« Janos tobte. »Zu stark? Hör mal zu: Hier in den Gewölben dieses Schlosses liegt die Asche von Männern, die zu ihrer Zeit mordend und brandschatzend durch das Land gezogen sind und die wie Satyrn wahllos Frauen, Männer und Kinder vergewaltigt und zu Tode gefickt haben. Ja, und wenn sie mit denen fertig waren, dann haben sie sich über das Vieh hergemacht! Zweitausend Jahre lang haben diese Kreaturen – deren Gemächt jetzt zu Staub zerfallen ist, von deren Knochen nur noch Salz übrig ist – seit dieser Zeit haben sie keine Frau mehr gehabt. Ich warne dich nur noch einmal: Tu, was ich dir sage, oder ich komme auf den Gedanken, sie heraufzubeschwören und dir ein paar Dinge beizubringen. Das würde eine unaufhörliche Qual für dich werden, Sandra! Ich kann dich ihnen zur Verfügung stellen, und selbst wenn sie dich zerreißen, wird dein Vampirfleisch den Schaden immer sofort wieder beheben! Stell es dir doch einmal vor: Dein süßes Fleisch beschmutzt von ihrem Unrat, benutzt und wieder benutzt … wieder und wieder … ohne Ende!«

Harry blickte ihn aus Ken Layards Augen an, sammelte Speichel in Layards Kehle und spie dem Vampir ins Gesicht. Und als das Monster zurückschreckte und sich die Hände vors Gesicht schlug, sprach Harry mit Layards Stimme: »Bist du nicht nur wahnsinnig, sondern auch noch taub, Janos Ferenczy? Sie kann nicht sehen, was ich mache – weil ich hier bin und beobachte, was *du* tust!«

Layard saß da, schreckensstarr und von Panik ergriffen. Er umklammerte seine eigene Kehle; aber Harry hielt den Befehl über das, was er da übernommen hatte, noch ein paar Sekunden länger aufrecht.

Janos näherte sich wieder dem Tisch. Er hatte den Kopf fragend, ungläubig auf die Seite gelegt. »Was?« Er starrte Layard wutentbrannt an. »Was soll das?« Er hob seine klauenartige Hand.

»Na los«, spottete Harry. »Schlag zu! Du wirst nur deinem Sklaven Schaden zufügen und nicht dem, der die Kontrolle über ihn übernommen hat!«

Janos' Kiefer klappte herab. Er hatte begriffen. »Du?«, fauchte er.

Harry zwang ein trockenes Grinsen auf Layards Gesicht. »Weißt du, deine Besessenheit mit meinem Verstand ist nicht nur krankhaft und beleidigend, ich schätze, sie ist auch ansteckend. Ich hatte gedacht, du hättest deine Lektion gelernt, Janos, aber offenbar habe ich mich geirrt. Na gut … dann wollen wir doch mal sehen, was in deinem Kopf vorgeht!«

»Lass ihn gehen«, jaulte Janos, umklammerte mit beiden klauenbewehrten Händen seinen Kopf und wandte sich von dem Tisch ab: »Schafft den Necroscope von hier weg! Ich will ihn nicht in meinem Kopf haben!«

»Keine Angst«, erklärte Harry, während Layard auf seinem Stuhl hilflos zuckte. »Du glaubst doch nicht wirklich, ich würde freiwillig in einer Jauchegrube baden. Aber vergiss eines nicht, Janos Ferenczy: Du hast versucht, meine Pläne auszuspionieren. Nun, ich werde sie dir jetzt verraten: Ich komme jetzt und hole dich, Janos. Und wie du sehen kannst, sind unsere Kräfte jetzt annähernd gleich.«

Er zog sich aus Layards Kopf zurück und öffnete die Augen. Das Flugzeug war gestartet und flog in nordnordwestlicher Richtung gen Budapest. Harry war mit sich zufrieden. Noch vor einer Woche in Edinburgh hatte er sich über seine präkognitiven Einblicke in eine unsichere und erschreckende Zukunft Gedanken gemacht und den Eindruck gehabt, er stehe an der Schwelle zu befremdlichen neuen Entwicklungen. Jetzt war ihm klar, dass er Recht gehabt hatte. Seine Fähigkeiten als Necroscope wurden größer und entwickelten sich weiter, um die Leere auszugleichen, die Harry juniors Einmischung hinterlassen hatte.

Das war zumindest die Erklärung, die Harry sich zurechtlegte …

Auf halber Flugstrecke – während er, diesmal ohne Angst, in seinem Sitz schlief – streckte Harry seine tastenden Gedanken aus und fand Möbius auf dem Friedhof in Leipzig, wo er begraben war. Möbius erkannte ihn sofort: *Harry, ich habe nach dir gerufen, aber ich bekam keine Antwort. Ehrlich gesagt hatte ich auch ein bisschen Angst, mit dir in Kontakt zu treten. Letztes Mal … es war erschreckend.*

Harry nickte. *Na ja, jetzt wissen Sie, womit ich es zu tun habe. Im Augenblick ist er zwar auf der Flucht vor mir, weil er nicht weiß, wozu ich fähig bin. Er weiß aber auch, dass, was er auch gegen mich plant, in erster Linie physisch und nicht geistig sein muss. Und in physischer Hinsicht bin ich immer noch sehr angreifbar. Deswegen brauche ich das Möbius-Kontinuum.*

Möbius war natürlich sofort bereit, zu helfen. *Du willst, dass ich da weitermache, wo ich aufgehört habe?*

*Ja.*

*Na gut, dann öffne deinen Verstand für mich.*

Harry tat, wie ihm geheißen, sagte *Tritt ein aus freiem Willen*, und spürte einen Augenblick später, wie Möbius zaghaft die labyrinthartigen Hallen seines Geistes betrat.

*Du bist ein offenes Buch,* sagte Möbius. *Ich könnte in dir lesen, wenn ich das wollte.*

*Finden Sie die Seiten, die zusammenkleben,* erwiderte Harry. *Und machen Sie diese für mich wieder lesbar. Das ist der Teil von mir, den ich verloren habe. Wenn Sie diese Türen wieder für mich öffnen können, bin ich wieder ganz der Alte.*

Möbius drang weiter vor, in die gähnenden Gewölbe eines außerordentlichen Verstandes. *Verschlossen? Das ist wohl untertrieben! Das war ein Fachmann, Harry. Das hier sind keine gewöhnlichen Schlösser, Verriegelungen und Barrieren. Ich bin hier direkt an der Schwelle deines Wissens, und eine ganze Sektion ist vollkommen abgeriegelt. Das ist zwar der Ursprung deines instinktiven mathematischen Verständnisses, aber das Schloss ist mit Symbolen codiert, die selbst ich nicht verstehe. Wer auch immer das getan hat – er war ein Genie!*

Harry nickte grimmig. *Ja, das war er. Aber Faethor Ferenczy und auch sein Sohn Janos haben es beide geschafft, diese Türen mit reiner Willenskraft aufzubrechen.*

Möbius war realistisch. *Das sind Wamphyri, Harry. Und ich war nur ein einfacher Mensch. Ich war ein zielstrebiger Mann, und ich war ein geduldiger Mann, aber ich war kein Übermensch.*

*Sie können es also nicht?* Harry hielt den Atem an.

*Nicht durch Willenskraft. Aber vielleicht mit Logik.*

*Dann tun Sie, was Sie tun können.* Harry atmete wieder ein.

*Möglicherweise brauche ich dazu deine Hilfe.*

*Wie kann ich dabei helfen?*

*Während ich arbeite, kannst du üben.*

*Was üben?*

*Rechnen.* Möbius war überrascht. *Was denn sonst?*

*Aber jedes zurückgebliebene Kind kann das besser als ich,* jammerte Harry. *Für mich ist selbst das Wort ›Zahl‹ etwas Vages und Unerklärliches.*

*Übe trotzdem,* sagte Möbius und ließ vor Harrys innerem Auge einen Bildschirm aufstrahlen. Einfache Gleichungen warteten da auf ihre Lösung, und unvollständige Multiplikationstabellen starrten Harry entgegen. Ihre Augen waren die Leerstellen, die darauf warten, dass Harry ihnen die Pupillen einsetzte.

*Ich … ich weiß die verdammten Lösungen nicht,* stöhnte Harry.

*Dann rechne sie aus,* knurrte Möbius. Er hatte selbst genug zu tun.

Vier Reihen vor Harry, auf der anderen Seite des Mittelgangs, sah sich jemand um und betrachtete das bleiche, im Schlaf aufgewühlte Gesicht. Der Mann hatte eine mädchenhafte Figur und weibische Verhaltensweisen. Er rauchte eine Marlboro mit einer Zigarettenspitze, und seine tief liegenden Augen unter schweren Lidern waren so düster wie seine Gedanken.

Nikolai Zharov hatte in England versagt, und das war jetzt seine Strafe. Nachdem Harold Wellesley und die rumänische Geheimpolizei gescheitert waren, sollte Zharov es jetzt besser machen. Seine Vorgesetzten hatten kein Blatt vor den Mund genommen: ›Gehen sie nach Griechenland und töten sie Keogh mit eigenen Händen. Und falls sie dabei versagen … dann kommen Sie besser gar nicht erst zurück.‹

Na ja, Griechenland lag jetzt zwar hinter ihnen, aber Zharov ging nicht davon aus, dass das einen Unterschied machte. Griechenland, Ungarn, Rumänien … wen kümmerte es schon, wo er starb? Niemand –

– Hauptsache, er war tot …

Um 18:30 Uhr hatte der Tourist Harry Keogh die Einreiseformalitäten auf dem Flughafen von Budapest erledigt und war mit dem Zug nach Osten zu einem Ort namens Mezobereny gefahren. Das war sein Ziel gewesen, der Bahnhof, von dem aus er sich eine neue Transportmöglichkeit suchen musste. Nach Mezobereny führte die Bahnlinie südlich nach Arad, und das war zu weit von seinem Weg ab. Von hier aus würde Harry einen Bus, ein Taxi, einen Karren nehmen oder sogar zu Fuß gehen, je nachdem, was sich gerade anbot.

Am Stadtrand von Mezobereny fand er eine kleine Pension namens Sarkad, die nach dem Bezirk benannt war. Hier nahm er sich für die Nacht ein Zimmer. Er hatte das Sarkad gewählt, weil es genau gegenüber eines alten Friedhofs lag, der sich unter hohen schattigen Bäumen auf der anderen Seite der Straße hinzog. Falls es zu nächtlichen Heimsuchungen kommen sollte – durch Träume, die von seinen Feinden beeinflusst wurden, oder vielleicht auch durch ganz reale Besucher – dann wollte Harry die Toten auf seiner Seite haben. Und deswegen stand er auch am Fenster und sandte seine Gedanken über die Straße hinweg zu den Toten aus, bevor er sich zur Ruhe begab.

Natürlich hatten auch sie von dem Necroscope gehört und konnten kaum glauben, dass er tatsächlich in ihrer Stadt war. Sie hatten Tausende von Fragen und beschäftigten ihn bis tief in die Nacht. Aber als Mitternacht dann vorüber war, sah sich Harry gezwungen, ihnen zu sagen, er sei müde und müsse sich wirklich auf den nächsten Tag vorbereiten. Als er dann in sein Bett schlüpfte, dachte er noch: *Was für eine Untertreibung!*

Harry war kein Spion im normalen Sinn des Wortes. Wenn er das gewesen wäre, hätte er vielleicht den Mann bemerkt, der ihm vom Bahnhof in das Sarkad gefolgt war und auf dem Zimmer direkt neben seinem bestanden hatte.

Nikolai Zharov hatte gehört, wie der Necroscope in seinem Zimmer hin und her lief. Als Harry ans Fenster gegangen war, hatte der Russe das Gleiche getan. Das Licht aus den Zimmern war nach draußen gedrungen und hatte Harrys Schatten auf die Straße geworfen. Zharov war zurückgegangen, hatte das Licht in seinem Zimmer gelöscht und war dann wieder ans Fenster getreten. Er sah dahin, wohin Harry blickte.

Und da hatte Zharov zum ersten Mal den Friedhof bemerkt. Ihn fröstelte. Er hatte die Vorhänge vorgezogen, sich auf sein Bett gesetzt und sich eine Zigarette angesteckt. Zharov wusste Bescheid über Harrys Gabe. Er war in Bonnyrig gewesen, als Wellesley versucht hatte, den Necroscope zu töten, und er hatte gesehen, was da aus Keoghs Garten kam und den Anschlag des Verräters vereitelte. Wenn man dazu dann noch ein paar Einzelheiten aus dem Bericht dieser Idioten von der Securitate in Rumänien hinzufügte …

vielleicht war das hier nicht der beste Ort und die beste Zeit für einen Mord.

Aber es konnte nicht schaden, die eigenen Waffen zu überprüfen. Er öffnete das Geheimfach in seinem Aktenkoffer und entnahm ihm die Einzelteile einer kleinen aber tödlichen Automatik. Er schraubte sie zusammen und steckte ein Magazin mit sechzehn Kugeln in den Schaft. Ein Ersatzmagazin steckte er in die Tasche. Außerdem war da noch ein Messer mit einer zwanzig Zentimeter langen Klinge, die so schmal wie ein Schraubenzieher war, und eine Garotte, die aus zwei Handgriffen und einem halben Meter Klaviersaite dazwischen bestand. Jede dieser Methoden für sich würde genügen, aber Zharov musste sicher sein, dass es im richtigen Moment schnell ging. Keogh durfte nicht die leiseste Chance haben, mit jemandem zu reden. Egal mit wem oder mit was.

Und wieder stahl sich das Bild dieser beiden – Menschen? – ungebeten in Zharovs Gedanken: die beiden Gestalten, die er von der anderen Seite des Flusses in Bonnyrig gesehen hatte, als sie aus Harrys Garten kamen. Er erinnerte sich daran, wie sie sich bewegt hatten – jeder Schritt eine übernatürliche Anstrengung – und wie einer von ihnen Stücke von sich zu verlieren schien, die dann aus eigener Kraft hinter ihm her in die Nacht hinaus krabbelten.

Der Russe versuchte, die Gedanken abzuschütteln. Es war noch früh, und er war noch nicht bereit, ins Bett zu gehen. Er schlüpfte wieder in seinen Mantel und ging hinunter in die Hotelbar, um sich einen Drink zu genehmigen.

Oder auch mehrere …

So, wie Harry mit seinen neuen Freunden auf der anderen Straßenseite gesprochen hatte, als er noch wach war, so redete er jetzt auch in seinen Träumen weiter mit ihnen. Nur war jetzt das Gespräch weniger zusammenhängend, eher nebulös, wie es Träume nun einmal sind. Aber er schlief nicht so tief, dass er Ken Layards Lokalisierungs-Sonden nicht bemerkt hätte, wenn sie über ihn hinwegstrichen (was sie sehr oft taten), und er war auch nicht so weit vom Wachzustand entfernt, dass er den Unterschied zwischen dem üblichen Geplapper der Toten und wirklich wichtigen Nachrichten nicht bemerkt hätte. Als seine Gedanken die neue Stimme auffingen, wusste er instinktiv, dass dies bedeutsam sein musste.

Deswegen fragte er auch nach: *Wer bist du? Bist du auf der Suche nach mir?*

*Harry Keogh?* Die neue Stimme wurde deutlicher. *Gott sei Dank, dass ich dich gefunden habe!*

*Kenne ich dich?* Harry war vorsichtig.

*Gewissermaßen. Wir sind einander begegnet. Ich habe sogar versucht, dich zu töten!*

Jetzt erkannte Harry ihn und er wusste, warum er die Stimme bisher nicht zuordnen konnte. Es war ganz einfach: Er hatte die Stimme mit den Lebenden assoziiert – bis jetzt jedenfalls. Die Stimme gehörte nicht zu einem Toten, oder wenigstens sollte sie das nicht. *Wellesley? Was ist passiert?*

*Du meinst, warum ich tot bin, Harry? Na ja, die haben mir ganz schön hart zugesetzt. Keine körperliche Gewalt, nein, natürlich nicht, aber ein Verhör nach dem anderen – du weißt schon! Körperliche Gewalt hätte ich ja vielleicht ertragen, aber dieser psychische Stress? Je tiefer die bohrten, desto mehr wurde mir klar, in was für eine Scheiße ich hineingeraten war. Für mich war alles vorbei. Ich würde eine lange Zeit absitzen müssen, und hätte danach weder einen Job noch irgendwelche Zukunftsperspektiven. Ich weiß, es klingt banal, aber es ist nun einmal so, ich war ein gebrochener Mann. Also … Ich habe mich aufgehängt. Es ist ja nicht mehr so, dass einem eine Pistole angeboten wird – ein ehrbarer Ausweg – deswegen musste ich meine Schnürsenkel nehmen. Ich hatte schon befürchtet, dass die reißen würden, aber das sind sie nicht.*

Harry konnte nur schwerlich Mitleid für ihn aufbringen. Schließlich war der Mann ein Verräter. *Und was willst du jetzt von mir? Soll ich dir sagen, wie sehr du mir Leid tust? Dir eine Schulter anbieten, an der du dich ausweinen kannst? He, ich habe viele Freunde unter den Toten, die nicht versucht haben, mich umzubringen!*

*Deswegen bin ich nicht hier, Harry. Nein, ich habe das bekommen, was ich verdient habe. Ich glaube, das bekommen wir schließlich alle. Ich bin gekommen, um mich zu entschuldigen, das ist alles. Ich wollte dir sagen, dass es mir Leid tut, dass ich nicht mehr Mumm gehabt habe.*

Harry schnaubte verächtlich: *Oh toll! Harry, es tut mir Leid, dass ich nicht mehr Mumm gehabt habe. Wenn ich den gehabt hätte, dann hätte ich dich verdammt noch mal umgebracht!*

Wellesley seufzte. *Na ja, es war einen Versuch wert. Es tut mir Leid, dass ich dich gestört habe. Es ist nur so: Als ich mich umgebracht habe, wusste ich noch nicht, dass meine Qualen damit erst anfangen würden.* Er begann sich zurückzuziehen.

*Was soll das?* Harry hielt ihn auf. *Deine Qualen?* Dann begriff er. *Die Toten wollen nichts mit dir zu tun haben, richtig?*

Wellesley zuckte mit den Achseln. Er war am Ende. *So ungefähr. Aber wie ich schon sagte: Wir bekommen, was wir verdienen. Es tut mir Leid, dich gestört zu haben, Harry.*

*Nein, warte ...* Harry hatte eine Idee. *Was würdest du sagen, wenn ich dir eine Chance gebe, mit mir ins Reine zu kommen? Und mit den Toten insgesamt?*

*Gibt es eine solche Möglichkeit?* (In Wellesleys Stimme schwang plötzlich Hoffnung mit.)

*Das könnte sein. Es hängt davon ab.*

*Wovon?*

*Du hattest diese negative Gabe, richtig?*

*Ja, das stimmt. Niemand konnte in meinen Verstand hineinsehen. Aber ... wie du sehen kannst, ist diese Gabe mit mir gestorben.*

Harry schüttelte den Kopf. *Vielleicht nicht. Was wir hier tun, ist nicht das Gleiche. Das hier ist keine Telepathie, sondern die Sprache der Toten. Du hast die Kontrolle darüber. Du musst nicht mit mir sprechen, wenn du das nicht willst. Diese andere Fähigkeit, die du hattest, ließ sich nicht kontrollieren. Du wusstest nicht einmal, dass sie da war. Wenn nicht jemand anderes das bemerkt hätte – wenn nicht irgendjemandem aufgefallen wäre, dass dein Verstand wie eine Steinmauer wirkte – dann würdest du immer noch nicht wissen, dass du diese Gabe hattest. Habe ich Recht?*

*Ja wahrscheinlich? Aber was willst du mir damit sagen?*

*Ich bin mir nicht sicher. Ich weiß nicht einmal, ob es überhaupt möglich ist. Aber es wäre ein verdammt großer Gewinn für mich, wenn ich diese Gabe von dir hätte!*

*Ja, sicher wäre es das. Aber wie du mir selbst gerade erklärt hast, war das gar keine Gabe. Es war eine Art negativer Ladung. Es war die ganze Zeit da und hat für sich gearbeitet, ohne dass ich etwas dazutun oder es beeinflussen konnte.*

*Mag sein. Aber irgendwo in deinem Verstand ist auch der Mechanismus, der es gesteuert hat. Ich würde nur gern wissen, wie das funktioniert, das ist alles. Und dann, wenn ich das irgendwie imitieren könnte, und wenn ich noch dazu herausfinden würde, wie man das an- und abschalten kann …*

*Du willst in meinen Verstand hineinsehen? Willst du damit sagen, dass du das tun kannst?*

*Mit deiner Hilfe kann ich das vielleicht,* antwortete Harry. *Vielleicht ist das auch der Grund, warum das vorher niemand anders konnte: weil du sie alle ausgesperrt hast … Hast du jemals meine Akte gelesen?*

*Natürlich.* Wellesley gluckste verhalten. *Damals habe ich das alles für ausgemachten Blödsinn gehalten. Ich erinnere mich, wie einer der ESPer die Akte auf meinem Schreibtisch liegen sah und mir dann sagte: ›Mit dem Kerl würde ich nicht reden. Nur über meine Leiche!‹*

*Der ist nicht schlecht!* Harry lachte. Aber einen Augenblick später war er wieder ernst. *Dann weißt du auch über Dragosani Bescheid und wie er den bösen Blick von Max Batu gestohlen hat?*

*Ja, auch das,* sagte Wellesley. *Aber er hat diese Gabe aus seinem Herz herausgeschnitten, sie aus seinen Eingeweiden gelesen und sie über sein Blut gelernt.*

*Ja, so ist Dragosani vorgegangen, aber so muss es nicht sein. Das war schon immer der Unterschied zwischen mir und Leuten wie Dragosani. Das ist der Unterschied zwischen einem Nekromanten und einem Necroscope. Ein Nekromant nimmt das, was er will, mit Gewalt. Er foltert dafür. Aber ich, ich bitte nur darum.*

*Alles, was ich habe, gebe ich aus freien Stücken,* sagte Wellesley.

Harry nickte. *Das wird dir bei den Toten eine Menge Pluspunkte einbringen,* sagte er.

*Und wie willst du es tun?* Wellesley konnte es kaum erwarten.

*Eigentlich bist du derjenige, der es tun muss.*

*Ja? Dann sag mir, was ich tun soll.*

*Du musst deine Gedanken ausblenden und mich in deinen Verstand einladen,* sagte Harry. *Du musst dich entspannen, als sei ich ein Hypnotiseur, der dich in Trance versetzt, und dann zu mir sagen: Tritt ein, aus freien Stücken.*

*So einfach ist das?*

*Wenigstens der Anfang.*

*Na gut.* Wellesley hatte sich entschieden. *Lass es uns versuchen …*

## SIEBTES KAPITEL

Später meldete sich dann Möbius: *Harry? Hör mir zu, mein Junge. Es tut mir Leid, dass es so lange gedauert hat, aber diese mentalen Schlösser in deinem Kopf haben mir wirklich Probleme bereitet. Egal, du weißt ja selbst, je komplizierter das Problem ist, desto mehr zieht es mich an. Also habe ich mich mit ein paar Freunden in Verbindung gesetzt, und wir sind zusammen zu dem Schluss gekommen, dass es sich dabei um eine neue Form der Mathematik handelt.*

*Was ist eine neue Form der Mathematik?* Harry war verwirrt. *Und was für Freunde?*

*Die Türen in deinem Kopf sind durch Zahlen verschlossen,* erklärte Möbius. *Aber die sind in Symbolen aufgezeichnet, so wie eine Form von Algebra. Und was dabei herauskommt, sind die kompliziertesten Gleichungen mit mehrfachen Unbekannten, die mir je untergekommen sind.*

*Und?*

*Ich hätte das nie allein lösen können – jedenfalls nicht, wenn ich mich in den nächsten hundert Jahren noch mit irgendetwas Anderem beschäftigen wollte. Das ist einfach ein Rätsel, das sich nur durch Ausprobieren lösen lässt. Seitdem ich dich verlassen habe, habe ich also diverse Kollegen aufgesucht und ihnen das Problem vorgelegt.*

*Kollegen?*

Möbius seufzte. *Harry, es hat vor mir auch noch andere gegeben. Einige davon lebten lange vor meiner Zeit. Aber wie gerade du wissen solltest, sind sie mit ihrem Tod nicht einfach verschwunden. Sie sind immer noch da und tun jetzt im Tode genau das Gleiche, was sie in ihrem Leben getan haben. Deswegen habe ich Teile dieser Aufgabe an sie weitergegeben. Und ich kann dir verraten, Harry, das war gar nicht so einfach! Aber glücklicherweise hatten sie alle schon von dir gehört, und netterweise haben sie mich auch alle als Kollegen akzeptiert, auch wenn ich ihnen noch in so vielem hinterherhinke!*

*Hinterherhinken?*

*Im Vergleich zu Leuten wie Aristoteles, Ptolemäus, Kopernikus, Kepler, Galilei, Newton, Ole Christensen Roemer … ja, da bin ich noch ein Laie, mein Junge. Und Einstein ist da ein blutiger Anfänger!*

Harrys Gedanken rasten. *Aber … waren die nicht fast alle Astronomen?*

*Und Philosophen, Mathematiker und einiges mehr dazu,* erwiderte Möbius. *Die Wissenschaften ergänzen und überschneiden sich, Harry. Und wie du also sehen kannst, war ich fleißig. Aber trotz all dem gab es da jemanden, den ich gern um Hilfe gebeten hätte, bei dem ich es aber nicht gewagt habe. Und weißt du was? Er ist gekommen und hat mich aufgesucht. Wie es scheint, war er sogar beleidigt, weil er nicht gefragt worden ist!*

*Und wer ist das?,* fragte Harry fasziniert.

*Pythagoras!*

Harry war fassungslos. *Den gibt es immer noch?*

*Und er ist immer noch ein großer Mystiker und besteht immer noch darauf, dass Gott die ultimative Gleichung sei …* Hier wurde Möbius sehr still. *Mittlerweile bin ich mir nicht einmal mehr sicher, ob er nicht vielleicht sogar Recht hat.*

Harry war noch immer erschüttert. *Pythagoras denkt über mein Problem nach? Meine Mutter hat zwar gesagt, dass viele Leute bereit wären, mir zu helfen. Aber dass es sogar für Pythagoras gilt?*

Möbius wurde aus seiner Versenkung gerissen. *Häh? Aber ja!*

*Doch … hat er denn die Zeit dafür? Ich meine, gibt es denn nichts Dringenderes –?*

*Nein,* unterbrach Möbius, *für ihn ist es wichtiger als alles andere. Ist dir denn nicht klar, wer oder was Pythagoras war? Im sechsten Jahrhundert vor Christus hat er bereits den Grundstein für eine Zahlenphilosophie gelegt. Er war der wichtigste Vertreter der Schule, die davon ausging, dass die Zahl die Grundlage aller Dinge ist, das metaphysische Prinzip einer rationalen Ordnung im Universum. Und was genauso wichtig ist, seine wichtigste theologische Überzeugung war der Glaube an die Seelenwanderung!*

Harry schüttelte verwirrt den Kopf. Er konnte nicht mehr folgen. *Und das hat etwas mit mir zu tun?*

Wieder seufzte Möbius: *Mein Junge, du hörst mir nicht zu. Nein, du tust es schon. Es ist nur deine Zahlenblindheit, die dir den Zugang zu dem verschließt, was ich sage! Natürlich hat es mit dir zu tun. Denn jetzt, nach zweieinhalbtausend Jahren, bist du der lebende Beweis für alles, was Pythagoras damals postuliert hat. Du, Harry: der einzige Mensch aus Fleisch und Blut, der je mit seinem metaphysischen Verstand das physikalische Universum beeinflusst hat!*

Harry versuchte zu begreifen, was Möbius ihm da sagte, aber der Sinn entzog sich ihm. Sein mangelndes Zahlenverständnis stand ihm im Weg. *Also … ich komme wieder in Ordnung, ja?*

*Wir werden diese Türen aufbrechen. Ja, Harry, das schaffen wir. Aber wir brauchen dazu natürlich Zeit.*

*Wie viel Zeit?*

Hier konnte Möbius nur mit den Achseln zucken. *Stunden, Tage, Wochen. Das lässt sich nicht vorhersagen.*

*Wochen nützen mir nichts,* erklärte Harry. *Nicht einmal Tage. Aber Stunden hört sich für mich gut an.*

*Na ja, wir tun unser Bestes, Harry. Wir geben uns Mühe …*

In den Höhen oberhalb von Halmagiu, in der Nähe der Ruinen seines Schlosses, tobte und wütete Janos Ferenczy, der Spross von Faethors Lenden. Er hatte Sandra und Ken Layard auf einen Felsüberhang herausgeschleift, der in die nackte Luft hinausragte, vierhundert Meter über dem Geröll am Fuß der steilen Felswände. Sogar der Nachtwind ließ sich von Janos' Toben mitreißen: Er pfiff unbarmherzig über den Felsen und drohte die drei in den Abgrund zu reißen.

»Ruhe!«, herrschte der Vampir die erregten Elemente an. »Schweigt!« Und als der Wind nachließ und die Wolken wie verängstigte Rehe vor dem Mond vorbeihuschten, wandte sich das rasende Monster seinen Sklaven zu.

»Du.« Er zog Layard zu sich heran. Er ergriff ihn im Nacken, so wie eine Katzenmutter ihr Junges packt, und stieß ihn der steil abfallenden Klippe entgegen. »Ich habe dir schon einmal deine Knochen gebrochen. Muss ich das noch einmal tun? Sag es mir jetzt: Wo ist er? Wo – ist – Harry – Keogh?«

Layard zappelte in seinem Griff und deutete nach Nordwest. »Da war er, ich schwöre es! Nicht mehr als hundert Kilometer weit weg, noch vor einer Stunde. Ich habe ihn da gespürt. Er war … stark, seine Aura strahlte fast so hell wie ein Leuchtsignal. Aber jetzt ist da nichts mehr.«

»Nichts?«, zischte Janos und drehte Layards Gesicht zu sich hin.

»Bin ich denn ein Trottel? Du warst ein talentierter Mensch, ein guter Lokalisierer, aber als Vampir sind deine Fähigkeiten um ein Vielfaches verstärkt. Wenn ihn jemand finden kann, dann bist du das. Wie kannst du mir jetzt erzählen, du hättest ihn verloren? Wie kann er da und dann plötzlich nicht mehr da sein? Kommt er näher, selbst jetzt in der Nacht? Ist er auf dem Weg hierher? Sprich!« Er schüttelte den anderen wie eine kraftlose Puppe.

»Er war da!«, japste Layard. »Ich habe ihn gespürt. Er war allein, und er bewegte sich nicht. Wahrscheinlich war er über Nacht irgendwo eingekehrt. Ich weiß, dass er da war. Ich habe ihn aufgespürt, bin über ihn hinweggestrichen und auch wieder zurück, aber ich habe es nicht gewagt, mich länger aufzuhalten, damit er mich nicht hierher zurückverfolgen konnte. Frag doch das Mädchen. Sie wird bestätigen, dass ich die Wahrheit sage!«

»Ihr – habt – euch – gegen – mich – verbündet!« Janos warf ihn auf die Knie, dann griff er nach Sandras leichtem Kleid und riss es ihr vom Leib. Sie versuchte instinktiv unter dem bleichen Mond ihre Blöße zu bedecken. Aber einen Augenblick später richtete sie sich wieder auf. Janos hatte ihr bereits das Schlimmste angetan; wenn der Horror betäubt, spürt das Fleisch nichts mehr.

»Er sagt die Wahrheit«, sagte sie. »Ich konnte nicht in den Geist des Necroscope eindringen, weil er sonst in meinen eingedrungen wäre, und durch meinen in den Euren. Aber als ich fühlte, dass er schlief, glaubte ich einen Blick riskieren zu können. Ich versuchte es … aber er war nicht mehr da. Oder wenn er da war, dann war sein Verstand nicht mehr zugänglich.«

Janos starrte sie lange an; sein purpurner Blick lag auf ihr und brannte sich in sie hinein, bis er sich sicher war, dass sie die reine Wahrheit gesagt hatte. Schließlich gab er auf. »Er kommt also«, knurrte er. »Nun, das war es ja auch, was ich wollte.«

»Wollte?« Sandra lächelte ihn vielleicht ein wenig zu wissend an. »Die Vergangenheitsform? Gilt das nicht mehr, Janos?«

Er funkelte sie wütend an, ergriff ihre Schulter und zwang sie neben Layard auf die Knie. Dann richtete er sein Gesicht gen Nordwest und hob die Arme der Nacht entgegen. »Ich lege mich wie ein Nebel auf die Täler«, intonierte er, »ich gebiete den Lungen der Erde, mir ihren Odem zu spenden und ihren Dunst in die Luft zu senden, um ihm den Weg zu verschleiern. Ich rufe meine Diener an, ihn zu finden und mir sein Handeln kundzutun, und ich gebiete den Felsen dieser Berge, sich ihm entgegenzustellen.«

»Und das soll ihn aufhalten?« Sandra musste sich anstrengen, ihren vampirischen Sarkasmus im Zaum zu halten.

Janos drehte ihr seine flammenden Augen entgegen, und sie sah, dass sein Schädel und seine Kiefer sich wolfsartig verlängert hatten. »Ich weiß es nicht«, antwortete er schließlich, und seine schreckliche Stimme schrillte über ihre blanken Nervenenden. »Aber wenn es das nicht tut, dann weiß ich jemanden, der das ganz bestimmt tun wird.«

Mit drei vampirischen Handlangern (Hausmeistern, die in seiner Abwesenheit auf den Schutthaufen Acht gaben und seine Geheimnisse bewachten) stieg Janos in vergessene Gewölbe der Erde und der Albträume hinab, an einen alles andere als verlassenen Ort. Dort benutzte er seine nekromantischen Fähigkeiten, um eine thrakische Edelfrau aus ihrer Asche heraufzubeschwören. Er kettete sie nackt an eine Wand und beschwor ihren Ehemann herauf, einen Riesen von einem Kriegshäuptling, der selbst heute noch ein Gigant war und zu seiner Zeit wie ein Goliath gewirkt haben musste. Janos hatte sie beide schon zu früheren Zeiten heraufbeschworen, aus verschiedenen Gründen, aber jetzt hatte er dafür einen ganz anderen Anlass. Er hatte die Grabräuberei schon vor fünfhundert Jahren aufgegeben, und seine Lust an Folter und Nekrophilie war zu ungefähr der gleichen Zeit verebbt.

Während der thrakische Krieger noch desorientiert und betäubt hin und her wankte, und im Gestank und purpurroten Staub, der seine Erweckung begleitete, hustete und keuchte, ließ Janos ihn in Ketten legen und vor seine Geliebte schleifen. Bei ihrem Anblick wurde er schlagartig still; Tränen sammelten sich in seinen Augen und tropften an den ledrigen, pockennarbigen Konturen seines bärtigen Gesichts entlang.

»Bodrogk.« Janos sprach ihn in einem Dialekt an, der seiner eigenen Sprache nahe kam. »Du erkennst deine Frau also wieder, nicht wahr? Und wie du siehst, habe ich sehr gut für ihre Salze gesorgt. Sie ist jetzt wieder so strahlend, wie sie es im Leben war – nicht so wie du, überall vernarbt und verätzt, wo Teile deines Selbst verlorengegangen sind. Vielleicht sollte ich ein bisschen vorsichtiger vorgehen, wenn ich deine Asche einsammle, so wie ich es mit ihrer Asche tue, wenn ich sie wieder zu Staub zerfallen lasse. Aber wie du ja wissen musst, war sie mir mehr zu Diensten als du. Da, wo du mir nur Gold geben konntest, da habe ich von ihr …«

»Du bist ein Schuft!«, unterbrach ihn der Hüne. Seine Stimme grollte wie auseinanderbrechende Felsbrocken. Er sträubte sich gegen seine Ketten und versuchte, seinen Peiniger zu erreichen.

Janos lachte über die verzweifelten Anstrengungen. Aber dann hielt er inne und hielt einen gläsernen Krug hoch, damit der andere ihn sehen konnte. »Jetzt gib Ruhe und hör mir zu«, befahl er mit harter Stimme. »Wie du sehen kannst, ist diese von dir ach so geliebte Frau beinahe vollkommen. Wie lange sie das bleibt, liegt ganz bei dir. Sie hat sich seit ihrer Zeit vor zweitausend Jahren nicht verändert, und das wird sie auch nicht, solange ich das nicht will – aber nur so lange und keine Sekunde länger.«

Während er redete, verankerten seine Kreaturen Bodrogks Ketten an eisernen Ringen, die in die Wand eingelassen waren, und zogen sich dann zurück. »Pass auf!«, befahl Janos. Er nahm einen gläsernen Stab und tunkte ihn in die Flüssigkeit in dem Krug, dann spritzte er damit ein paar Tropfen auf die gewaltige Brust des Thrakers.

Bodrogk sah an sich herunter; sein Mund klappte auf und seine Augen quollen hervor, als Rauch zwischen den dichten Brusthaaren aufstieg, wo die Säure ihn berührt hatte. Er schrie auf und rüttelte an seinen Ketten, dann brach er in die Knie, als der Schmerz dieser Folter ihn übermannte. Die Säure fraß sich in ihn hinein, bis das Fleisch zerschmolz und in dünnen rötlich-gelben Rinnsalen an seinen zuckenden Schenkeln hinabrann.

Seine Frau, die letzte von sechs Frauen, die er in seinem Leben gehabt hatte, flehte Janos an, Bodrogk diese Qualen zu ersparen. Von Schluchzern geschüttelt brach auch sie in ihren Ketten zusammen. Schließlich rappelte sich ihr Ehemann wieder auf die Füße. Seine Augäpfel leuchteten rot vor Schmerz und Hass, als sein Blick auf Janos haften blieb. »Ich weiß, dass sie tot ist«, sprach er, »so wie auch ich tot bin. Und du bist ein Leichenfledderer und ein Nekromant. Aber so wie es scheint, ist man auch im Tod nicht vor Schande, vor Folter und vor Schmerz gefeit. Um ihr daher mehr davon zu ersparen, sag mir, was du von mir wissen willst. Wenn ich die Antwort weiß, werde ich sie dir geben. Wenn es in meiner Macht steht, dir zu Willen zu sein, dann werde ich es tun.«

»Gut!«, brummte Janos. »Ich habe noch sechs von deinen Männern in ihren Urnen, beziehungsweise ihre Salze, ihre Asche und ihren Staub. Jetzt werde ich sie aus ihren Gefäßen entlassen und wiedererwecken. Sie werden meine Leibgarde, und du bist ihr Anführer.«

»Noch mehr Fleisch, das du quälen kannst?« Bodrogks Grollen klang bedrohlich.

»Was?« Janos setzte eine verletzte Miene auf. »Du solltest mir dankbar sein! Das waren deine Kampfgefährten, die einst Seite an Seite mit dir in die Schlacht gezogen sind. Und jetzt werdet ihr das vielleicht wieder tun. Denn wenn mein Feind sich gegen mich stellt, kann ich mir nicht sicher sein, dass er das allein tut. Ich habe sogar noch deine Rüstung, die du vor all diesen Jahren getragen hast und die mit dir begraben wurde. Du siehst also, du wirst wieder ein Krieger sein wie ehedem. Und dafür schuldest du mir eigentlich sogar Dank. Jetzt werde ich die anderen heraufbeschwören, und ich befehle dir, Bodrogk, sie im Zaum zu halten. Deine Gemahlin bleibt hier. Es muss nur ein tückischer Thraker die Hand gegen mich erheben … und sie wird dafür büßen.«

»Janos.« Bodrogk wandte den Blick nicht von ihm ab. »Ich werde alles tun, was du von mir willst. Aber ich war im Leben ein Krieger, und ich war immer ehrenhaft. Und meine Ehre zwingt mich dazu, dich zu warnen: Achte immer darauf, dass du in der besseren Position bist. Ja, ich weiß, du bist ein Vampir und hast gewaltige Kräfte, aber ich kenne auch mich und meine Kraft, die nicht unbeträchtlich ist. Wenn du nicht Sofia hier in Ketten festhalten würdest, würde ich dich trotz all deiner Säure in Stücke zerreißen. Sie ist das Einzige, was mich davon abhält.«

Janos lachte laut und bellend. »So weit wird es nie kommen«, sagte er. »Aber ich werde auch fair zu dir sein: Wenn das hier alles vorbei ist, und wenn es zu meiner Zufriedenheit ausgegangen ist, dann werde ich euch beide wieder in den Staub entlassen, und dann werde ich eure Asche miteinander vermischen und sie auf ewig in alle Winde verstreuen.«

»Das muss mir genügen«, sagte Bodrogk.

»So sei es!«, erklärte Janos …

Als die Sonne einen goldenen Streifen an den östlichen Horizont zauberte, lag Harry noch in tiefem Schlaf. Aber Darcy Clarke und seine Leute waren schon mit einem etwas größeren und schnelleren Boot als beim letzten Mal im Mittelmeer unterwegs. Sie hatten Tilos bereits an Backbord liegen lassen auf ihrem Weg nach Westen, Richtung Sirna. Während er zusah, wie die See wie blaue Seide an ihm vorbeirauschte, durch die eine Schere fährt, ging Darcy auf der Suche nach Dingen, die sie übersehen haben könnten, noch einmal den Plan durch, den sie sich in der letzten Nacht zurechtgelegt hatten.

Er erinnerte sich daran, wie David Chung an einem Tisch in ihrem Wohnzimmer gesessen hatte, während alle anderen sich um ihn herum drängten und seiner Vorstellung zusahen. Chungs Eltern waren beide Kokain abhängig gewesen. Die Droge hatte ihnen den Verstand zerfressen und sie beide umgebracht, als er noch ein Kind war. Seit das E-Dezernat ihn angeworben hatte, hatte er seine Gabe auf ein bestimmtes Ziel gerichtet: Er wollte jeden vernichten, der mit menschlichem Leid Handel trieb. Man hatte dem Lokalisierer von Zeit zu Zeit auch andere Aufgaben zugewiesen, aber es war allgemein bekannt, dass hier seine wahre Stärke lag.

Gestern Nacht hatte er ein wenig der Substanz verwendet, die er so hasste: Er hatte sich über eine winzige Menge schneeweißen

Kokains gebeugt. Auf dem Tisch lag eine große Karte des Dodekanes, und darauf lag auf einem Zigarettenpapier eine geringe Menge des weißen Staubes.

Chung hatte um Ruhe gebeten. Mehrere Minuten saß er da und atmete tief und regelmäßig. Dann und wann befeuchtete er einen Finger und legte sich damit ein paar der weißen Kristalle auf die Zunge. Und dann –

– mit einem plötzlichen heftigen Pusten hatte er das Zigarettenpapier und das Gift fortgeblasen und mit dem Zeigefinger auf einen Punkt der Landkarte gedeutet. »Da! Und sogar verdammt viel!«

Manolis Papastamos und Jazz Simmons hatten applaudiert, aber Zek, Darcy und Ben Trask schienen nicht besonders überrascht. Sie waren zwar beeindruckt, aber ESP gehörte schon seit vielen Jahren zu ihrem Alltag. Es war für sie nichts Ungewöhnliches.

Manolis hatte sich den Punkt auf der Karte näher angesehen, auf den Chung zeigte, und genickt. »Die Insel von Lazarides«, sagte er. »Jetzt wissen wir also, wo sich die Lazarus versteckt. Und auf ihr ist der ganze Dreck, den der Vrykoulakas von der alten Samothraki gestohlen hat.«

Danach war die Planung mehr als simpel gewesen. Das Ziel stand fest: Sie würden auf der Insel in der Stunde nach der Dämmerung ankommen, wenn die Vampir-Crew der Yacht ihre Aktivitäten eingeschränkt haben dürfte, und das Schiff mit den Vampiren und allem, was sonst noch darauf war, zerstören und direkt an seinem Ankerplatz versenken.

David Chung war nicht mehr bei ihnen. Er hatte seine Aufgabe erfüllt und konnte es sich jetzt in der Sonne gemütlich machen; er würde die anderen erst dann wiedersehen, wenn sie ihre Aufgabe erfüllt hatten. Und eben jetzt waren sie auf dem Weg, genau das zu tun.

Manolis riss Darcy in die Gegenwart zurück: »Eine halbe Stunde noch, und wir sind da. Willst du alles noch einmal durchgehen?«

Darcy schüttelte den Kopf. »Nein. Ihr wisst alle, was ihr zu tun habt. Und was mich angeht – ich bin dieses Mal nur ein Passagier.

Jedenfalls bis wir auf der Insel und in Janos' Heimstatt sind.« Er sah zu seinem Team hinüber.

Zek schälte sich gerade aus ihrem dünnen einteiligen Kostüm. Darunter trug sie einen gelben Badeanzug, bei dessen Herstellung man mit dem Stoff drastisch gespart und der Fantasie nicht mehr viel Raum gelassen hatte. Man sah der Telepathin ihr Alter nicht an; sie war schlank, sonnengebräunt und im Großen und Ganzen atemberaubend. Mit ihren blauen Augen, dem blonden, goldschimmernden Haar und ihrem betörenden Lächeln konnte es einfach keinen lebendigen oder auch nur untoten Mann geben, der ihr nicht die vollste Aufmerksamkeit geschenkt hätte!

Ihr Ehemann sah sie an und grinste.

»Was ist so komisch?«, fragte sie und warf den Kopf in den Nacken.

»Ich dachte nur gerade, dass wir die Kerle mit ihrem Schiff versenken wollen. Es geht nicht darum, dass sie dir ins Wasser nachspringen sollen.«

»Das ist etwas, das ich von Lady Karen auf Starside gelernt habe«, sagte sie. »Wenn ich sie ablenken kann, dann ist es für euch viel leichter und sicherer, euren Job zu machen. Karen war eine Expertin auf dem Gebiet.«

»Die werden ganz bestimmt abgelenkt sein!«, versicherte Manolis ihr.

In der Zwischenzeit hatte Ben Trask einen kleinen schaumstoffgefüllten Koffer geöffnet und ihm vier von sechs glänzenden Metallscheiben entnommen, die vielleicht fünf Zentimeter dick waren und zwanzig Zentimeter im Durchmesser maßen. Die Rückseite jeder der Scheiben war schwarz und bestand aus einem Magneten, während es auf der Vorderseite einen Sicherungsschalter und eine Zeitschaltuhr gab. Manolis sah kopfschüttelnd zu, wie er die Haftminen anstelle der üblichen Bleigewichte an seinem Schwimmgürtel befestigte. »Ich weiß immer noch nicht, wie du die durch den Zoll gekriegt hast«, sagte er.

Trask zuckte mit den Achseln. »Als Diplomatengepäck. Wir erregen vielleicht nicht so viel Aufsehen wie die anderen, aber trotz allem sind wir immer noch ein Teil des britischen Geheimdienstes.«

»Da ist ein Felsen voraus«, rief Zek, die sich jetzt auf einer Gummimatte auf dem kleinen Vordeck vor der Windschutzscheibe des Steuerhäuschens räkelte. Sie deutete mit dem Arm. »Manolis, ist es das?«

Er nickte. »Ja, das ist es. Darcy, kannst du das Steuer übernehmen?«

Darcy stellte sich an seinen Platz und nahm die Geschwindigkeit ein wenig zurück. Manolis und Jazz zogen sich bis auf die Badehosen aus und verschwanden in der winzigen Kabine außer Sicht. Sie überprüften ihre Tauchgeräte und die Schwimmflossen. Ben Trask zog sein Jackett aus und setzte dafür eine Sonnenbrille und einen Strohhut auf. Mit seinem Hawaiihemd wirkte er wie ein reicher Idiot, der gerade einen Vergnügungsausflug macht. Darcy konnte gut sein Bruder sein.

Sie waren jetzt nah an die Insel herangekommen, und alle konnten sehen, dass Zek Recht gehabt hatte; es war kaum mehr als ein großer Felsen. Es gab ein paar Büsche, Sträucher und trockenes Gras – und viel Gestein. Genau in der Mitte, auf allen Seiten von Klippen umgeben, ragte eine wetterzerfressene gelbe Felsnadel ungefähr achtzig Meter steil in die Höhe.

Zek blickte daran hoch und legte die Hand an die Stirn. »Das ist nur ein Zerrbild einer Wamphyri-Feste«, sagte sie, »aber trotzdem läuft es mir kalt den Rücken herunter. Und auf der Insel sind Menschen – nein, Vampire. Mindestens zwei.«

Das Boot umrundete ein kleines Kap, und Darcy konnte sehen, was vor ihm lag. Aber auch wenn er das nicht gesehen hätte, hätte seine Gabe ihn vorgewarnt. »Bleibt unten«, rief er Manolis und Jazz in der Kabine zu. »Zieht die Vorhänge vor. Ihr beiden seid nicht hier. Auf dem Boot sind nur wir drei hier oben.«

Sie taten wie geheißen.

Zek streckte sich lang auf dem Dach der Kabine aus und setzte eine Sonnenbrille auf. Trask lehnte sich zurück und hakte ein Bein bequem über die Reling. Darcy lenkte das Boot direkt vor der

Mündung einer kleinen Bucht vorbei. Und da, in der Bucht vor Anker, lag die weiße Yacht, die Lazarus.

Trask schnippte den Verschluss von einer Bierflasche und legte den Kopf in den Nacken. Er benetzte zwar nur seine Lippen, konnte in dieser Haltung aber die Insel studieren. Das war seine Aufgabe, während Darcy und Zek mit ihren Fähigkeiten die Lazarus sondierten.

Die Insel bestand aus einem kleinen Strand innerhalb von zwei kahlen, felsigen Ausläufern, die sich dem Ozean entgegenstreckten, und einer fast nackten Felsplatte, die in den Zentralfelsen überging. Von dieser Seite aus konnte man sehen, dass auf der Spitze des Felsens die Ruine einer Festung oder eines Pharos stand. Und am Felsen entlang konnte man immer noch die Zickzacklinie von stark verwitterten Stufen ausmachen, die nach oben führten. Aber auf halber Höhe des Massivs schien ein breites, ebenes Plateau aus dem Felsen geschlagen, als habe der obere Teil des Felsens sich vor Urzeiten gespalten und als sei die eine Hälfte einfach weggebrochen. Rund um dieses Plateau herum, von einer Seite bis zur anderen, strebten massive Mauern nach oben. Dies war offensichtlich eine Kreuzfahrerfestung gewesen. Die alten Mauern waren schon vor langer Zeit teilweise in sich zusammengefallen, aber offenbar wurden gerade neue Mauern errichtet. Die Baugerüste, die sich von den Mauerstümpfen bis an die Felsnadel erstreckten, waren unübersehbar.

Darcy studierte inzwischen die Lazarus. Das weiße Schiff lag direkt dem Strand gegenüber im tiefen Wasser in der Mitte der kleinen Bucht. Die Ankerkette verschwand schimmernd im blauen Meer. Auf dem Deck unter einer schwarzen durchhängenden Markise saß ein Mann in einem von mehreren Deckstühlen. Als jetzt das Motorboot geräuschvoll in Sicht kam, stand er auf und hob ein Fernglas an die Augen, das er an einer Kette um den Hals hängen hatte. Er trug einen Filzhut mit breiter Krempe und eine Sonnenbrille, und er versuchte, so weit wie möglich im Schatten zu bleiben, während er die Neuankömmlinge in dem Motorboot musterte.

Zek richtete sich auf ihren Ellbogen auf und winkte hektisch, aber der Wächter auf dem Deck ignorierte sie – zunächst jedenfalls.

Darcy nahm Gas weg und lenkte das Boot in einem großen Bogen um das Motorboot herum. Er begann, wie Zek zu winken. »Ahoi, dort drüben!« Er affektierte einen britischen Oberklasse-Akzent. »Ahoi Lazarus!«

Der Mann ging zur Tür der Kajüte und lehnte sich mit dem Oberkörper hinein, dann kam er wieder zurück. Er richtete sein Fernglas jetzt auf Zek, die immer noch winkte, auch wenn das kaum nötig war, denn das andere Boot war keine zwanzig Meter mehr entfernt. Sie spürte den Blick des Mannes und schauderte trotz der Hitze. Ein zweiter Mann, der ein Zwillingsbruder des ersten sein mochte, gesellte sich zu ihm, und schweigend betrachteten sie das sie umkreisende Boot. In erster Linie betrachteten sie aber Zek.

Darcy nahm noch mehr Geschwindigkeit zurück, und ein dritter Mann kam aus der Kajüte der Jacht. Ben Trask stand auf und hielt ihnen seine Flasche entgegen. »Lust auf einen Drink?« Er imitierte Darcys falschen Akzent. »Können wir vielleicht an Bord kommen?«

*Einen Scheiß werden wir tun!,* dachte Darcy.

Zek sondierte das Schiff, nicht nur die Decksaufbauten, sondern auch das, was darunter lag. Sie zählte alles in allem sechs. Drei Schlafende. Alle waren sie Vampire. Dann …

… einer der Schläfer regte sich und wachte auf. Sein Verstand war alarmiert; er war in seinem Vampirstadium weiter fortgeschritten als die anderen. Bevor Zek ihr telepathisches Spionieren verbergen konnte, hatte er sie bereits ›gesehen‹.

Sie hörte auf zu winken und sagte zu Darcy: »Verschwinden wir. Einer von ihnen hat mich erkannt. Er hat nicht viel gesehen, nur dass ich mehr bin, als es zuerst scheint. Aber wenn sie jetzt davonlaufen, verlieren wir sie.«

»Wir sehen uns später«, rief Ben Trask, als Darcy das Boot wendete und zur Spitze der kleinen Landzunge beschleunigte.

Als er außer Sicht der Wachmannschaft auf der Lazarus war, nahm er das Gas weg und ließ das Boot an einen flachen, Unkraut überwucherten Felsen herangleiten, der kaum aus dem Wasser herausragte. Jazz und Manolis kamen aus der Kajüte, setzten ihre Tauchmasken auf, regulierten die Luftzufuhr und sprangen, als Darcy den Motor ausschaltete, auf den Felsen und von da aus ins Meer.

»Jazz, sei vorsichtig«, rief Zek ihm hinterher.

Vielleicht hatte er sie gehört, vielleicht aber auch nicht; sein Kopf tauchte unter und ein Strom von Luftblasen kam hoch. Die Taucher ließen sich auf eine Tiefe von fünf Metern absinken und schwammen zurück in Richtung der Lazarus.

»Dann wollen wir sie doch noch ein bisschen mehr ablenken«, grummelte Darcy, ließ den Motor wieder an und fuhr zurück aufs Meer hinaus.

»Komm diesmal nicht so nah heran«, warnte Zek. »Sie werden vorsichtig sein, da bin ich sicher.«

Als Darcy Kurs aufs offene Meer nahm und die Lazarus wieder in Sicht kam, kniete sich Ben Trask hin und zog aus einem Sack unter seinem Sitz eine Sterling-Maschinenpistole hervor. Er öffnete den Schaft und ließ ein gebogenes Magazin mit 9mm Kugeln einrasten, dann legte er die Pistole zwischen seine Füße und zog den Sack darüber.

Als sie einen Kilometer aufs offene Meer hinausgefahren waren, wendete Darcy und raste wieder auf das weiße Schiff zu. Auf der Yacht herrschte jetzt Hektik. Die drei Leute an Deck liefen um die Reling herum, blieben alle paar Schritte stehen und blickten ins Wasser hinunter. Jazz und Manolis mussten jeden Augenblick ankommen. Darcy beschleunigte weiter, und Zek winkte wie zuvor. Die Männer auf Deck kamen an der Reling zusammen, und wieder fühlte Zek, wie Ferngläser auf ihren fast nackten Körper gerichtet waren. Aber das Interesse war diesmal keinesfalls sexueller Natur.

Dann, als Darcy das Boot auf die Seite legte und wieder im Kreis um die Yacht herumfuhr, hörten sie das Rasseln der Ankerkette, die hochgezogen wurde. Die Motoren erwachten stotternd zum Leben. Und jetzt kam ein vierter Mann aus der Kajüte an Deck … und in seinen Armen hielt er ein kurzläufiges, kompaktes Maschinengewehr.

»Verdammt«, fluchte Ben Trask. Man hätte meinen können, dieser Warnruf sei der offizielle Anpfiff für die Schlacht gewesen.

Der Mann mit dem Maschinengewehr eröffnete das Feuer. Er stand breitbeinig auf dem Deck der Lazarus und beharkte das kleinere Fahrzeug mit Blei. Zek war vom Kabinendach heruntergekrochen; als sie in der kleinen Kabine Deckung suchte, zerplatzte die Windschutzscheibe und Darcy fühlte, wie heißes Blei an ihm vorbeizischte. Dann stand Trask auf und erwiderte das Feuer. Der Schütze auf der Lazarus wurde zurückgeschleudert, als habe ihn eine Dampframme getroffen. Er prallte auf einen Poller an Deck, dann purzelte er über die Reling und fiel ins Wasser. Ein anderer Matrose rannte los, um die nun herrenlose Waffe an sich zu bringen.

Darcy hatte das Schiff jetzt umrundet und entfernte sich von ihm. Er raste mit Vollgas auf das Meer hinaus. Aber als Zek aus der Kabine kam, ergriff sie das Steuerrad und riss es scharf herum: »Da! Sieh dir das an!«

Darcy überließ ihr das Steuer und sah sich um. Der Mann mit der Waffe auf dem Deck der Lazarus feuerte ins Wasser hinunter. Er schoss auf etwas, das sich langsam von dem weißen Schiff entfernte. Es konnte sich nur um Jazz oder Manolis handeln, oder um beide.

»Du steuerst!«, brüllte Darcy und rannte zu Trask, der immer noch feuerte. Unter dem Sitz zog er einen zweiten Sack hervor. Aber noch während er lud, erklang plötzlich wieder das wütende Bienensummen abgefeuerter Kugeln, und Trask schrie auf und torkelte zurück. Es gelang ihm gerade noch, sich festzuhalten und nicht über Bord zu gehen. Trasks linker Bizeps hatte plötzlich ein sauber ausgestanztes Loch, das sich einen Augenblick später purpurn färbte, als das Blut herausquoll. Und dann war Darcy auf den Füßen und erwiderte das Feuer.

Aber die Lazarus war in Bewegung; sie fuhr rückwärts aus der Bucht heraus und begann sich langsam um die eigene Achse zu drehen. Das Wasser kochte heftig, wo die Turbinen stampften. Die

Vampirjäger hatten keine Möglichkeit, sie aufzuhalten und ließen sie davonfahren. Zek ging zu Trask hinüber, um zu sehen, ob sie etwas für ihn tun konnte. Er zog eine Grimasse, versicherte ihr aber: »Mit mir ist alles in Ordnung. Ein normaler Druckverband reicht vollkommen.«

Köpfe durchstießen die Wasseroberfläche, als Zek Trask das T-Shirt vom Rücken riss, um daraus einen Verband und eine Schlinge zu fertigen. Darcy nahm die Geschwindigkeit weg und glitt neben Jazz, der sich Wasser tretend die Sauerstoffflaschen abstreifte, dann half er ihm an Bord. Manolis kam kraftvoll herbeigekrault. Einen Moment später war auch er an Bord gezogen – woraufhin der Motor einmal laut aufkeuchte und dann verstummte.

»Abgesoffen!«, stöhnte Darcy.

Aber Ben Trask zeigte aufs Meer hinaus: »Mein Gott! Oh mein Gott!«

Die Lazarus hatte gewendet und kam zurück. Das Dröhnen ihrer Motoren wurde lauter und schneller, als sie auf das kleinere Boot zu raste. An ihrer Absicht konnte kein Zweifel bestehen. Manolis, der verzweifelt hantierte, um den Motor wieder zum Laufen zu bringen, warf nervös einen Blick auf seine wasserdichte Armbanduhr. »Sie hätte mittlerweile schon hochgehen müssen«, brüllte er. »Die Haftminen, sie …«

Die Lazarus war vielleicht noch zwanzig Meter von ihnen entfernt, als die Minen explodierten. Nicht in einer einzigen Detonation, sondern in vier kurz aufeinanderfolgenden.

Die ersten beiden Haftminen detonierten am Heck des Schiffes mit vielleicht einer Sekunde Abstand. Das Heck wurde zuerst zur einen, dann zur anderen Seite geschleudert und kurzzeitig richtiggehend aus dem Wasser gehoben. Stampfend und schlingernd, weil die Turbinen plötzlich zum Teil leere Luft peitschten, kam die Yacht immer noch auf sie zugeschossen, wenn sich ihr Tempo auch verlangsamt hatte. Aber dann gingen die dritte und die vierte der Minen am Bug hoch, und das änderte alles. Der hintere Teil des Schiffes lag schon tief im Wasser durch den massiven Wassereinbruch und wurde jetzt noch tiefer hinuntergedrückt, als sich der

Bug aufbäumte. Und als die Yacht dann wieder mit der Nase voran in den tosenden Ozean krachte, explodierten die Motoren. Der ganze hintere Teil des Bootes wurde von einer Faust aus Feuer und Vernichtung aufgerissen, und heißes, verbeultes Metall wurde in einem Feuerball explodierenden Dieseltreibstoffs in alle Richtungen davongeschleudert.

Als die Feuerkugel wieder in sich zusammenfiel und ein gewaltiger Rauchring wie der letzte heiße Seufzer des Schiffes gen Himmel stieg, gab es den Geist auf und sank wie ein Stein. Brennende Trümmerstücke stiegen wieder an die aufgewühlte Meeresoberfläche, und der Rauch verzog sich langsam. Das Meer rülpste einmal laut und würgte dicke Dampfwolken hoch. Das Gurgeln und Kochen des Wassers hielt noch ein paar Sekunden lang an, dann war alles still.

»Sie ist weg!«, sagte Darcy, als sein angehaltener Atem sich in einem Seufzer Bahn brach.

»Ja.« Jazz Simmons nickte. »Aber wir sollten zusehen, ob das auch wirklich ausreicht, ob das auch für die Mannschaft gilt.«

Es gelang Manolis, den Motor anzulassen, und sie schipperten zu der Stelle hinüber, an der die Lazarus untergegangen war. Ein öliger Film lag auf dem Wasser, zu dem vereinzelt weitere Blasen stießen und schillernde Kreise bildeten. Und dann, während sie noch zusahen, stießen ein Kopf und ein Paar Schultern aus den Wellen hoch, und der Torso eines geschwärzten Körpers rollte langsam in der Dünung. Der Mann lag wie gekreuzigt im Wasser, mit ausgestreckten Armen. Große gelbe Brandwunden zerplatzten auf seinen Schultern, den Rücken und den Schenkeln. Aber noch während sie ihn entsetzt anstarrten, öffneten sich seine Augen und starrten zu ihnen zurück. Der Mann würgte Blut, Schleim und Salzwasser hervor.

Manolis fackelte nicht lange. Er würgte den Motor ab, hob eine Harpune und feuerte eine Lanzette mitten in die Brust des würgenden Vampirs. Die Kreatur zuckte noch ein oder zwei Mal, dann lag sie still im Wasser. Aber sie mussten trotzdem sicher gehen. Zek wandte sich ab, als sie den Körper an die Seite des Bootes heranzogen, ihm Bleigewichte an die Füße banden und ihn dann langsam versinken ließen.

»Das hier ist tiefes Wasser«, erklärte Manolis ohne jede Gefühlsregung. »Auch ein Vampir besteht nur aus Fleisch und Blut. Wenn er nicht atmen kann, kann er auch nicht weiterleben. Außerdem ist der Meeresboden da unten ziemlich felsig. Es muss da viele Raubfische geben. Selbst wenn er im Wasser überleben könnte, so kann er sich wohl nicht schneller wieder heilen, als sie ihn fressen.«

Ben Trask war blass und zittrig, aber er hielt sich sehr gut. Seine Schulter war jetzt verbunden. »Was ist mit dem, den ich getroffen habe und der dann über Bord gefallen ist?«

Manolis lenkte das Boot in die Mitte der Bucht hinaus, wo die Lazarus vor Anker gelegen hatte. Darcy schrie auf und zeigte auf etwas, das schwach im Wasser zappelte. Trotz seiner Schusswunden hatte der Vampir schon die halbe Strecke zur Insel zurückgelegt. Sie fuhren hinter ihm her, durchbohrten ihn, dann fuhren sie wieder aufs Meer hinaus und verfuhren mit ihm so wie mit dem Ersten.

»Das war's dann wohl«, brummte Ben Trask.

»Nicht ganz«, sagte Zek und deutete auf die emporragende Feste aus weißem und gelbem Stein auf der Insel. »Da oben sind noch zwei von ihnen.« Sie legte die Hand vor ihre Stirn, schloss die Augen und konzentrierte ich. »Außerdem ... Da ist noch etwas anderes, aber ich weiß nicht genau, was.«

Manolis ließ das Boot auf den Strand auflaufen und nahm seine Harpune. Die und seine Beretta reichten ihm. Darcy hatte seine Maschinenpistole, und Zek nahm sich eine zweite Harpune. Jazz war zufrieden mit Harry Keoghs Armbrust, mit der er sich während der Überfahrt vertraut gemacht hatte. Sie hätten vielleicht auch die zweite Maschinenpistole mitgenommen, aber Ben Trask konnte jetzt nicht mehr mitkommen, und so mussten sie ihm die Waffe lassen – für alle Fälle. Seine Aufgabe bestand jetzt darin, zurückzubleiben und das Boot zu bewachen.

Sie wateten an Land und begannen den Aufstieg auf die Felsen. Der Weg war nicht zu verfehlen. Der spärliche Mutterboden war zwischen den Felsen festgetreten, und an den steileren Stellen waren Stufen in den Stein gemeißelt worden. Auf halbem Weg zur Feste hoch hielten sie inne, um Luft zu schnappen und sich umzusehen. Ben beobachtete sie mit seinem Fernglas, und er behielt auch die Feste im Blick. Bisher hatte es dort noch keinerlei Lebenszeichen gegeben, aber als sie sich dem Fuß der Felsnadel näherten, erspähte Jazz eine Bewegung in den antiken Befestigungsmauern.

Er zog Zek sofort in Deckung und bedeutete auch Manolis und Darcy, sich hinter Geröllblöcken zu verbergen. »Wenn diese Ungeheuer da oben Gewehre haben, können sie uns hier wie die Tontauben abschießen.«

»Aber das haben sie nicht, sonst hätten die es lange getan«, erwiderte Manolis. »Sie hätten uns schon erwischen können, als wir mit dem Boot angelegt haben, oder vielleicht sogar schon bei unserem Scharmützel mit der Lazarus.«

»Aber sie haben uns beobachtet«, versicherte Zek. »Ich konnte sie spüren.«

»Und sie warten da oben.« Jazz blinzelte an den senkrecht aufragenden, blendend weißen Mauern hoch.

»Wir bewegen uns auf sehr dünnem Eis«, sagte Darcy. »Meine Gabe meldet sich und sagt: Bis hierhin und nicht weiter.«

Ein Ruf drang von unten zu ihnen hoch. Als sie hinunterblickten, sahen sie, wie Ben Trask hinter ihnen die Steigung hinaufkletterte. »Halt!«, rief er. »Wartet auf mich!«

Er kam bis auf dreißig oder vierzig Schritte an sie heran, dann ließ er sich hinter einen Felsbrocken sinken, um Luft zu schnappen. Und nachdem er sich erholt hatte, rief er ihnen entgegen: »Ich habe die Befestigungsmauern durch mein Fernglas im Auge behalten. Irgendwas ist da faul. Der Aufstieg – da diese uralten Stufen hoch – sieht ganz einfach aus. Aber da stimmt etwas nicht. Das ist eine Lüge, eine Falle.«

Jazz ging zurück, Ben entgegen und nahm ihm das Fernglas ab. »Was meinst du damit, eine Falle?«

»Das ist so, als ob ich in einem Polizeiverhör einem Verdächtigen zuhöre«, erklärte Ben. »Ich kann sofort sagen, wann er lügt, auch wenn ich nicht weiß, worin die Lüge besteht. Also frag mich nicht, was da nicht stimmt; aber du hast mein Wort darauf, irgendetwas ist da faul!«

»Na gut«, sagte Jazz. »Klettere wieder zum Boot hinunter. Von hier an werden wir uns vorsehen, wo wir hintreten.«

Als Ben sich wieder an den Abstieg gemacht hatte, sah sich Jazz noch einmal durch das Fernglas die steile Steintreppe an, die im Zickzack von der Basis der Felsnadel bis zu den antiken Mauern hoch führte. Ziemlich weit oben befand sich eine Höhle, vor der sich ein Haufen Steine und Felstrümmer angesammelt hatte. Der Steinschlag auf den Pfad hinunter wurde durch starken Maschendraht verhindert, der auf beiden Seiten mit gewaltigen Eisenhaken in der Felswand verankert war. Fast unsichtbare Seile führten von diesen Trägern ins Dunkel der Höhle. Jazz sah sich diese Seile genauer an. Zündkabel? Könnte sein.

Er gesellte sich wieder zu den anderen, die auf ihn warteten. »Ich glaube, wir laufen voll in einen Hinterhalt«, sagte er. »Oder das werden wir wenigstens, wenn wir diese Treppen hochsteigen.« Er erklärte, was er gesehen hatte.

Darcy nahm ihm das Fernglas ab, streckte seinen Kopf aus der Deckung heraus und beäugte den felsigen Überhang. »Du könntest Recht haben … du musst Recht haben! Wenn Ben sagt, dass da etwas nicht stimmt, dann stimmt etwas nicht.«

»Es gibt keine Möglichkeit, diese Drähte zu kappen«, sagte Jazz. »Diese Kreaturen da oben haben die bessere Position. Sie müssten jede Maus bemerken, die versucht, die Treppen hinaufzusteigen.«

»Hört mal zu.« Manolis hatte ebenfalls den Aufstieg gemustert. »Warum spielen wir ihr Spiel nicht mit? Sollen sie doch glauben, wir fallen darauf rein, und dann vereiteln wir den Hinterhalt.«

»Wie?«

»Wir klettern hoch, aber wir bleiben nicht zusammen. Einer von uns muss schneller gehen als die anderen. Der Pfad führt um eine Kurve genau unterhalb der Höhle mit den Felsblöcken. Und genau vor der Kurve, da ist dieses große Loch – eine Einbuchtung? – in der Felswand. Also, einer von uns ist bereits um die Kurve herum, und es sieht so aus, als würden die anderen ihm sofort folgen. Die

Ungeheuer da oben in der Festung sitzen jetzt in einer Zwickmühle: Sollen sie sofort auf den Knopf drücken und den einzelnen Mann mit Sicherheit erwischen, oder warten sie, bis auch die anderen um die Kurve gekommen sind? Derjenige an der Spitze geht also schneller und kommt an der gefährlichen Stelle vorbei, und die anderen tun so, als würden sie ihm folgen. Aber sie tun nur so und zeigen sich da zwar, steigen das Stück aber gar nicht hoch. Die Vampire können dann nicht mehr warten; sie haben schon einen von uns verpasst und müssen jetzt versuchen, die anderen drei zu erwischen; sie drücken auf den Knopf. Bumm!«

Jazz spann den Faden weiter: »Die drei Zurückgebliebenen haben sich unten hinter der Kurve zwar gezeigt, aber was die da oben nicht wissen – sie sind auf das vorbereitet, was dann passiert. Wenn die Explosion die Felsblöcke aus der Höhle über ihnen fegt, dann ducken sie sich zurück um die Ecke und in diese Nische in der Felswand.«

»Ja, so in etwa meinte ich das«, nickte Manolis.

»Oder«, fiel Darcy – plötzlich leichenblass – ein, »wir rücken ab bis heute Nacht, und …«

»Ist das dein Schutzengel, der da spricht?« Manolis sah ihn empört an. »Ich habe diesen Blick bei dir schon gesehen!«

Darcy wusste, dass der Vorwurf berechtigt war und verfluchte sich selbst. »Okay, wer soll deiner Meinung nach die Katzenglocke läuten?«

»Häh?«

»Wer geht vor und riskiert es, von der Sprengung erschlagen zu werden?«

Manolis zuckte mit den Achseln. »Wer? Na, wer wohl? Du natürlich!«

Jazz warf Darcy einen Blick zu und fragte: »Deine Gabe, funktioniert die wirklich?«

»Ja, ich werde vor jeder Gefahr geschützt«, seufzte Darcy.

»Wo ist dann das Problem?«

»Das Problem ist, dass meine Gabe sich nicht an- oder abschalten lässt«, erklärte Darcy. »Sie arbeitet immer. Sie macht einen

Feigling aus mir. Obwohl ich genau weiß, dass mir nichts passieren kann, benutze ich trotzdem einen Fidibus, um einen Feuerwerkskörper anzuzünden. Ihr sagt: Los, Darcy, geh die Treppen da hoch. Aber sie sagt: Renn, mein Junge – renn wie der Teufel!«

»Was du dich jetzt also fragen musst«, sagte Jazz, »ist, wer hier der Boss ist – du oder deine Gabe?«

Darcy nickte grimmig, stieß ein volles Magazin in den Schaft seiner Maschinenpistole und trat vor ins Blickfeld derer, die von oben zusahen. Er ging zum Felsen hinüber und begann den Aufstieg. Die anderen sahen sich einen Augenblick lang an, dann folgte ihm Manolis. Jazz wartete, bis er außer Hörweite war, dann sagte er: »Zek, du bleibst hier!«

»Was?« Sie sah ihn verblüfft an. »Nach allem auf Starside sagst du mir, ich soll dich eine Sache wie die hier allein durchstehen lassen?«

»Ich bin nicht allein. Und was kannst du uns schon nutzen, nur mit einer Harpune bewaffnet? Wir brauchen dich hier unten, Zek. Wenn eine von diesen Kreaturen an uns vorbeikommt, musst du sie aufhalten.«

»Das ist nur eine billige Ausflucht«, sagte sie. »Du hast es bereits selbst gesagt: Was kann ich nur mit einer Harpune bewaffnet schon ausrichten?«

»Zek, ich ...«

»Ist ja schon gut«, sagte sie. »Die warten da drüben auf dich.«

Er gab ihr einen Kuss und eilte hinter den anderen her. Sie wartete, bis er an den Stufen und auf dem Weg nach oben war, dann folgte sie ihm. Streiten konnten sie darüber später.

Kurz vor der kritischen Kurve, wo die schmalen Steinstufen nach links abbogen und direkt unter der bedrohlichen Höhle mit dem Steinhaufen entlang führten, blieb Darcy stehen, um die anderen ein wenig aufholen zu lassen. Er atmete schwer, und seine Beine fühlten sich an wie aus Gummi; nicht wegen des steilen Aufstiegs, sondern weil er Schritt für Schritt gegen seine Gabe ankämpfen musste.

Er sah sich um und winkte, als Manolis und Jazz ins Blickfeld kamen. Und dann umrundete er die Kurve und kletterte weiter. Aber er erinnerte sich, wie sehr er doch versucht war, als er an der Einkerbung im Fels vorbeigekommen war, wo die anderen Schutz suchen würden. Er wusste jedoch auch, aus dieser Nische müsste man ihn heraussprengen, wenn er sich einmal dort verkrochen hätte. Von allein würde er von da keinen Schritt mehr weitergehen.

Er legte den Kopf in den Nacken, blickte steil nach oben und seufzte. Er konnte den Maschendraht sehen, der sich keine drei Meter über ihm unter dem Gewicht der Felsbrocken wölbte. Es wurde Zeit, weiterzugehen. Er beschleunigte seine Schritte und kletterte aus der unmittelbaren Gefahrenzone heraus, dann blickte er sich um, und sah, wie Manolis und Jazz um die Ecke kamen. In diesem Moment glitt er auf einem Kiesel aus und fiel.

Er fühlte, wie seine Füße unter ihm wegrutschten. Darcy griff nach hervorstehenden Felszacken und wusste doch im gleichen Moment, dass es passieren würde. »Scheiße!«, brüllte er und klammerte sich an die Felswand und die Stufen, als direkt in seiner Nähe eine ohrenbetäubende Explosion erklang und die Schockwelle ihn in den Abgrund zu schleudern drohte.

Steinbrocken flogen überall herum; es war, als würde der ganze Felsen zusammenstürzen. Taub und würgend im erstickenden Staub der Steintrümmer hing Darcy an der Wand und wartete darauf, dass das Klingeln in seinen Ohren nachließ. Eine Minute verging, vielleicht auch zwei, und das Getöse der fallenden Steine verebbte. Darcy sah sich um … und sah, dass sich Manolis und Jazz langsam über Trümmer übersäte Stufen einen Weg zu ihm bahnten.

Aber vor ihm stieg jemand – nein zwei Jemande – in bestimmt unfreundlicher Absicht zu ihm herunter.

Als Darcy sich auf die Füße rappelte, sah er sie: Mit flammenden Augen stürmten sie fauchend direkt auf den Eindringling in ihre Feste zu. Einer von ihnen trug eine Pistole, der andere einen drei Meter langen Speer für die Tintenfischjagd. Jeder der Zacken musste mindestens 25 cm lang sein.

Darcys Maschinenpistole steckte unter Geröll und Gesteinstrümmern fest. Er riss an der Halterung, aber sie gab nicht nach. Der Vampir mit der Pistole war stehen geblieben und zielte. Etwas zischte über ihn hinweg, und die Kreatur ließ plötzlich die Waffe fallen und stolperte gegen die Felswand zurück. Ihre Hände zuckten zu dem Hartholz-Bolzen, der ihre Brust durchbohrt hatte. Sie gurgelte, gab einen seltsamen, zischenden Schrei von sich und fiel dann in die leere Luft.

Der andere ging auf ihn los und fluchte, während er mit seiner schrecklichen Waffe nach Darcy stieß. Irgendwie gelang es Darcy, die bösartige dreizackige Spitze zur Seite zu drücken, da war Manolis auch schon hinter ihm. »Runter!«, brüllte der griechische Polizist, und Darcy ließ sich flach auf den Boden fallen. Er hörte das Knack-Knack-Knack von Manolis' Beretta, und aus dem Zischen des Vampirs wurde ein schriller Schrei der Wut und Qual. Drei Mal aus nächster Nähe getroffen, stolperte das Ding hin und her. Darcy riss ihm seinen Dreizack aus den Händen und stieß ihm das stumpfe Ende gegen die Brust. Der Vampir jaulte und wimmerte die ganze Zeit, während er sich überschlagend die Felswand hinabstürzte.

Jazz Simmons gesellte sich zu den anderen beiden. »Hoch oder runter?«, keuchte er.

»Runter«, sagte Darcy ohne zu zögern. »Und keine Angst, das ist nicht meine Gabe, die sich da meldet. Aber ich weiß nun mal, wie schwer diese Viecher zu töten sind.« Er sah an seinen Freunden vorbei. »Wo ist Zek?«

»Da unten«, sagte Jazz.

»Umso mehr Grund, sofort wieder hinunterzusteigen«, sagte Darcy. »Nachdem wir die beiden Vampire verbrannt haben, können wir immer noch nachsehen, was hier oben sonst noch ist.«

Aber Zek war nicht dort unten, sie kam gerade in diesem Augenblick um die Kurve. Und als sie sah, dass sie alle noch gesund und munter waren … ihr Seufzer der Erleichterung sprach Bände.

Sie holten Benzin aus dem Boot und verbrannten die beiden Vampire, die noch lebten, obwohl alle ihre Knochen gebrochen waren. Dann rasteten sie eine Weile, bevor sie sich wieder an den Aufstieg zu der alten Festung machten. Dort oben hatte Janos sich einen geräumigen aber spartanischen Rückzugsort geschaffen. Es war keine Feste, wie Zek sie von den Wamphyri auf Starside kannte, aber sie war ebenso düster und bedrohlich.

Sie ließ sich von ihren telepathischen Fähigkeiten zwischen Schutthaufen und Öffnungen in halb fertigen Mauern hindurchgeleiten, an schmalen Schießscharten entlang, die einen fantastischen Ausblick auf das Meer boten. Sie führte die anderen zu einer Falltür, die mit Planen und Bauholz getarnt war. Sie öffneten die Tür und sahen vom Alter ausgehöhlte Steine, die in einen alten Kreuzfahrerkerker führten.

Mit Hilfe von Fackeln folgten die Männer der gewundenen Treppe hinunter ins muffige Herz der Feste, und Zek kam den Männern hinterher. Dort unten fanden sie die flachen Deckel von zwei abgedeckten Brunnenschächten, die noch tiefer in das Herz des Felsens hineinführten. In diesem Moment keuchte Zek auf und musste zitternd an der Salpeter verfärbten Wand nach Halt suchen.

»Was ist los?« Jazzs Stimme warf ein Echo im Schein der flackernden Fackel.

»Da in dem Brunnen«, sie würgte, und umklammerte mit einer Hand ihren Hals. »Auch auf den Festen auf Starside gab es Orte wie diesen. Orte, an denen die Wamphyri ihre … ihre Monster lagerten.«

Die Öffnungen der Brunnen waren mit aus Brettern zusammengezimmerten Deckeln verschlossen. Manolis legte ein Ohr an die Abdeckung und lauschte, hörte jedoch nichts. »Da ist irgendwas in den Brunnen?«, fragte er Stirn runzelnd.

Zek nickte. »Sie sind jetzt still. Sie haben Angst und warten ab. Ihre Gedanken sind träge und leer. Es könnte sich um menschliche Rohrleitungen oder Gaskreaturen oder sonst etwas handeln. Und sie wissen nicht, wer wir sind. Aber sie haben Angst, wir könnten

Janos sein. Das sind … das sind Dinge von Janos, die sind aus ihm herausgewachsen.«

Darcy schauderte: »So wie die Kreatur, die Yulian Bodescu in seinem Keller herangezogen hat. Aber … es kann nicht gefährlich sein, wenn wir einen Blick riskieren. Wenn es das wäre, würde ich es wissen.«

Manolis und Jazz hoben die Abdeckung von einem der Brunnen und stellten ihn auf die Kante an die niedrige Brüstung. Sie sahen in eine stygische Dunkelheit hinab, konnten jedoch nichts erkennen. Jazz warf einen Blick auf die anderen, zuckte mit den Achseln und hielt dann seine Fackel über die Öffnung. Er ließ sie fallen.

Es war, als sei die Hölle losgebrochen!

Ein solches Heulen und Jaulen, ein Wimmern und Fauchen und hektische Betriebsamkeit!

Einen Augenblick lang – nur einen Augenblick – wurde das Monstrum am Grunde des trockenen Brunnens vom Feuerschein der fallenden Fackel beleuchtet. Sie sahen Augen, viele Augen, klaffende Kiefer und spitze Zähne, ein wildes Umherzucken gummiartiger Gliedmaßen. Irgendetwas, das schrecklicher war, als Worte es auszudrücken vermögen, warf sich da quiekend und schlabbernd hin und her. Im nächsten Moment erlosch die Fackel, was aber keinen Unterschied mehr machte, denn sie hatten genug gesehen. Während der schreckliche Lärm von unten weiter zu ihnen hoch drang, legten Manolis und Jazz wieder die Abdeckung über den Schacht.

Auf dem Weg zurück die Stufen hinauf sagte Manolis: »Wir werden alles Benzin brauchen, das wir nur irgendwie entbehren können.«

»Und eine Menge von dem Bauholz hier«, fügte Jazz hinzu.

»Und danach die restlichen Haftminen«, erklärte Darcy, »um sicherzustellen, dass diese Brunnen für immer verschlossen sind. Es ist Zeit, dass wir hier ein paar Dinge in Ordnung bringen.«

Als sie wieder an die frische Luft kamen, umklammerte Zek den Arm ihre Mannes: »Wenn dies hier ein Beispiel für das ist, was Janos erreichen kann, selbst in der wenigen Zeit, die er hier gehabt hat, was kann er dann nur in den Bergen von Transsylvanien alles geschaffen haben?«

Darcy sah seine Freunde an. Sein Gesicht war grau und eingefallen. Seine Stimme krächzte, als er seine eigenen Gedanken hinzufügte: »Guter Gott. Ich möchte nicht in Harry Keoghs Schuhen stecken … für nichts in der Welt!«

Harry wachte mit dem sicheren Bewusstsein auf, dass etwas passiert war, etwas weit weg, etwas Schreckliches. Unmenschliche Schreie gellten in seinen Ohren, und ein loderndes Feuer schien vor seinen Augen. Aber dann, als er in seinem Bett auffuhr, wurde ihm klar, dass die Schreie nur das allmorgendliche Gegacker von Hähnen war, und dass das Gleißen des Feuers nur die Sonne war, die durch die Ostfenster hineinstrahlte.

Und jetzt, wo er wach war, gesellten sich auch andere Geräusche und Eindrücke dazu: das Klappern der Frühstücksvorbereitungen von unten und der Geruch des Essens aus der Küche.

Er stand auf, wusch und rasierte sich und kleidete sich eilig an. Aber als er gerade nach unten gehen wollte, hörte er ein seltsam bekanntes Klingeln, ein Knarren und das leichtfüßige Geklapper von Hufen auf der Straße. Er ging zum Fenster, um nachzusehen, und stellte überrascht fest, wie sehr die Sonne auf seinen Armen brannte. Er runzelte die Stirn. Das heiße gelbe Sonnenlicht störte ihn. Es hinterließ ein Jucken auf seiner Haut.

Da draußen auf der Straße rollten Pferdewagen vorbei, im Gänsemarsch, vier oder fünf hintereinander. Zigeuner, fahrendes Volk auf dem Weg in die entfernten Berge. Harry fühlte sich ihnen plötzlich sehr verbunden, denn das war auch sein Ziel. Er fragte sich, ob sie über die Grenze fahren würden. Würde man ihnen das gestatten? Es wäre ein Wunder, wenn dem so wäre, denn Ceausescu hatte für Zigeuner nicht viel übrig.

Harry sah zu, wie sie vorüberfuhren, und er sah, dass der letzte Wagen mit Kränzen und mit unförmigen Grabschleifen bedeckt war, die man aus Weinblättern und Knoblauch geflochten hatte. Die winzigen Fenster des Wagens waren dicht verhangen. Ganz in schwarz gekleidete Frauen gingen neben ihm her, mit gesenkten Köpfen, in stiller Trauer versunken. Das Gefährt war ein Leichenwagen, und sein Passagier vor kurzem gestorben.

Harry verspürte Mitleid und sandte seine Gedanken aus. »Ist alles in Ordnung mit dir?«

Die Gedanken des Unbekannten waren gelassen und klar, aber trotzdem schrak er bei Harrys Störung ein wenig auf. *Findest du nicht, dass das ungehörig von dir ist?,* sagte er. *Einfach so hereinzupoltern?*

Harry war sofort bereit, sich zu entschuldigen. »Es tut mir Leid, aber ich habe mir Gedanken deinetwegen gemacht. Es ist offensichtlich erst kurze Zeit her und … nicht alle Toten nehmen ihr Schicksal so gelassen.«

*Du meinst den Tod? Nun, ich habe ihn seit langer Zeit erwartet. Du musst der Necroscope sein!*

»Du hast von mir gehört? Dann weißt du auch, dass ich nicht aufdringlich sein wollte. Aber es war mir nicht bewusst, dass mein Ruf bis zum fahrenden Volk vorgedrungen ist. Ich hatte Euch immer für ein Volk abseits von den anderen gehalten. Ich meine, ihr habt eure eigenen Gebräuche, die sich nicht immer so gut mit … nein, das habe ich auch nicht gemeint! Vielleicht hast du Recht und es war wirklich ungehörig von mir.«

Der andere gluckste. *Ich weiß sehr gut, was du meinst. Aber die Toten sind nun mal die Toten, und jetzt, wo sie gelernt haben, wie man miteinander redet, tun sie das auch. In erster Linie über ihre Erinnerungen; sie haben ja auch keinen Kontakt zur jetzigen Welt der Lebenden – natürlich mit Ausnahme von dir. Und deswegen reden sie dann auch von dir. Oh ja, ich habe von dir gehört.*

»Du bist ein gebildeter Mann mit sehr viel Lebenserfahrung, das kann man deutlich spüren«, sagte Harry. »Der Tod wird dir also nicht so viel ausmachen. So wie du im Leben warst, wirst du auch im Tode sein. All die Dinge, die im Leben deine Neugier geweckt haben, bei denen du aber nie die Zeit gefunden hast, ihnen auf den Grund zu gehen, die wirst du jetzt auflösen, wo du tot bist.«

*Du versuchst mir Trost zu spenden, und ich weiß das zu schätzen,* sagte der andere, *aber das ist wirklich nicht nötig. Ich wurde alt und meine*

*Knochen waren müde. Ich schätze, ich war bereit dafür. Jetzt bin ich auf dem Weg zu meiner Grabstelle unter den Bergen, wo meine Zigeunervorfahren mich willkommen heißen werden. Auch sie waren in ihrer Zeit Zigeunerkönige, so wie ich es bin … oder war. Ich freue mich darauf, die Geschichte unserer Rasse aus erster Hand zu erfahren. Ich schätze, dafür muss ich dir dankbar sein, denn wenn du nicht gewesen wärst, würden sie alle daliegen wie uralte, vertrocknete Samenkörner in der Wüste, voller Möglichkeiten, Farbe und Form zu geben, aber ohne die Mittel, das zu tun. Für die Toten warst du wie der Regen in der Wüste.*

Harry lehnte sich weit aus dem Fenster, um zu sehen, wie der Leichenkarren um eine Straßenbiegung aus seinem Sichtfeld verschwand.

»Es war nett, dich kennen gelernt zu haben«, sagte er. »Und wenn ich gewusst hätte, dass du ein König warst, dann wäre ich dir sicherlich mit mehr Respekt begegnet.«

*Harry* – die toten Gedanken des anderen drangen jetzt zu ihm zurück, und der Necroscope spürte in ihnen eine deutliche Besorgnis – *du scheinst mir eine außergewöhnliche Person zu sein; gut, mitfühlend und auf deine eigene Art weise, obwohl du noch sehr jung bist. Und du hast gesagt, du hast in mir eine ältere Weisheit gespürt. Na gut, dann bitte ich dich jetzt, einen guten Rat von einem weisen alten Zigeunerkönig zu akzeptieren: Geh irgendwohin, aber nicht dahin, wohin du jetzt willst. Und tue alles, nur nicht das, was du dir da vorgenommen hast.*

Harry war irritiert, und diese Gedanken erfüllten ihn mit deutlicher Sorge. Zigeuner haben ungeahnte Fähigkeiten, und die Toten – sogar die vor kurzem gestorbenen – haben ebenfalls ihre Fertigkeiten. Was war dann mit einem toten Zigeunerkönig? »Siehst du in meine Zukunft? Es ist lange her, dass ich einem Zigeuner Silber gegeben habe, um mir die Zukunft zu verraten.«

Der andere griff das auf. *Silber, ja. Meine Finger werden nie wieder spüren, wie sich das anfühlt – aber du kannst dir sicher sein, dass man meine Augen damit geschlossen hat. Du darfst Silber nicht weggeben, Harry. Du musst dich damit bekreuzigen! Bekreuzige dich mit Silber!*

Jetzt war Harry nicht mehr nur irritiert, sondern misstrauisch. Was wusste dieser tote alte Mann? Was konnte er überhaupt wissen und was wollte er ihm sagen? Harrys Gedanken waren nicht abgeschirmt.

Der Zigeuner fing sie auf und antwortete: *Ich habe bereits zu viel gesagt. Einige würden mich jetzt für einen Verräter halten. Na ja, sollen sie doch. Ja, ich bin alt und ich bin tot, und deshalb kann ich mir diese letzte Freiheit nehmen. Du warst freundlich zu mir, und im Tod muss ich niemanden mehr täuschen.*

»Deine Warnung ist sehr mysteriös«, sagte Harry. Aber er erhielt keine Antwort. Nur eine kleine Staubwolke, die sich wieder zu Boden senkte, zeigte, wo die Wagen außer Sicht verschwunden waren.

»Mein Ziel steht fest!«, rief Harry hinter ihnen her. »Das ist der Weg, den ich gehen *muss.*«

Ein Seufzer drang zu ihm zurück. Nur ein Seufzer.

»Trotzdem danke.« Harry beantwortete den Seufzer mit einem Seufzer. Er ließ ein wenig die Schultern hängen. »Und lebe wohl.«

Er spürte das langsame, traurige Kopfschütteln des anderen.

Um elf Uhr checkte Harry im Hotel Sarkad in Mezobereny aus und wartete am Straßenrand auf sein Taxi. Er hatte nur seine Reisetasche bei sich, in der er kaum etwas mit sich trug: nur seinen Schlafsack, eine detaillierte Karte der Gegend in einer Seitentasche, und ein Proviantpaket, das ihm die Tochter des Hotelbesitzers zusammengestellt hatte.

Die Sonne brannte heiß und schien durch die staubigen Fenster der alten Klapperkiste noch verstärkt. Die Sonnenstrahlen, die auf Harrys Hände fielen, erzeugten ein Gefühl wie von kleinen Nadelstichen. Bei der ersten Gelegenheit, in einem Dorf namens Bekes, ließ er kurz anhalten, um sich einen breitkrempigen Strohhut zu kaufen.

Es waren zwanzig Kilometer von Mezobereny bis zu seinem Zielpunkt in der Nähe der rumänischen Grenze. Bevor er seinen Fahrer entlohnte, ließ er sich von ihm noch einmal bestätigen, dass seine Karte richtig war und dass der Grenzübergang nur zwei oder drei Kilometer vor ihm lag, an einem Ort namens Gyula.

»Gyula, ja«, sagte der Fahrer und deutete vage die Straße entlang.

»Gyula. Wir können beides oben vom Hügel aus sehen – die Grenze und Gyula.« Harry sah zu, wie er sein Taxi wendete, dann hängte er sich die Reisetasche über die Schulter und machte sich zu Fuß auf den Weg. Er hätte mit dem Taxi näher an die Grenze heranfahren können, aber er wollte nicht, dass man ihn so kommen sah. Ein Mann zu Fuß auf einer Landstraße erregt weniger Aufsehen.

Und es war wirklich eine Landstraße. Rings herum nur Wälder, Felder, Wiesen, Hecken und grasende Tiere. Das Land schien fruchtbar. Aber da drüben, auf der anderen Seite: Da lag Transsylvaniens Zentralmassiv. Vielleicht nicht so düster dräuend wie die Meridionali, aber auch so waren es Ehrfurcht gebietende und bedrohliche Berge. Auf den höher gelegenen Punkten seiner Straße, die ihn immer wieder über kleine Anhöhen und durch Senken führte, konnte Harry die graublauen Berge und Gipfel in vielleicht vierzig Kilometern Entfernung sehen. Sie dräuten am Horizont – ein Gewirr diesiger Felsmauern, verschwommen in der Entfernung und der dunstigen Luft. Sein Ziel.

Und von seinem Aussichtspunkt aus konnte er auch den Grenzposten sehen, dessen rot-weiß-gestreifte Schranke sich über die Straße aus einem Holzhäuschen schob, wie man es eigentlich nur in Österreich erwartete. Grenzen hatten Harry nie sonderlich gestört, jedenfalls nicht, als er noch das Möbius-Kontinuum zur Verfügung hatte, aber nun waren sie für ihn ein gewaltiges Hindernis. Er wusste, dass es für ihn keine Möglichkeit gab, an diesem Balken vorbeizukommen, jedenfalls nicht, wenn er auf der Straße blieb. Aber sein simpler Plan hatte das einkalkuliert. Jetzt, wo er genau wusste, wo auf der Karte er sich befand (und wo die Grenze verlief), würde er einfach weiter den Touristen spielen und den Tag unauffällig in einem kleinen Dorf oder auf einem Gut verbringen. Da würde er sich mit der Karte vertraut machen, bis er die Gegend genau kannte, und sich einen sicheren Weg nach Rumänien hinein überlegen. Er wusste, dass die Securitate darauf bedacht war, Rumänen an der Ausreise zu hindern, aber es gab keinen Grund, warum sie sich die gleiche Mühe geben sollten, Ausländer abzufangen. Schließlich musste man verrückt sein, wenn man in dieses Land hinein wollte.

So wie Harry Keogh.

Am Fuß des Hügels gab es eine T-Kreuzung, an der eine drittklassige Straße (oder wenigstens ein halbwegs befestigter Pfad) nach Norden durch dichte Wälder führte. Und etwas über einen Kilometer weit weg auf der anderen Seite des Waldes … das musste Gyula ein. Harry sah dunstigen blauen Nebel, der in der Nähe aus den Schornsteinen quoll, und die leuchtenden, rundlichen Kuppeln von Gebäuden, die vielleicht Kirchen waren. Der Ort sah sehr verschlafen aus und passte hervorragend in seine Pläne.

Aber als er am Grund der Anhöhe angekommen war und sich nach links in die Wälder wandte, da hörte er wieder dieses seltsam vertraute Klingeln und sah im Schatten der Bäume die Pferdewagen, die am Morgen unter seinem Fenster vorbeigekommen waren. Sie waren noch nicht lange dort, und die Zigeuner waren noch damit beschäftigt, ihr Lager aufzuschlagen. Einer der Männer, mit schwarzen Stiefeln, Lederhosen, einem Rüschenhemd und einem schwarz-gefleckten Stirnband, das seine langen, glänzend schwarzen Haare bändigen musste, hockte auf einem windschiefen Zaun und kaute auf einem Grashalm. Er lächelte und nickte, als Harry an ihm vorbeikam.

»Holla, Fremdling! Du wanderst allein. Warum setzt du dich nicht einen Augenblick und nimmst einen Schluck, um den Staub aus deiner Kehle zu spülen?« Er hielt ihm eine schlanke, lange Flasche Slibowitz entgegen. »Die Slivas waren kräftig in dem Jahr, in dem der hier gebrannt wurde.«

Harry wollte schon den Kopf schütteln, überlegte es sich dann aber anders. Warum nicht? Er konnte seine Karte genauso gut unter einem Baum studieren wie in einer Pension. Und dabei würde er sogar weniger Aufmerksamkeit auf sich ziehen. »Das ist sehr nett von Ihnen«, antwortete er, und setzte dann sofort hinzu: »Aber Sie sprechen ja meine Sprache!«

Der andere grinste: »Viele Sprachen. Etwas von fast allen. Wir sind fahrendes Volk, was erwarten Sie anderes?«

Harry begleitete ihn ins Lager. »Woher wussten Sie, dass ich Engländer bin?«

»Weil Sie kein Ungar sind! Und weil hier kaum noch Deutsche hinkommen. Und wenn Sie Franzose wären, dann wären Sie zu zweit oder zu dritt, in kurzen Hosen und auf Fahrrädern. Na ja, ich wusste es eigentlich nicht. Und wenn Sie nicht geantwortet hätten, dann wüsste ich es immer noch nicht, wenigstens nicht sicher! Aber … Sie sehen wie ein Engländer aus.«

Harry sah sich die Wagen an mit ihren verschnörkelten, seltsam geschwungenen Symbolen, den bemalten und verzierten Holzschnitzereien. Die verschiedenen Sigils waren so stilisiert, dass sie ineinander zu verlaufen schienen und mit dem übrigen Dekor verschmolzen, als wären sie mit Absicht in dem allgemeinen Schmuck versteckt worden. Und als er dann genauer hinsah – wobei er aber immer noch die Haltung des beiläufigen Betrachters beibehielt – erkannte er, dass er sich nicht geirrt hatte und die Wappen absichtlich verschleiert wurden.

Sein Interesse konzentrierte sich dabei auf den Leichenwagen, der ein wenig abgesondert von den anderen stand. Zwei Frauen in Trauerkleidung saßen nebeneinander auf den Stufen, die Köpfe auf den Busen gebettet, die Arme schlaff an den Seiten herabhängend. »Ein toter König«, sagte Harry … und aus dem Augenwinkel sah er, wie sein neuer Freund zusammenzuckte. Die Dinge begannen sich in seinem Kopf zusammenzufügen, wie die Teile eines Puzzles, die allmählich ein Bild enthüllten.

»Woher hast du das gewusst?«

Harry zuckte mit den Achseln. »Unter all den Blumen und dem Knoblauch steckt ein guter, reicher Wagen, der einem Zigeunerkönig zur Ehre gereicht. Er befördert seinen Sarg, oder?«

»Zwei Särge«, sagte der andere und betrachtete Harry jetzt ein wenig misstrauischer.

»Ja?«

»Der andere ist für seine Frau. Das ist die Dünne da auf den Stufen. Ihr Herz ist gebrochen. Sie meint, sie werde ihn nicht lange überleben.«

Sie setzten sich auf die knorrigen Wurzeln eines gewaltigen Baumes, und Harry packte seine Wegzehrung aus. Er hatte zwar keinen Hunger, aber er wollte sie seinem Zigeuner-›Freund‹ als Gegengabe für den guten Pflaumenschnaps anbieten. »Wo wollt ihr sie beerdigen?«, fragte er schließlich.

Der andere nickte ohne zu Zögern gen Osten, aber Harry spürte, wie er von den dunklen Augen gemustert wurde. »Da, unter den Bergen.«

»Ich habe gesehen, dass ihr da über die Grenze müsst. Wird man euch durchlassen?«

Der Zigeuner lächelte, wobei sich seine sonnengebräunte Haut in Falten legte und ein Goldzahn in der Sonne aufblitzte. »Das hier war schon unser angestammter Weg, lange bevor es Grenzübergänge oder auch nur Wegweiser gegeben hat. Glaubst du, die würden es wagen, eine Beerdigung aufzuhalten? Und dabei das Risiko einzugehen, den Fluch der Zigeuner auf sich zu laden?«

Harry nickte und lächelte: »Der alte Trick mit dem Zigeunerfluch ist für so manches gut, nicht wahr?«

Aber der andere lächelte kein bisschen. »Er funktioniert«, sagte er gelassen.

Harry sah sich um, akzeptierte erneut die Flasche und nahm einen langen Zug. Ihm war bewusst, dass die anderen Zigeuner ihn ebenfalls beobachteten, wenn auch verhalten, während sie vermeintlich das Lager aufschlugen. Er spürte die Spannung, die dort herrschte und war hin und her gerissen. Es schien Harry, als habe er einen Weg über die Grenze gefunden. Er hätte sogar geschworen, dass die Zigeuner ihn freudig über die Grenze schmuggeln würden, ob er mit wollte oder nicht.

Das Seltsame war, dass er keinen Zorn auf den Mann neben sich verspürte, auf diese Männer, von denen er jetzt wusste, dass sie vielleicht teilweise tatsächlich zufällig hier waren, in erster Linie aber versuchen sollten, ihm eine Falle zu stellen. Er hatte keinerlei Angst vor ihnen; er fürchtete sich bei ihnen sogar weniger als zu fast allen anderen Zeiten in seinem Leben. Ihm stellte sich jetzt nur die Frage, ob er beiläufig, sogar passiv, ihre Falle akzeptieren oder versuchen sollte, aus dem Lager zu entkommen. Sollte er Anspielungen auf seine Situation machen und seinen Verdacht augenfällig werden lassen, oder sollte er weiter den Ahnungslosen spielen? Anders gesagt: Wäre es besser, sich in sein Schicksal zu fügen, oder sollte er Widerstand leisten und dabei vielleicht verletzt werden?

Eines war deutlich: Janos wollte ihn lebend – Mann gegen Mann, von Angesicht zu Angesicht – und das bedeutete, dass die Zigeuner ihn auf keinen Fall ernsthaft verletzen würden. Jetzt, wo Harry am Haken hing, war es vielleicht besser, sich zurückzulehnen und zu warten, dass das Monster die Leine einzog. Wenigstens zunächst einmal.

*… wenn er seine gewaltigen Kiefer aufsperrt, um dich zu verschlingen, spaziere durch sie hinein, denn von Innen ist er verwundbarer!*

*Habe ich das gedacht?* Harry benutzte die Sprache der Toten, *oder warst du das wieder, Faethor?*

*Vielleicht waren wir das beide.* Eine gurgelnde Stimme klang von tief unten herauf.

Harry nickte, wenn auch nur zu sich selbst. *Du warst es also. Na gut, spielen wir auf deine Art.*

*Das ist auch besser so! Glaub es mir, dein – unser? – Blatt ist gar nicht schlecht.*

»Meinst du, ich könnte hier eine Weile ausruhen?«, fragte Harry den Zigeuner, während sie unter dem Baum saßen. »Es ist hier sehr friedlich. Ich sitze auch einfach nur unter dem Baum, studiere meine Karte und plane den Rest meiner Reise.« Er nahm noch einen letzten Schluck von dem Slibowitz.

»Warum nicht?«, antwortete der andere. »Du kannst dir sicher sein, dass dir kein Schaden geschehen wird – nicht hier.«

Harry streckte sich aus, legte den Kopf auf seine Reisetasche und vertiefte sich in die Karte. Halmagiu war vielleicht noch hundert Kilometer weit weg. Die Sonne hatte gerade ihren Zenit überschritten, es war eine Stunde nach Mittag. Wenn die Zigeuner um zwei Uhr wieder aufbrachen (und wenn sie mit durchschnittlich 10 Stundenkilometern weiterfuhren), dann wären sie gegen Mitternacht in Halmagiu. Und Harry mit ihnen. Er hatte nicht die leiseste Idee, wie sie das anstellen würden, aber er war sich ziemlich sicher, dass sie einen Weg finden würden, ihn über die Grenze zu schmuggeln. So sicher, wie er das Zeichen der rotäugigen Fledermaus gesehen hatte, die sich aus der Urne erhob, die in die Holzschnitzereien des königlichen Leichenwagens gemalt war.

Er schloss die Augen und richtete seine Gedanken nach innen, an Faethor. *Ich glaube, ich habe Janos Angst eingejagt – da, als ich gedroht habe, in seinen Verstand einzudringen.*

*Das war wirklich kühn.* Der Vampir antwortete sofort. *Ein schlauer Bluff. Aber du hast einen Fehler begangen und sehr viel Glück gehabt, dass es funktioniert hat.*

*Ich bin nur deinen Ratschlägen gefolgt!*

*Dann habe ich mich offenbar nicht klar ausgedrückt,* sagte Faethor. *Ich meinte nur, dass dein Verstand deine Feste ist, und wenn er versucht, in sie einzudringen, musst du seine Gründe dafür herausfinden. Du musst in seinen Verstand sehen und herausfinden, wie dieser arbeitet. Ich habe nicht gemeint, dass du tatsächlich in seinen Verstand eindringen sollst! Das wäre auch unmöglich. Du bist kein Telepath, Harry.*

*Das weiß ich sehr gut,* gab Harry zu, *aber Janos war sich da nicht so sicher. Er hat schließlich ein paar Dinge in meinem Kopf gesehen, die ihm zu denken gaben. Nicht zuletzt deine Anwesenheit. Und wenn du als mein Ratgeber fungierst, dann muss für ihn klar sein, dass er sich vorsehen muss. Er will dich ganz bestimmt nicht in seinem Kopf haben. Niemand will das, mich eingeschlossen. Aber du hast wohl wirklich Recht und es war ein Bluff. Aber ich fühlte mich … stark! Ich hatte das Gefühl, ich habe sehr gute Karten.*

*Du bist stark. Aber denke daran, du hattest die zusätzliche Stärke des Mädchens und die von Layard. Du hast ihre verstärkten Fähigkeiten benutzt.*

*Das weiß ich,* erklärte Harry. *Aber ich fühlte mich noch stärker als das. Es könnte natürlich dein Einfluss gewesen sein, aber das glaube ich nicht. Ich hatte das Gefühl, das käme alles aus mir. Und ich glaube, wenn ich ein wirklicher Telepath wäre, dann wäre ich auch eingedrungen. Und sei es nur des Versuchs wegen, und um Janos dazu zu bringen, sich das anzutun, was er Trevor Jordan angetan hat.*

Harry spürte Faethors Zustimmung. *Bravo! Aber versuch nicht zu rennen, bevor du laufen kannst, mein Sohn.* Bevor Harry noch antworten konnte, wechselte er das Thema. *Wirst du mit den Szgany gehen, mit den widerlichen Zirra?*

*In den Rachen des Löwen? Ja, ich schätze schon. Wenn ich schon nicht in seinen Verstand eindringen kann, dann wenigstens in seinen ›Körper‹, wenn man so will. Vielleicht kann ich ihm auf diese Weise auch ein paar seiner Zähne ziehen. Aber sag mir eines: Wenn ich ihn davon abgeschreckt habe, einen mentalen Angriff oder eine mentale Unterwerfung zu versuchen, was wird er dann als Nächstes tun? Was würdest du tun, wenn du an seiner Stelle wärst?*

*Was bleibt ihm schon übrig?*, meinte Faethor. *Im Umgang mit mentalen Fähigkeiten – vor allem gerade den Fähigkeiten, die er von dir stehlen will – glaubt er, dass du ihm mindestens gewachsen bist. Also muss er dich zuerst physisch niederzwingen. Was ich tun würde, wenn ich an seiner Stelle wäre? Ich würde dich umbringen und dir dann mit Hilfe der Nekromantik dein Wissen aus den kreischenden Eingeweiden entreißen.*

*Mit deiner … ›Kunst‹? Mit der von Thibor und Dragosani? Aber die besitzt Janos doch nicht.*

*Er hat dafür diese andere Sache, diese uralte, fremdartige Magie. Er kann dich zu Asche verbrennen, und dich dann wieder aus deiner chemischen Essenz auferstehen lassen, dich foltern, bis du nur noch ein Häufchen Elend bist, dich nicht länger verteidigen kannst – und dann in deinen Verstand eindringen. Und so bekommt er, was er will.*

Als er das hörte, fühlte Harry sich gar nicht mehr stark. Außerdem war der Slibowitz stärker, als er gedacht hatte, und er hatte nicht wenig davon getrunken. Plötzlich war ihm schwindlig, eine ungewohnte Alkohol indizierte Leichtigkeit überkam ihn und zur gleichen Zeit spürte er, wie ihm eine Decke über die Beine und den Unterleib gelegt wurde. Es war kühl unter den Bäumen und jemand achtete auf sein Wohlergehen, wenigstens zur Zeit noch. Er öffnete die Augen einen Spalt und sah seinen Zigeuner-›Freund‹, der auf ihn herunterblickte. Der Mann nickte und lächelte, dann ging er davon.

*Verdammt clever, diese Mistkerle*, bemerkte Faethor.

*Ja!*, meinte Harry. *Sie sind gut instruiert worden …*

Obwohl Harry den Schlaf nicht unbedingt brauchte, gestattete er es sich, zu dösen. Seit zwei oder drei Tagen fühlte er sich schlapp, als kuriere er noch eine leichte Virusinfektion aus. Vielleicht hatte er sich auf den griechischen Inseln etwas eingefangen. Aber das war eine komische Krankheit, die ihm einesteils ein Gefühl der Stärke gab, die ihn auf der anderen Seite aber auslaugte. Vielleicht gab es einen Wetterumschwung, oder vielleicht war auch die Luft schuld oder die ganzen mentalen Aktivitäten, denen er sich in den letzten Tagen hingegeben hatte, und dann war da noch die Totensprache, die er plötzlich wiedererhalten hatte. Es konnte all das sein. Oder … vielleicht auch etwas anderes.

Gerade als er sich gehen ließ und in einem seltsamen Traum versank – in einer Traumwelt aus Sümpfen und Bergen und Festen aus Fels und Knochen und Sehnen – da suchte Möbius ihn auf.

*Harry? Geht es dir gut, mein Junge?*

*Sicher*, sagte er. *Ich wollte mich nur ausruhen. Es könnte sein, dass ich alle Kraft brauchen werde, die ich aufbringen kann. Die entscheidende Schlacht steht kurz bevor, alter Freund.*

Möbius war überrascht. *Du redest irgendwie merkwürdig. Und auch sonst scheinst du nicht ganz der Alte zu sein.*

Als Harrys Traum von Starside im Hintergrund versank, drangen Möbius' Worte klarer zu ihm durch. *Was? Sagten Sie etwas? Ich rede merkwürdig? Ich bin nicht ganz der Alte?*

*Das ist schon besser*, sagte Möbius mit einem erleichterten Seufzen. *Für einen Moment habe ich doch tatsächlich gedacht, ich würde mit einer völlig fremden Person reden.*

In einem Zustand zwischen Traum und Wachen runzelte Harry die Stirn. *Vielleicht stimmt das sogar.*

Er suchte Faethor in seinem Verstand und hüllte ihn in eine Decke aus Nichts. *So*, sagte er. Und dann zu Möbius: *Ich kann ihn da einschließen, solange wir miteinander reden.*

*Ein zusätzlicher Mitbewohner?*

*Ja, und ein wirklich verabscheuter und ungewollter dazu. Aber für den Augenblick habe ich sein Rattenloch unter Kontrolle. Ich bestehe auf meine Privatsphäre. Also, was wollten Sie mir sagen, August?*

*Dass wir es fast geschafft haben,* antwortete der andere augenblicklich. *Das Rätsel entwirrt sich, die Verschlüsselung ist fast geknackt. Wir werden in Kürze die Lösung haben. Ich kam, um dir Hoffnung zu geben. Und um dich zu bitten, diese Auseinandersetzung noch ein bisschen länger hinauszuschieben, damit wir –*

*– dazu ist es zu spät,* unterbrach ihn Harry. *Jetzt oder nie. Heute Nacht muss ich ihm entgegentreten.*

Möbius war irritiert. *Es scheint fast, als würdest du dich darauf freuen!*

*Er hat mir genommen, was mit gehörte, er hat mich herausgefordert und mich aufs Äußerste beleidigt,* antwortete Harry. *Wenn er könnte, würde er mich zu Asche verbrennen, mich wieder heraufbeschwören und mir unter Foltern meine Geheimnisse entlocken. Und dann würde er sogar in das Möbius-Kontinuum einfallen. Da hat er nichts zu suchen.*

*Das hat er wirklich nicht. Das gehört niemandem. Es ist einfach nur da …* Möbius' Stimme bekam wieder diesen schwärmerischen Ton, der Harrys Aufmerksamkeit weckte. Durch die Konzentration auf diese Bemerkung wurde seine eigene Persönlichkeit wieder auf sich selbst gerichtet.

*Es ist einfach nur da?,* wiederholte er Möbius' Bemerkung, die ihm unverständlich blieb. *Natürlich ist es da. Was meinst du damit, es ist da?*

*Es denkt … alles,* antwortete Möbius. *Deswegen ist es auch … alles!* Aber irgendetwas hatte ihn aus dem Konzept gebracht. Seine tote Stimme verklang, verschwand wieder in einer Dimension der reinen Zahlen.

Harry unternahm keinen Versuch ihn aufzuhalten, sondern ließ ihn gehen.

# ACHTES KAPITEL

»Harry!« Jemand rüttelte heftig an seiner Schulter. »Harry, wach auf.«

Der Necroscope war schlagartig wach, so, als habe er ein Möbiustor von einer Existenzform zu einer anderen durchschritten, vom Traum zum Wachzustand. Er sah den Zigeuner, mit dem er gesprochen und mit dem er sein Essen geteilt hatte, dessen Decke über seinen Beinen lag. Und sein erster Gedanke war: Woher kennt er meinen Namen? Aber sofort darauf entspannte er sich wieder. Er musste ja seinen Namen kennen. Janos hatte ihn ihm verraten. Er würde all seinen seelenlosen Sklaven, den menschlichen Dienern und allen anderen Kreaturen, die ihm folgten, den Namen seines größten Feindes verraten haben.

»Was ist los?« Harry setzte sich auf.

»Du hast eine Stunde lang geschlafen. Wir werden gleich weiterfahren. Ich brauche meine Decke zurück. Außerdem gibt es da etwas, das du dir ansehen solltest.«

»Ja?«

Der Zigeuner nickte. Seine Augen blickten jetzt scharf und eindringlich. »Hast du einen Freund, der nach dir sucht?«

»Was? Einen Freund? Hier?« War es möglich, dass Darcy Clarke oder einer der anderen ihm von Rhodos nachgefolgt war? Harry schüttelte den Kopf. »Nicht, dass ich wüsste.«

»Dann vielleicht einen Feind, der dich verfolgt? In einem Automobil?«

Harry stand auf. »Hast du jemanden gesehen? Zeig ihn mir!«

»Folge mir«, sagte der andere. »Aber halte dich in Deckung.«

Er bewegte sich im Laufschritt zwischen den Bäumen entlang zu einer Hecke. Harry folgte ihm und war sich dabei der anderen Zigeuner bewusst, die über das ganze Lager verstreut beschäftigt waren. Niemand von ihnen sprach, aber hier im Schatten der Bäume war jeder auf dem Sprung. Ihre Habseligkeiten waren alle gepackt. Sie waren bereit zum Aufbruch.

»Da«, sagte Harrys Führer.

Er trat einen Schritt zur Seite, um dem Necroscope den Blick durch die Büsche zu ermöglichen.

Auf der anderen Straßenseite saß ein Mann am Lenkrad eines klapprigen VW-Käfers und starrte auf den Eingang des Lagers. Harry kannte ihn nicht … aber er *kannte* ihn doch. Jetzt, wo er darauf aufmerksam gemacht wurde, erinnerte er sich. Der Mann war mit ihm im Flugzeug gewesen. Und … auch in Mezobereny? Möglich. Diese Zigarettenspitze war ein untrügliches Kennzeichen. Und diese ganze tuntige, feminine Haltung. Jetzt fiel Harry auch seine frühere Begegnung mit der Securitate in Rumänien ein. War dieser Mann ihr Kontaktmann auf Rhodos? Vielleicht ein Agent des russischen E-Dezernats?

Er warf dem Zigeuner an seiner Seite einen Blick zu. »Ein Feind – möglicherweise.« Aber dann sah er das Messer in der Hand des anderen und blickte ihn fragend an. »Häh?«

Der Zigeuner lächelte, aber ohne eine Spur von Humor. »Die Szgany mögen keine heimlichen Beobachter.«

Harry fragte sich jedoch, ob das Messer für ihn bestimmt gewesen war, falls er jetzt einen Fluchtversuch unternommen hätte. Eine Drohgebärde, um ihn gefügig zu machen? »Und was jetzt?«, fragte er.

»Wart's ab!«

Ein Zigeunermädchen in einem bunten Kleid und mit leuchtendem Schultertuch ging über die Straße zu dem Wagen hinüber, und Nikolai Zharkov setzte sich hinter dem Lenkrad auf. Sie hielt ihm einen Korb mit Modeschmuck und Tand entgegen und sprach ihn an. Aber er schüttelte den Kopf. Dann zeigte er ihr einige Geldscheine und stellte ihr ein paar Fragen. Sie nahm das Geld, nickte eifrig mit dem Kopf und zeigte in den Wald. Zharkov runzelte die Stirn und fragte sie erneut etwas. Sie wurde eindringlicher, stampfte mit dem Fuß auf und zeigte wieder in die Richtung von Gyula, den Waldweg entlang.

Schließlich grummelte Zharkov etwas, nickte und ließ den Wagen an. Als er wegfuhr, ließ er eine Staubwolke zurück. Harry drehte sich zu dem Zigeuner um. »Es war also wirklich ein Feind. Und das Mädchen hat ihn in die falsche Richtung geschickt.«

»Ja. Und jetzt machen wir uns auf den Weg.«

»Wir?« Harry starrte ihn immer noch an.

Der Mann steckte sein Messer weg. »Wir Zigeuner«, sagte er. »Wer sonst? Wenn du nicht geschlafen hättest, hättest du mit uns essen können. Wir haben dir aber eine Portion Suppe aufgehoben.«

Ein anderer Mann kam mit einer Schüssel und einem hölzernen Löffel auf sie zu, die er Harry anbot.

Harry sah sich die Dinge an.

*Tu es nicht!*, erklang eine Stimme in einem Kopf. Die Stimme des toten Zigeunerkönigs.

*Ist das Gift? Wollen deine Leute mich umbringen?*

*Nein, sie wollen dich für ein oder zwei Stunden ruhig stellen. Wenn du das hier trinkst, wirst du so lange schlafen!*

*Und? Ist mir danach schlecht?*

*Nein. Vielleicht ein leichter Kopfschmerz, den aber ein Schluck frisches Wasser wieder vertreiben wird. Aber wenn du die Suppe trinkst … dann ist alles verloren. Dann bringen sie dich über die Grenze, in diese zeitlosen Hügel und verwitterten Berge – die, wie du weißt, dem alten Ferenczy gehören!*

Aber Harry lächelte nur und grunzte zufrieden. *So sei es*, sagte er und trank die Suppe.

Nikolai Zharkov fuhr bis nach Gyula und mitten in den Ort hinein, bevor er schließlich einer nagenden Stimme in seinem Hinterkopf Gehör schenkte: der Stimme, die ihm mit jedem verstreichenden Augenblick deutlicher zu verstehen gab, dass er ein Trottel sei! Schließlich wendete er und fuhr wutentbrannt die Strecke zurück, die er gekommen war. Wenn Keogh nach Gyula gekommen war, dann konnte er das später noch überprüfen. Aber wenn dieses Zigeunermädchen gelogen hatte …

Das Zigeunerlager war leer – so als sei das fahrende Volk nie da gewesen. Zharkov fluchte, bog nach links auf die Hauptstraße ab und gab Gas. Vor sich sah er den ersten der Zigeunerkarren gemächlich den Grenzkontrollpunkt passieren.

Er kam mit quietschenden Reifen an, sprang aus dem Wagen und rannte direkt in den einzigen Raum des chaletartigen Gebäudes.

Der Grenzpolizist hinter seinem Schreibtisch grabschte hastig nach seiner Uniformmütze und rammte sie sich auf den Schädel. Er funkelte Zharkov an, und der Russe starrte wütend zurück. Hinter den staubigen Fenstern passierte gerade der letzte Wagen die hochgezogene Schranke.

»Was soll das?«, brüllte der Russe. »Sind Sie übergeschnappt? Was sind sie, Ungar oder Rumäne?«

Sein Gegenüber war jung, mit einem beachtlichen Bauch und geröteten Wangen. Ein transsylvanischer Bauer, der zur Securitate gegangen war, weil das ein angenehmeres Leben war als die Arbeit auf dem Feld. Man bekam zwar nicht viel Geld, aber wenigstens konnte man dann und wann ein paar Leute herumschubsen. Er mochte es, Leute herumzuschubsen. Aber er konnte es auf den Tod nicht leiden, selbst herumgeschubst zu werden.

»Wer sind sie?«, bellte er. Seine Schweinsäuglein blickten verdutzt drein.

»Du Idiot!«, tobte Zharkov. »Die Zigeuner da – können die kommen und gehen, wie es ihnen beliebt? Ist das hier nicht ein Grenzposten? Weiß Präsident Ceausescu, dass dieses Gelumpe über die Grenze kommt, ohne dass sich irgendwer darum schert? Erheb dich von deinem fetten Arsch. Komm mit, ein Spion versteckt sich in einem der Wagen.«

Die Haltung des Grenzpolizisten war jetzt eine ganz andere. Trotz des harten ausländischen Akzents konnte Zharkov gut ein hochrangiger Securitate-Offizier sein; er benahm sich jedenfalls wie einer. Aber was sollte das mit dem Spion? Die rote Gesichtsfarbe des Soldaten wurde noch intensiver, und er eilte hinter seinem Tisch hervor, wobei er einen losen Knopf seiner schweißverklebten Uniform zuknöpfte und sich nervös über seinen Zweitagebart fuhr. Zharkov trieb ihn aus dem Haus heraus, stieg wieder in seinen Wagen und stieß die Beifahrertür auf. »Einsteigen!«, fauchte er.

Der verwirrte Mann protestierte, während er sich in den engen Sitz zwängte: »Aber die Zigeuner sind kein Problem. Niemand hält die je auf. Sie kommen seit Jahren immer wieder hier durch. Sie wollen einen von ihren Leuten beerdigen. Und es kann nicht recht sein, wenn man sich in eine Beerdigung einmischt.«

»Vollidiot!« Zharkov trat hart auf die Bremse, schlidderte gefährlich nahe an den hintersten der Wagen heran und begann dann, die Kolonne zu überholen. »Haben Sie überhaupt nachgesehen, was die im Schilde führen könnten? Nein, natürlich nicht. Ich verrate Ihnen jetzt, dass die einen britischen Spion namens Harry Keogh bei sich haben. Er wird sowohl in der Sowjetunion als auch in Rumänien gesucht. Und jetzt ist er in Ihrem Land und untersteht somit ihrer Jurisdiktion. Das könnte sogar ganz gut in ihrer Personalakte aussehen – aber nur, wenn Sie meinen Anweisungen genau folgen.«

»Ja, das sehe ich«, sagte der Dicke, obwohl er offenkundig überhaupt nicht durchblickte.

»Haben Sie eine Waffe?«

»Was? Hier oben? Auf was soll ich denn schießen? Eichhörnchen?«

Zharkov knurrte und trat so heftig auf die Bremse, dass der Wagen quer vor dem ersten Pferdewagen zum Halt kam. Die Kolonne wurde sofort langsamer und schob sich näher zusammen. Als sich der Staub legte, stiegen Zharkov und der polternde Grenzpolizist aus dem Automobil.

Der KGB-Mann deutete auf die Planwagen, von denen in diesem Augenblick mürrische Zigeuner auf die Straße kletterten. »Durchsuchen!«

»Was gibt es denn da zu durchsuchen?« Der Grenzpolizist blickte immer noch nicht durch. »Das sind Planwagen. Ein Sitz vorne, eine Tür hinten, und ein Raum dazwischen. Da reicht ein Blick.«

»Jeden Platz, wo man einen Menschen verstecken könnte, das sollen Sie durchsuchen!«, fauchte Zharkov.

»Aber … wie sieht er denn aus?« Der Andere warf hilflos die Hände in die Höhe.

»Trottel! Frag lieber, wie er nicht aussieht! Er sieht nämlich nicht aus wie ein verdammter Zigeuner!«

Die Laune der Zigeuner war schon auf dem Gefrierpunkt und

wurde noch schlechter, als der Russe und sein rumänischer Handlanger an der Wagenreihe entlangliefen, die Türen aufrissen und hineinsahen. Als sie sich dem letzten Wagen, dem Leichenwagen, näherten, stellte sich ihnen eine Gruppe Szgany in den Weg.

Zharkov zog seine Automatik und richtete sie auf die Zigeuner. »Aus dem Weg. Wenn ihr Widerstand leistet, werde ich nicht zögern, die hier zu benutzen. Das ist eine Frage der inneren Sicherheit, und jeder Widerstand kann schwerwiegende Folgen haben. Öffnet die Tür!«

Der Mann, der mit Harry Keogh gesprochen hatte, trat vor. »Das war unser König. Wir sind auf dem Weg, ihn zu beerdigen. Ihr dürft nicht in den Wagen.«

Zharkov hielt ihm die Waffe an den Hals. »Ihr macht jetzt auf, oder sie müssen euch beide beerdigen.«

Die Tür wurde aufgesperrt. Zharkov sah zwei Särge Seite an Seite auf flachen Podesten, die am Boden festgemacht waren. Er kletterte die Stufen hinauf und stieg in den Wagen. Der Grenzpolizist und der Sprecher des fahrenden Volkes folgten ihm in den Wagen. Zharkov deutete auf den Sarg zur Linken. »Den da … aufmachen.«

»Sei verflucht«, sagte der Zigeuner. »Für den Rest deiner Tage, und es werden nicht mehr viele sein, sei verflucht!«

Die Särge waren billig zusammengezimmert und bestanden aus nicht viel mehr als ein paar Brettern. Die Zigeuner hatten sie selbst angefertigt. Zharkov reichte seine Waffe dem vom Donner gerührten Polizisten, der sich im Geiste schon damit abgefunden hatte, dass der nächste Fluch ihm gelten werde, und zog sein Springmesser. Auf Knopfdruck schnellten 25 cm Stahl mit einer nadelfeinen Spitze hervor. Ohne zu zögern hob Zharkov den Arm und stieß die Waffe wieder und wieder durch den hölzernen Deckel, sodass es bis zum Heft im Hohlraum darunter und damit auch im Körper desjenigen, der darin liegen mochte, verschwand.

Im Innern des Sarges erklang ein gedämpftes Grunzen: »Öaghh - - - öargh.« Es klopfte und kratzte plötzlich am Sargdeckel.

Die dunklen Augen des Zigeuners drohten aus den Höhlen zu

treten; er bekreuzigte sich und ging mit wackligen Beinen einen Schritt zurück; ebenso der Polizist. Aber Zharkov bemerkte das nicht. Ebenso wenig den plötzlichen, starken Geruch, der nicht nur vom Knoblauch kam. Er grinste bösartig, zog das Messer heraus, schob die Spitze in den Spalt zwischen Deckel und Seitenwand und wuchtete den Deckel los. Dann klemmte er sich das Heft des Messers zwischen die Zähne, ergriff den Deckel mit beiden Händen und hob ihn zur Hälfte hoch.

Aus dem Innern half jemand das letzte Stück nach ... aber es war nicht Harry Keogh!

Und dann –

– die Augen des Russen waren riesige Punkte in einem leichenblassen Gesicht, während Vasile Zirra in seinem Sarg keuchte und schnaufte und einen ledrigen Arm nach Zharkov ausstreckte. Er hielt sich an dem Agenten fest, um sich aus seinem Sarg aufzurichten.

»Mein Gott!«, kreischte der KGB-Mann. »Oh mein Gott!« Sein Messer polterte aus seinem kraftlosen Gebiss in den Sarg. Der alte Zigeunerkönig griff sofort zu und trieb es in Zharkovs hervorgetretenes linkes Auge – er stieß es tief hinein, bis die Klinge an die Schädeldecke des Hinterkopfes kratzte. Und das reichte. Es war mehr als genug.

Dem Russen trat roter Schaum auf die Lippen, und er stolperte hölzern nach hinten, bis er von der Seitenwand des Wagens aufgehalten wurde. Dann fiel er um. Im Fallen gab er ein rasselndes Geräusch von sich, und auf dem Boden zuckte er noch kurz. Dann lag er still.

Aber um ihn herum war Hektik ausgebrochen.

An der Spitze der Kolonne fuhr einer der Zigeuner Zharkovs Wagen in den Straßengraben. Der Grenzer stolperte zurück in die Richtung seines Grenzpostens und brüllte: »Ich hatte damit nichts zu tun – gar nichts!« Der Sprecher der Zigeuner stieg vorsichtig über Zharkovs Leiche weg und sah furchtsam auf seinen alten König herunter, der jetzt wieder steif und tot in seinem Sarg lag. Er bekreuzigte sich ein zweites Mal und schob den Sargdeckel wieder an Ort und Stelle. Dann rief jemand »Vorwärts Marsch!«, und die Kolonne setzte sich wieder in Bewegung.

Ein paar hundert Meter weiter, wo der Straßengraben tief und mit Dornen und Ranken überwuchert war, entledigte man sich Nikolai Zharkovs Leichnam. Er polterte vom Wagen auf die Straße und rollte dann in den Graben, wo er im Grün verschwand …

Als Harry die Suppenschüssel mit der Droge darin geleert hatte, hatte er Wellesleys Gabe angewandt und seinen Verstand von allen Beeinflussungen von außen abgeschottet. Der Zigeunertrank wirkte schnell; er konnte sich nicht einmal daran erinnern, wie er in den Leichenwagen verfrachtet und in dem leeren zweiten Sarg ›zur Ruhe gebettet‹ wurde.

Aber seine geistige Isolation hatte auch ihre Nachteile. Zum einen konnten die Toten nicht mehr mit ihm in Verbindung treten. Er hatte das natürlich in Betracht gezogen und es gegen das aufgerechnet, was Vasile Zirra ihm über die kurzzeitigen Auswirkungen der Droge gesagt hatte. Er war sich sicher, er konnte einen Ausfall von ein oder zwei Stunden verkraften. Der alte König hatte ihm aber nicht gesagt, dass ihn schon ein oder zwei Löffel von dem Gebräu betäuben würden. Als er die Schüssel ganz ausgetrunken hatte, hatte sich der Necroscope mit einer Überdosis länger als geplant außer Gefecht gesetzt.

Nachdem er jetzt langsam wieder wach wurde – auf halbem Weg zwischen der unbewussten und der bewussten Welt – ließ er Wellesleys Gedankenschirm fallen und gestattete es sich, das allgegenwärtige Hintergrundgemurmel der Totenstimmen auf sich eindringen zu lassen. Vasile Zirra, der nur ein paar Zentimeter weit von ihm weg lag, war der Erste, der Harrys Wiedererwachen bemerkte.

*Harry Keogh?* In der Stimme des alten Mannes klangen Trauer und eine gehörige Portion Enttäuschung mit. *Du bist ein starrsinniger junger Mann. Die Spinne sitzt da und wartet darauf, dir eine Falle zu stellen, und du wirfst dich direkt in ihr Netz. Weil du freundlich zu mir warst – und weil du von den Toten geliebt wirst – habe ich meine eigene Position gefährdet, um dich zu warnen, und du hast nicht auf mich gehört. Und jetzt musst du dafür büßen.*

Die Erwähnung des Büßens brachte Harry wieder in die Gegenwart zurück. Auch wenn er noch nicht die Augen geöffnet hatte, wusste er doch durch das Schaukeln des Wagens, dass sie unterwegs waren. Aber wie weit waren sie schon gekommen?

*Du hast die ganze Suppe ausgetrunken,* erinnerte ihn Vasile. *Halmagiu ist nicht mehr weit! Ich kenne die Gegend hier gut; ich kann es spüren; die Zeit nähert sich der Mitternachtsstunde, und die Berge dräuen über uns.*

Harry geriet in eine leichte Panik und wachte vollständig auf – worauf er noch mehr in Panik geriet, als er feststellte, dass er sich in einem Kasten befand, der den Umrissen zufolge nur ein Sarg sein konnte. Vasile Zirra beruhigte ihn sofort.

*So haben sie dich über die Grenze gebracht. Nein, das ist nicht dein Grab, es ist dein Versteck – wenigstens zurzeit noch.* Und dann erzählte er Harry, was mit Zharkov geschehen war.

Harry antwortete in Worten. Er flüsterte in der Enge der zerbrechlichen Kiste: »Du hast mich beschützt?«

*Du hast die Macht, Harry,* der andere zuckte mit den Achseln. *Ich habe es also zum Teil für dich getan … und zum Teil auch für ihn.*

»Für ihn?« Aber Harry wusste bereits, wen er meinte. »Für Janos Ferenczy?«

*Als du zugelassen hast, dass man dich betäubte, hast du dich in seine Gewalt begeben, in die Hände seiner Leute. Denn die Zirras sind seine Leute, mein Sohn.*

Harrys Antwort war verbittert, und sie kam in einem Tonfall, den er kaum jemals gegen die Toten anschlug: »Dann sind die Zirras Feiglinge! Am Anfang, lange vor deiner Zeit – sogar vor mehr als sieben Jahrhunderten – hat Janos die Zirras zum Narren gehalten. Er hat sie getäuscht und hat sie sich mit Hilfe von Suggestion und Hypnose und anderer Kräfte, die er von seinem bösen Vater geerbt hatte, zu Willen gemacht. Er hat sie manipuliert, dass sie ihn liebten, aber nur, damit er sich ihrer bedienen konnte. Vor Janos waren die wahren Wamphyri immer loyal gegenüber den ihnen dienenden Zigeunern gewesen, und sie verdienten sich im Gegenzug den

Respekt der Szgany auf ewig. Es gab einen unausgesprochenen Kontrakt zwischen ihnen. Aber was hat Janos euch gegeben? Nichts außer Furcht und Tod. Und selbst wenn ihr tot seid, habt ihr immer noch Angst vor ihm.«

*Vor allem, wenn wir tot sind,* kam die Antwort. *Weißt du nicht, was er mit mir machen kann? Er ist der Phönix, der aus den Flammen der Hölle wieder auferstanden ist. Ja, und er könnte auch mich wieder auferstehen lassen, wenn er das wollte, selbst aus meinen Salzen. Diese alten Knochen, dieses alte Fleisch hat genug gelitten. Viele tapfere Söhne der Zirras sind in die Berge hinaufgestiegen, um den großen Bojaren zufrieden zu stellen; auch mein eigener Sohn, Dumitru, vor langen Jahren. Feiglinge? Was könnten denn wir, bloße Menschen, gegen die Macht der Wamphyri ausrichten?*

Harry schnaubte verächtlich. »Er ist kein Wamphyri! Er wäre es zwar gern, aber die Essenz des wahren Vampirs fehlt ihm. Was ihr gegen ihn tun könnt? Wenn ihr den Mumm dazu hättest, dann wärest du mit ein paar deiner Leute zu seinem Schloss in den Bergen hochgestiegen, hättest ihn dort aufgespürt und damit die Geschichte ein für allemal beendet. Ihr hättet es vor zehn, vor zwanzig, sogar schon vor Hunderten von Jahren tun können. Aber so muss ich das jetzt eben tun.«

*Kein Wamphyri?* Der andere war erstaunt. *Aber ... doch, das ist er!*

»Falsch! Es stimmt zwar, er benutzt seine eigene Form der Nekromantik – und die ist sicherlich ebenso grausam wie alles, was die Wamphyri je entwickelt haben – aber es ist nicht die wahre Kunst. Er ist ein Gestaltwandler, aber innerhalb enger Grenzen. Kann er sich in ein Luftsegel verwandeln und fliegen? Nein, er benutzt ein Flugzeug. Er ist ein Betrüger, ein mächtiger, gefährlicher und schlauer Vampir – aber er ist nicht Wamphyri.«

*Es ist das, was er ist,* sagte Vasile. Aber er war nachdenklich geworden. *Und egal, was er ist, er war zu stark für mich und die meinen.*

Harry schnaubte erneut. »Dann lass mich in Ruhe. Ich werde anderswo Hilfe finden müssen.«

Harrys Verachtung ließ den Zigeuner schnippisch werden: *Was weißt du denn schon von den Wamphyri? Was weiß überhaupt jemand über sie?*

Aber Harry ignorierte ihn und sperrte ihn aus. Er richtete seine Gedanken auf Halmagiu, zum dortigen Friedhof. Und von da aus hinauf in das alte zerstörte Schloss in den Bergen …

Schwarze rumänische Fledermäuse glitten zu Dutzenden über sie hinweg und eskortierten die klingelnde Reihe von Pferdewagen durch die ansteigenden, nebelverhangenen transsylvanischen Wiesen und Wälder. Dann und wann wurde eine von ihnen sichtbar, wenn sie das schwankende, flackernde Licht einer der Lampen passierte. Fledermäuse gleicher Art flogen auch über die zerfallenden Mauern und Wälle des Schlosses Ferenczy.

Janos war da, eine dunkle Silhouette auf einer Klippe, die über das Tal hinausragte. Als sei er selbst eine große Fledermaus, schnüffelte er in die Nacht und betrachtete mit Zufriedenheit den Nebel, der sich wie Milch über die Täler gelegt hatte. Der Nebel gehörte ihm, so wie die Fledermäuse und die Szgany Zirra. Und auf seine Art hatte Janos alle drei für sich eingesetzt. »Meine Leute haben ihn«, sagte er, als müsse er sich das in Erinnerung rufen. Es war ein Satz, den er den ganzen Nachmittag und die ganze Nacht ständig wiederholt hatte. Er drehte sich zu seinen Vampir-Sklaven, zu Sandra und Ken Layard, um und sagte es noch ein weiteres Mal: »Sie haben den Necroscope und werden ihn zu mir bringen. Er ist betäubt, und das ist wohl auch der Grund, warum ihr ihn nicht orten und seine Gedanken nicht lesen könnt. Denn eure Fähigkeiten sind doch nur armselige Werkzeuge mit deutlichen Mängeln.«

Aber noch während Janos sprach, zuckte der Lokalisierer plötzlich zusammen. »Da«, keuchte Layard. »Da … da ist er!«

Janos ergriff ihn am Arm. »Wo ist er?«

Layards Augen waren geschlossen, er konzentrierte sich. Sein Kopf drehte sich langsam und beschrieb einen Suchradius, der die Berghänge und schließlich auch das Dorf unter ihnen einschloss. »Er ist in der Nähe«, sagte er. »Da unten. In der Gegend von Halmagiu.«

Janos' Augen leuchteten auf wie Lampen, bei denen der Docht plötzlich hoch aufgedreht wird. Er sah Sandra an: »Nun?«

Sie klinkte sich auf Layards Suchstrahl ein und folgte der Peilung. »Ja«, sagte sie und nickte langsam. »Er ist da.«

»Und seine Gedanken?«, drängte Janos. »Was denkt der Necroscope? Ist es so, wie ich vermutet habe? Fürchtet er sich? Oh ja, er hat seine Fähigkeiten, dieser Mann, aber welchen Nutzen haben esoterische Fähigkeiten gegen reine Muskelkraft? Er spricht zwar mit den Toten, aber meine Szgany sind noch sehr lebendig!« Und für sich dachte er. *Ja, er spricht mit den Toten. Sogar mit meinem Vater, den er von Zeit zu Zeit in seinem Verstand beherbergt. Und das bedeutet, dass genauso wie ich ihn kenne, der Mistkerl auch mich kennt! Ich kann nicht ruhen. Dies wird erst dann zu Ende sein … wenn es zu Ende ist. Vielleicht sollte ich dafür sorgen, dass sie ihn sofort umbringen, und ihn dann nach meinem Gusto wieder zum Leben erwecken. Aber wo läge darin der Ruhm, die Befriedigung? Das ist nicht der richtige Weg, nicht wenn ich Wamphyri sein will! Ich muss derjenige sein, der ihn tötet, und dann werde ich ihn auferstehen lassen, damit er mir als seinem Meister dienen muss!*

Sandra hielt sich an Layards Arm fest und konzentrierte sich auf die von Harry ausgehenden Gedanken … und schreckte im nächsten Augenblick vor dem Lokalisierer zurück und prallte gegen Janos. Er ergriff sie und hielt sie aufrecht. »Was ist los?«

»Er … er spricht mit den Toten!«

»Mit welchen Toten? Wo?« Seine Wolfskiefer standen erwartungsvoll offen.

»Auf dem Friedhof von Halmagiu«, keuchte sie. »Und hier oben in Eurem Schloss.«

»Halmagiu?« Die Falten in seiner Fledermausschnauze zuckten. »Die Leute im Dorf haben mich seit Jahrhunderten gefürchtet, auch als ich nur Staub in einer Urne war. Da ist für ihn nichts zu holen. Und die Toten in meinem Schloss? Das sind in erster Linie Zirras.« Er stieß ein schreckliches Lachen hervor, in dem vielleicht auch ein wenig Nervosität mitschwang. »Sie haben ihr Leben für mich gegeben, und jetzt, wo sie tot sind, werden sie bestimmt nicht auf ihn hören. Er verschwendet seine Zeit.«

Sandra war trotz ihrer Vampirkräfte immer noch erschüttert. »Er … er hat mit sehr vielen Leuten geredet, und das waren keine

Zigeuner. In ihrer Zeit waren sie fast alle Krieger gewesen. Ich habe nur ein leises Flüstern von ihren toten Existenzen empfangen können, aber jeder von ihrnn glühte vor Hass auf dich.«

»Was?« Einen Augenblick lang war Janos wie erstarrt – und im nächsten bellte er ein Lachen heraus, das ebenso gut ein Aufheulen sein mochte. »Meine Thraker? Meine Griechen, Perser und Skythen? Die sind nur Staub, die Salze von Menschen! Nur die Leibgarde, die ich aus ihren Reihen auferweckt habe, hat eine Gestalt. Na ja, es mag ja sein, dass der Necroscope Leichen dazu bringen kann, wieder auf Erden zu wandeln – aber selbst er kann kein Fleisch aus Staub erschaffen. Und selbst wenn er das könnte, dann würde ich sie einfach wieder im Staub versinken lassen! Er steht mit dem Rücken an der Wand; er ist verzweifelt und versucht, Verbündete auf seine Seite zu ziehen, die ihm nichts nützen können; soll er doch mit ihnen reden.«

Er lachte wieder, ganz kurz, und wandte sich dann dem dunklen, chaotischen Trümmerhaufen zu, der sein Schloss war. Er runzelte die Stirn, und seine roten Augen leuchteten: »Kommt. Wir haben noch gewisse Vorbereitungen zu treffen.«

Eine Hand voll Zigeuner trieb Harry durch die Wälder und an dem Hügel mit den Zigeunergrabsteinen unter der Felswand vorbei. Seine Hände waren auf dem Rücken gefesselt, und er stolperte häufig. Sein Kopf schmerzte wie bei einem massiven Kater. Aber als die Gruppe nahe an dem Felsen, auf dem die Zigeuner ihre Grabsteine aufschichteten, vorbeikam, spürte er die schwachen Schatten der ehemaligen Menschen um sich herum.

Harry fühlte mit seinen Gedanken bei ihnen vor und wusste dann sofort, dass es sich nur um die Echos der Zirras handelte, mit denen er am ORT DER VIELEN KNOCHEN tief im Inneren der Berge gesprochen hatte. Der untere Teil des Felsens wurde von einem klebrigen Bodennebel umspielt, aber die gewölbte Spitze wurde davon nicht berührt, und das Monument aus Steinen reckte sich dem aufgehenden Mond entgegen. Diese Steine waren von Männern behauen worden, die ihre eigenen Grabsteine ausgemeißelt hatten, bevor sie in die Berge hinaufgeklettert waren, um sich einem Monster zu opfern.

»Männer?«, murmelte Harry vor sich hin. »Schafe. Schafe, die selbst zur Schlachtbank gelaufen sind.«

Seine Gedanken wurden gehört, so wie er es auch beabsichtigt hatte, und vom Schloss über ihm erklang die Antwort:

*Nicht alle von uns, Harry Keogh. Ich zum Beispiel hätte gegen ihn angekämpft, aber er war in meinem Verstand und hat ihn ausgequetscht wie eine Pflaume. Du kannst es mir glauben, ich bin nicht freiwillig zum Ferenczy gegangen. Wir waren nicht die Feiglinge, für die du uns hältst. Hast du jemals einen Kompass gesehen, der nach Süden zeigt? Und genauso wenig kann ein Zirra, der von seinem Meister erwählt worden ist, seinen eigenen Weg gehen.*

»Wer bist du?«, fragte Harry.

*Dumitru, der Sohn von Vasile.*

»Na, wenigstens klingst du überzeugender als dein Vater!«, sagte Harry.

Einer der Zigeuner stieß ihn grob an: »Was murmelst du da vor dich hin? Betest du? Dazu ist es zu spät, wenn der Ferenczy nach dir ruft.«

*Harry,* sagte Dumitru Zirra, *wenn ich dir helfen könnte, würde ich das tun, egal wie klein diese Hilfe auch ausfallen mag. Aber das kann ich nicht. Hier am ORT DER VIELEN KNOCHEN hat mich einer der alten Grauen angenagt, die dem Bojaren Janos dienen. Er hat meine Füße bis zu den Knien abgefressen! Ich könnte kriechen, wenn du nach mir rufst, aber ich könnte niemals kämpfen. Wie sollte ich das tun, ein halber Mann, der nur noch aus ein paar Knochen und etwas Leder besteht? Aber du musst es nur sagen und ich tue, was in meiner Macht steht.*

*Da habe ich also wenigstens einen Mann gefunden,* sagte Harry, aber dieses Mal tonlos, auf die unnachahmliche Weise des Necroscope. *Aber gönne dir deine Ruhe, Dumitru Zirra, denn ich brauche mehr als alte Knochen, um Janos entgegenzutreten.*

Das Gelände wurde jetzt schwieriger, und die Zigeuner durchtrennten die Fesseln um Harrys Handgelenke. Stattdessen legten sie ihm zwei Schlingen um den Hals, von denen die erste der Mann vor ihm in Händen hielt, die andere der Mann hinter ihm. »Wenn du jetzt stolperst, Engländer, dann erwürgst du dich selbst«, sagte der Sprecher. »Oder zumindest wird dein Hals ganz schön lang werden, wenn wir dich hochziehen.« Aber Harry hatte nicht die Absicht zu fallen.

Er wandte sich mit seinen Gedanken an Möbius: *August? Wie geht es voran?*

*Wir haben es fast geschafft, Harry!,* kam die aufgeregte Antwort von dem Leipziger Friedhof. *Eine Stunde noch, höchstens noch zwei oder drei.*

*Versuchen Sie, daraus eine halbe Stunde zu machen,* sagte Harry. *Viel mehr Zeit habe ich wohl nicht mehr.*

Andere Stimmen drängten sich in Harrys Gedanken. Sie kamen von dem Friedhof in Halmagiu:

*Harry Keogh … niemand will mit uns reden. Wer auch immer dich einen Freund der Toten genannt hat, er war ein Lügner!*

Er wurde von diesem Vorwurf überrumpelt und antwortete laut: »Ich habe euch um Hilfe gebeten. Ihr habt sie mir verweigert. Es ist nicht meine Schuld, wenn die zahllosen Toten der Welt jetzt mit euch nichts mehr zu tun haben wollen!«

Die Zigeuner, die sich im Licht des Mondes den Berghang hocharbeiteten, sahen sich gegenseitig an: »Ist er verrückt geworden? Er redet ja mit sich selbst!«

Harry öffnete alle Kanäle in seinem Kopf. Er beseitigte alle inneren und äußeren Schranken. Sofort brüllte Faethor ihn an: *Du Idiot! Ich bin der Einzige, der dir helfen kann, und trotzdem setzt du mir eine Haube auf wie einem gefährlichen Raubvogel in einem Käfig. Warum machst du das, Harry?*

*Weil ich dir nicht traue,* antwortete der Angesprochene lautlos. *Ich traue deinen Motiven nicht, deinen Methoden nicht, und am allerwenigsten deiner schwarzen Seele! Ich misstraue allem, was du sagst oder tust, Faethor. Du bist nicht nur der Vater der Vampire, sondern auch ein Vater der Lügen. Aber du hast die Wahl.*

*Eine Wahl? Was für eine Wahl?*

*Verschwinde aus meinem Kopf und geh zurück nach Ploiesti.*

*Nicht bevor diese Sache beendet ist – ein für allemal!*

*Und wie kann ich sicher sein, dass du dich daran hältst?*

*Das kannst du nicht, Necroscope!*

*Dann bleibst du im Dunkeln,* sagte Harry und schottete ihn wieder von allem ab.

Der Aufstieg war zur Hälfte geschafft …

Auf Rhodos war es halb zwei morgens.

Darcy Clarke und sein Team saßen um einen Tisch in einem ihrer Hotelzimmer. Sie hatten sich von ihrer Arbeit erholt, zusammen gegessen und dann über das geredet, was sie durchgemacht hatten und was ihnen wahrscheinlich noch lange anhängen würde. Aber im Hinterkopf hatten sie alle den Gedanken gehabt, dass ihr eigener Anteil an dieser Schlacht minimal gewesen war, und dass alles, was sie erreicht hatten, nur Makulatur war, wenn Harry Keogh scheitern sollte. Die vorsichtige Erleichterung, die sie verspürten, war nur die Ruhe vor dem wahren Sturm.

Als sie von ihrem späten Mahl nach Hause gekommen waren, hatte Zek eine Idee gehabt. Sie war Telepathin, und David Chung war ein Lokalisierer. Zusammen waren sie vielleicht in der Lage, Harry zu erreichen und etwas über seine Lage zu erfahren.

Darcy hatte sofort widersprochen: »Aber das ist doch genau das, was Harry auf keinen Fall wollte! Wenn Janos jetzt seine mentalen Klauen in deinen Verstand schlägt …«

»Ich schätze mal, er wird zu sehr mit Harry beschäftigt sein, um sich noch um etwas Anderes zu kümmern«, hatte Zek eingeworfen. »Außerdem will ich das tun. In Lady Karens Heimstatt – ihrer Feste auf Starside – war es meine Aufgabe, die Gedanken ihrer Wamphyri-Gäste zu lesen. Nicht einer von ihnen hat je gemerkt, dass ich da war, oder wenn es jemand gemerkt haben sollte, ist jedenfalls nichts passiert. Und genauso werde ich das jetzt auch machen.«

Aber Darcy war noch nicht überzeugt. »Ich habe nur an den armen Trevor gedacht«, sagte er. »Und an Sandra.«

»Trevor Jordan war völlig unvorbereitet, und Sandra fehlte die Erfahrung, und ihre Gabe war außerdem sehr unzuverlässig. Ich will sie nicht schlecht machen, ich stelle nur eine Tatsache fest.«

»Aber …«

»Nein!« Wieder unterbrach sie ihn. »Wenn David mitmacht, will ich das tun. Harry bedeutet mir und Jazz sehr viel.«

Daraufhin hatte Darcy dann an Jazz Simmons appelliert.

Aber der hatte nur mit dem Kopf geschüttelt. »Wenn sie sagt, dass sie das tun will, dann tut sie das auch«, sagte er. »Ich werde daran auch nichts ändern können. Ich bin nur mit ihr verheiratet.«

Grummelnd hatte Darcy nachgegeben. Schließlich wollte er genauso wie die anderen wissen, wie es Harry ging.

Die drei, die nicht direkt involviert waren – Darcy, Jazz und Ben Trask – saßen jetzt um den Tisch herum und verfolgten, was geschah. David Chung hatte die Augen geschlossen und atmete tief und regelmäßig. Seine Hände lagen auf Harrys Armbrust. Zek saß in einer ähnlichen Haltung neben ihm. Ihre Hand lag auf der des Chinesen.

Sie hatten so eine oder zwei Minuten gesessen und warteten darauf, dass Chung den Necroscope mit Hilfe eines seiner persönlichen Besitztümer aufspürte. Aber als die Sekunden in gespannter Stille verrannen und die beiden nur noch regloser wurden, begann die Aufmerksamkeit der Zuschauer nachzulassen. Gerade in dem Augenblick, als Jazz sich an der Nase kratzte, kam der Kontakt zustande.

Ganz kurz nur. David Chung stieß einen langen Seufzer aus – und Zek fuhr in ihrem Stuhl hoch. Ihre Augen blieben noch ein paar Augenblicke geschlossen, während ihr Gesicht alle Farbe verlor. Und dann …

Ihre Augen flogen auf und sie stieß sich von Chung weg. Sie rappelte sich auf die Füße und wich auf unsicheren Beine vom Tisch zurück.

Jazz war augenblicklich an ihrer Seite: »Zek? Ist alles in Ordnung mit dir?«

Einen Moment lang sah sie durch ihn hindurch, dann erkannte sie ihn und sank in seine Arme. Er spürte, wie sie zitterte. Schließlich gab sie eine Antwort: »Ja, mir geht es gut. Aber Harry …«

»Du hast ihn gefunden?« Auch Darcy war aufgestanden.

»Oh ja.« David Chung nickte. »Wir haben ihn gefunden. Was hast du gesehen, Zek?«

Sie sah ihn an, dann in die Runde und befreite sich aus den Armen ihres Mannes. Aber sie sagte nichts.

Darcy ließ nicht locker: »Geht es ihm gut?« Er hielt den Atem an, während er auf die Antwort wartete.

Schließlich sagte sie: »Ja, es geht ihm gut, und er ist sicher angekommen – da, wo er hinwollte. Außerdem habe ich genug gesehen, um zu wissen, dass es bald zum Showdown kommen wird. Aber … irgendetwas stimmt da nicht.«

Darcys Herz hämmerte in seiner Brust. »Da stimmt etwas nicht? Soll das heißen, dass er bereits in Schwierigkeiten steckt?«

Sie sah ihn an und ihr Blick war so starr, als sehe sie etwas ganz anderes, etwas sehr weit Entferntes, in einer Welt aus Eis jenseits der Zeiten und Orte, die wir kennen. »In Schwierigkeiten? Ja, das ist er, ganz bestimmt, aber das sind nicht die Schwierigkeiten, an die du vielleicht denkst.«

»Kannst du dich etwas klarer ausdrücken?«

Sie richtete sich auf, schüttelte sich und schlang sich dann die Arme um den Körper. »Nein, das kann ich nicht.« Sie schüttelte den Kopf. »Noch nicht. Es kann ja auch sein, dass ich mich irre.«

»Irren? Womit?« Darcys Geduldsfaden wurde heftig strapaziert. »Harry stellt sich dem Kampf gegen Janos Ferenczy, von Angesicht zu Angesicht. Ein Mensch gegen … gegen eine Kreatur! Wenn er in Schwierigkeiten gerät, bevor sie sich überhaupt begegnen, dann könnte seine Lage hoffnungslos sein.«

Wieder warf sie ihm diesen seltsamen Blick zu, schüttelte den Kopf und sagte dann leise. »Nein, nicht hoffnungslos. Vielleicht ist es sogar so, dass, wenn man sie beide miteinander vergleicht, der Unterschied gar nicht so groß ist.«

Und danach sagte sie für lange Zeit gar nichts mehr.

Das nebelverhangene Tal lag weit unter ihnen. Im Mondlicht der Höhen konnte Harry erkennen, dass sie den Aufstieg bald hinter sich hatten und er dann der Hölle von Angesicht zu Angesicht gegenüberstehen würde. Er hatte gehofft, all die Toten hier zu einer Armee an seiner Seite zusammentrommeln zu können und mit ihnen auf Janos' Schloss zu marschieren. Aber selbst die Toten hatten Angst. Und jetzt blieb ihm nur noch sehr wenig Zeit, und wahrscheinlich war seine Aussicht auf Erfolg gleich Null. Von daher war es kaum erklärlich, dass er dem, was da kommen würde, regelrecht entgegenfieberte. Es konnte natürlich sein, dass der Stress einfach zu viel für ihn gewesen war, aber das glaubte er nicht. Dazu war er nicht der Typ.

Sein Verstand war immer noch geöffnet, und Möbius erhaschte den Gedanken:

*Ein Nervenzusammenbruch? Du? Niemals! Und ganz bestimmt nicht jetzt, wo wir so nahe am Ziel sind. Ich muss in deinen Verstand, Harry.*

»Tritt ein, aus eigenem, freien Willen«, sagte er fast automatisch.

Möbius war sofort im Inneren und auch sofort wieder draußen, und er war so aufgeregt wie immer. *Es passt alles! Es passt alles!,* sagte er. *Wenn ich das nächste Mal komme, werde ich mit Sicherheit diese Türen öffnen können.*

»Aber nicht jetzt sofort?«

*Ich befürchte, nein.*

»Dann wird es wohl kein nächstes Mal mehr geben!«

*Du darfst nicht aufgeben, Harry!*

»Das tue ich nicht. Ich stelle mich nur den Tatsachen.«

*Ich schwöre dir, wir haben die Antwort in ein paar Minuten! Und bis dahin solltest du versuchen, dir selbst zu helfen.*

»Mir helfen? Wie?«

*Stell dir irgendeine Rechenaufgabe. Irgendetwas, das mit Zahlen zu tun hat. Bereite dich darauf vor, deine Zahlenfertigkeit zurückzuerhalten.*

»Ich würde nicht einmal wissen, wie eine mathematische Aufgabe aussehen sollte.«

*Dann werde ich dir eine stellen.* Der große Mathematiker überlegte einen Moment, dann sagte er: *Versuch es mit dieser: Phase eins: Ich bin nichts. Phase zwei: Ich bin geboren und expandiere in der ersten Sekunde meiner Existenz gleichförmig zu einem Umfang von ungefähr 1 825 000 Kilometern. Phase drei: Nach der zweiten Sekunde meiner Existenz gleichförmiger Ausdehnung ist mein Umfang doppelt so groß. Frage: Wer bin ich?*

»Du bist irre«, sagte Harry. »Ganz bestimmt! Noch vor einer Minute hätte ich geschworen, ich sei verrückt, aber jetzt weiß ich, dass ich vollkommen normal bin. Im Vergleich zu dir jedenfalls.«

*Harry?*

Harry lachte laut auf und erschreckte damit die Zigeuner, die mit ihm den letzten Abschnitt des Berges hochkletterten. Sie murmelten vor sich hin: »Er ist verrückt geworden. Der Ferenczy hat ihn in den Wahnsinn getrieben!«

Der Necroscope verlegte sich wieder auf seine Gedanken: *August, ich kann nicht mal meine Zehen abzählen, ohne dass ich dabei auf neun komme, und Sie verlangen von mir, die Rätsel des Universums zu lösen?*

*Nah dran, Harry,* sagte Möbius. *Nah dran. Mach nur so weiter, und ich bin sobald wie möglich zurück.* Seine Stimme verklang und er war verschwunden.

*Mein Gott!,* sagte Harry und schüttelte unwillig den Kopf. *Mein Gott!*

Aber Möbius' Frage hatte sich in seinem Kopf festgesetzt. Er konnte sich zur Zeit nicht damit beschäftigen, aber er wusste, dass sie da war, fest in seinem Verstand verankert.

Die Gruppe war jetzt oben an der Felswand angekommen. Irgendwo hier auf dem windzerzausten kargen Plateau standen die Ruinen des Schlosses Ferenczy. Und dort wartete Janos; aber direkt hier, am Ende des langen Aufstieges … hier wartete etwas Anderes.

Es waren insgesamt sieben, oder acht, wenn man den Grauen mitrechnete, der sich in die Schatten drückte: Harrys Eskorte zum Unterschlupf des untoten Vampirs.

Die beiden vorderen Zirras sahen sie zuerst, dann Harry und dann die drei Zigeuner, die hinter ihnen den Berg hinauf keuchten. Alle wichen sie erschrocken und verängstigt zurück, nur der Necroscope selbst nicht. Harry wusste, dass er es mit Toten zu tun hatte, für ihn war das nichts Ungewöhnliches.

Ihm und den anderen präsentierte sich dieses Bild: Sieben gewaltige Thraker warteten auf sie, die seit mehr als zweitausend Jahren tot waren, und auf Janos' Geheiß aus ihren Begräbnisurnen wieder auferstanden waren. Sie hatten zwar einen Hauch von Leben an sich, aber in ihnen steckte noch sehr viel Tod. Sie trugen Helme und Teile der Rüstung ihrer Zeit, aber wo immer ihr nacktes graues Fleisch sichtbar war, war es verformt und verworfen. Die Helme waren Furcht einflößende Gebilde, dazu geschaffen, den Gegner einzuschüchtern: Es waren gewölbte, glänzende Bronzeteile mit ovalen Augenschlitzen, die dunkel im Licht der Fackeln schimmerten, und ausladenden, heruntergezogenen Wangenschützern.

Alle sieben waren sehr groß, aber der Anführer ragte noch einmal zehn Zentimeter über die anderen hinaus. Er trat vor. Bedrohlich, aber die Augen hinter der Löchern in seiner Maske waren vor Kummer gerötet.

Bodrogk sah auf Harry und die fünf Männer, die hinter ihm kauerten, hinunter. »Lasst ihn los«, sagte er. Seine Sprache war uralt, aber die Bedeutung – die Art, wie er mit seinem Schwert auf Harrys Fesseln deutete – war unmissverständlich.

Der Sprecher der Szgany trat vorsichtig neben Harry und löste die Schlingen um seinem Hals. Er sprach Bodrogk an: »Ihr seid … ihr seid die Geschöpfe des Ferenczy?«

Bodrogk verstand ihn nicht. Er sah sich ratlos um und überlegte, was der Mann ihn wohl gefragt haben könnte. Harry erkannte seine Verwirrung und antwortete: »Er will wissen, ob Janos euch geschickt hat.« Er sprach die Worte laut aus und ließ sie durch die Sprache der Toten übersetzen. Jetzt konzentrierte sich Bodrogks Blick nur noch auf Harry.

Der gewaltige Thraker trat einen Schritt vor, und die Zigeuner wichen weiter zurück. Bodrogk griff nach den Fesseln um Harrys Hals und zerriss sie, als seien es Bindfäden. Er grunzte eine Begrüßung und sagte dann: »Du bist also der Necroscope, der von allen Toten auf der Welt geliebt wird.«

»Nicht von allen«, wehrte Harry ab, »denn unter den Toten gibt es Feiglinge, genauso wie unter den Lebenden. Und wenn ich sie nicht kennen lernen kann – weil sie Angst davor haben, sich mir zu offenbaren – dann kann ich auch keine Freundschaft mit ihnen schließen. Außerdem habe ich auch gar nicht das Bedürfnis, von willenlosen Sklaven geliebt zu werden, Bodrogk.«

Auch Bodrogks Männer waren vorgetreten und hatten die Zigeuner am Rand der Klippe eingekreist, die sich nicht zu rühren wagten. Jetzt nahm ihr gewaltiger Anführer seinen Helm ab und warf ihn klappernd zur Seite. Er hatte einen Stiernacken und ein wildes Gesicht, das von einem Vollbart verdeckt wurde. Aber es war ein graues Gesicht und zeigte, wie der Rest seines Fleisches, die Qualen unaussprechlicher Leiden. Seine hagere, gepeinigte Miene zeugte besser als alle Worte davon, wie Janos mit ihm und den seinen verfahren war.

»Ich habe gehört, wie du mit den Toten geredet hast«, sagte Bodrogk. »Du sollst wissen, dass nicht alle von Janos' Sklaven Feiglinge sind.«

»Ich weiß, dass die Thraker in seinen Gewölben zu Staub zerfallen sind und mir nicht helfen können. Sie haben mir gesagt, dass sie das tun würden, es aber nicht können, weil nur Janos selbst sie wieder auferstehen lassen kann, da nur er die Worte kennt. Aber … du und deine sechs Männer, ihr besteht nicht aus Staub.«

»Nennst du uns Feiglinge?« Bodrogks schwielige Hand legte sich schwer auf Harrys Schulter, nah am Nacken, und er hob das Bronzeschwert in der anderen ein wenig.

»Ich weiß nur eines: Während einige es zulassen, dass Janos weiterlebt, bin ich gekommen, ihn zu töten und seine Macht für immer zu brechen.«

»Bist du ein Krieger, Harry?«

Harry hob den Kopf und fletschte die Zähne. Er hatte sich noch nie vor den Toten gefürchtet, und würde jetzt nicht damit anfangen. »Ja.«

Bodrogk lächelte auf eine seltsam traurige Art, aber das Lächeln verschwand sofort, als er hinter Harry blickte. »Und die anderen, die bei dir sind? Die haben dich gefangen genommen und hierher gebracht, nicht wahr? Ein Lamm zur Schlachtbank.«

»Es sind Leute des Ferenczy«, nickte Harry.

Der Andere sah ihn an, und seine Augen senkten sich tief in

Harrys Seele. »Ein Krieger ohne ein Schwert, was? Hier, nimm meines.«

Er drückte Harry sein Schwert in die Hand – dann warf er einen finsteren Blick auf die Szgany und nickte seinen Männern zu. Die sechs Thraker stürzten sich mit ihren Schwertern auf die Zigeuner und fegten sie wie Spreu von der Klippe. Es geschah so schnell und unerwartet, dass sie nicht einmal mehr Zeit hatten, einen Schrei auszustoßen. Ihre Körper verschwanden plumpsend und polternd in der tiefen Schlucht.

»Schließlich doch noch ein Freund«, nickte Harry. »Ich habe gehofft, ich würde ein paar finden.«

»Ich hatte die Wahl zwischen dir und ihnen«, sagte Bodrogk. »Entweder einen guten Mann töten, oder eine Hand voll Schweine abschlachten. Ewige Unterwerfung unter den Ferenczy – oder die Freiheit, wie lange die auch dauern mag. Das ist keine schwere Wahl. Ich habe die einzige Entscheidung getroffen, die ein Mann treffen kann. Aber wenn ich einen Augenblick länger gewartet hätte, um nachzudenken – vielleicht wäre es dann anders ausgegangen. Meiner Frau wegen.« Er erklärte die Umstände.

»Du bist ein sehr großes Risiko eingegangen«, sagte Harry und gab das Schwert zurück.

»Die Toten haben mich überzeugt«, erklärte Bodrogk. »Zu Tausenden haben sie sich an mich gewandt und alle um dein Leben gefleht. Vor allem eine, deren Zunge so scharf ist wie keine andere! Sie erinnerte mich an meine Mutter. Aber es war die deine.«

Harry seufzte und dachte: *Was habe ich doch ein Glück mit dir, Mutter!*

»Ja, deine Mutter«, bekräftigte Bodrogk. »Sie hatte mich schon halb umgestimmt, und Sofia hat dann den Rest besorgt.«

»Deine Frau?«

»Genau die.« Bodrogk nickte und führte ihn auf dem Weg zurück zu den Schlossruinen in der Bergwand. »Sie hat mir gesagt: ›Wo ist deine Ehre geblieben, der du doch einst groß und mächtig warst? Die Zustimmung und der Beifall der zahllosen Toten ist selbst bei ewiger Versklavung durch Janos immer noch besser als eine weitere Urne mit schreiender Asche in Janos' Gewölben!‹«

Harry sagte: »Da stimmen wir vollkommen überein, ich und deine Frau.« Und spontan fügte er noch hinzu: »Bodrogk, ich habe bereits meine Aufgabe, aber das sollte die deine sein. Du musst immer an Sofia denken, wenn du gegen Janos antrittst, und du kannst nicht verlieren.« Tief in seinem Inneren, ungesehen und ungehört, hoffte er, dass das auch wahr sei. Die Sache hatte nur einen Haken. »Ich habe keinen Plan«, musste er zugeben.

Bodrogk lachte, wenn auch bitter: »Ein Krieger ohne ein Schwert und noch nicht einmal einem Schlachtplan!« Aber er ergriff die Schulter des Necroscope und sagte: »Ich bin schon seit langer Zeit tot, Harry Keogh, aber zu meiner Zeit war ich der König eines Kriegervolkes, der Befehlshaber von Armeen. Ich war der große Stratege meiner Rasse, und all die Jahrhunderte, die seitdem vergangen sind, haben mich meiner Fähigkeiten nicht beraubt.«

Harry blickte auf den Thraker, der zwar tot und wieder auferweckt, aber entschlossen neben ihm schritt. »Doch wird das ausreichen, wenn der Vampir nur ein paar Worte murmeln muss, um dich wieder zu Staub zerfallen zu lassen? Du solltest mir erst erzählen, wie diese Magie funktioniert, und dann reden wir über deinen Plan.«

»Die Worte der Auflösung können nur von einem Meister gesprochen werden, einem Magus«, sagte Bodrogk. »Ein solcher ist Janos. Er muss seine Worte an eine bestimmte Person richten, sie so wie einen Pfeil auf ein Ziel lenken. Um solch ein Ziel zu treffen, muss er es zuerst sehen. Deswegen werden wir ihn einzeln angreifen! Du, ich, meine sechs Leute, von denen jeder als eigene Einheit fungieren wird. Wir nähern uns dem Schloss von allen Seiten. Er kann uns nicht alle gleichzeitig niederstrecken. Und dich, dich kann er überhaupt nicht mit Worten, selbst nicht mit Zaubersprüchen erledigen. Einige von uns werden fallen, sicherlich. Aber was macht das schon? Wir sind bereits früher gefallen; wir sehnen uns danach, zu sterben und tot zu bleiben! Aber während Janos mit einigen von uns beschäftigt ist, werden die anderen – und besonders du, Harry – vielleicht lange genug am Leben bleiben, um ihm ein Ende zu setzen.«

Harry nickte. »Der Plan ist so gut wie jeder andere. Aber Janos ist doch sicherlich nicht allein?«

»Er hat seine Vampir-Sklaven«, sagte Bodrogk. »Insgesamt fünf. Drei von ihnen waren einmal Szgany, und zwei weitere sind vor kurzem dazugekommen. Eine davon ist eine Frau mit bestimmten Fähigkeiten …«

»Sandra!« Harry hauchte den Namen nur vor sich hin. Ihm war schlecht bei dem Gedanken, wie das für sie sein musste, und wie schlimm das erst noch werden würde.

»Und der andere ist ein Mann mit ähnlichen Gaben«, fuhr Bodrogk fort. »Janos hat ihn zerschmettert, um ihn zum Gehorsam zu zwingen. Und mit der Frau hat er das gemacht, was er mit allen Frauen macht, dieser Schweinehund!«

»Das bedeutet, dass wir auch die vernichten müssen.«

»Ja, und zwar sofort!«

»Sofort?«

»Sie warten auf uns, da unter den Bäumen, hinter denen die verfallenen, verfluchten Ruinen stehen. Ich soll dich ihnen ausliefern, und sie werden dich dann zu ihrem Herrn bringen.«

Harrys Blick folgte dem Wink des Thrakers, und er sah verkrümmte, windzerzauste Pinien vor der steil aufragenden Felswand. Und in den Schatten, die ihre Wipfel warfen, sah er auch die gelben Flammen von Vampiraugen, die wild in der Nacht funkelten. Er verlegte sich wieder auf die Gedankensprache: *Weißt du, wie wir sie vernichten können?*

*Weißt du es?* Frage und Gegenfrage.

*Der Pflock, das Schwert, das Feuer,* antwortete Harry grimmig.

*Der Schwerter haben wir,* sagte Bodrogk. *Und Feuer in den Fackeln, die meine Männer tragen. Und was die Pflöcke angeht … wir haben ein paar zurechtgeschnitzt, während wir da hinten auf dem Sims auf dich gewartet haben. Auch zu meiner Zeit gab es schon Vampire. Gehen wir es also an.*

Die untoten Vampirdiener schlichen unter den Bäumen her auf sie zu. Ihre langen Arme streckten sich nach Harry aus; sie grinsten ihr fürchterliches Grinsen; nicht einer von ihnen vermutete auch nur, dass Bodrogk die Seiten gewechselt haben könnte. Aber als sie sich um den Necroscope scharten, fielen die Thraker über sie her und mähten sie nieder.

Es war ein Abschlachten, und es geschah schnell. Alle drei Vampire wurden geköpft, zu Boden geworfen und erhielten einen Holzpflock ins Herz. Aber nur drei? Während Bodrogks Männer die Leichen über niedrige Äste warfen und die knochentrockenen, harzgetränkten Bäume entzündeten, sah Harry eine verkrümmte Gestalt, die ein wenig abseits stand. Im nächsten Moment trat Ken Layard vor. »Harry! Gott sei Dank!«

Das Mondlicht färbte sein bleiches Fleisch golden, als er die Arme weit ausbreitete, die Augen schloss und sein Gesicht gen Himmel wandte. Die Thraker sahen Harry an. Es gab nichts, was er tun konnte; er nickte und wandte sich ab –

– und sah eine hoch gewachsene, dunkle Gestalt, die am Rand der Ruinen stand, nur wenige Meter entfernt.

Janos!

Bodrogks Männer waren mit Layard fertig. Auch sie sahen den Vampir im Dunkel der Ruinen, dessen rote Augen wütend funkelten. Die Thraker suchten eilig Deckung in den Schatten, aber nicht schnell genug für zwei von ihnen, die nahe nebeneinander gestanden hatten.

Janos deutete auf sie, und seine fürchterliche, bellende Stimme dröhnte wie ein Fluch durch die Nacht: »OGTHROD AI'F – GEB'L EE'H – YOGSOTHOTH!«

Es ging noch weiter, aber die Auswirkungen des Auflösungsspruchs zeigten sich bereits. Die beiden Thraker, gegen die sich der Spruch gerichtet hatten, hatten einmal aufgeschrien, waren einander in die Arme gesunken und zu körperlosen Schemen zerfallen, die am Ende seines Spruchs als Staub zu Boden sanken.

Harry sah sich um: Bodrogk und seine übrigen vier Leute waren nirgendwo zu sehen, aber auf ihn kam ein neuer Schrecken zu.

Der Wolf – der alte Graue, der ebenfalls zu seiner Eskorte gehörte, der sich aber weit hinter den Thrakern gehalten hatte – schlich jetzt auf ihn zu und versuchte, ihn dem Schlossherrn entgegenzutreiben. Der Necroscope bückte sich und hob das

Schwert auf, das einem der entmaterialisierten Thraker entfallen war. Es war schwer. Es war zwar immer noch kleiner als Bodrogks Schwert, aber kein Vergleich mit einem Rapier. Harry wusste, dass er dieses Schwert nicht schwingen konnte, aber es war besser als nichts.

Er blickte sich nach Janos um und sah, wie der flüchtige Schatten des Monsters sich weiter ins Dunkel der Ruinen zurückzog. Eine Täuschung, eine Finte; er wollte Harry dazu verleiten, ihm zu folgen. Aber war er nicht gerade deswegen hier?

Als er hinter Janos her schlich, folgte ihm der Wolf auf den Fersen und schnappte nach seinen Beinen. Harry versteifte sein Bein und trat zu. Er spürte, wie Zähne splitterten, als sein Fuß die sabbernde Schnauze des Raubtiers traf. Er knurrte das Biest an und nahm das Schwert in beide Hände … und überraschenderweise wich der Wolf winselnd zurück.

Bevor Harry sich noch darüber wundern konnte, kamen Bodrogk und einer seiner verbliebenen Leute aus ihrer Deckung und stürzten sich auf das Tier. Die Geräusche ihrer Attacke waren kurz und erinnerten Harry an einen Schlachterladen, als sie den Wolf zuerst bewegungsunfähig machten und dann seinem Jaulen und Winseln ein Ende bereiteten, indem sie ihm den Kopf abschlugen.

Harrys Augen hatten sich jetzt der Dunkelheit angepasst. Es sah sogar erstaunlich gut hier im Dunkeln, was ihn selbst verwunderte. Aber auch das war etwas, worüber er sich jetzt keine Gedanken machen konnte. Stattdessen sah er ins Innere dieses Schutthaufens, wo Janos neben einer umgestürzten Mauer stand. Der Blick des Monsters war auf einen Punkt hinter Harry gerichtet – auf die Thraker. Aber als er mit seiner gewaltigen Klauenhand auf sie deutete, wurden sie von dem Necroscope gewarnt: »Passt auf!«

»OGTHROD AI'F …«, begann Janos erneut seine krächzende Zerfallsformel, und bevor er noch geendet hatte, war ein weiterer Thraker mit seinem Seufzen zu einem Staubwölkchen zerfallen. Aber wenigstens einer der beiden war entkommen, und Harry hoffte, dass es Bodrogk gewesen war.

Aber jetzt setzte der Necroscope hinter Janos her. Er war in guter Form, und auch hier im Dunkeln fand er sicher seinen Weg. Er sah, wie der Vampir hinter einem Schutthaufen offenbar in der Erde verschwand. Im letzten Moment, bevor er außer Sicht geriet, drehte er seinen monströsen Kopf und sah sich um. Harry sah die leuchtend-roten Signalbaken, die seine Augen waren. In ihnen stand eine Herausforderung geschrieben, der der Necroscope nicht widerstehen konnte.

Er stellte fest, dass die steinerne Falltür geöffnet war, und dass unter ihr aus dem Stein gehauene Stufen nach unten führte. Fast ohne nachzudenken begann er seinen eigenen Abstieg – bis eine Stimme hinter ihm ihn aufhielt. Als er sich umdrehte, sah er Bodrogk und seine verbliebenen Krieger auf sich zukommen. »Harry«, dröhnte der riesige Thraker. »Du wirst als Erster dort unten sein. Beeil dich! Rette meine Sofia!«

Harry nickte und stieg die steinerne Wendeltreppe hinab – eine Felsmauer zur einen Seite, und den Abgrund auf der anderen. Bis zum ersten Treppenabsatz. Aber als er seinen Fuß auf den festen Steinboden setzte …

Da wartete Janos auf ihn!

Der Vampir tauchte aus dem Nichts auf, schlug Harry das Schwert aus der Hand und schleuderte den Necroscope mit solcher Gewalt gegen die Mauer, dass diesem Hören und Sehen verging. Bevor er wieder Luft holen konnte, stand Janos schon über ihm, ergriff sein Gesicht mit einer gewaltigen Pranke und hieb seinen Kopf gegen die Mauer. Körperlich konnten sie nicht miteinander konkurrieren; Harry verlor schlagartig das Bewusstsein.

*Harry … Haaarrry!* Seine Mutter rief nach ihm, so wie Hunderte andere Mütter auch und die vielen Freunde und Bekannten, und all die Toten auf den Friedhöfen der ganzen Welt. Ihre Stimmen sickerten in den Äther der Totengedanken, füllten ihn an, durchdrangen die Schranken zu Harrys Unterbewusstsein und hüllten ihn mit ihrer Wärme ein. Ja, in ihrer Wärme, denn die Seelen der Toten sind anders als ihr Wesen zu den Zeiten des Fleisches.

*Mutter?,* antwortete er durch seine Schmerzen und die Anstrengung hindurch, wieder das Bewusstsein zu erlangen. *Mutter … ich bin verletzt!*

*Ich weiß, mein Sohn,* sagte sie mit Sorge in der Stimme. *Ich kann es spüren. So wie wir alle. Lieg still, Harry, und spüre, wie wir alle mit dir leiden.* Hinter ihr schwoll das gedankliche Hintergrundgemurmel zu einem Crescendo an, zu einer Welle geistiger Klage.

*Still liegen nützt nichts, Mutter,* sagte er. *So wenig wie das Zähneknirschen, das ich da höre. Ich werde euch alle aus meinen Gedanken verbannen müssen. Ich muss aufwachen. Und wenn mir das gelungen ist, dann werde ich Hilfe brauchen, um mein nacktes Leben zu retten.*

*Aber die Toten können dir helfen, Harry!,* versicherte sie ihm. *Da ist jemand, der dich gerade in diesem Augenblick erreichen will und der einen Teil der Antwort hat.*

*Möbius?* Sie musste Möbius meinen.

*Nein, nicht der.* Harry spürte ihr Kopfschütteln. *Jemand Anderes, jemand, der viel näher bei dir ist. Aber von ihm ist nicht mehr viel übrig, Harry. Du wirst ihn nicht hören können bei all diesem Geplapper. Warte, ich werde sehen, ob ich sie beruhigen kann.*

Sie zog sich zurück, sprach mit anderen und gab eine Nachricht weiter, die sich verbreitete wie die Wellen auf einem stillen See, in den ein Stein geworfen worden ist, bis sie die ganze Welt erreicht hatte. Das geistige Gebrabbel verebbte allmählich, und eine außergewöhnliche Stille folgte. In die …

*Harry?*

Wer es auch war, seine tote Stimme war so schwach, dass Harry zuerst meinte, er habe sich das eingebildet. Aber schließlich reagierte er: *Suchst du nach mir? Wer bist du?*

*Ich bin nichts,* seufzte der andere. *Nicht einmal ein Wimmern, nicht einmal ein Geist. Bestenfalls ein Geist selbst unter den Geistern. Sogar die Toten haben Probleme, meine Stimme zu verstehen, Harry. Mein Name war George Vulpe, und vor fünf Jahren haben ich und meine Freunde das Schloss Ferenczy gefunden.*

Harry nickte. *Er hat dich getötet, nicht wahr?*

*Er hat noch mehr getan, noch Schlimmeres als das,* stöhnte der Andere. Seine Stimme war so schwach wie das Rascheln trockener, abgestorbener Blätter. *Er hat mir mein Leben genommen, und meinen Körper, und mir hat er … nichts gelassen! Nicht mal einen letzten Ruheplatz.*

Harry spürte, dass das jetzt sehr wichtig war. *Kannst du mir das näher erklären?*

*Ich habe mit sehr vielen Zirra am ORT DER VIELEN KNOCHEN gesprochen. Als der Ferenczy in seiner Urne ruhte, waren sie diejenigen, die kamen, um ihn zu nähren und mit ihrem Blut am Leben zu halten. Aber ich war etwas Besonderes. Ich hatte nur vier Finger an jeder Hand.*

Jetzt begriff Harry. *Du warst der Vorherbestimmte!*

*Er benutzt meinen Körper. Und ich kann nicht ruhen. Nie.*

*Was war er?*, wollte Harry wissen. *Ich meine, wie hat er von dir Besitz ergriffen, dich aus deinem Körper vertrieben?*

Vulpe erklärte es: *Mein Blut hat ihn aus seiner Urne heraufbeschworen. Ich war der Sohn seiner Söhne, vom Clan der Zirras. Aber das wusste ich nicht. Nur mein Blut wusste es.*

*Er stieg aus seiner Urne auf?*, insistierte Harry. *In Form seiner Salze?*

*Mein Blut hat ihn verwandelt.*

Harry brauchte Hilfe, um das zu verstehen. Er ließ Faethor heraus.

*Verdammt sollst du sein, Harry Keogh,* tobte der körperlose Vampir sofort.

*Sei ruhig!*, wies Harry ihn zurecht. *Erkläre mir, was dieser Mann mir hier erzählt.*

Faethor hörte sich Vulpes Geschichte an. *Was verstehst du daran nicht? Das ist doch offensichtlich! Janos hatte Vorkehrungen getroffen. Als ich sein Gehirn und seinen Vampir zu Asche verbrannt hatte, haben seine ihm treu ergebenen Zirras seine Überreste an einem geheimen Ort verborgen, bis er diese … diese Metempsychose bewerkstelligen konnte. Aber es ist nicht nur sein Verstand in den neuen Körper überwechselt. Auch Janos' Parasit ist aus der Asche wieder auferstanden. Die Kreatur selbst ist in den Körper dieses Mannes eingedrungen. Und jetzt …*

Aber da hatte Harry ihn bereits wieder abgeschottet. *George*, sagte er. *Ich danke dir für deine Hilfe. Ich weiß noch nicht, was mir das nützen soll, aber danke trotzdem.*

Die einzige Antwort war ein Seufzer, der schnell im Nichts verklang.

Harry bemühte sich, aus dem Unterbewusstsein aufzutauchen und aufzuwachen. Das war ihm auch beinahe gelungen, als Möbius sich meldete.

*Harry*, rief Möbius ihm entgegen. *Wir haben es! Wir glauben, wir haben es geschafft!* Er drang in den Verstand des Necroscope ein und einen Augenblick später: *Ja. Ja – das muss richtig sein! Aber … bist du bereit?*

*Ich war noch nie so bereit,* antwortete Harry.

*Das habe ich nicht gemeint,* sagte Möbius. *Ich will wissen, ob du mental bereit bist?*

*Mental bereit? August, was soll das heißen?*

*Für das Möbius-Kontinuum, Harry. Ich kann diese Türen öffnen, aber nicht, wenn du nicht dafür bereit bist. Da ist ein anderes Universum da draußen, Türen, die sich auf Orte öffnen, von denen noch nie jemand geträumt hat. Harry, ich will nicht, dass du in deinen eigenen Verstand gesogen wirst.*

*Gesogen?* Harry schüttelte den Kopf. *Ich kann Ihnen nicht folgen.*

*Gehen wir es anders an … hast du mein Rätsel gelöst?*

*Ihr Rätsel?* Plötzlich verlor Harry die Geduld. Wut und Frustration gewannen die Oberhand: *Ihr verdammtes Rätsel? Was glauben Sie, wo hätte ich die Zeit hernehmen sollen, um Ihr verdammtes Rätsel zu lösen?*

*Hast du überhaupt darüber nachgedacht?*

*Nein … Ja! … Ja, ich habe darüber nachgedacht.*

*Und?*

*Nichts.*

*Harry, ich werde eine dieser Türen öffnen … Jetzt!*

Der Necroscope spürte nichts. *Hat es funktioniert?*

*Ja, es hat funktioniert,* hauchte Möbius. *Und wenn du über die Gleichungen verfügst, dann solltest du den Rest selbst bewerkstelligen können.*

*Aber ich fühle mich überhaupt nicht anders als vorher.*

*Hast du das jemals? Ich meine, vorher …*

*Nein, aber –*

*Ich öffne jetzt eine weitere Tür. Da!*

Diesmal konnte Harry es spüren. Ein scharfer stechender Schmerz, der in seinem Kopf Funken sprühte. Es ähnelte dem Schmerz, mit dem Harry Junior ihn geschlagen hatte, wann immer er versucht war, die Sprache der Toten zu benutzen, aber da er bereits bewusstlos war, war auch der Effekt nur sehr abgeschwächt. Und diesmal diente es einem ganz anderen Zweck.

Statt ihn zu betäuben, brachte es ihn zu Bewusstsein –

– er wachte auf und fand sich in einem Albtraum wieder!

Kalte Flüssigkeit brannte auf seinem Gesicht, rann ihm in den Mund und brachte ihn zum Würgen. War das – war das Alkohol? Auf jeden Fall war es flüchtig. Es dampfte und zerstob zu einem Dunst um ihn herum. Und er lag mittendrin. Er rappelte sich auf Hände und Knie und versuchte, die Dämpfe nicht einzuatmen, die sich um ihn herum in einen Abzug direkt über ihm erhoben … ein schwarzer Abzug … ein feuergeschwärzter Kaminabzug!

Harry kniete in einem Becken oder einer Ausbuchtung, die direkt aus dem Felsen gemeißelt war. Er kniete in einer Pfütze aus einer leicht flüchtigen Flüssigkeit. Die Eindrücke folgten jetzt schnell aufeinander. Er musste sich in den Untergeschossen des Schlosses befinden, direkt im Felsen … in einer gewaltigen Höhle … und auf der anderen Seite, wo grob behauene Stufen in höhere Geschosse führten … da stand Janos und beobachtete ihn! Er hielt eine brennende Fackel hoch, und das Feuer spiegelte sich in seinen karmesinroten Augen.

Ihre Blicke begegneten sich und blieben aufeinander haften. Janos' Lippen entblößten seine Zähne in einem monströsen Grinsen. »Du bist also doch aufgewacht, Necroscope«, sagte er. »Das ist gut, denn ich will, dass du das Feuer spürst, mit dem du für immer mein wirst.« Er blickte auf die Fackel in seiner Hand, dann auf den Fußboden. Harry folgte seinem Blick. Zu einer flachen Rinne, die in den Felsen gemeißelt war. Sie führte von Janos' Füßen quer über den Boden zur Spitze des Beckens.

*Mein Gott!* Harry versuchte, aus dem Becken zu hechten, aber seine Hände rutschten unter ihm weg. Er stürzte noch tiefer in die Flüssigkeit, griff mit einer Hand an den Rand des Bassins und zog sich wieder hoch. Er sah, wie Janos langsam seine Fackel zu Boden senkte.

*Mein Rätsel, Harry!* Möbius war hysterisch vor Angst.

Harry zwang die eigene Furcht zurück, um sich auf die Aufgabe zu konzentrieren, wobei er automatisch die von Möbius vorgegebenen Umfänge in Durchmesser umrechnete.

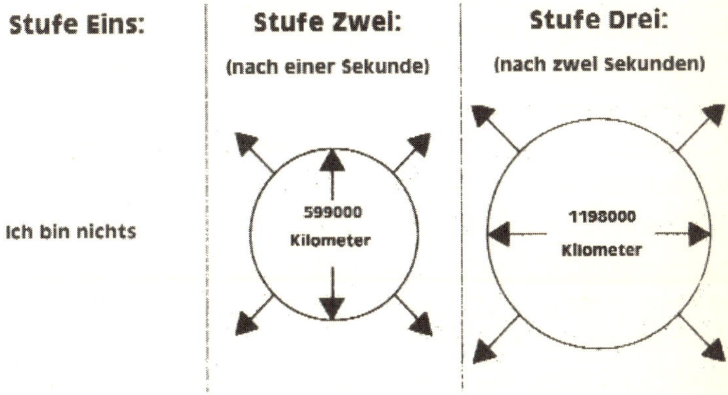


Und seine intuitive mathematische Gabe, die ihm jetzt endlich wiedergegeben war, erledigte den Rest.

*Was bin ich?,* brüllte Möbius, als die Flammen von Janos' Fackel sich der flüssigen Zündschnur zuneigten.

»Licht!«, rief Harry laut aus. »Was sonst könntest du sein? Nur das Licht breitet sich mit der doppelten Lichtgeschwindigkeit aus – von Nichts zu einem Durchmesser von 1198000 Kilometern in zwei Sekunden!«

Ein dumpfer Knall, und das Feuer raste mit einer blassblauen Flamme über den Boden der Höhle.

*Welches Licht?* Möbius wäre vor Angst fast gestorben, wenn er nicht schon tot gewesen wäre.

»Sie waren nichts, bevor Sie entstanden sind«, brüllte Harry. »Daher müssen Sie das ursprüngliche Licht sein.«

*Ja!!!* Möbius vollführte einen Freudentanz in Harrys Verstand. *Und mein Ausgangspunkt war das Möbius-Kontinuum! Willkommen zurück, Harry!*

Bildschirme blinkten in Harrys Verstand auf, während das Becken zu einem Flammeninferno wurde. Sengende Hitze fauchte in einer blauen Flammenzunge empor und blakte in den Schornstein über ihm. Flüssiges Feuer versengte seine Haare und seinen

Bart und setzte seine Kleidung in Brand. Es dauerte vielleicht eine Zehntelsekunde – bis Harry eine Möbiustür heraufbeschworen und sich hindurchgestürzt hatte.

Er wusste, wohin er gehen musste, beschwor eine zweite Möbiustür herauf und ließ sich in eine Schneewehe auf dem Dach der Welt fallen. Er war zwar angesengt, aber am Leben. So lebendig wie nie zuvor. Freudige Erregung durchflutete ihn, und mehr als das. Sein Gelächter – so hysterisch wie das von Möbius – verklang schnell, verlor sich und wich einem drohenden Knurren …

Janos hatte gesehen, wie er verschwand, und er wusste in diesem Moment, dass Harry Keogh unbesiegbar war. Der Necroscope war verschwunden … aber wohin? Würde er zurückkommen … und wann? Und welche schrecklichen Fähigkeiten würde er mitbringen? Janos wagte nicht, das abzuwarten.

Er stürzte die Treppen hoch durch die unteren Geschosse seiner Keller und gelangte schließlich in den Teil der Gewölbe, wo seine Urnen und Gefäße und Lekythoi lagerten. Und plötzlich sah er sich dort Harry gegenüber! Harry, Bodrogk und den drei verbliebenen Thrakern.

Janos wich gebückt gegen eine Wand zurück und zischte, aber dann richtete er sich wieder auf und griff an. »Du bist Staub!«, fauchte er Bodrogk an und deutete mit dem Finger auf ihn.

Der riesige thrakische Anführer und zwei seiner Leute duckten sich durch einen Torbogen in einen anderen Raum, aber der dritte Krieger wurde von dem Spruch erwischt:

»OGHTHROD AI'F; GEB'L EE'H, YOG-SOTHOTH; NGAH'NG AI'Y, ZHRO!«

Der Mann warf die Arme empor, tat seinen letzten Seufzer … und zerfiel in einer Wolke gräulich-grüner Chemikalien.

Janos stieß ein irres Lachen hervor und sprang nach vorn, um sich das Schwert des gefallenen Kriegers anzueignen. Er stürmte mit hoch erhobenem Schwert auf Harry zu – und der Necroscope wusste genau, was zu tun war. Denn auch Harry war ein Magus, ein Meister seines eigenen Faches, und in seinen Gedanken wurde er jetzt von Tausenden von toten Stimmen bestürmt, die ihm die Worte der Macht zuflüsterten!

Er deutete auf die Krüge rings um sich herum, drehte sich im Kreis und intonierte die Rune der Beschwörung: »Y'AI'NG'NGAH; YOG-SOTHOTH, H'EE – L'GEB; F'AI THRODOG, UAAAH!«

Das Gewölbe füllte sich augenblicklich mit Gestank und purpurnem Qualm, der Harry, Janos und alles andere einhüllte. Und aus dem Wirrwarr und Gestank erklangen die Schreie der Gemarterten. Es war keine Zeit gewesen, die Chemikalien aufeinander abzustimmen; die auferweckten Thraker, Perser, Skythen und Griechen waren alle unvollständig. Aber ihr unbändiger Hass würde das wettmachen.

Das wusste auch Janos. Er wirbelte durch die stolpernden, stöhnenden Reihen von Auferstandenen, die ihre Urnen sprengten und wie Pilze aus dem Nichts emporschossen; aber sobald er sich auf eine Gruppe konzentrierte und sie wieder zu Staub zerfallen ließ, ließ der Necroscope eine andere auferstehen! Der Vampir hatte keine Chance. Er konnte die Worte nicht schnell genug hervorbringen, und die Reihen der wiedererweckten Krieger schlossen sich schnell um ihn.

Er bahnte sich einen Weg aus dem Staub und floh die Treppen hinauf in die verfallenen Ruinen und außer Sicht. Die grauenhaft unvollständige Armee wollte hinter ihm herstürzen, aber Harry hielt sie auf: »Wartet hier. Eure Aufgabe ist erfüllt. Aber wenn ihr diesmal wieder darnieder sinkt, dann wisst, dass ihr in Frieden ruhen könnt.« Und sie segneten ihn, als sie wieder in ihre Bestandteile zerfielen. Alle bis auf den Kriegerkönig Bodrogk.

Harry nahm Bodrogk mit sich, als er durch ein Möbiustor schritt und wieder in den Ruinen des Schlosses Ferenczy auftauchte.

Sie warteten, und nach kurzer Zeit kam auch Janos keuchend und schnaufend von unten hochgelaufen. Er sah sie, erstickte fast vor Furcht, würgte und stolperte weg von ihnen, aus dem Trümmerfeld heraus. Er war am Ende; er bekam kaum noch Luft. Er lief schwankend zu der Felswand hinter dem Schloss und kletterte dort einen geheimen Pfad hoch ... nur um auf halber Höhe auf Harry und Bodrogk zu stoßen, die dort auf ihn warteten. Der gewaltige Thraker hatte eine Kriegsaxt in Händen.

Es gab keine Fluchtmöglichkeit mehr für ihn. Janos blickte in die Nacht hinaus, und seine roten Augen blickten in die leere Luft. Sein ganzes Leben lang hatte es nur eine Kunst der Wamphyri gegeben, die er nicht gemeistert hatte oder auf andere Art nachahmen konnte, und auf die war er jetzt angewiesen. Er hob die Arme und befahl seinem Körper die Verwandlung. Seine Kleidung zerriss, als sein Körper sich in eine flache Decke verwandelte, einen fliegenden Teppich aus Fleisch. Und wie eine große Fledermaus sprang er von dem Felssims.

Es gelang ihm – er flog! Die Überreste seiner zerrissenen Kleider flatterten hinter ihm wie bizarre Flügel. Er flog ... bis sich die von Bodrogk geschleuderte Axt in sein Rückgrat bohrte.

Harry und Bodrogk kehrten zurück zu der Ruine. Dort lag das Monstrum zappelnd in dem Schutthaufen, auf den es gestürzt war. Janos hustete und spuckte Blut, aber er hatte sich von der Axt befreit, und seine Vampirkräfte waren bereits damit beschäftigt, seine Wunden zu heilen. Der Necroscope kniete neben ihm und sah ihm in die Augen. Mann gegen ... Mann? Von Angesicht zu furchtbarem, Furcht erstarrtem Angesicht.

»Du verdammter Necroscope!« Janos' Augäpfel waren aus den Höhlen getreten. Aus den Augenwinkeln floss Blut.

»Du hast den Körper eines Mannes«, sagte Harry ungerührt. »Aber dein Geist und der Vampir in dir sind aus der Asche in einer Urne heraufbeschworen.« Er deutete mit ruhiger Hand und ausgestrecktem Finger auf ihn. »Asche zu Asche, Janos, Staub zu Staub! OGHTHROD AI'F; GEB'L EE'H.«

Der Vampir kreischte auf, zappelte verzweifelt, würgte, hustete und nahm wieder menschliche Gestalt an.

Der Necroscope fuhr fort: »YOG-SOTHOTH; NGAH'NG AI'Y.«

»Nein«, heulte Janos. »Neeeeiiiiiiiiiiiin!«

Als Harry das letzte Wort hervorstieß, »ZHRO!«, da ließ ein

plötzlicher, unerträglicher Schmerz Janos' Körper erschaudern. Er zuckte heftig, erzitterte, und regte sich dann nicht mehr. Schließlich fiel sein Kopf nach hinten und der Unterkiefer klappte auf. Das Glühen verschwand aus seinen Augen. Und dann –

– die gewaltige Brust sackte langsam in sich zusammen, als er seinen letzten Seufzer ausstieß. Aus seinem Mund kam keine Luft, sondern eine rote Staubwolke, die in der Luft hängen blieb. Der Rest seines Körpers, sogar der Kopf, mussten voll mit diesem Zeug sein. Und als sich der Staub des aufgelösten Vampirparasiten legte, erinnerte das Harry auffallend an diese seltsamen Pilzsporen vor Faethors Haus in Ploiesti.

Und das wiederum erinnerte ihn an eine andere Aufgabe, die noch zu erledigen war …

Bodrogks Frau Sofia kam aus den Ruinen auf sie zu, und bei ihr war Sandra.

Sie schwebte auf sie zu in der Art der Vampirsklaven. Ihre gelben Augen leuchteten lebendig in der Nacht, aber Harry wusste, dass das nicht mehr Sandra war. Oder vielleicht war es auch mehr als sie. Für einen Moment erinnerte er sich an den Blick in die Zukunft, den er zu Beginn dieser Geschichte gehabt hatte: eine fremdartige Kreatur, die des Nachts zu ihm kam, und die es nach ihm gelüstete, aber nur nach seinem Blut. Sandra war jetzt ein fremdartiges Wesen, das Männer nur wegen ihres Blutes begehren würde.

Sie warf sich in seine Arme und schluchzte an seinem Hals. Er hielt sie fest – er musste sich an ihr festhalten, so wie sie sich an ihm. Er blickte über ihre weiße Schulter und sah, wie Bodrogk seine Frau in die Arme schloss. Er hörte, wie Sofia sagte: »Sie hat mich gerettet! Das Vampirmädchen hat die Zelle gefunden, wo Janos mich eingesperrt hatte, und mich befreit!«

Harry fragte sich, ob das ihr letzter willentlicher Akt gewesen war, bevor das monströse Fieber in ihrem Blut die Gewalt über sie übernommen hatte.

Sandras wunderschöner, halb nackter Körper presste sich kalt gegen den Necroscope, und Harry wusste, es gab keinen Weg, wie er ihn je wieder wärmen konnte. Mit ihren telepathischen Fähigkeiten spürte sie den Gedanken, als habe er ihn ausgesprochen, und wich ein wenig vor ihm zurück. Aber nicht weit genug.

Sein dünner, spitzer Pflock, ein Span aus alter Eiche, drang unter der Brust in sie ein und durchbohrte das Herz. Sie holte noch einmal Luft, machte einen stolpernden Schritt weg von ihm und brach dann zusammen.

Bodrogk sah Harrys Qualen und übernahm den Rest.

# EPILOG

Harry saß die ganze Nacht in den Ruinen, allein mit seinen Gedanken, während Faethor in seinem Inneren eingeschlossen war, und die zahllosen Toten draußen von ihm abgeschottet. Er ließ niemanden zu sich, der Zeuge seiner Trauer werden konnte.

Er hatte gedacht, ihm würde kalt sein, aber seltsamerweise war es das nicht. Er hatte gedacht, die Dunkelheit und die Schatten würden ihm zusetzen, aber tatsächlich erschien ihm die Nacht wie ein guter Freund.

Als die Dämmerung sich im Osten ausbreitete, hatte er Bodrogk und seine Geliebte aufgesucht. Sie hatten ein geschütztes Fleckchen gefunden, wo sie ein Feuer entzündet hatten und jetzt Arm in Arm den Sonnenaufgang erwarteten. In ihren Gesichtern konnte er eine gewisse Trauer lesen, aber auch eine unerschütterliche Gefasstheit.

»Es muss nicht sein«, sagte er. »Ihr habt die Wahl.«

»Unsere Welt liegt zweitausend Jahre in der Vergangenheit«, sagte Bodrogk. »Und seitdem … Wir haben unzählige Male um Frieden gebetet. Du hast die Macht, ihn uns zu geben, Necroscope.«

Harry nickte, intonierte seinen esoterischen Abschiedsgruß und sah zu, wie sich ihr Staub in der aufkommenden Brise vermischte.

Jetzt war er bereit.

Er kehrte zurück in die Ruinen und ließ Faethor frei.

*Was soll das?,* tobte der Vater der Vampire. *Bin ich dein letzter Rettungsanker, Harry Keogh? Willst du jetzt meine Hilfe, wo alles andere gescheitert ist?*

»Nichts ist gescheitert«, erklärte Harry. Und dann tat er etwas, was für ihn äußerst ungewöhnlich war. Er belog den toten Mann absichtlich. »Janos ist schwer verletzt und stirbt«, sagte er.

Faethors Wut war grenzenlos. *Ohne mich? Du hast ihn ohne mich bezwungen? Er weiß nicht, dass ich daran beteiligt war? Ich will die Schmerzen des Schweinehundes spüren!* Er brach aus Harrys Verstand aus und fand Janos – tot!

Überrascht erkannte Faethor seinen Fehler, aber Harry hatte es natürlich bereits vorher gewusst. Er benutzte Wellesleys Gabe, um Faethor auszuschließen. »Ich habe dir doch gesagt, ich würde dich wieder loswerden«, sagte er.

*Du Dummkopf!,* tobte Faethor. *Ich werde zurückkommen, darauf kannst du dich verlassen! Du brauchst nur für einen Moment in deiner Wachsamkeit nachlassen, und schon sind wir wieder vereint, Necroscope.*

»Wir hatten einen Deal«, versuchte Harry zu besänftigen. »Ich habe meinen Teil eingehalten. Jetzt geh zurück zu deinem Haus in Ploiesti, Faethor.«

*Zurück in die kalte Erde, nachdem ich deine Wärme gespürt habe? Niemals. Weißt du nicht, was passiert ist? Janos hat sich nicht geirrt, als er die Zukunft gelesen hat. Er wusste, dass ein Vampirmeister – der größte Vampir aller Zeiten – von diesem Berg herabsteigen würde, wenn alles vorbei wäre. Der Vampir bin ich, Harry, in deinem Körper!*

»Menschen sollten nicht in die Zukunft sehen, denn das ist ein zweischneidiges Schwert. Und jetzt werde ich mich auf den Weg machen.«

*Wo du hingehst, werde auch ich hingehen!*

Harry zuckte mit den Achseln und öffnete ein Möbiustor. »Erinnerst du dich an Dragosani?«, fragte er und trat durch die Tür.

Faethor schauderte, aber er blieb bei ihm. *Dragosani war ein Trottel,* prahlte er. *Mich wirst du nicht so leicht los.*

»Es ist noch nicht zu spät«, sagte Harry. »Ich kann dich immer noch nach Ploiesti bringen.«

*Zum Teufel mit Ploiesti!*

Harry öffnete eine Tür in die Vergangenheit und sprang hindurch. Faethor klammerte sich an ihn wie der grimmige Tod, der er war. *Du wirst mich nicht abschütteln, Necroscope!*

Sie blickten auf die Vergangenheit der Menschheit hinaus, auf die Myriaden von Neonfäden, die einem leuchtend blauen Ursprung entgegen verliefen. Jetzt wimmerte Faethor: *Wo bringst du mich hin?*

»Du sollst sehen, was gewesen ist«, erklärte Harry. »Siehst du das da? Den roten Faden unter den blauen? Tatsächlich, da, ein blutroter Lebensfaden. Das ist deiner, Faethor. Und siehst du, wo er endet? Das ist da, wo Ladislau Giresci deinen Kopf genommen hat, in der Nacht, als dein Haus bombardiert wurde. Da endete dein Lebensfaden, und wenn du klug gewesen wärst, wäre das auch dein Ende gewesen.«

*Bring mich … bring mich hier weg!* Faethor keuchte und jammerte und klammerte sich an ihn wie ein körperloser Egel.

Harry kehrte in das Möbius-Kontinuum zurück und wählte eine Tür in die Zukunft, wo sich Milliarden von blauen Lebensfäden überlappten und nach vorn erstreckten, in eine verwirrende, sich unendlich ausdehnende Zukunft. Er ließ sich mit ihnen treiben und wurde vom Zeitstrom aufgenommen. »Dieser Faden, den du jetzt vor mir siehst. Das ist meine Zukunft.«

*Und meine*, erklärte Faethor hartnäckig. Er hatte sich jetzt wieder gefasst.

»Aber, wie du siehst, ist er rot durchzogen.« Harry ignorierte ihn. »Siehst du das, Faethor?«

*Ich sehe es, Dummkopf. Dieses Rot bin ich, der Beweis, dass ich immer ein Teil von dir sein werde.*

»Falsch«, sagte Harry. »Ich kann zurückgehen, weil mein Lebensfaden nicht unterbrochen ist. Weil ich eine Vergangenheit habe, kann ich mich daran entlang tasten. Aber deine Vergangenheit endete in Ploiesti. Du hast keinen Faden, keine Lebenslinie, Faethor.«

*Was?* Die Albtraumstimme war nur noch ein Krächzen. *Und dann –*

Der Herr des Möbius-Kontinuums bremste scharf ab und brachte sich zum Stillstand, aber der Geist von Faethor Ferenczy schoss weiter in die Zukunft hinaus. *Harry!,* schrie der Vampir schreckerfüllt auf. *Das kannst du nicht tun!*

»Es ist schon passiert«, rief der Necroscope hinter ihm her. »Du besitzt kein Fleisch, keine Vergangenheit, gar nichts, Faethor. Nur die längste, einsamste und leerste Zukunft, die je eine Kreatur ertragen musste. Lebe wohl!«

*H-h-harry! … Haaaary! Haaaaarrrry! HAAAAAAAAA–*

Aber Harry schloss die Tür und verbannte ihn.

Für immer.

Doch bevor die Tür zuschlug, sah er noch einmal auf den blauen Faden, der von ihm ausging.

Und er sah, dass er immer noch rot verfärbt war.

Menschen sollten nicht in die Zukunft sehen. Denn das ist ein zweischneidiges Schwert …

Liebe Leser,

*Totenhorcher* lautet der Titel des elften *Necroscope*-Abenteuers. Harry Keogh kämpft gegen den Vampir an, das sich in ihm eingenistet hat, als er gerufen wird, ein auf bestialische Weise ermordetes Mädchen zu untersuchen. Doch Harry muss erkennen, dass die Leiche bereits von einem mächtigen Nekromanten ausgeweidet und *verhört* wurde.

*Totenhorcher*

ISBN 3-935822-65-0

HR Giger (Hg.):

# *HR GIGERS VAMPIRRIC*

Nosferatu Band 4

432 Seiten, Paperback, Originalausgabe, ISBN 3935822-58-8

23 Vampir-Stories. Ausgewählt und mit einem Vorwort vom Alien-Schöpfer HR Giger persönlich:

Erzählungen von Carl Jacobi, Nancy Kilpatrik, Elisabeth Engstrom, Malte S. Sembten, Brian Lumley, Brian Hodge, Basil Copper, Robert E. Howard, Michael Siefener, Christian von Aster, Leonhard Stein, Eric Count Stenbock, P. N. Elrod, Brian Stableford und anderen Meistern des Schreckens.

P. N. Elrod

# *DER ROTE TOD*

Nosferatu Band 1

Roman, 380 Seiten, Paperback, ISBN 3935822-36-7

Amerika, 1773: Nach seiner Rückkehr aus dem Londoner College ist der junge Adlige Jonathan Barrett verändert. Er scheint gereift und erwachsen geworden. Von Nora Jones, seiner schönen und seltsamen englischen Freundin, erzählt er niemandem. Und schon gar nicht, auf welch besondere Art und Weise sie ihn in die Kunst der Liebe einführte ...
Erst als Jonathan in den Wirren des amerikanischen Unabhängigkeitskrieges getötet wird und sich in der Nacht aus seinem Grab erhebt, begreift er, weshalb die schöne Nora den Geschmack seines Blutes so überaus schätzte ...

P. N. Elrod gilt neben Anne Rice und Chelsea Quinn Yarbro als erfolgreichste Autorin des historischen Vampir-Genres. In *Der rote Tod,* dem ersten Abenteuer aus der vierbändigen Saga um den Gentleman-Vampir Jonathan Barrett, stellt sie den Lesern die Frage: Jagen die Toten die Lebenden – oder ist es umgekehrt?

Amazon.com: *Toll geschrieben und sexy ... Verdammt gute Vampir-Fantasy.*